तेंदुलकर
की कहानी
उन्हीं की जुबानी

तेंदुलकर की कहानी उन्हीं की जुबानी

छात्रों के लिए सचिन तेंदुलकर की आत्मकथा

सचिन तेंदुलकर

बोरिया मजूमदार के साथ

प्रभात प्रकाशन

प्रकाशक
प्रभात प्रकाशन प्रा. लि.
4/19 आसफ अली रोड, नई दिल्ली–110002
फोन : 011–23289777 • हेल्पलाइन नं. : 7827007777
इ–मेल : prabhatbooks@gmail.com ❖ वेब ठिकाना : www.prabhatbooks.com

संस्करण
2024

अनुवाद
राहुल त्रिपाठी

पेपरबैक मूल्य
चार सौ रुपए

मुद्रक
आर–टेक ऑफसेट प्रिंटर्स, दिल्ली

---★---

TENDULKAR KI KAHANI, UNHIN KI ZUBANI
Autobiography of Sachin Tendulkar
(Hindi translation of 'CHASE YOUR DREAMS')

Published by **PRABHAT PRAKASHAN PVT. LTD.**
4/19 Asaf Ali Road, New Delhi-110002
by arrangement with Hachette Book Publishing India (P) Ltd.

ISBN 978-93-5322-667-1

₹ 400.00 (PB)

सपने देखनेवाले मेरे प्यारे नौजवानो!

आपको मेरी इस बात पर भरोसा करना जरा मुश्किल हो सकता है और यह अजीब भी लग सकता है कि क्रिकेट की दुनिया में मैं एक पेड़ से गिरकर पहुँचा था।

वाकई दोस्तो!

और इस तरह मेरी शैतानियों का लंबा दौर खत्म हुआ, जिसमें मैंने या तो अगुआ या सहायक की भूमिका निभाई थी। इस क्रम में आखिरी घटना के गवाह बने मेरे मित्र सुनील, जिनके साथ मैं अपने घर, 'साहित्य सहवास' हाउसिंग सोसाइटी में स्थित एक सूखे आम के पेड़ पर चढ़ गया था और काफी ऊँचाई पर पहुँचने के बाद उसकी टहनी टूट गई और हम नीचे आ गिरे थे।

यही वह समय था, जब मेरे बड़े भाई अजित ने तय किया कि मेरे अंदर भरी ऊर्जा को सही दिशा दी जाए और उन्होंने मेरे सामने क्रिकेट और टेनिस में से एक को चुनने का विकल्प दिया। उस दौर में मैं टेनिस से इतनी गहराई से जुड़ा था कि मैं खुद को जॉन मैकनरो की तरह महसूस करता था और उन्हीं की तरह हेयर बैंड पहनता था। लेकिन एक बार जब मैं आचरेकर क्रिकेट कैंप में चुन लिया गया तो उसके बाद कम हो या ज्यादा, यह तय हो गया कि मुझे इसी खेल में प्रशिक्षण लेना होगा। वहाँ से मेरा घटनात्मक दौर शुरू हुआ, जिसमें मेरी दुनिया की सीमाएँ क्रिकेट के मैदान के आकार-प्रकार के आधार पर तय होती चली गईं।

भले ही क्रिकेट मेरी दुनिया की धुरी रहा हो, लेकिन मेरा परिवार मेरे लिए लंगर के समान है। उन लोगों ने न तो मुझे जबरन धकेला और न जरूरत से ज्यादा मेरी तारीफों के पुल बाँधे, लेकिन उन्होंने मेरे लिए जो सबसे जरूरी चीज की—क्रीज पर मेरे कदमों को तलाशा और मुझे खेलने दिया, खेलने दिया, खेलने दिया। एक तरफ, लंबे-लंबे बस सफर थे, मेरी खाली जेबें थीं, खींचने-उठाने के लिए भारी-

भरकम किट बैग था, एक जोड़ी क्रिकेट ड्रेस थी, जिससे मुझे सामंजस्य बैठाना था, अंडर-15 वेस्ट जोन के लिए चयनित न हो पाना था···और वहीं दूसरी तरफ, एक खास फ्रूट कॉकटेल था, जिसको मेरे पिता समय-समय पर जश्न के तौर पर मुझे दिलाते थे। स्कूल क्रिकेट में मेरे पहले शतक के बाद आचरेकर सर का घर पर रात के खाने पर आना, अंडर-14 और अंडर-16 टीमों के साथ खेलना···इसे एक पूर्ण और रोलरकोस्टर सफर ही कहा जाएगा।

मेरे माता-पिता, मेरी चाची और चाचा, जिनके यहाँ मैं बचपन के क्रिकेट दिनों में ठहरा करता था, मेरा भाई अजित और साथ-ही-साथ अन्य भाई-बहन—सभी ने अपनी क्षमता के अनुसार मेरा साथ दिया। आगे चलकर मेरी पत्नी अंजलि मेरी ताकत बनीं और एक ऐसी साझीदार के रूप में सामने आईं, जिन पर मैं हमेशा निर्भर रहा।

क्रिकेट जीवन की शुरुआत से ही मैं हारने से नफरत करता था। लेकिन खेल में यह बहुत जल्दी सीख लेना होता है कि हारने पर आप बहुत देर तक चिंतित नहीं रह सकते और यही नहीं, जीतने पर भी आप ज्यादा देर तक इतरा नहीं सकते; क्योंकि आगे हमेशा एक नया खेल तैयार रहता है, अगला टूर्नामेंट, अगला मौका। आपको केवल एक चीज करनी होती है—गेंद पर अपनी एकाग्रता बढ़ाते जाना होता है। और मैंने ऐसा ही करने का प्रयास किया।

और शुरू से ही अगर मुझे किसी चीज से प्रेम था, तो वह भारत के लिए खेलने का जुनून! अपने पहले ही मैच से, जब मैं 16 साल का था और पाकिस्तान के खिलाफ अंतरराष्ट्रीय मैच खेल रहा था, मैच से पहले राष्ट्रगान गाए जाने के दौरान पहले मेरे अंदर गुदगदी होने लगती और उसके बाद एक अलग तरह की ऊर्जा का संचार शुरू हो जाता था, हर बार। हर बार जब भी मैं स्टेडियम में खेलने के लिए उतरता, मैं इस बात से गहराई से वाकिफ रहता था कि मेरे कंधे पर एक अरब लोगों की उम्मीदें टिकी हुई हैं।

एक क्रिकेटर के तौर पर मेरा जीवन दुआओं से परिपूर्ण रहा, जिसे मेरे साथी क्रिकेटरों और दुनिया भर में घूमने के दौरान मिले अनुभवों ने और भी शानदार तथा व्यापक बना दिया। मेरे बचपन से लेकर उस भावनात्मक दिन तक, जब मैंने अंतत: क्रिकेट खेलने से संन्यास लिया, मैं उम्मीद करता हूँ कि आप मेरे उत्साह और निराशा, जीत और परेशानियाँ, खुशी और दर्द के अनुभव को महसूस कर पाएँगे, जिसकी बदौलत मैं कुछ बन पाया।

अगर ऐसा कुछ है, जिसे मेरे जीवन ने मुझे दिखाया, तो यह कि सपने जरूर

सच होते हैं, लेकिन पहले आपको अपना सपना तलाशना होगा और उसमें पूरी तरह भरोसा करना होगा। तभी आप और आपका सपना मिलकर एक हो जाएँगे, और फिर किसी चीज या किसी के जरिए उसे अलग नहीं किया जा सकेगा।

मुझे उम्मीद है, आपका जीवन भी आपको ऐसा ही कुछ जरूर दिखाएगा।

—सचिन तेंदुलकर

आभार

पहले मैं उन लाखों क्रिकेट समर्थकों का आभार व्यक्त करना चाहता हूँ, जिन्होंने मेरे कॅरियर और उससे परे भी मेरा साथ दिया, मेरे साथ खड़े रहे।

अन्य जिन लोगों का मैं आभारी हूँ, उनमें शुरुआत अंजलि से करना चाहूँगा, जो कि मेरी समर्पित पत्नी हैं और हर चीज में मेरी साझीदार हैं। उनको यह महसूस हुआ था कि मैं अपनी कहानी इस अंदाज में बताऊँ, जो कि युवा पाठकों को दिलचस्प लगे और भविष्य में जरूरत पड़ने पर इस पुस्तक की ओर वे दोबारा लौटें।

मैं कुछ खास लोगों को शुक्रिया अदा करता हूँ—

अजित, मेरे बड़े भाई, जिन्होंने मेरे अंदर चिनगारी देखी, मुझे क्रिकेटर बनाया और मैं उनको अपनी कहानी सुनाने और साझा करने के लिए बेताब रहता हूँ।

अर्जुन और सारा, जो अब बच्चे नहीं रहे, लेकिन मैं आश्वस्त हूँ कि वे उन प्रसंगों को जरूर इस पुस्तक में पाएँगे, जिनके बारे में वे बहुत ज्यादा नहीं जानते होंगे।

अपर्णा संथानम, पारिवारिक मित्र, जिन्होंने इस पुस्तक की पांडुलिपि पढ़ी और कुछ अमूल्य सुझाव दिए।

एस.आर.टी. स्पोर्ट्स मैनेजमेंट कंपनी की मेरी टीम, जिन्होंने इस पुस्तक को लिखने में मेरी मदद की और स्नेहपूर्वक डेडलाइंस के बारे में मुझे बताते रहे।

बोरिया मजूमदार, दोस्त और सह-लेखक, जिन्होंने अपने निरंतर समर्पण और लगन से पूरी कहानी को मेरे शब्दों में बताकर इसे मौलिक संस्करण में बदल दिया।

और इस पुस्तक के पाठको, आपका भी शुक्रिया, जो मेरी यात्रा में साथ रहे और उम्मीद करता हूँ कि आपको भी अपने सपनों का पीछा करने के लिए इस पुस्तक से कुछ तरीके मिल सकेंगे।

अनुक्रम

1

मेरे बचपन के दिन

बेटे, जीवन एक पुस्तक की तरह है। इसमें ढेर सारे चैप्टर होते हैं। काफी सारी सीखने वाली बातें होती हैं। यह विविधताओं से भरे अनुभवों से तैयार होता है और एक पेंडुलम की तरह काम करता है, जिसमें सफलता और विफलता, खुशी और गम, दो असली किनारे होते हैं। सफलता और विफलता से मिली सीख भी जीवन में बराबर का महत्त्व रखती है।

जीवन के बड़े हिस्से में विफलता और दुःख ज्यादा अच्छी तरह सिखानेवाले गुरुओं के समान होते हैं और सफलता व खुशी की अपेक्षा ज्यादा सिखाते हैं। तुम एक क्रिकेटर और एक खिलाड़ी हो। तुम सौभाग्यशाली हो कि देश का प्रतिनिधित्व कर रहे हो और यह बहुत बड़ा सम्मान है। लेकिन कभी मत भूलना कि यह भी जीवन का एक अध्याय ही है। अमूमन मान लेते हैं कि कोई भी इनसान 70 से 80 साल की अवस्था तक जीवित रहता है। तुम कितने साल तक खेलते रह पाओगे? बीस साल; अगर बहुत अच्छे साबित हुए, तो 25 साल तक खेल पाओ। इसके बावजूद तुमको अपने जीवन का ज्यादा बड़ा हिस्सा तुम्हें अपने इस पेशेवर खेल वाले हिस्से से अलग बिताना है। इसका साफ मतलब यह है कि क्रिकेट से आगे काफी बड़ा जीवन तुम्हारे सामने मौजूद है। मैं तुमसे कहना चाहता हूँ, बेटे, कि एक संतुलित प्रकृति बरकरार रखते हुए एक सौम्य जीवन बिताना। सफलता को अपने सिर पर न चढ़ने देना, जो तुम्हें बेअदब बना सकती है। अगर तुम विनम्र बने रहे, तो लोग तुम्हें तुम्हारे खेल जीवन के बाद भी प्यार और सम्मान देते रहेंगे। एक अभिभावक होने के नाते मुझे कभी भी लोगों से यह सुनना हमेशा खुशी देता रहेगा कि 'सचिन एक अच्छा इनसान है,' बजाय कि 'सचिन एक महान् क्रिकेटर है।'

मेरे पिता के इन शब्दों, जिसे मैं बड़े होने के दौरान अकसर सुनता था, में मेरे जीवन की फिलॉसफी समाहित है।

मैं एक परंपरागत महाराष्ट्रियन परिवार में मुंबई के बांद्रा पूर्व में पैदा हुआ और लेखकों के लिए बनाई गई एक कोऑपरेटिव हाउसिंग सोसाइटी, 'साहित्य सहवास' कॉलोनी में रहता था। मैं अपने चार भाई-बहनों में से एक हूँ, मेरे दो भाई और एक बहन हैं। नितिन, अजित और सविता मुझसे बड़े हैं, और मैं अपने परिवार में न केवल सबसे छोटा हूँ, बल्कि सबसे ज्यादा बुरे बरताववाला भी हूँ। मेरे पिता, रमेश तेंदुलकर, जाने-माने मराठी कवि, आलोचक और प्रोफेसर थे, जबकि मेरी माँ रजनी, एक इंश्योरेंस कंपनी में काम करती थीं। विनम्रता और सौम्यता उनके विशेष गुण थे और मेरे बड़े होने के क्रम में ये गुण मेरे व्यक्तित्व में भी धीरे-धीरे समाहित होते गए। बचपन में उनके सामने परेशानियाँ खड़ी करने के बावजूद मेरे अभिभावकों ने मुझसे हार नहीं मानी। यहाँ तक कि मैं कभी-कभी हैरान रह जाता हूँ, यह सोचकर कि कैसे उन्होंने मेरे जैसे शैतान बच्चे के साथ सामंजस्य बिठाया होगा!

हालाँकि कभी-कभी यह सब उनकी सीमा से पार जाने लगता रहा होगा, लेकिन मेरे पिता हमेशा धैर्यवान बने रहे और खासकर तब, जब उनको मेरी शैतानियों से जूझना पड़ता रहा होगा और मुझे नहीं याद है कि मैंने कभी उनकी फटकार सुनी या उनका गुस्से से तमतमाया चेहरा कभी देखा हो। इस वजह से जैसे-जैसे मैं बड़ा होता गया, पिता के प्रति मेरा सम्मान लगातार बढ़ता गया।

मेरी माँ, जो कि मेरे लिए दुनिया की सबसे बेहतरीन रसोइया थीं, मेरे चेहरे पर मुसकान देखने के लिए कुछ भी कर जाने को तैयार रहती थीं। वह हम सबके लिए सबसे स्वादिष्ट मछली और प्रॉन करी, बैगन भरता और वरन् भात बनाती थीं, और अपनी भूख और खाने के प्रति प्रेम के लिए मैं उनका अहसानमंद हूँ। मुझे सुलाने के लिए वे खूबसूरत गाने सुनाती थीं। दिन खत्म होने के बाद सोते समय उनकी मीठी आवाज में गाने सुनने से मेरे अंदर संगीत के प्रति प्रेम विकसित हुआ, जो आज तक उसी तरह मेरे साथ जुड़ा हुआ है।

मेरे भाइयों, नितिन और अजित ने हमेशा मेरे प्रयासों को सहारा दिया और क्रिकेट को लेकर मैं अजित का शुक्रगुजार हूँ। वह मुझसे 10 साल बड़े हैं और खुद भी बेहतरीन क्लब क्रिकेटर थे, लेकिन उन्होंने मेरे लिए अपने कॅरियर का बलिदान कर दिया, ताकि मैं अपनी बेहतरीन उपलब्धि हासिल कर सकूँ। अजित और मैं एक साथ सपने देखते थे और वह मेरे सबसे भरोसेमंद साथी, आलोचक, सबकुछ थे और हर मौके पर उनको सुनना अच्छा लगता था। मैंने भले ही रन बटोरे हों, लेकिन मेरे जोश और जुनून में अजित समाए हुए थे, जो मुझे हमेशा सही दिशा में रखने

का प्रयास करते थे और जब भी मैं गलतियाँ करता था, तो मेरा मार्गदर्शन करते थे। अजित केवल मेरे भाई ही नहीं, बल्कि मेरे सबसे करीबी दोस्त भी हैं।

मेरे सबसे बड़े भाई नितिन मेरे सभी भाई-बहनों में सबसे ज्यादा रचनाशील शख्स थे, वह तेंदुलकर परिवार में सबसे सख्त अनुशासन पसंद व्यक्ति थे और जब मेरी माँ मुझसे लगभग हार जाती थीं, तब वे मुझे नियंत्रित करने के लिए आगे बढ़ते थे। वह न केवल स्केच अच्छे बनाते थे, बल्कि संपूर्ण लेखक और कवि भी थे। शुरू में वे एक केमिस्ट्री के टीचर थे, बाद में उन्होंने एयर इंडिया में नौकरी शुरू कर दी। एक बार जब मैं दस बरस का था, उनकी फ्लाइट में कुछ देर हो गई और अजित व मैं उनके होटल के कमरे में खाना खाने के लिए चले गए। जीवन में पहली बार मैंने वहाँ तंदूरी चिकन खाया, जो कि उसी समय से मेरी पसंदीदा डिश बन गया।

सविता, मेरी बहन ने मुझे सबसे पहला क्रिकेट बैट दिलाया। वह छुट्टियों में कश्मीर गई हुई थीं और वहाँ से वे मेरे लिए कश्मीरी विलो का बना बल्ला लेकर आई थीं। कठिन-से-कठिन हालात में भी वे सामान्य बनी रहती थीं और बड़े होने के दौरान तमाम अहम मसलों पर हम आपस में सलाह-मशविरा करते थे। जब उनकी शादी हुई तो मैं जिद पर अड़ गया कि मेरे बहनोई को हमारे यहाँ आकर रहना चाहिए, न कि सविता को वहाँ जाना चाहिए। मैं नहीं चाहता था कि वे घर से जाएँ और जब वे घर से गईं तो मैं यह व्यक्त नहीं कर सकता कि मुझे उनकी कितनी कमी खली।

मस्ती और खेल

मेरे बचपन के दिन कभी उबाऊ नहीं रहे। मेरे अंदर जबरदस्त क्षमता और अंदरूनी ताकत थी, जिसके बलबूते मेरे शुरुआती वर्षों के दौरान मेरा क्रिकेट कॅरियर परवान चढ़ा और यह सबकुछ आनंद से भरपूर था।

मेरे बड़े होने के वर्षों में भी 'साहित्य सहवास' में बड़े पैमाने पर निर्माण कार्य चलता रहता था। इसके चलते मुझे और मेरे दोस्तों को अपने पड़ोसियों के साथ कुछ चुहलबाजी करने के नए-नए तरीके भी आजमाने का मौका मिल जाता था। हमने किसी को शारीरिक चोट नहीं पहुँचाई, फिर भी मैं शर्मिंदा हूँ कि हमने कॉलोनी के कुछ लोगों को निशाना बनाकर हँसी-मजाक किया। लेकिन सीधे-सपाट अंदाज में केवल इतना ही कहूँगा कि यह सबकुछ नादानी में मौज-मस्ती के लिए होता था।

हम लोग अकसर बालू में गहरे गड्ढे खोदकर उसे ऊपर से अखबारों से ढक देते थे। यह बालू वहाँ काम कराने वाले ठेकेदार छोड़ जाते थे। गड्ढे खोदकर हम

लोग जानबूझकर लोगों को बालू पर से चलकर आने को प्रेरित करते थे। अचानक ही वे बालू में धँस जाते थे, जिसे देखकर हम लोगों को बड़ा मजा आता था।

हम लोगों का एक और खिलवाड़ रास्ते से गुजरनेवाले अनजान लोगों पर चौथी मंजिल से पानी डालने का होता था। इसके अलावा आम के पेड़ पर चढ़कर हम लोग आम खाते थे, जबकि इन्हें तोड़ना मना रहता था। यह सब हम लोगों का समय बिताने का पसंदीदा तरीका हुआ करता था। दरअसल, यह सब छोड़ा हुआ था और हमें कोई रोक-टोक नहीं थी, इसलिए हम जितना चाहते थे, मस्ती करते थे और कभी-कभी शिकायतें हमारे घर आती थीं तो उनका भी हम पर कुछ खास असर नहीं पड़ता था। अंतत: यह सब बेहद शर्मिंदगी भरा रहा—मैं और मेरे दोस्त कभी-कभी लोगों के घरों को बाहर से बंद कर देते थे। यह खतरनाक तो नहीं था, लेकिन देर होने के कारण लोग बहुत बुरी तरह नाराज हो जाते रहे होंगे, लेकिन उस समय बहुत मजेदार लगता था।

सबसे पहले मेरा दाखिला बांद्रा के इंडियन एजुकेशन सोसाइटी के न्यू इंग्लिश स्कूल में कराया गया। मैं एक ठीक-ठाक छात्र था और भले ही मैं क्लास-टॉपर नहीं था, तो मैं सबसे फिसड्डी भी नहीं रहा। भले ही स्कूल उबाऊ न रहा हो, फिर भी साल का सबसे बेहतरीन समय दो महीने की गरमी की छुट्टी का होता था। छुट्टियों के दौरान मैं सुबह 9 बजे ही अपने घर से निकल जाता था और दिनभर धूप में ही खेलता रहता था। मेरे घर काम करने के लिए आनेवाली लक्ष्मीबाई मेरा दूध का गिलास और कभी-कभी मेरा दोपहर का खाना भी लेकर मैदान में ही आती थी, क्योंकि मैं घर वापस जाने से मना कर देता था।

तपती धूप और गरमी मेरे लिए कभी समस्या नहीं रही और मैं देर शाम तक घर से बाहर ही रहता था। दरअसल, मेरे ज्यादातर दोस्त जब अपने घरों में वापस चले जाते थे, तब मैं अकेले ही अपने आप में डूबा रहता। कॉलोनी में सात या आठ ब्लॉक थे और कभी-कभी मैं नंगे पैर ही सात-आठ चक्कर मार लेता था और अपनी ऊर्जा को खपाता रहता था। केवल मेरे भाई नितिन की आवाज जब मुझ तक पहुँचती थी तो मैं फिर कहीं रुकता नहीं था और सीधे घर पहुँच जाता था। वे मुझसे ज्यादा कुछ बोलते नहीं थे, लेकिन जब वे कुछ बोलते तो मेरे लिए वे आखिरी आदेश की मानिंद होते।

दो कमरे के अपार्टमेंट में चारों बच्चे एक साथ एक ही कमरे में सोते थे। सबसे अंत में सोने वाला बच्चा मैं ही होता था। अकसर सभी उत्तर-दक्षिण दिशा में

सोते, तो मैं पूरब-पश्चिम दिशा में सोता, और अचानक ही मुझे लगता कि किसी ने मुझ पर हाथ उठाया है, जब वे पाते कि मैं उनके ऊपर सोया हुआ हूँ। छोटी-मोटी सजा हमारे संबंधों को और गहरा कर देती थी और हर अनुभव हमें एक-दूसरे के और करीब ला देता था।

सचिन को 14 साल की उम्र में 1987 में वानखेड़े स्टेडियम में भारत और जिंबाब्वे के बीच हुए विश्व कप मैच में सचिन को 'बॉल बॉय' बनने का मौका मिला था।

□

2

चाऊमीन और मेरी पसंदीदा अन्य चीजें

बचपन में मुझे खाना बहुत पसंद था। मैं अपनी माँ के हाथों से बना घर का लजीज खाना खाकर बड़ा हुआ। नौ साल की उम्र में मैंने पहली बार चाइनीज फूड का स्वाद चखा था। सन् 1980 में चाइनीज फूड मुंबई में तेजी से पॉपुलर हो रहा था। चाइनीज खाने के बारे में मैंने काफी कुछ सुन रखा था। मेरी कॉलोनी के दोस्तों ने बाहर जाकर खाने का कार्यक्रम तय किया। हम सबने 10–10 रुपए इकट्ठे किए। उस वक्त मेरे लिए 10 रुपए बहुत मायने रखते थे। कुछ नया आजमाने को लेकर मैं काफी उत्साहित था। हालाँकि मेरे लिए वह शाम काफी निराशाजनक रही, क्योंकि अपने ग्रुप में सबसे छोटा होने की कीमत मुझे ही चुकानी पड़ी। रेस्टोरेंट में स्टार्टर के तौर पर हमने चिकन और स्वीटकॉर्न सूप ऑर्डर किया। हम एक लंबी टेबल पर बैठे थे तो जब तक सूप मेरे पास तक पहुँचा, तब तक उसका बड़ा हिस्सा सफाचट हो चुका था। शायद ही उसमें कुछ बचा था। ग्रुप के बड़ी उम्र के लोगों ने ही उसका ज्यादातर हिस्सा साफ कर दिया था। छोटी उम्र के साथियों तक ज्यादा कुछ बचा नहीं। कुछ ऐसा ही केस फ्राइड राइस और चाऊमीन के साथ भी हुआ और मुझे बमुश्किल कुछ चम्मच ही ये दोनों डिश नसीब हो पाईं। हमारे खर्च पर बड़ी उम्र के साथियों ने जमकर लुत्फ उठाया और मैं भूखा–प्यासा ही घर लौटा।

संगीत मेरा दूसरा प्यार

तेंदुलकर परिवार में संगीत लगातार मौजूद रहा। हम सभी भाई–बहन नियमित रूप से रेडियो सुनते और साप्ताहिक 'बिनाका गीतमाला' तो जरूर सुनते थे। मेरा संगीत के प्रति रुझान तब और बढ़ गया, जब मेरे पापा कैसेट प्लेयर ले आए और सबको अपनी पसंद के गाने उस प्लेयर पर चलाने के मौके दिए जाते थे।

मेरे दोनों ही भाइयों को मशहूर गजल गायक पंकज उधास की आवाज बेहद पसंद थी। हालाँकि उस समय मैं ऐसी गजलें पसंद नहीं करता था, लेकिन उस रूम में जरूर रहता था, जहाँ मेरे भाई गजल सुनते रहते थे और वे आपस में इस मुद्दे पर चर्चा करते रहते थे।

जल्दी ही संगीत क्रिकेट के बाद मेरा दूसरा प्यार बन गया और यह सिलसिला अब तक जारी है। फिल्मी गानों से लेकर हर तरह के शास्त्रीय संगीत तक मुझे हर तरह का भारतीय संगीत पसंद है। और अगर मेरा हेडफोन ऑन है तो मैं खुद को बेहद सुकून में पाता हूँ। आगे चलकर जब मैं विदेशी दौरों पर जाने लगा तो पश्चिमी संगीत भी सुनने और चुनने लगा। अब मुझे पिंक फ्लॉयड, U2, डायर स्ट्रेट्स और कई अन्य को भी सुनना अच्छा लगता है। मैंने वेस्टर्न म्यूजिक का यह स्वाद अपने भाई अजित तक भी पहुँचाया, और अब तो यह तेंदुलकर परिवार का अभिन्न अंग बन चुका है।

साइकिल के सपने

बचपन में मैं जिद्दी था। मेरे लगभग सभी दोस्तों के पास अपनी साइकिल हुआ करती थी, लेकिन मैं इससे वंचित था और मैंने तय कर लिया था कि मुझे भी साइकिल लेनी है। मेरे पापा को वाकई मुझे न करना पसंद नहीं था और वे अगले कुछ हफ्तों में साइकिल खरीदने का वादा करके मुझे शांत करने का प्रयास कर रहे थे। मुंबई जैसी जगह में चार बच्चों के परिवार को पालना आसान नहीं था, लेकिन हमारे अभिभावकों ने हम पर यह दबाव कभी आने नहीं दिया। मुझे अंदाजा नहीं था कि उनको किस दौर से गुजरना पड़ेगा, लेकिन मैं अपनी जिद पर अड़ा था कि जब तक मुझे साइकिल नहीं मिलेगी, मैं बाहर ही नहीं जाऊँगा और खेलूँगा भी नहीं। हालाँकि यह हास्यास्पद ही कहा जाएगा, लेकिन ये सच है कि मैं खेलने के लिए हफ्ते भर तक घर से बाहर निकला ही नहीं! मैं बालकनी में ही खड़ा रहता और पेरेंट्स को यह अहसास कराना चाहता था कि मुझे साइकिल की कमी कितनी खल रही है।

वे ऐसे दिन थे, जब मैंने वाकई उनको कष्ट पहुँचाया। हम चौथी मंजिल पर रहते थे। वहाँ एक छोटी सी बालकनी थी, जिसके चारों तरफ लोहे की छड़ें लगी हुई थीं। छोटा होने के कारण मैं ऊपर से नहीं देख पाता था, इसलिए मैं उन छड़ों के बीच से सिर निकालकर बाहर देखने की कोशिश में रहता था। एक दिन

तो कोहराम मच गया। मैंने उन छड़ों के बीच से सिर निकाल तो लिया, लेकिन फँस गया और मैं खुद को वापस खींच नहीं पा रहा था। आधे घंटे की कोशिश के बाद मैंने चीख-पुकार मचानी शुरू की। मेरी माँ दौड़ी-दौड़ी आईं और ढेर सारा तेल डालकर मुझे अंदर खींचा और छड़ों से राहत दिलाई।

मेरी व्यथा को देखकर मेरी अगली नई माँग के प्रति चिंतित और सशंकित मेरे पिता ने अंततः मुझे नई साइकिल दिला ही दी। मैं आज तक नहीं जान पाया कि साइकिल खरीदने के लिए उनको किस तरह के समझौते करने पड़े। उस समय तो मुझे इस बात की फिक्र ही नहीं थी। मुझे तो केवल साइकिल पसंद थी और मैं अपने दोस्तों को उसे दिखाने के लिए निकल पड़ा।

कई बार हालात विपरीत हुए, जिसकी वजह से मुझे काफी शर्मिंदगी और कष्ट झेलना पड़ा। दरअसल, मुझे लगता है कि एक बच्चे के तौर पर मेरे अंदर दर्द झेलने की क्षमता का भी मैं अंदाजा लगा सकता हूँ। मुझे अकसर चोट लग जाती या कहीं कट जाता तो मैं छोटे-मोटे हादसों के बारे में घर में शायद ही किसी को बताता था। यह इतना ज्यादा हो जाता था कि मेरे पिता ने अपनी यह आदत बना ली थी कि मेरे सो जाने के बाद वे मेरा पूरा मुआयना करते थे कि मुझे कहीं चोट तो नहीं लगी है। अगर वे मुझे दर्द में देखते तो समझ जाते कि मैंने अपने साथ फिर कुछ गड़बड़ की है और अगले ही दिन मुझे डॉक्टर के पास लेकर पहुँच जाते।

मैंने कितनी ही बड़ी गड़बड़ क्यों न कर दी हो, मेरे पिता शायद ही कभी मुझ पर गुस्से में चीखते या चिल्लाते। ज्यादातर तो मुझे समझाते थे कि मुझे अमुक काम करना चाहिए या नहीं करना चाहिए, और उनके तर्क मुझ पर गहरा असर छोड़ते थे। मेरे पिता के अंदर समझाने की अद्‍भुत कला थी और मेरे जीवन की सबसे बड़ी खुशकिस्मती! और मैं भी अपने बच्चों पर वैसी ही छाप छोड़ना चाहता हूँ।

सचिन दाएँ हाथ से बैटिंग और बॉलिंग करते हैं, लेकिन लिखते बाएँ हाथ से हैं।

साइकिल के साथ मेरा एडवेंचर
ADVENTURES WITH MY BICYCLE
जब मैं छोटा था तो मेरे ज्यादातर दोस्तों के पास साइकिल थी, लेकिन मैं इससे वंचित था।
बाबा, मुझे भी साइकिल चाहिए।
मैं जरा जिद्‌दी था और मैंने फैसला कर लिया था कि मुझे साइकिल लेनी ही है।
मैं हफ्ते भर घर से खेलने के लिए बाहर निकला ही नहीं।
मैं उदास होकर बालकनी में ही खड़ा रहता, ताकि मेरे पेरेंट्स जल्दी-से-जल्दी साइकिल खरीदने के बारे में सोचें।

एक बार तो मैंने अपने पेरेंट्स को बुरी तरह डरा दिया था, जब मेरा सिर बालकनी में लोहे की छड़ों के बीच में फँस गया था। मैंने बालकनी से बाहर देखने के लिए सिर निकाला था।
मैं उस दिन खुशी से फूला नहीं समा रहा था, जब मेरे पिता मेरे लिए नई साइकिल खरीदकर ले आए थे।
येएएएएएएएएए...
हो ओ ओ ओ ओ...

मैं दूसरे बच्चों से कहीं बेहतर तरीके से धीमी रफ्तार में साइकिल चला लेता था।
यहाँ तक कि मैंने कॉलोनी में हुई साइकिल रेस भी जीती थी।
कुछ ही महीनों में मैं एक पहिए पर साइकिल चलाने लगा।
बालू में मैं 10 से 15 फीट तक साइकिल को फिसला लेता था।
मुझे यह भी चिंता नहीं रहती थी कि इससे साइकिल के टायर जल्दी खराब हो जाएँगे।
मैं जितनी ज्यादा दूर तक साइकिल चलाता, उतना ही बेहतर महसूस करता था।

मैं इस बात की बिल्कुल परवाह नहीं करता था कि मेरे आगे-पीछे कोई आ रहा है।
OH NO!
मैंने ब्रेक दबाए और...
SSKKREEEEEE
...और ये लगा छक्का (क्रिकेट से बिल्कुल अलग तरह का)
AAAAAAHHHHHH!
धड़ाम!...
BANG!

मेरी बेशकीमती नई बाइक का क्या होगा?
मैं और मेरी बाइक, दोनों बुरी तरह चोटिल हुए थे।
साइकिल की एक तीली मेरी आँख के ऊपर जा धँसी थी और मेरे पिता मुझे लेकर प्लास्टिक सर्जन मित्र के पास गए थे, जिन्होंने मुझे आठ टाँके लगाए।

मेरे पिता ने मुझे ठीक हो जाने तक साइकिल से दूर रहने की हिदायत दी।
लेकिन उन्होंने साइकिल भी ठीक करवा दी थी।
जैसे ही मैं ठीक हुआ, एक बार फिर मैं साइकिल लेकर निकल गया। मैं हमेशा अपने सपनों को जीना चाहता था, वे चाहे बड़े हों या छोटे।

3

छोटे और बड़े संघर्ष

बचपन के कारनामों से जुड़े मेरे पास तमाम किस्से हैं, लेकिन मैं एक ऐसा किस्सा सुनाना चाहता हूँ, जो क्रिकेटरों को पैदा करनेवाले मुंबई के शिवाजी पार्क से जुड़ा है और मेरे खेलने के दौरान पेश आया था। तब मैं बारह साल का था और अपनी टीम की कप्तानी कर रहा था। मेरी टीम का विकेटकीपर चोटिल हो गया था और मैंने अपनी टीम में पूछा कि क्या कोई विकेटकीपिंग कर सकता है? जब कोई सामने नहीं आया तो अनिच्छा से ही सही, मैंने खुद विकेटकीपिंग करने का फैसला किया। हालाँकि इससे पहले मैंने कभी भी विकेटकीपिंग नहीं की थी। मैं विकेट के पीछे खुद को काफी असहज महसूस कर रहा था, क्योंकि विकेटकीपर के नाते मैंने कभी अभ्यास नहीं किया था। जल्दी ही इसका परिणाम भी सामने आ गया, जब मैंने एक कैच मिस कर दिया, जो कि बल्लेबाज के बल्ले का बाहरी किनारा लेकर मेरे पास पहुँचा था। गेंद मेरे पास काफी तेज रफ्तार में पहुँची और मैं उस रफ्तार के मुताबिक पोजीशन नहीं बना पाया और मेरे चेहरे पर गेंद जोर से लगी। आँख तो बाल-बाल बच गई, लेकिन मेरा चेहरा कट गया और खून तेजी से निकलने लगा।

मेरे पास टैक्सी से घर जाने के पैसे नहीं थे और खून से लथपथ होकर मैं बस से घर जाने में हिचक रहा था। मैंने अपने दोस्त से कहा कि मुझे साइकिल से घर छोड़ दे। हालाँकि जो भी मुंबई में रहता है, वह समझ सकता है कि यह कितना मुश्किल काम है, खासतौर पर जब एक भारी-भरकम क्रिकेट किट बैग भी साथ हो। पूर्वी और पश्चिमी बांद्रा के बीच अति व्यस्त फ्लाईओवर पर भारी वजन के साथ चढ़ना आसान नहीं है। जब मेरे दोस्त के लिए साइकिल खींचना मुश्किल हो जाता तो मैं उतरकर चलने लगता। आते-जाते लोगों के लिए यह एक अजीब सा वाकया था और वे रुककर देखने लगते थे कि खून से लथपथ

एक बच्चा क्रिकेट किट लिये हुए बढ़ता चला जा रहा है। ऐसे दृश्य रोज-रोज नजर भी तो नहीं आते। लोग मुझे देखकर चौंक रहे थे।

जब मैं घर पहुँचा तो मुझे इस बात से काफी तसल्ली हुई कि मेरे माता-पिता काम पर गए हुए हैं। मेरी दादी घर पर ही थीं, लेकिन मैंने उन्हें आश्वस्त किया कि घबराने जैसी कोई बात नहीं है, छोटी सी चोट है। इस पर उन्होंने कहा कि वे जानती हैं कि इसे कैसे ठीक किया जाता है। उन्होंने मेरी चोट पर गरम हल्दी डाल दी। यह एक पुराना आयुर्वेदिक इलाज है, जिसे जलने और कटने पर लगाया जाता है। मुझे अपनी चोट के बारे में किसी को बताने की जरूरत महसूस नहीं हुई और मैं जल्दी ही ठीक होने लगा।

हालाँकि ऐसा पहली बार नहीं हुआ था कि बचपन में खेलते हुए मुझे पहली बार चोट लगी हो। हम ऐसी पिच पर खेलते थे, जो या तो अधूरी बनी हुई होती थी या जरूरत से ज्यादा इस्तेमाल की गई होती थी और हमारे कोच का पूरा दबाव रहता था कि हम बिना हेलमेट पहने ही खेलें, ताकि गेंद को तेजी से भाँपने और छोड़ने की काबिलीयत विकसित हो सके। ऐसे विकेट पर चोटिल होने की आशंका ज्यादा रहती थी, लेकिन इसने हमें ताकतवर बनाया और भविष्य के लिए तैयार किया। इसका नतीजा यह हुआ कि मुझे कभी चोटिल होने से घबराहट नहीं हुई। यह सब एक पेशेवर खिलाड़ी के सफर का हिस्सा होता ही है। हालाँकि इसका यह मतलब बिल्कुल नहीं है कि मैं कोई सावधानी नहीं बरतता था और खुद को बेवजह चोटिल करने के हालात तलाशता था, जैसाकि एक बार मुझसे वानखेड़े स्टेडियम में मैच के दौरान पूछा गया और मैं इस सवाल पर हैरान रह गया था।

इस मैच में मुंबई रणजी ट्रॉफी के संभावित खिलाड़ी शामिल थे। यह सुबह जल्दी ही शुरू हो गया था और योजना यह थी कि तेज गेंदबाज बल्लेबाजों को पाँच से छह ओवर बॉलिंग करेंगे, जिसके बाद उनको आराम दिया जाएगा और इसके बाद दूसरे गेंदबाजों को नई गेंद से बॉलिंग करने का मौका मिलेगा। योजना यह थी कि बल्लेबाजों को ज्यादा-से-ज्यादा स्विंग गेंद का अभ्यास कराया जाए। बल्लेबाज के लिए खेलना कठिन बनाने के लिए पिच से घास भी नहीं छाँटी गई थी, जिससे पिच का स्वभाव तेज हो गया था।

पारी की शुरुआत करने के लिए मैं ही गया था और मैंने अंडर-15 की टोपी पहन रखी थी। मेरे पास उस समय हेलमेट नहीं था और हेडगियर के तौर पर अंडर-15 की कैप ही एकमात्र विकल्प मेरे पास मौजूद थी। राजू कुलकर्णी

उस दौर में भारत के स्थापित टेस्ट बॉलर थे। उन्होंने जब देखा कि मैं केवल कैप पहनकर ही उनके सामने आ गया हूँ और गार्ड ले रहा हूँ तो वे नाराज हो गए। किसी सीनियर खिलाड़ी की हिम्मत नहीं होती थी कि उनके सामने बिना हेलमेट के बल्लेबाजी करने उतरे, तो मैं मात्र 14 साल का लड़का, कैसे केवल कैप में उनकी गेंद खेलने के लिए पिच पर उतर आया, और क्या उसे अपने सिर की जरा भी चिंता नहीं है ? वे इस बात से नाराज थे। पहले तो मैं नहीं समझ पाया कि वे क्यों नाराज हैं ! उन्होंने लगातार मुझे बाउंसर गेंदें फेंकीं। कुछ देर बात मुझे समझ में आया कि वे मुझे चोटिल करने की बजाय यह सबक देना चाहते थे। हालाँकि मैंने इस दौर को गुजर जाने देने के लिए खुद को शांत बनाए रखा। जब मैंने उनके गुस्से के पीछे की वजह समझ ली तो मैं यह नहीं तय कर पा रहा था कि कैसे इन्हें समझाऊँ कि मैं कोई बहादुरी नहीं दिखाना चाहता, बल्कि मेरे कोच ने स्कूल क्रिकेट के दौरान कभी हेलमेट पहनने के लिए कहा ही नहीं। यह तो आगे जब मैं मुंबई टीम के लिए चयनित हुआ और राजू को अच्छी तरह जान पाया, तब मैंने उनको हेलमेट न पहनने की असली वजह बताई।

> **सचिन के सुपर टिप्स**
>
> जिंदगी आपकी तरफ जैसी भी गेंद फेंके, उसे खेलने का प्रयास करें। कुछ गेंदें आपको छकाएँगी, लेकिन निश्चित रूप से कुछ ऐसी भी गेंदें होंगी, जिन्हें आप बाउंड्री से बाहर करके अपना स्कोर बढ़ा सकेंगे।

क्रिकेट की ओर मुड़ना

क्रिकेट और म्यूजिक के अलावा बचपन में मैं टेनिस का भी बड़ा शौकीन था। ऐतिहासिक अमेरिकी टेनिस खिलाड़ी जॉन मैकनरो मेरे प्रिय खिलाड़ी थे। जब मैं दस साल का था तो मैं मैकनरो की नकल उतारा करता था और उनकी तरह ही अपने कर्ली बाल बढ़ाकर हेयरबैंड लगाकर घूमता था। ब्योर्न बोर्ग और मैकनरो के बीच होनेवाली भिड़ंत का मुझे बेसब्री से इंतजार रहता था और एक समय तो ऐसा भी आया, जब मैं क्रिकेट पर टेनिस को तरजीह देने की सोचने लगा।

अजीत टेनिस के प्रति मेरे जुनून को अच्छी तरह जानते थे, लेकिन वे मुझे हमेशा कॉलोनी के दोस्तों के साथ क्रिकेट खेलते हुए ही पाते थे। बैट के साथ मेरी प्राकृतिक जुगलबंदी के चलते वे ऐसा मानते थे कि अगर मुझे तरीके से तराशा जाए

तो मैं एक अच्छा बल्लेबाज बन सकता हूँ, हालाँकि उन्होंने जबरन कभी अपनी बात मुझ पर थोपी नहीं।

उन्होंने मुझे टेनिस रैकेट और बैट दोनों दिलाए। वे मुझे छत पर ले जाकर मेरी तरफ कैनवस गेंद फेंकते और टेनिस रैकेट और बैट, दोनों से बारी-बारी खेलने को कहते। हमारे पास ज्यादा गेंदें नहीं रहती थीं और जब कभी गेंद नीचे गिर जाती तो मैं चार मंजिल ऊपर से भागते हुए नीचे पहुँचता था और गेंद लेकर वापस छत पर पहुँच जाता था। (उन दिनों फ्लैटों में लिफ्ट नहीं होती थी, और मेरे मजबूत पैरों के पीछे यही कहानी है)। अजीत को यह अच्छी तरह पता था कि मैं क्रिकेट खेलते हुए ज्यादा आनंद उठाता हूँ और उसमें डूब जाता हूँ। संभवत: यही कारण था कि 1984 की गरमियों की छुट्टी में वे मुझे लेकर रमाकांत आचरेकर के क्रिकेट कैंप पहुँचे। तब मैं 11 बरस का था और क्रिकेट से उस समय मुझे कुछ लेना-देना नहीं था।

क्रिकेट में मेरे प्रवेश के लिए मेरे दोस्तों—सुनील हर्षे और अविनाश गोवारिकर का सामूहिक प्रयास भी कम जिम्मेदार नहीं था। उस दौर के भारत में नेशनल टी.वी. चैनल, दूरदर्शन पर हर रविवार को एक क्लासिक फिल्म आती थी और उस घटना वाले दिन ऐतिहासिक कलाकार देवानंद की फिल्म 'गाइड' आ रही थी। कॉलोनी के ज्यादातर लोग फिल्म देखने में मशगूल थे और हम तीन दोस्तों को मौका मिल गया कि आम के पेड़ पर चढ़कर कुछ आम तोड़ लें। सुनील और मैं एक ही टहनी पर थे, जबकि सुनील उसके भारी वाले हिस्से पर था, मैं उस टहनी के बाहरी छोर तक जा पहुँचा था। हम दोनों के भार से टहनी टूट गई और हम तीनों नीचे आ गिरे। हम तुरंत उठकर भागने लगे, लेकिन पकड़े गए। वहीं पर यह साफ हो गया था कि मेरी ऊर्जा को सही दिशा देने की जरूरत है, विशेष रूप से गरमियों की छुट्टियों के दौरान। अजित के लिए रमाकांत आचरेकर का कोचिंग कैंप ही इसका समाधान था, जहाँ मुंबई के बड़े-बड़े दिग्गज क्रिकेटरों ने खेलना सीखा था।

दिलीप और ईरानी ट्रॉफी टूर्नामेंट जैसे दो रणजी मैचों में सचिन ने संचुरी के साथ अपनी शुरुआत की थी।

4

स्लॉग डेज और गीली पॉकेट्स

टेनिस बॉल की बजाय क्रिकेट बॉल से खेलने का क्रम रमाकांत आचरेकर की सतर्क निगाहों के सामने ही शुरू हो सका, जो कि उन दिनों शारदाश्रम विद्यामंदिर स्कूल के क्रिकेट कोच थे। मैं उनको 'आचरेकर सर' कहकर ही संबोधित करता था। उन्होंने 1943 में 11 साल की उम्र में क्रिकेट खेलना शुरू किया था। मैं भी लगभग 11 बरस की उम्र में ही उनसे पहली बार मिला था। उन्होंने मुंबई क्लबों की तरफ से ढेर सारे मैच खेले थे, और 1963 में हैदराबाद के खिलाफ स्टेट बैंक ऑफ इंडिया की तरफ से एक फर्स्ट-क्लास मैच भी खेला था। जब मैं बड़ा हो रहा था, तब निश्चित रूप से वे मुंबई के सर्वाधिक सिद्धहस्त क्रिकेट कोच थे।

अपने स्कूल के दिनों से ही मेरे भाई अजित इस बात से अच्छी तरह वाकिफ थे कि मुंबई के अन्य स्कूलों की अपेक्षा शारदाश्रम में क्रिकेट कहीं बेहतर व्यवस्थित रूप में मौजूद है। यही कारण था कि वह मुझे लेकर सीधे शिवाजी पार्क में स्थित आचरेकर सर के नेट्स पर पहुँचे और समर कैंप में शामिल कराने के लिए मेरी किस्मत आजमाई। कैंप में ट्रायल के लिए कोई भी आ सकता था, लेकिन यह आचरेकर सर पर निर्भर था कि वे किसे अपने कैंप में शामिल करते हैं। वहाँ हर उम्र के खिलाड़ी के लिए नेट उपलब्ध थे, जो सब-जूनियर (अंडर-15) और जूनियर (अंडर-17) से शुरू होते थे। चूँकि मैं 11 साल का ही था, इसलिए मुझे सब-जूनियर नेट पर ट्रायल के लिए भेजा गया। मुंबई क्रिकेट एसोसिएशन की अंडर-15 की टीम भी होती है और सब-जूनियर सेक्शन से प्रतिभागी उस टीम का हिस्सा बनने के लिए जोरदार प्रतिस्पर्धा करते हैं।

मैंने पहले कभी नेट में बैटिंग नहीं की थी और अपने आसपास ढेर सारे लोगों को देखकर मैं असहज सा महसूस कर रहा था। जब मुझे बैटिंग के लिए बुलाया गया, तो मैं बेचैनी महसूस करने लगा। सर मुझे बहुत गहनता से परख रहे थे, लेकिन

मैं उनको प्रभावित नहीं कर पाया और फेल हो गया। सर ने अजित को एक तरफ बुलाया और कहा कि शायद मैं अभी कैंप के लिए काफी छोटा हूँ और थोड़ा बड़ा हो जाने पर मुझे कैंप में दोबारा लाने को कहा। मुझे नहीं पता कि उन दोनों के बीच क्या चर्चा हुई! मुंबई क्रिकेट सर्किट में मेरे प्रवेश का मामला यहीं मेरी विफलता के बाद खत्म हो जाता—अगर अजित न होते और उन्होंने जिद न पकड़ी होती।

अजित ने सर को समझाया कि मैं इस माहौल से वाकिफ नहीं हूँ, इसलिए थोड़ा घबराया हुआ हूँ और मुझे एक और मौका मिलना चाहिए। साथ ही उन्होंने यह भी सुझाव दिया कि सर को यह दिखाना चाहिए, मानो उनकी मुझ पर नजर नहीं है और वे कहीं और जाने का दिखावा करें और दूर से मुझे खेलता हुआ देखें। ज्यादा समय नहीं बीता था और मुझे दोबारा बैटिंग करने के लिए कहा गया, तब सर की निगाहें मुझ पर नहीं थीं, न ही वे मुझे अपनी प्रशिक्षित आँखों से परख रहे थे या ऐसा मुझे लग रहा था—इसके साथ ही मैं ज्यादा सहज महसूस करने लगा और जल्दी ही मैंने गेंदों की अच्छी तरह धुनाई चालू कर दी। इस बार सर ने मुझे कैंप में शामिल करने पर सहमति दे दी और तब मेरी खुशी का ठिकाना नहीं रहा। इस अवसर ने मेरा जीवन बदलकर रख दिया।

समर कैंप में शामिल होनेवालों को एडमिशन के लिए 65 रुपए और हर महीने 10 रुपए फीस देनी होती थी। मेरे मामले में मुझे याद नहीं कि मैंने शुरुआती कुछ महीनों को छोड़कर कभी फीस दी हो। शिवाजी पार्क में कैंप में सुबह और शाम को प्रैक्टिस सेशन होता था। मैं सुबह 7.30 बजे और 10.30 बजे के बीच प्रैक्टिस करता था और उसके बाद लंच के लिए घर जाता था। इसके बाद दोपहर बाद दोबारा मैदान में पहुँच जाता और देर शाम तक प्रैक्टिस करता रहता था।

मेरा दैनिक कार्यक्रम मशक्कत से भरा रहता था और दिन खत्म होते-होते मैं बुरी तरह थक जाता था। बांद्रा में मेरे घर से शिवाजी पार्क तक पहुँचने में 40 मिनट लगते थे। इसके लिए मुझे बहुत सवेरे वाली बस पकड़नी पड़ती थी, ताकि मैं समय से स्टेडियम पहुँच सकूँ।

पहले कुछ दिन तो अजित मेरे साथ आते-जाते थे, लेकिन जब रास्ते से वाकिफ हो गया तो मैं कैंप तक अकेले ही आने-जाने लगा। बस में आते-जाते अजित मुझसे बैटिंग की बारीकियों पर चर्चा करते और मुझे उनसे इस विषय पर बात करके काफी अच्छा लगता और सुकून मिलता था। दरअसल, मेरे पूरे कॅरियर के दौरान मैंने यह चीज अपने साथ सहेजकर रखी कि अपनी बैटिंग को लेकर मैंने अजित से चर्चा करना

कभी बंद नहीं किया, क्योंकि उनके अलावा और कोई मेरी कमियों को बारीकी से नहीं समझ सकता था और न मुझमें सुधार ला सकता था। इसने मेरी निजी कोचिंग मैनुअल की तरह मदद की।

बचपन में मेरे पास केवल एक सेट ही क्रिकेट के कपड़े रहते थे और प्रैक्टिस से लौटकर दिन में मेरा दैनिक कार्यक्रम उनको धोने का होता था। जब तक मैं दोपहर का खाना खाता था, तब तक मेरे कपड़े धूप में सूख जाते थे और शाम को दोबारा उनको पहनकर मैं प्रैक्टिस के लिए निकल जाता था। कपड़ों को साफ करने की वही प्रक्रिया शाम को लौटने के बाद मैं करता था, ताकि सुबह सहूलियत हो सके। यह व्यवस्था काम तो अच्छा करती थी, लेकिन जेबों को लेकर ऐसा नहीं हो पाता था। जेबों को सूखने का वक्त नहीं मिल पाता था और ज्यादातर समय मैं गीली जेबों के साथ ही प्रैक्टिस करता था।

स्कूल का बदलना

समर कैंप के बीच में मेरी बैटिंग ने सर को काफी प्रभावित किया और दिन-प्रतिदिन उनकी रुचि बढ़ती गई। दो महीने का कैंप पूरा होने के बाद उन्होंने अजित को बताया कि मेरे अंदर एक बेहतरीन क्रिकेटर बनने की पूरी क्षमता मौजूद है, लेकिन तभी, जबकि मैं पूरे साल क्रिकेट की प्रैक्टिस कर पाऊँ। उन्होंने मेरी बैटिंग के तरीके में कुछ बदलाव भी किए और उसका प्रभाव भी तुरंत ही देखने को मिला। अब मैं जूनियर सेक्शन के पुराने लड़कों के साथ प्रैक्टिस करता था।

हालाँकि मेरे बांद्रा के 'द न्यू इंग्लिश स्कूल' में क्रिकेट की सुविधाएँ नहीं थीं और सर भी मेरा स्कूल बदलवाने पर विचार कर रहे थे, अगर मैं क्रिकेट को गंभीरता से लेता तो! एक शाम सर ने मेरे पिता को बुलाया और स्कूल बदलवाने के बारे में बात की। किसी ने भी मुझपर कभी कुछ थोपने की कोशिश नहीं की और एक दिन जब मैं अभ्यास से लौटा तो पापा और अजित ने मुझसे मेरा विचार पूछा। उस समय तक मुझे बैटिंग करने में मजा आने लगा था और मैं साल भर तक ऐसे ही खेलते रह सकता था। बिना किसी संकोच मैंने आगे बढ़ने की हामी भर दी। मेरे पापा ने मुझे अपने पास बैठा लिया और समझाया कि अगर मैं क्रिकेट के प्रति वाकई गंभीर हूँ, तभी मुझे स्कूल बदलना चाहिए। मैंने उन्हें बताया कि ऐसा ही है, और तब उन्होंने शारदाश्रम विद्यामंदिर में मेरा दाखिला करा दिया, जहाँ आचरेकर सर क्रिकेट के कोच थे।

स्कूल बदलने का नतीजा यह हुआ कि न्यू इंग्लिश स्कूल के मेरे पुराने दोस्तों से मेरा नाता टूट गया, लेकिन जल्दी ही क्रिकेट के जरिए शारदाश्रम में भी मेरे कई नए दोस्त बन गए। स्कूल में सभी क्रिकेटर आपस में दोस्त थे, चाहे वे जिस भी क्लास या सेक्शन में हों। हम लंच ब्रेक में क्रिकेट खेलते थे और जब भी मिलते थे, क्रिकेट पर ही बातें करते थे, और आचरेकर सर स्कूल के बाद हमें सिखाने में जुट जाते थे। बहुत तेजी से क्रिकेट मेरा पहला प्यार बन गया। मेरे अंदर की अतिरिक्त ऊर्जा को संतुलित बनाए रखने में क्रिकेट एक सेफ्टी वॉल्व का काम करता था। मेरे परिवार में सभी लोग मेरा साथ देते थे, लेकिन मेरे पिता हमेशा कहते थे कि मैं इसमें ज्यादा-से-ज्यादा मेहनत करूँ और बाकी की चिंता छोड़ दूँ।

शारदाश्रम में आने का फायदा मुझे यह मिला कि ज्यादा-से-ज्यादा प्रतिस्पर्धी मैच नियमित रूप से खेलने को मिलने लगे और मेरा खेल तेजी से निखरने लगा। अपने आप में सुधार के लिए ज्यादा-से-ज्यादा मैच खेलने से बेहतर कुछ नहीं होता, क्योंकि ऐसे प्रतिस्पर्धी माहौल में हमें कुछ अलग सोचने, करने और विरोधी को पछाड़ने और सुधरते जाने की संभावनाएँ बनती जाती हैं। मैच खेलने का विकल्प नेट पर प्रैक्टिस कभी नहीं बन सकता और आचरेकर सर का इस सिद्धांत में अटल विश्वास था।

सचिन के सुपर टिप्स

प्रतिस्पर्धा का स्वागत करें, क्योंकि चुनौतीपूर्ण हालात में ही आप कुछ नया सुधार करने लायक सीखते हैं, और तभी आप सर्वश्रेष्ठ बन सकते हैं।

□

आचरेकर सर के क्लब 'कामथ मेमोरियल क्लब' की तरफ से खेलते हुए पहले मैच में मैं अच्छा नहीं खेल पाया। मैं इस मैच में गोल्डन डक के रूप में आउट हुआ। मैं अपनी कॉलोनी का स्टार बल्लेबाज था, तो स्वाभाविक था कि मेरे दोस्त मुझे खेलते हुए देखने के लिए आए थे। यह बहुत ही शर्मनाक था कि मैं पहली ही बॉल पर आउट हो गया और अजीब-अजीब से तर्कों से खुद को समझाने लगा कि बॉल नीची रह गई और पिच भी बैटिंग के लिए ठीक नहीं थी, वगैरह-वगैरह। दूसरे मैच में भी मैं जीरो पर ही आउट हो गया और तीसरे मैच में जाकर बड़ी मशक्कत के बाद मैं अपना पहला रन बना पाया, वह भी सात गेंद पर आउट होने से बचने के बाद। इस रन के बाद मुझे वाकई राहत मिली और मैं खुद पर से दबाव हटाने में कामयाब हुआ।

स्कूल में मेरी शुरुआत ज्यादा खराब नहीं थी, क्योंकि इस मैच में मैंने 24 रन

बनाए और हम आसानी से मैच जीत गए थे। हालाँकि मैं इस मैच को हमेशा याद रखूँगा, क्योंकि यहाँ मुझे निजी स्तर पर अहम सबक सीखने को मिला। इस मैच ने मुझे सिखाया कि जीवन में कभी भी अनैतिक काम नहीं करना है और खेल को ईमानदारी तथा निष्ठा के साथ खेलना है।

उस दौर में मुंबई में यह नियम था कि अगर खिलाड़ी ने कम-से-कम 30 रन बना लिये, तभी उसका नाम अखबार में छपेगा। मैंने 24 रन बनाए थे, लेकिन कई अतिरिक्त रन मिलने के कारण वे भी टीम के खाते में जुड़ गए। स्कोरर ने तय किया कि 6 अतिरिक्त रन मेरे स्कोर में जोड़ दिए जाएँ। उनका तर्क यह था कि इससे कुल स्कोर पर असर नहीं पड़ेगा और मेरा स्कोर भी बढ़कर 30 रन हो जाएगा। मैंने भी इस पर अपनी सहमति दे दी और मुझे बिल्कुल अंदाजा नहीं था कि इसका खामियाजा मुझे भुगतना पड़ेगा। अगले दिन मेरा नाम मुंबई के अखबारों में छपा, लेकिन मैंने जो किया, उससे आचरेकर सर बहुत नाराज हुए। मैंने अपनी गलती स्वीकारी और आगे से इस तरह की घटना न दोहराने का प्रण भी किया।

पहले मैच में गड़बड़ी का सिलसिला मेरे साथ लगातार चलता रहा और 1985 में पुणे में हो रहे मुंबई अंडर-15 के मेरे पहले सीजन में भी जारी रहा। मैं 12 साल का था और पहली बार पुणे जा रहा था, जबकि मेरे पास मात्र 95 रुपए ही थे।

टूर के दौरान हम लोगों को मामूली भत्ता मिला था, जिसमें यह रकम पूरक के तौर पर मैंने शामिल कर ली थी। जबकि हम लोगों का दौरा एक हफ्ते से ज्यादा चलने वाला था। मुंबई की तरफ से एकमात्र मैच में मैं शून्य पर रन आउट हो गया। मैं अपने स्कूल के ही एक साथी के साथ पिच पर था, जो कि मुझसे उम्र में बड़ा था और मुझसे तेज दौड़ रहा था। एक शॉट पर दो रन भागने के बाद उसने तीसरा रन लेने के लिए भी मुझे बुला लिया, जबकि वहाँ गुंजाइश नहीं थी। इसलिए मैं आउट हो गया और आँखों में आँसू भरकर पवेलियन लौट आया। मेरी दशा देखकर मुंबई के दो वरिष्ठ क्रिकेटरों, मिलिंद रेगे और वासु परांजपे ने मुझे सांत्वना देते हुए कहा कि तीसरे रन की गुंजाइश ही नहीं थी।

अगले कुछ दिन तक पुणे में लगातर बारिश होती रही। इस कारण केवल यही मैच मुझे खेलने को मिला। इसका नतीजा यह हुआ कि मुझे वेस्ट जोन अंडर-15 टीम में नहीं चुना गया। मैं इसलिए भी काफी दुःखी हुआ, क्योंकि मेरी टीम के कुछ साथियों को बिना एक गेंद खेले ही टीम में जगह मिल गई थी। मेरी परेशानी तब और बढ़ गई, जब मेरे सारे पैसे स्नैक्स और फास्ट फूड पर ही खत्म हो गए—और

मैं उस समय दादर स्टेशन तक ही पहुँच सका था। घर तक पहुँचने के लिए बस के किराए के पैसे भी नहीं बचे थे मेरे पास। इस पर मैं पैदल ही शिवाजी पार्क में रहनेवाले अपने चाचा के घर पहुँचा। मुझे अपने साथ दो भारी-भरकम बैग भी पूरे रास्ते खींचकर ले जाने पड़े। मैं सारे रास्ते रोते हुए उनके घर पहुँचा। मेरी हालत देखकर मेरी चाची बहुत विचलित हुईं और मुझसे इसका कारण भी पूछा। मैंने उनसे केवल इतना ही कहा कि मैं अच्छा महसूस नहीं कर रहा हूँ।

पहली कमाई

अपने स्कूल की तरफ से लगातार खेलने से मैं ज्यादा-से-ज्यादा रन बनाने और लंबे समय तक बल्लेबाजी करने की तकनीक सीखता गया। स्कूल की छुट्टियों के दौरान अपने क्लब की तरफ से मैं लगभग हर दिन प्रैक्टिस मैच खेलता था। वास्तव में शारदाश्रम में पहले ही साल में मैंने 60 दिन की छुट्टी में करीब 55 प्रैक्टिस मैच खेले। मेरा समर सेशन सुबह 7:30 बजे शुरू होता था और मैं लगभग दो घंटे तक बल्लेबाजी प्रैक्टिस करता था। नेट सेशन पाँच अलग-अलग हिस्सों में बँटा रहता था और लगातार व गहन अभ्यास चलता रहता था। सुबह के सेशन के तुरंत बाद मैं प्रैक्टिस मैच खेलने चला जाता था, जो शाम को 4.30 बजे के आसपास खत्म होता था और मात्र आधे घंटे के ब्रेक के बाद यानी 5 बजे से शाम का अभ्यास सेशन शुरू हो जाता था। इस ब्रेक के दौरान सर मुझे कुछ ट्रीट के तौर पर पैसे देकर वड़ा-पाव खाने या सॉफ्ट ड्रिंक पीने के लिए भेजते थे।

शाम 5 बजे से 7 बजे तक मुझे पाँच और नेट सेशन करने पड़ते थे, और अंतिम सेशन, जो कि 15 मिनट का होता था, उस दौरान सर स्टंप पर एक रुपए का सिक्का रख देते थे और अगर मैं बिना आउट हुए यह सेशन निकाल ले जाता तो वह सिक्का मेरा हो जाता था। इस सेशन में कैंप में मौजूद हर गेंदबाज मुझे आउट करने की फिराक में बॉलिंग करने के लिए आता था, जबकि 60 से 70 खिलाड़ी मैदान में फील्डिंग कर रहे होते थे। यहाँ तक कि अगर मेरे हवा में खेले शॉट को 90 यार्ड दूर पर मौजूद खिलाड़ी भी कैच कर लेता, जो कि भारत में मौजूद किसी भी स्कूल ग्राउंड की बाउंड्री लाइन से काफी ज्यादा की दूरी होती है, तब भी मैं आउट मान लिया जाता था। इसका यह मतलब होता था कि उन सर्वाधिक चुनौतीपूर्ण 15 मिनट के दौरान आउट होने से बचने के लिए मुझे हर गेंद और हर शॉट जमीन पर ही खेलना होता था। यह काफी गंभीर चुनौती थी, लेकिन समय बीतने के साथ मुझे

इस सेशन के दौरान सबसे ज्यादा मजा आने लगा था। एक रुपए का सिक्का जीतना मुझे सबसे ज्यादा संतोष देता था और इसके साथ-साथ मैं भारी थकान की दशा में भी एकाग्रचित्त रहना सीख पाया।

आखिरी क्षणों में सर मुझे पैड और ग्लव्स पहने ही शिवाजी पार्क के दो चक्कर लगाने को कहते थे। मेरे ट्रेनिंग सेशन का यह अंतिम हिस्सा होता था और सेशन खत्म होते-होते मैं पूरी तरह से थक चुका होता था। गरमी की छुट्टियों के दौरान मेरी लगभग यही दिनचर्या रहती थी, जिसकी बदौलत मेरी शारीरिक और मानसिक क्षमता का जबरदस्त विकास हुआ।

कभी-कभी मेरे पिता मुझे घर ले जाने के लिए आते थे तो मैं उनसे क्लब के पास जूस सेंटर से स्पेशल फ्रूट कॉकटेल की ट्रीट के लिए कहना नहीं भूलता था। हालाँकि यह जरा अटपटा जरूर था, क्योंकि मैं उस दौर में यह महसूस नहीं कर पाता था कि मेरे पेरेंट्स को मेरे अन्य भाई-बहनों की जरूरतों का भी खयाल रखना होता था, लेकिन मेरे पिता मेरी खुशी के लिए सारा पैसा खर्च कर देते थे।

बाकी के दिनों में जब मैं शिवाजी पार्क से घर लौटता था तो अगर बस में बैठने की जगह मिल जाती तो मुझे नींद भी आ जाती थी। अगर सीट नहीं मिलती थी तो उन दिनों में भारी-भरकम किटबैग के साथ बस में खड़े रहना भी अपने आप में दुष्कर काम था। साथ ही बस कंडक्टर भी हमेशा शिकायत करते रहते थे कि किटबैग की वजह से एक यात्री की जगह यों ही भर जाती है। मुझे यह सुनकर बड़ी शर्मिंदगी होती थी, क्योंकि उनका व्यवहार काफी रूखा होता था और कई कंडक्टर तो मुझ पर दो टिकट लेने का दबाव भी बनाते थे। मेरे पास दूसरे टिकट के लिए पैसे नहीं होते थे और मैं उनकी टिप्पणियों को नजरअंदाज करते-करते बेमतलब की बातों को अनसुना करना भी सीख गया। मेरे गंदे कपड़े भी कभी-कभी मेरी शर्मिंदगी और असहजता को बढ़ा देते थे। वहीं पूरे दिन खेलते रहने के चलते मेरे कपड़ों से बदबू भी आने लगती थी। समय के साथ मैंने किट बैग को खुद से लपेटकर रखने का तरीका भी सीख लिया। जिस तरह बैटिंग करते समय मैं पैड और हेलमेट पहनता था, उसी तरह बस में 'खेलने' के लिए किटबैग पहन लेता था।

स्टार बॉलर मेरी आंटी

साल भर बांद्रा से स्कूल के बीच की लंबी दूरी और मेरे सफर को लेकर मेरे परिवार ने महसूस किया कि यह कुछ ज्यादा ही हो रहा था। मुझे बीच रास्ते से

दूसरी बस पकड़नी पड़ती थी और अगर वह बस छूट जाती थी तो मैं स्कूल देर से पहुँचता था। यही नहीं, ये डेढ़ घंटे का सफर मुझे काफी थका देता था और इससे मेरा ट्रेनिंग टाइम प्रभावित होने लगा था। नतीजा यह हुआ कि शारदाश्रम में पहले ही साल आने-जाने के क्रम के चलते मैं साल में दो बार बीमार पड़ा और एक बार तो मुझे जॉण्डिस भी हो गया।

इसलिए यह तय हुआ कि मुझे अपने चाचा-चाची, सुरेश और मंगला के यहाँ रहना चाहिए, जो इंद्रावदन सोसाइटी में रहते थे, जो कि शिवाजी पार्क के पीछे ही स्थित अपार्टमेंट था। मैं उनके साथ चार साल तक वहाँ रहा। उन लोगों ने मेरा खूब खयाल रखा और मेरे बड़े होने के क्रम में बेहद अहम भूमिका निभाई। दरअसल, कभी-कभी तो मैं लिविंग रूम में अपनी चाची से ही मुझे बॉलिंग करने के लिए कहता था। मैंने गोल्फ की कुछ गेंद खरीदी थीं, जिसे तराशकर मैंने अंडाकार बना दिया था। मैंने जानबूझकर ऐसा किया, ताकि जब चाची मेरी तरफ गेंद फेंकें तो टप्पा पड़ने के बाद गेंद अपनी दिशा बदल ले और मुझे उसकी लाइन में आने के लिए विशेष प्रयास करना पड़े। इसके पीछे सोच यह थी कि घर पर समय बरबाद करने से कहीं बेहतर था कि मैं घर में रखी चीजों को नुकसान से बचाते हुए हल्के हाथों से गेंद खेलना सीख जाऊँ। इस पूरी प्रक्रिया के दौरान मेरी चाची कुरसी पर ही बैठी रहती थीं और मैं गेंद खेलने के बाद उसे उठाकर उन तक पहुँचा देता था। जब कभी मेरी चाची घर पर नहीं रहती थीं तो मैं मोजे में बॉल भरकर टाँग देता था और बल्ले के किनारों से उसे मारकर अभ्यास करता रहता था। सीधे बल्ले से उस गेंद को मारना तो काफी आसान होता था और जब उसे तिरछे बल्ले से मारता था तो कोशिश करता था कि बल्ले के बीच से ही गेंद पर लगे और जितनी बार भी संभव हो सकता था, यह प्रक्रिया मैं दोहराता रहता था। अगर गेंद बल्ले के बीच से नहीं लगती थी, तो यह दूसरी दिशा से मेरे पास आती (यह इनस्विंगर या आउटस्विंगर की तरह काम करती) और उसे खेलने की चुनौती मुझे काफी मजेदार लगती थी। इन अभ्यासों ने मुझे हाथ-आँख का समन्वय बेहतर करने में मदद की, साथ ही मुझे जागरूक रहना सिखाया कि गेंद खेलने के लिए मुझे किस दिशा में बैट ले जाना है।

मेरे चाचा-चाची का घर स्कूल से 30 मिनट पैदल की दूरी पर था। इसका मतलब यह था कि मुझे सुबह आराम करने के लिए ज्यादा वक्त मिल जाता था और मैं दोपहर में लंच के लिए भी आराम से 1 बजे के आसपास घर पहुँच सकता था तथा दोबारा क्लब के प्रैक्टिस मैच के लिए शाम को जल्दी मैदान में हाजिर हो

सकता था। सर मेरे लिए हफ्ते में तीन प्रैक्टिस मैच का शेड्यूल बनाकर चलते थे और उनकी यह कोशिश रहती थी कि मैं हर मैच में नंबर चार पर बैटिंग करूँ। मैं हर मैच में अपनी पसंदीदा जगह पर बैटिंग करता था और अगर मैं जल्दी आउट हो जाता तो पैड बदलकर तुरंत फील्डिंग के लिए चला जाता था। अच्छी बैटिंग करना और आउट न होना अपने आप में एक इनाम की तरह था, क्योंकि इसके चलते मुझे फील्डिंग के लिए नहीं जाना पड़ता था, क्योंकि फील्डिंग में मुझे ज्यादा मजा नहीं आता था। मैच के बाद मैं अपनी शाम की ट्रेनिंग में शामिल हो जाता था और 7.30 बजे शाम तक यह सिलसिला चलता रहता था।

जिन दिनों स्कूल में मैच रहता था तो हमारी कोशिश रहती थी कि इसे दूसरे दिन तक खींचकर ले जाया जाए। उदाहरण के लिए, अगर हम 300 रन का पीछा कर रहे हैं और पहले दिन 260–270 रन बना लिये तो बाकी के रन के लिए हम उसे अगले दिन के लिए रोककर रखते थे और अगली सुबह हम उन रनों को पूरा कर लेते थे। इस तरह हमें दूसरे दिन स्कूल से बचने का मौका मिल जाता था, और सुबह के सत्र के आधे घंटे में ही मैच खत्म कर हम सब बीच पर क्रिकेट खेलने निकल जाते थे, जिसमें खूब मजा आता था और हम सभी का वह दिन काफी मजेदार गुजरता था।

मेरे माता–पिता काम खत्म होने के बाद लगभग रोज ही चाचा–चाची के यहाँ मुझसे मिलने आते थे। मेरी माँ के लिए खासतौर पर यह एक थका देने वाला सफर होता था, क्योंकि वे सांताक्रुज स्थित ऑफिस के लिए थका देने वाला सफर करती थीं और पीक–आवर ट्रैफिक में मुंबई के पब्लिक ट्रांसपोर्ट में सफर करने से बड़ी चुनौती कुछ नहीं है। हकीकत यह है कि मैं परित्यक्त न महसूस करूँ, इसके लिए वे पूरे दिन के काम के चलते थके होने के बावजूद खुशी–खुशी समय निकालते थे, और यह वाकई काबिलेगौर है।

19 साल में सचिन तेंदुलकर भारत की तरफ से काउंटी क्रिकेट में खेलनेवाले सबसे युवा खिलाड़ी बने।

5

गेम ऑन

मैंने निरंतरता बनाए रखते हुए रन बनाने शुरू कर दिए थे और साथ-ही-साथ 1986-87 के सीजन में अपना पहला शतक भी लगाया। हम शिवाजी पार्क में डॉन बॉस्को स्कूल के साथ खेल रहे थे और मैं 94 रन बना चुका था और पहले दिन का खेल रोका गया। इस मैच से कुछ दिन पहले मैंने अपने सर को रात के खाने पर आमंत्रित किया था। सर ने, हालाँकि एकदम स्पष्ट कर दिया था, वे डिनर पर तभी आएँगे, जब मैं स्कूल क्रिकेट में शतक लगाऊँगा। इस बात से उत्साहित और चिंतित भी, मैं उस रात अपने पिता के साथ सोया। मुझे कुछ ही घंटे की नींद नसीब हुई और अगली सुबह मैं जल्दी ही उठ गया।

मेरी बेचैनी को भाँपते हुए मेरे पिता मुझे बांद्रा में गणपति के मंदिर ले गए, ताकि मुझे उनका भी आशीर्वाद मिल सके और उसके बाद मैं शिवाजी पार्क के लिए रवाना हो गया। रास्ते में मैं एक और गणपति के मंदिर में गया, जहाँ मैं मैचों से पहले अकसर जाता था। मंदिर परिसर में पानी की टोंटी थी और मैं वहाँ का पानी पीकर ही मैदान में उतरता था। उस दिन भी मैंने वही किया और मैच शुरू होते ही पहले ओवर में दो चौके लगाकर अपने शतक तक जा पहुँचा। अपने वादे के मुताबिक सर उस दिन डिनर पर आए और वह समय मेरे लिए अविस्मरणीय पल बन गया।

शारदाश्रम में 1987-88 का सीजन मेरे लिए सर्वश्रेष्ठ साबित हुआ, जब मुझे गिल्स शील्ड, जो कि अंडर-14 का टूर्नामेंट था, और हैरिस शील्ड, जो कि अंडर-16 का टूर्नामेंट था, दोनों में खेलने का मौका मिला। जब-जब पीछे मुड़कर देखता हूँ, तो अब यह कहीं ज्यादा बड़ी उपलब्धि लगती है कि मैं एक साथ दोनों वर्गों में हिस्सा ले पाया, जबकि उस समय मैं इन सब चीजों के बारे में सोच ही नहीं पाता था। मुंबई में यह टूर्नामेंट युवा प्रतिभाओं को तराशने के बेहतरीन मौके माने जाते थे और यहाँ अच्छा प्रदर्शन करने का मतलब होता था कि आपको शहर

के क्रिकेट सर्किल में पहचाना जाने लगता है।

हैरिस शील्ड में उस सीजन में मैंने रिकॉर्ड 1025 रन केवल पाँच मैच खेलकर बनाए और केवल एक बार ही आउट हुआ। अब यह अतिविशिष्ट सा लगता कि क्वार्टर-फाइनल, सेमीफाइनल और फाइनल में 207 नाबाद, 326 नाबाद और 346 नाबाद रन क्रमश: मैंने बनाए। यही नहीं, हैरिस शील्ड के सेमीफाइनल में 326 नाबाद रन बनाने के तुरंत बाद मैं गिल्स शील्ड में खेलने के लिए आजाद मैदान पहुँच गया, जहाँ मैंने 178 नाबाद रन बनाए और इससे टीम को मैच जीतने में आसानी हुई।

उस सीजन में मैंने शुरुआत ही शतक से की और आउट होने से पहले 125 रन ठोके, और मैं जिस तरह से इस मैच में आउट हुआ, वह मैं कभी नहीं भूल पाऊँगा। मैं एक ऑफ-स्पिनर की गेंद पर स्टंप आउट कर दिया गया, जो कि सुनने में अक्षम था और मुझे अब भी उसके चेहरे पर उमड़े भाव याद आते हैं, जब मैं उसकी एक खूबसूरत फ्लाइटेड गेंद पर पूरी तरह बीट हुआ था। हालाँकि विकेटकीपर उस गेंद को नहीं पकड़ पाया और उस गेंदबाज के चेहरे का उत्साह तुरंत ही खीझ में बदल गया था, क्योंकि मुझे स्टंपिंग करने का बेहतरीन मौका निकल चुका था। फिर भी मैं क्रीज पर रुका नहीं और यह सोचकर कि मैं आउट हो गया, मैं पवेलियन की तरफ बढ़ने लगा और विकेटकीपर को मैंने जानबूझकर पूरा मौका दिया कि वह स्टंपिंग करके मुझे आउट कर दे। मैं जानबूझकर गेंदबाज के प्रति सहानुभूति नहीं दिखाना चाहता था, लेकिन ये ऐसे पल मेरे साथ आजीवन जुड़े रहेंगे, जिनको शब्दों में बयान कर पाना मुमकिन नहीं है। फिर भी यह धर्मार्थ कार्य नहीं था और मैं महसूस कर रहा था कि गेंदबाज ने मुझे आउट करने के लिए हर मुमकिन प्रयास किया है और वह इस विकेट का हकदार भी है।

फरवरी 1988 में हैरिस शील्ड के सेमीफाइनल में सेंट जेवियर्स से मैच चल रहा था, जो कि तीन दिवसीय मैच था और हम लोगों का स्कोर 84-2 था, जब मैं बैटिंग करने के लिए चौथे नंबर पर उतरा। उस दौर में मुंबई की क्रिकेट सर्किल के एक और प्रतिभाशाली खिलाड़ी—विनोद कांबली, पहले से क्रीज में मौजूद थे। वे नंबर तीन पर बैटिंग कर रहे थे। हमने मिलकर विपक्षी आक्रमण की धज्जियाँ उड़ानी शुरू कर दीं और रिकॉर्ड तोड़ साझेदारी कर डाली। चूँकि आजाद मैदान काफी बड़ा है और खुला हुआ भी है, इसलिए विपक्षी खिलाड़ियों को गेंद पकड़ने के लिए खूब दौड़ लगानी पड़ रही थी और पसीना बहाना पड़ रहा था, जबकि हम लोग पिच पर गाना गाते और एक-दूसरे के साथ हँसी-मजाक करते हुए पारी को आगे बढ़ाते जा

रहे थे। साथ-साथ बैटिंग करते हुए लंबे समय तक चैन से रहने का यह हम लोगों का तरीका था।

दिन का खेल खत्म होने तक हम लोग आउट नहीं हुए थे और विनोद 182 पर तथा मैं 192 पर खेल रहा था, और अगली सुबह हम दोनों ने दोहरा शतक बनाया और बैटिंग करते रहे, जबकि आचरेकर सर चाह रहे थे कि हम लोग पारी घोषित कर दें। हमें हमारे सहायक कोच की चीखने के अंदाज में हमें बुलाने की आवाज सुनाई दे रही थी, जो कह रहे थे कि दस मिनट के अंदर वापस आ जाएँ, लेकिन हम इस तरह से दिखा रहे थे कि हमें उनकी आवाज सुनाई नहीं दे रही है। दोपहर लंच तक हमारा स्कोर 748-2 जा पहुँचा, जिसमें मेरा योगदान 326 रन का था। मैदान से लौटते ही मुझे सहायक कोच ने बताया कि मैं गहरे संकट में फँसने जा रहा हूँ। आचरेकर सर ने सोचा था कि हमने पारी घोषित करने में देर कर दी और जरूरत से ज्यादा रन बना लिये हैं और अगर हमने विपक्षी टीम को सस्ते में नहीं समेटा तो हम फाइनल में खेलने के हकदार नहीं होंगे। मैंने तो शाम को सर का गुस्सा झेलने से खुद को बचाने के लिए तुरंत ही पारी घोषित करने का फैसला कर लिया। वहीं विनोद ने मुझे ऐसा करने से मना किया, क्योंकि वह 349 रन पर थे और एक रन बनाकर 350 का आँकड़ा छूना चाहते थे।

इसलिए मैंने मैदान के बाहर स्थित पब्लिक फोन से सर को फोन किया और मेरी आवाज सुनते ही पूछ बैठे कि लंच से पहले हमने विपक्षी टीम के कितने विकेट चटकाए? यह सर का अंदाज था। जबकि वह अच्छी तरह वाकिफ थे कि हमने पारी घोषित नहीं की है। मैंने उन्हें बताया कि मैं पारी घोषित करना चाहता हूँ और विनोद आपसे बात करना चाहते हैं। लेकिन विनोद सर से डर गए और एक ओवर और बैटिंग करने को लेकर कुछ भी उनसे नहीं पूछा।

मैंने तुरंत पारी घोषित कर दी और डेढ़ दिन बैटिंग करने के बावजूद नई गेंद से बॉलिंग शुरू करने के लिए मैदान में जा पहुँचा। मुझे जरा भी थकान नहीं लग रही थी और पारी में मैंने काफी लंबे समय तक बॉलिंग की। समर कैंप में मैंने जितनी मेहनत की थी, अब उसका नतीजा भी सामने आने लगा था। विनोद ने भी काफी अच्छी बॉलिंग की और 6 विकेट झटके। इस तरह सेंट जेवियर्स की टीम 154 रन ही बना सकी और हम फाइनल में जा पहुँचे।

664 रन की साझेदारी उस समय विश्व में किसी भी फॉर्मेट के क्रिकेट में सबसे बड़ी साझेदारी थी। स्थानीय क्रिकेट समुदाय में हैरिस शील्ड के सेमीफाइनल

में जगह बनाना इस वजह से ज्यादा अहम नजर आने लगा था। इसकी वजह से हमें बड़े पैमाने पर पहचान मिली। हमारी जोड़ी काफी चर्चित हो गई और विनोद के साथ बैटिंग करना भी अपने आप में मजेदार होने लगा था, क्योंकि उनका कोई ठिकाना नहीं रहता था कि वह कब क्या कर बैठें? उसी सीजन के एक मैच में अचानक मैंने विनोद को गायब पाया, फिर मैंने देखा कि पिच से 20 मीटर दूर वह पतंग उड़ाने में मस्त हैं। सोचिए, पारी के बीच में यह नजारा कैसा माहौल बनाता होगा!

हालाँकि सर उस दिन वहाँ नहीं थे और विनोद आश्वस्त थे कि वह उनसे बच जाएँगे। लेकिन सर कभी-कभी पेड़ के पीछे छिपकर हमारे खेल का आकलन करते थे, और तथ्य यह है कि यह कभी-कभार ही होता था कि वे हमारा कोई मैच छोड़ दें। दिन के अंत में वे हमें मैच में पकड़ी गलतियों का रूपांतरण करके बताते, जिसमें वे हमें दिखाते कि हमने फुटवर्क, स्टांप या स्ट्रोक चयन में कहाँ गलती की। यह निश्चित रहता कि दिन के अंत में वे मुझे एक पर्ची पकड़ाते, जिसे ऊँची आवाज में मुझे पढ़ना होता और उसमें पहली बात लिखी थी—विनोद की पतंग। सर ने चेताया कि आगे से ऐसी हरकत नहीं होनी चाहिए।

बेहद खास तोहफा

अंजुमन-ए-इस्लाम टीम के खिलाफ फाइनल खेलने से पहले ही हम लोग खास बन गए थे। यह मैच क्रिकेट क्लब ऑफ इंडिया (सी.सी.आई.) में खेला जाना था। 1933 में गठित सी.सी.आई. का महत्त्व भारत में वैसे ही है, जैसे इंग्लैंड के लंदन का एम.सी.सी., यानी मेरिलबोन क्रिकेट क्लब। सी.सी.आई. पर यह मेरा पहला प्रतिस्पर्धी मैच था और मुंबई क्रिकेट के तमाम दिग्गज और हस्तियाँ फाइनल में यह देखने के लिए आई थीं कि हम कैसा खेलते हैं। उन लोगों ने हमारे बनाए विश्व रेकॉर्ड साझेदारी के बारे में काफी कुछ सुन रखा था और वे यह सुनिश्चित करना चाहते थे कि क्या हम क्रिकेट में कॅरियर बनाने का माद्दा रखते हैं? दिलीप वेंगसरकर, सुनील गावस्कर और सी.सी.आई. अध्यक्ष राज सिंह डूंगरपुर वहाँ मौजूद थे, जिन्हें मैं निराश नहीं करना चाहता था।

फाइनल से पहले की शाम हेमंत करकरे, जो सुनील गावस्कर के भतीजे थे, ने मुझे एक शानदार तोहफा दिया, जिसने मुझे अच्छा प्रदर्शन करने के लिए बतौर इंसेंटिव की तरह लगा। उस समय तक मेरे पास अच्छे पैड नहीं थे और सर ने हेमंत को यह बात बताई थी। हेमंत अपने साथ एक जोड़ी पैड लेकर आए, जिसे कभी

सुनील गावस्कर ने पहनकर खेला था। यह बेहद हल्का था और इसके अंदर नीले रंग की पैडिंग की हुई थी, और उन्होंने यह पैड मुझे देने का फैसला किया था। मैं न केवल खुश हुआ, बल्कि काफी प्रभावित भी हुआ और अजित के साथ उनके घर जाकर अपना उपहार लेने पहुँचा।

मैं उन पैड्स को पहनकर गर्व महसूस कर रहा था कि जिन्हें कभी सुनील गावस्कर ने पहना था, आज मैं उसे पहनकर खेल रहा हूँ! पहले दिन लंच से तीस मिनट पहले मुझे बल्लेबाजी करने का मौका मिला और मैं अगले दो दिन तक बैटिंग करता रहा। तीसरे दिन चाय से पहले जब मेरी टीम ऑल आउट हुई, तब मैं 346 रन बनाकर नाबाद था। मेरे कॅरियर की यह बेहद उल्लेखनीय पारी थी, क्योंकि उसके तुरंत बाद ही मैं मुंबई रणजी ट्रॉफी टीम के संभावितों में शामिल कर लिया गया।

एक क्रिकेटर के तौर पर मेरे शुरुआती दिनों में एक अन्य शख्स ने मेरी बहुत मदद की, वे थे—हेमंत वैंगनकर। हेमंत मेरे पिता के एक छात्र थे, जो मुझे बचपन से जानते थे और मेरे कॅरियर की शुरुआत से लेकर अंत तक वे मुझसे जुड़े रहे। हेमंत के चलते ही विख्यात भारतीय कंपनी सनग्रेस मफतलाल ने क्रिकेट सामानों को लेकर विनोद और मेरी काफी मदद की। हमारी दोस्ती, जो कि अब तीन दशक पुरानी हो चुकी है, आज भी बदस्तूर जारी है। वे उन तमाम लोगों में शामिल हैं, जिन्होंने मुझे मेरे सपनों को मुकाम तक पहुँचाने में मेरी मदद की है।

16 साल, 238 दिन की उम्र में सचिन एक दिवसीय क्रिकेट के इतिहास में पदार्पण करनेवाले दूसरे युवा बने, जब वे पाकिस्तान के खिलाफ 18 दिसंबर, 1989 को बल्लेबाजी करने उतरे थे।

6
मेरे सर

जब मैं पीछे मुड़कर अपने क्रिकेट-जीवन के वर्षों के बारे में सोचता हूँ तो मुझे लगता है कि अपने कोच रमाकांत आचरेकर के बिना मैं कुछ भी नहीं था और मैं आजीवन उनका ऋणी रहूँगा। यही नहीं, उनके सहयोगियों में दास शिवाल्कर और लक्ष्मण चव्हाण भी समान रूप से सम्मान के हकदार हैं। अगर सर नहीं होते तो मैं कभी उस स्तर का क्रिकेटर नहीं बन पाता, जो मुकाम मैंने हासिल किया। वे सख्त अनुशासनप्रिय थे और मेरे लिए जो भी हो सकता था, उन्होंने किया।

कभी-कभी तो वे मुझे अपने स्कूटर पर लेकर मुंबई के एक छोर से दूसरे छोर तक पहुँच जाते थे, ताकि मैं मैच में समय से पहुँच सकूँ। भले ही क्रिकेट से मुझे प्यार था, लेकिन ऐसे भी दिन थे, जब मैं अपने दोस्तों के साथ खेलने में मशगूल हो जाता था और यह भी भूल जाता था कि नेट प्रैक्टिस के लिए भी जाना है। जब मैं नहीं पहुँचता था तो आचरेकर सर अपने स्कूटर से मुझे ढूँढ़ने निकल पड़ते थे और 'साहित्य सहवास' तक चले आते थे। मैं घर के बाहर अपने दोस्तों के साथ किसी खेल में खोया हुआ मिलता था। सर मुझे ढूँढ़ लेते और हमारे अपार्टमेंट से मुझे अधिकारपूर्वक खींच ले जाते थे। मैं उनको तमाम बहाने सुनाता, लेकिन उन पर कोई असर नहीं होता था। वे तुरंत कपड़े बदलकर तैयार होने और जूते पहनने का आदेश सुना देते और तब मुझे उनके स्कूटर पर पीछे बैठकर शिवाजी पार्क जाना ही पड़ता था। सफर के दौरान वे मुझसे कहते थे—"इन बच्चों के साथ मामूली खेलों में अपना समय बरबाद मत करो। क्रिकेट तुम्हारा नेट्स पर इंतजार कर रहा है। कड़ा अभ्यास करो और फिर खुद महसूस करो कि तुम्हारे अंदर किस तरह का जादुई बदलाव आता है!" उस समय मुझे जबरन प्रैक्टिस में धकेला जाना बहुत बुरा लगता था, लेकिन आज जब मैं पीछे मुड़कर देखता हूँ तो अपने व्यवहार को लेकर शर्मिंदा महसूस करता हूँ और केवल सर की दूरदृष्टि की तारीफ ही करने को जी चाहता है।

सर ने एक बार और मुझे दंडित किया था, जब वे एक बहुत ही महत्त्वपूर्ण चीज के बारे में बता रहे थे। शारदाश्रम इंग्लिश और शारदाश्रम मराठी स्कूलों ने हैरिस शील्ड के फाइनल में जगह बना ली थी और यह मैच वानखेड़े स्टेडियम में खेला जाना था। मैं उस समय जाइल्स शील्ड स्तर का खिलाड़ी था और तब हैरिस शील्ड से मुझे लेना-देना नहीं था। यह जानकर मैं वहाँ जाना चाहता था और खेल देखना चाहता था, जबकि सर ने मेरे लिए प्रैक्टिस मैच खेलने की व्यवस्था कर रखी थी और मुझे चेतावनी भी दी थी कि मैं किसी भी सूरत में अपना मैच न गँवाऊँ और वानखेड़े से वापस चला जाऊँ। हालाँकि मैंने उनकी बात नहीं मानी और फाइनल मैच देखने चला गया; मैं इस बात से अनजान था कि सर भी वहाँ मौजूद होंगे। मैंने वहाँ उनके गुस्से का जो रूप देखा, वह मैंने पहले कभी नहीं देखा था और उन्होंने कहा कि मैं यहाँ आकर दूसरों का खेल देखने के लिए नहीं बना हूँ, अगर मैंने कड़ा अभ्यास किया तो एक दिन ऐसा आएगा, जब पूरी दुनिया से लोग मेरा खेल देखने के लिए आएँगे।

इसमें कोई दो राय नहीं कि आचरेकर सर ने मुंबई और भारत के लिए क्रिकेट की दुनिया में जबरदस्त योगदान दिया है। केवल मैं ही उनका वह शिष्य नहीं हूँ, जिसने भारत का प्रतिनिधित्व किया; उनके द्वारा प्रशिक्षित लालचंद राजपूत, विनोद कांबली, प्रवीण आमरे, अजित अगरकर, संजय बांगड़, बलविंदर संधू, चंद्रकांत पंडित, पारस महांब्रे, समीर दिघे और रमेश पवार ने भी भारत का प्रतिनिधित्व कर रखा है। हालाँकि किसी भी मौके पर उन्होंने इस काम से वित्तीय लाभ हासिल करने की कोशिश नहीं की, बल्कि इसके उलट, दरअसल ऐसे तमाम मौके आए, जब उन्होंने ही दूसरों की मदद की और जो गरीब थे तथा उनके समर कैंप के लिए फीस नहीं चुका सकते थे, उनको कभी निराश नहीं किया।

मेरे कॅरियर के दौरान, हर दौरे से पहले और भारत की हर सीरीज से पहले, मैं चार जगहों पर जरूर जाता था, जिनका मेरे जीवन में विशेष महत्त्व था—शिवाजी पार्क स्थित गणेश मंदिर और प्रभादेवी स्थित सिद्धिविनायक मंदिर, मेरे चाचा-चाची के घर और आचरेकर सर के पास।

सचिन ऐसे पहले क्रिकेटर हैं, जिसने अंतरराष्ट्रीय क्रिकेट में 30 हजार रन से ज्यादा बनाए हैं।

□

7

मेरा पहला मौका (ब्रेक)

शारदाश्रम में मेरे पहले अच्छे सीजन के चलते एम.आर.एफ. पेस फाउंडेशन, चेन्नई, से मुझे 1987 में ट्रायल के लिए बुलाया गया, जहाँ ऐतिहासिक ऑस्ट्रेलियाई तेज गेंदबाज डेनिस लिली उस समय मुख्य कोच के तौर पर काम कर रहे थे। एम.आर.एफ. पेस फाउंडेशन का गठन देश में तेज गेंदबाजों की प्रतिभा तराशने के लिए किया गया था। भारत में इनकी हमेशा से कमी रही थी। देशभर के कोचों को कहा जाता था कि वे प्रतिभावान खिलाड़ियों का नाम भेजें और मुंबई के पूर्व क्रिकेटर तथा भारत के बेहतरीन कोचों में से एक एवं मेरे गुरु समान वासु परांजपे ने मेरा नाम फाउंडेशन में भेज दिया।

मेरे लिए यह कम आश्चर्यजनक नहीं था, क्योंकि मेरे शरीर का ढाँचा और लंबाई को देखते हुए मैं कहीं से भी अंतरराष्ट्रीय तेज गेंदबाज बनने की दक्षता नहीं रखता था। मजाक-मजाक में डेनिस लिली ने मुझसे कहा कि मैं अपनी बैटिंग पर ही फोकस करूँ। ऐसा ही सामने आया भी कि मैं हमेशा से एक बल्लेबाज था, जो तेज गेंदबाजी की कला सीखना चाहता था।

सर के सख्त निर्देशन में मैंने जितनी कड़ी मेहनत की थी, उसका नतीजा दिखना शुरू हो चुका था और मैं 14 नवंबर, 1987 को मुंबई की रणजी टीम के लिए चुन लिया गया। रणजी ट्रॉफी भारत में घरेलू टीमों के बीच टॉप लेवल प्रतिस्पर्धा के लिए जानी जाती है। इसकी शुरुआत 1933-34 में हुई और इसे विख्यात के.एस. रणजीत सिंहजी के नाम पर रखा गया, जिन्होंने विश्व में भारत की तरफ से क्रिकेट का प्रतिनिधित्व किया था और 1896 में इंग्लैंड की तरफ से ऑस्ट्रेलिया के खिलाफ खेले थे। रणजी ट्रॉफी में प्रदर्शन में निरंतरता का यह नतीजा होता है कि खिलाड़ी को राष्ट्रीय टीम में जगह बनाने का मौका मिल जाता है। 1980 में हर जोन से फर्स्ट क्लास टीम के तौर पर—पश्चिम, उत्तर, दक्षिण, पूरब और मध्य—एक-दूसरे से

मैच खेलीं और नॉक-आउट स्तर की ओर बढ़ीं।

मुंबई की टीम में शामिल होने के बावजूद किसी भी मैच में टीम के आखिरी एकादश में मुझे जगह नहीं मिली। इसका यह मतलब था कि मैं सुनील गावस्कर के साथ खेलने का मौका बेहद नजदीक से चूक गया, जो 1987 के क्रिकेट विश्व कप के बाद हर तरह के फॉर्मेट से संन्यास लेने वाले थे। जब मैं बड़ा हो रहा था, श्री गावस्कर भारत के लिए 34 शतक लगा चुके थे और वे एक विशाल प्रेरणा के स्रोत बन चुके थे। उनके साथ न खेल पाने का अफसोस मुझे हमेशा रहेगा।

हालाँकि उस सीजन में मुझे रणजी मैच में स्थानापन्न फील्डर के तौर पर छोटा सा अनुभव मिला, जिसके बाद मुंबई के ब्रेबोर्न स्टेडियम में पाकिस्तान के खिलाफ अंतरराष्ट्रीय मैच में भारत की तरफ से फील्डिंग करने का मौका मिला। यह एक महोत्सव मैच था और पाकिस्तान के दो क्रिकेटर, जावेद मियाँदाद और लेग स्पिनर अब्दुल कादिर, लंच के आसपास मैदान से कुछ देर के लिए बाहर चले गए थे। कप्तान इमरान खान ने मुझे स्थानापन्न के तौर पर लॉन्ग ऑन पर फील्डिंग के लिए भेज दिया था।

रणजी ट्रॉफी में खेलने की शुरुआत के दौरान का एक वाकया मुझे याद है। हम लोग वडोदरा में पश्चिम जोन का मैच खेल रहे थे। कमरे में मेरे साथ पूर्व अंतरराष्ट्रीय खिलाड़ी सुरु नायक भी रह रहे थे। एक रात जल्दी खाने के बाद उन्होंने सुझाया कि मैं कमरे पर ही आराम करूँ, जबकि बाकी के खिलाड़ी पूजा करने के लिए पास के ही मंदिर जाने लगे। बाद में चलकर मुझे पता चला कि वे लोग पार्टी करने निकल गए थे और मुझे इसलिए छोड़ दिया था, क्योंकि मैं केवल 14 साल का था।

वास्तव में मेरे साथ ज्यादातर अच्छा व्यवहार नहीं होता था। 1987 में ओड़िशा के कटक में मुंबई अंडर-15 टीम की तरफ से खेलने जाने पर हमें एक कॉलेज की डॉर्मेटरी में रखा गया था। डॉर्मेटरी के बाहर बालकनी थी और उसके बाहर कॉलेज का खेल का मैदान था। टीम में मेरे दो मित्र—जतिन परांजपे (उन्होंने आगे चलकर भारत के लिए एक दिवसीय मैच खेले) और विनोद कांबली, हमने तय किया कि शाम ढलने के बाद हम टीम के सभी सदस्यों के जूते और स्पाइक्स इकट्ठे कर लेंगे। डॉर्मेटरी में जब अँधेरा छा गया तो हमने अपनी टीम के बाकी साथियों पर जूते फेंकने शुरू किए। जब उन लोगों ने वापस हम पर जूते फेंकने शुरू किए तो हम छिप गए और उनके जूते हमारे सिर के ऊपर से होते हुए बाहर मैदान में जा गिरे। अंततः रात के दो बजे पूरी टीम मैदान में पहुँचकर अपने जूते और चप्पलें तलाश रही थी।

रणजी ट्रॉफी में शुरुआत

उस साल मुंबई के कप्तान दिलीप वेंगसरकर ने क्रिकेट क्लब ऑफ इंडिया के नेट्स में मुझ पर बारीक नजर रखनी शुरू की। उस समय भारत को न्यूजीलैंड की टीम के साथ एक मैच खेलना था। वेंगसरकर मेरे खेल से काफी प्रभावित थे; विशेष रूप से कपिल देव की गेंदों पर मेरे आत्मविश्वास से प्रभावित थे। इसके कुछ समय बाद ही 10 दिसंबर, 1988 को, जब मैं 15 साल का था, उन्होंने चयनकर्ताओं से चर्चा की कि मैं मुंबई की तरफ से गुजरात के खिलाफ होनेवाले मैच में खेलने के लायक हो गया हूँ। और इस तरह मुझे पहला बड़ा मौका मिला। अपने पहले डेब्यू मैच में मैंने 100 रन बनाए और आउट नहीं हुआ तथा फर्स्ट क्लास डेब्यू मैच में शतक जड़नेवाला पहला सबसे कम उम्र का भारतीय खिलाड़ी बन गया। 1988–89 के सीजन में मैं मुंबई की तरफ से सबसे ज्यादा स्कोर बनानेवाला खिलाड़ी बन गया और इस क्रम में मैंने सात में से छह मैचों में अर्धशतक जड़े। मुंबई को दिल्ली के खिलाफ सेमीफाइनल में कड़ी टक्कर के बावजूद मात खानी पड़ी और इस तरह मेरा डेब्यू सीजन का समापन हुआ, जिसमें मेरा बल्लेबाजी औसत 64.77 के साथ सम्मानजनक रहा। सेमीफाइनल में मदल लाल, जो कि भारत के पूर्व तेज गेंदबाज और कोच थे, दिल्ली की तरफ से खेल रहे थे और मुझे याद है कि मैंने उनकी गेंद पर एक स्ट्रेट ड्राइव लगाई, जो कि सीमा रेखा के पार चार रन के लिए चली गई और उस शाम सबसे ज्यादा चर्चा मेरे उसी शॉट को लेकर हो रही थी। उस शॉट के साथ हर चीज सटीक थी, और इसके चलते मुझ पर ध्यान दिया जाने लगा, और उस समय मेरे खाते में यह उपलब्धि भी जुड़ गई।

मुंबई की तरफ से मेरे प्रदर्शन को देखते हुए मुझे नए सीजन की शुरुआत के लिए नवंबर 1989 में ईरानी ट्रॉफी के लिए टीम में रखा गया। ईरानी ट्रॉफी, जो कि रणजी ट्रॉफी चैंपियन और शेष भारत के बीच होनेवाला अहम टूर्नामेंट है, जिसका घरेलू क्रिकेट कलेंडर में विशेष महत्त्व है और अपने आप पर ध्यान दिलाने के लिए इसमें ढेरों अवसर मिलते हैं। शेष भारत की तरफ से खेलते हुए मैंने पहली पारी में 39 रन बनाए और भारत के बेहतरीन बाएँ हाथ के ऑफ स्पिनर मनिंदर सिंह के हाथों आउट हुआ। मैंने फैसला किया कि अगली पारी में मुझे छाप छोड़नी है।

यह अवसर बहुत खास इसलिए भी था, क्योंकि मेरा भाई यह मैच देखने के लिए आया था। वासु परांजपे ने मेरे पिता को सुबह ही बता दिया था कि मैं निश्चित रूप से शतक मारूँगा। हालाँकि उस दिन मेरा शतक पूरा नहीं हो पाया, लेकिन पंजाब

> **सचिन के सुपर टिप्स**
> आप को मुकाम तक पहुँचाने में ढेर सारे लोगों का योगदान होता है, चाहे वह बड़ा हो या छोटा। उनको कभी मत भूलिएगा।

के बल्लेबाज गुरुशरण सिंह का मैंने सहयोग किया। उन्होंने 1990 में भारत की तरफ से न्यूजीलैंड के खिलाफ एक टेस्ट मैच खेला। दिल्ली के तेज गेंदबाज अतुल वासन की एक गेंद पर वह अपनी उँगली तुड़ा बैठे थे और चोटिल होकर ड्रेसिंग रूम में बैठे थे। मैं शानदार बैटिंग कर रहा था और 86 रन बना चुका था, जब हमारा नौवाँ विकेट गिर गया। यह जानकर कि गुरुशरण तो चोटिल हैं और बैटिंग नहीं कर पाएँगे, मैं वापस पवेलियन की तरफ जाने लगा। तभी मैंने देखा कि गुरुशरण मेरी तरफ बढ़े चले आ रहे थे और वह एक हाथ से ही बैटिंग करने को तैयार थे।

जब हम विकेट पर मिले तो अदम्य साहस का परिचय देते हुए उन्होंने मुझसे कहा, "अब तो तेरा हंड्रेड करके ही जाएँगे।" यह वह भाव था, जिसे मैं ताजिंदगी नहीं भूल पाऊँगा और मैंने उस कर्ज को चुकाने की कोशिश आगे चलकर की, जब कुछ साल बाद मुझे दिल्ली में अप्रैल 2005 में एक सहायतार्थ मैच खेलने का मौका मिला। मैंने उनसे वादा किया था कि जैसे ही वे मुझे याद करेंगे, मैं उनके लिए खेलने आ जाऊँगा, उस समय चाहे मैं जहाँ कहीं भी रहूँ।

इस मैच के दौरान ही सर्वाधिक प्रतीक्षित पाकिस्तान दौरे के लिए जानेवाली भारतीय टीम का ऐलान होना था। यह 1989 में नवंबर-दिसंबर का समय था।

16 साल की उम्र में इससे पहले कि मुझे जानकारी मिलती, मैं भारत के लिए खेलने वाली टीम में शामिल कर लिया गया था।

सचिन पहले खिलाड़ी हैं, जिनको भारत का सर्वोच्च नागरिक सम्मान 'भारत रत्न' से सम्मानित किया गया है। साथ ही यह सम्मान हासिल करनेवाले वे सबसे कम उम्र की शख्सियत हैं।

□

8

स्कूल से अंतरराष्ट्रीय क्रिकेट तक

भारत की तरफ से खेलने का मैंने हमेशा सपना सँजो रखा था। छोटी सी उम्र में यह अवसर हाथ लगना और मेरा सपना पूरा होना अपने आप में बेहद खास रहा। इस मौके को जिस चीज ने और भी खास बना दिया, वह था पाकिस्तान के खिलाफ पाकिस्तान में खेलना और उनकी तेज गेंदबाजी का सामना करना, जिसमें जबरदस्त क्षमतावाले इमरान खान, वसीम अकरम, वकार यूनुस और आकिब जावेद की चौकड़ी थी, तो वहीं मुश्ताक अहमद और अब्दुल कादिर के रूप में किसी भी नवोदित खिलाड़ी की परीक्षा लेनेवाले अव्वल दर्जे के स्पिनर थे।

यह आग से बप्तिस्मा करने जैसा था।

रणजी ट्रॉफी में एक शतक जमाने के बाद मैं आत्मविश्वास से लबरेज पाकिस्तान के दौरे पर निकल पड़ा। हो सकता है कि मैं उस समय महज एक किशोर था, तो मेरे ऊपर पाकिस्तान के खिलाफ खेलने को लेकर दबाव जैसा कुछ नहीं था। भारत-पाकिस्तान के बीच क्रिकेट मैच के दरम्यान राजनीतिक उठा-पटक से मुझे कुछ लेना-देना नहीं था। मैं इसे महज अपने पहले दौरे के तौर पर ही ले रहा था, जो कि अपने आप में बड़ी चुनौती थी। यहाँ तक कि इतनी छोटी सी उम्र में मुझे मैच खेलने वाले आखिरी एकादश में शामिल किए जाने की भी किसी ने उम्मीद नहीं की थी और टेस्ट मैच के लिए तो बिल्कुल भी नहीं। कुछ लोग सोच रहे थे कि हो सकता है कि एक-दो एक दिवसीय मैचों में मुझे खेलने का मौका मिल जाए, जबकि दूसरे लोग यह मानकर चल रहे थे कि मुझे केवल अंतरराष्ट्रीय क्रिकेट का माहौल महसूस कराने के लिए ले जाया गया है।

मैं केवल भारत के लिए अच्छा करना चाहता था और ढेर सारे रन बटोरना चाहता था। प्रतिस्पर्धी क्रिकेट खेलने के महज पाँच साल के अंदर मैं भारतीय टीम में आ गया था—स्कूल से लेकर विश्व क्रिकेट तक का यह सफर कुछ ज्यादा ही तेजी से आगे बढ़ रहा था।

मेरी शुरुआत अच्छी हुई थी और पहले टेस्ट से पहले के दो मैचों में, जो कि पाकिस्तान बोर्ड पैट्रंस एकादश के खिलाफ रावलपिंडी में थे, मैंने 47 रन बनाए और पाकिस्तान की तरफ से 50 टेस्ट मैचों में खेलनेवाले बाएँ हाथ के स्पिनर इकबाल कासिम के हाथों आउट हुआ। दर्शकों ने खड़े होकर मेरा स्वागत किया था। मुझे हल्का आभास होने लगा था कि शायद मैं टेस्ट टीम में शामिल कर लिया जाऊँ और अपनी टेस्ट कैप पहनने का सपना भी देखने की हिम्मत जुटाने लगा था। अंततः कप्तान कृष्णमाचारी श्रीकांत ने मुझे टेस्ट खेलने वाले एकादश में शामिल किए जाने की सूचना दी। यह मैच कराची में अगले दिन शुरू होनेवाला था और उन्होंने रात में मुझे इसकी जानकारी दी।

इस खबर को सुनकर मेरे अंदर जो भाव उमड़े, उनको शब्दों में बयान कर पाना मुमकिन नहीं है। मैं उस दल के 11 खुशकिस्मत लोगों में से एक था, जिनके ऊपर करोड़ों भारतीयों के प्रतिनिधित्व की जिम्मेदारी थी। यह वह सम्मान है, जिसके लिए एक क्रिकेटर जीता है, अपने देश की तरफ से उस टीम के खिलाफ खेलने के लिए, जिसे दुनिया की बेहतरीन क्रिकेट टीम माना जाता है। और इस सम्मान के साथ ही जिम्मेदारी का भाव स्वतः आ जाता है। घर में क्रिकेट के प्रशंसकों के लिए मैं जवाबदेह होने जा रहा था और मुझसे एकमात्र अपेक्षा उनकी यही थी कि मैं अपना सर्वश्रेष्ठ प्रदर्शन प्रस्तुत कर सकूँ। अपनी राष्ट्रीय टीम और भारतीय क्रिकेट के जुनूनी प्रशंसकों के लिए कुछ कर गुजरने के सिवा मैं किसी और चीज की कल्पना ही नहीं कर सकता था। मैं सलिल अंकोला के साथ कमरे में रह रहा था और वह भी अपने टेस्ट कॅरियर की शुरुआत करने जा रहे थे। हम दोनों ही मैच से पहले वाली रात को सो नहीं सके थे। हम दोनों ही जानते थे कि यह एक ऐसा अवसर है, जो हमारा जीवन हमेशा के लिए बदल देने की ताकत रखता है।

कराची की घबराहट

पाकिस्तान के खिलाफ पहला टेस्ट मैच 15 से 20 नवंबर, 1989 को खेला गया था। मुझे वह पल याद है, जब पाकिस्तानी पारी समाप्त होने के बाद एक भारतीय खिलाड़ी के तौर पर मैं मैदान पर उतरा था। मेरे जीवन ने विशालकाय कदम उठाया था। यह कपिल देव का भी 100वाँ टेस्ट मैच था, जिनसे पहले केवल सुनील गावस्कर और दिलीप वेंगसरकर ही इस उपलब्धि को हासिल कर सके थे और हम सभी उनके लिए उत्साहित थे।

दूसरे दिन पाकिस्तान की टीम 409 रन बनाकर आउट हो गई, अब बैटिंग करने की बारी हमारी थी। पिच जीवंत थी और वसीम व वकार की तेज गेंदबाजी के सामने हमारा स्कोर 41-4 हो गया था। मुझे नंबर छह पर बैटिंग करने का मौका मिला और मैं वसीम व वकार के सामने बिल्कुल अनुभवहीन तथा अनजान था और टेस्ट क्रिकेट की पहली पारी शुरू कर रहा था। उनकी गेंदों की तेजी जिस तरह की थी, वैसी मैंने पहले कभी खेली नहीं थी और उनके सामने बहुत ही ऊँचे दर्जे की बैटिंग क्षमता दिखाने की जरूरत थी।

क्रीज पर मेरा समय बहुत ही छोटा था और याद करने लायक भी नहीं था। मैं केवल 24 गेंद ही खेल सका, और आधे से ज्यादा पर तो मैं चूकता चला गया। मैंने इस दौरान दो चौके भी लगाए, लेकिन अपनी पारी के दौरान कभी भी सहज नहीं हो पाया। किस्मत से बने 15 रन के बाद मैं अंततः एक अन्य नवोदित खिलाड़ी वकार यूनुस के हाथों बोल्ड कर दिया गया। हालाँकि पवेलियन वापस लौटते समय मेरे मन में खुद को लेकर शंका और पहेलियाँ जारी थीं।

मेरे कॅरियर का यह काफी महत्त्वपूर्ण पल था। घरेलू क्रिकेट में तहलका मचाकर मैंने अंतरराष्ट्रीय क्रिकेट में काफी तेजी से जगह बनाई थी, लेकिन यहाँ अंतरराष्ट्रीय मंच पर मैं ठीक से गेंद के सामने बल्ला नहीं ले जा पा रहा था। घरेलू और अंतरराष्ट्रीय क्रिकेट के बीच का अंतर काफी भयानक था।

पहले टेस्ट मैच में मुझे केवल एक ही पारी में खेलने का मौका मिला, जो कि अनिर्णीत खत्म हुआ, और आगे के दिनों में मैंने कोच चंदू बोर्डे और ढेर सारे वरिष्ठ टीम साथियों से भी सलाह-मशविरा किया कि मुझे सुधार के लिए अपने अंदर किस तरह का बदलाव करना चाहिए। रवि शास्त्री से मेरी काफी लंबी बात हुई, जो कि उस दौर में अंतरराष्ट्रीय क्रिकेट में स्थापित सितारा थे, जिन्होंने सलाह दी कि मुझे 15 से 20 मिनट तक बेहद धैर्य से खेलना चाहिए, यही वह समय होता है, जबकि सबसे ज्यादा असहजता वाली स्थिति रहती है। असल उपाय था, मध्य में समय बिताने का। लेकिन क्या मुझे ऐसा करने का दोबारा अवसर मिलेगा ?

फैसलाबाद में होनेवाले दूसरे टेस्ट मैच के अंतिम एकादश में अपना नाम देखकर मुझे बेहद तसल्ली हुई।

फैसलाबाद की चुनौती

मैं जानता था कि दूसरा टेस्ट मेरी क्षमता और मनोदशा या मिजाज परखनेवाला

टेस्ट साबित होने जा रहा है। अपने पूरे कॅरियर के दौरान मैं ऐसे ही चुनौतीपूर्ण पलों में निखरता रहा हूँ। कमजोर टीम के सामने निर्जीव ट्रैक पर बेहतर प्रदर्शन करना हमेशा अच्छा नहीं होता। एक सच्चे क्रिकेटर को, तभी वास्तविक संतुष्टि मिलती है, जब वह कठिन हालात में बेहतरीन गेंदबाजों के सामने अच्छा प्रदर्शन करके खुद को साबित करता है।

एक बार फिर हमने अपने शुरुआती विकेट जल्दी-जल्दी गँवा दिए थे और महज 100 रन पर ऊपर के चार विकेट गिरने के बाद मैं बैटिंग करने के लिए उतरा। इस बार हालाँकि इस तरह बैटिंग करने का तरीका मेरा नहीं था, लेकिन मैंने खुद को मजबूर किया अगले 15 मिनट तक पिच पर ठहरने के लिए। मैं धीरे-धीरे विकेट के पेस और बाउंस से सामंजस्य स्थापित कर ले गया और धीरे-धीरे मेरा आत्मविश्वास भी वापस आने लगा।

मैंने 172 गेंदें खेल ली थीं और टेस्ट क्रिकेट के पहले अर्धशतक की ओर बढ़ चला और अंततः 59 रन बनाकर इमरान खान का शिकार बन गया। उस पारी में मैंने संजय मांजरेकर के साथ मिलकर 143 रन की साझेदारी भी की थी; भले ही मैंने केवल चार चौके ही लगाए, लेकिन उस पारी ने मुझे जबरदस्त सुकून दिया। इस पारी ने मुझे बहुत अच्छा सबक भी सिखाया—हर पारी में धुआँधार तरीके से रन बनाने का कोई मतलब नहीं होता। ज्यादा अहम यह रहा कि इस पारी के जरिए मुझे समझ में आया कि मैं वास्तव में अंतरराष्ट्रीय क्रिकेट के साथ सामंजस्य बिठा सकता हूँ; हालाँकि मैं यह भी जानता था कि मुझे अब भी बहुत कुछ सीखने की जरूरत है। दूसरी पारी में मैं आठ रन बनाकर रन आउट हो गया और मोहम्मद अजहरुद्दीन (अजहर) के लिए मुझे अपना विकेट कुरबान करना पड़ा था, जो कि अपने शानदार शतक के बेहद नजदीक पहुँच चुके थे। अंत में, हम पाकिस्तान की जीत को टालने में सफल हुए। यह श्रृंखला बराबरी पर खत्म हुई और यह स्पष्ट था कि पाकिस्तान पर दबाव बढ़ गया था।

फैसलाबाद के बाद हम लाहौर पहुँचे, जहाँ हमें तीसरा टेस्ट मैच खेलना था। सुरक्षा कारणों से हमें होटल से बाहर जाने की मनाही थी, इसलिए खिलाड़ियों और साथ में गए भारतीय मीडिया के दल ने मिलकर समय गुजारा, जिसे 'संडे क्लब' नाम दिया गया था। उस शाम कहानियाँ, संगीत, खान-पान और हँसी-मजाक, सबकुछ मिल-जुलकर किया गया और हर कोई कुछ-न-कुछ मजेदार सुनाने को बेताब था।

उस शाम जो खाना हम लोगों ने खाया, वह अविश्वसनीय स्वादिष्ट था। लाहौर को खान-पान के लिए बेहतरीन जगह माना जाता है और मैं तो हर तरह के कबाब

सचिन के सुपर टिप्स
ताकतवर विपक्ष से जीतना ज्यादा मायने रखता है। तगड़ी प्रतिस्पर्धा को हमेशा तरजीह दें और उससे सीखें।

को चखने के लिए निगाह गड़ाए हुए था। मुझे तो हलीम से बेहद प्यार हो गया था। मेरा शरीर अब भी विकसित हो रहा था और मैं ज्यादा-से-ज्यादा मात्रा में खाता था। जिन दिनों मैच नहीं होते थे, उस दौरान तो मैं कीमा पराँठा और लस्सी नाश्ते में लेता था, और जब मैं भारत लौटा तो मेरा वजन कुछ किलो बढ़ चुका था। मैं ज्यादा मजबूत तरीके से विकसित हो चुका था।

सियालकोट विध्वंस

श्रृंखला का चौथा और आखिरी टेस्ट सियालकोट में खेला गया और पाकिस्तान जीतने के लिए बुरी तरह से व्याकुल हो उठा था। इमरान और उनकी टीम के लिए ड्रॉ का मतलब हार था। जब हम सियालकोट पहुँचे, तो मुझे एम.बी. मलिक बैट निर्माता कंपनी ने आमंत्रित किया। पाकिस्तान में सियालकोट में बैट बनाने की परंपरा है और मैंने वहाँ से दो या तीन बल्ले खुद के लिए चुने।

मैं अपने नए बल्लों को लेकर इस कदर उत्साहित था कि मैंने एक रात उन्हें सपने में भी देखा। मैंने देखा कि आधी रात का वक्त था और मैं अपने कमरे से बाहर निकलकर उन बल्लों के बारे में पूछ रहा हूँ। मेरे टीम के साथी मनिंदर सिंह और रमन लांबा ने मुझे गलियारे की तरफ बढ़ता देखकर मुझसे पूछा, "तेरे बल्ले तो तेरे ही पास हैं!" जब मैंने कोई जवाब नहीं दिया तो उनको लगा कि मैं नींद में चल रहा हूँ और उन लोगों ने खींचकर मुझे वापस बिस्तर पर लिटा दिया।

सियालकोट का चौथा टेस्ट मैच मेरे लिए और भी खास बन गया था, क्योंकि मेरे भाई अजित मेरा खेल देखने के लिए वहाँ पहुँचे थे। दिसंबर के मौसम में वहाँ सुबह कोहरा रहता था और कभी भी समय पर खेल शुरू नहीं हो पाता था तथा शाम को भी मैच जल्दी खत्म करना पड़ता था। पहली पारी में मैंने 35 रन बनाए और शुरुआती झिझक दूर हो चुकी थी। मैंने कुछ शानदार शॉट भी लगाए और 51 गेंद खेलकर मैंने अच्छी छवि बना ली। पहली पारी में भारत को 74 रन की बढ़त हासिल हुई। हमने पाकिस्तान को 250 पर ढेर कर दिया, लेकिन दूसरी पारी में हमारे विकेट लगातार गिर गए और 38-4 के स्कोर पर मैं बैटिंग करने के लिए उतरा। डेढ़ दिन का खेल बाकी बचा था। मैंने अपना खाता खोला ही था कि वकार की शॉर्ट गेंद

की उछाल का मैंने गलत आकलन कर लिया। वह गेंद मेरे अनुमान से 6 इंच और ऊपर उठ गई, पहले मेरे हेलमेट के फ्लैप से टकराई और वहाँ से छिटककर मेरी नाक पर जा लगी। उस समय तक श्रीकांत के बाद मैं ही एकमात्र बल्लेबाज था, जो बिना ग्रिल वाला हेलमेट पहनता था। ऐसा मैं बहादुरी दिखाने के लिए नहीं करता था, बल्कि मैं ग्रिल वाला हेलमेट पहनकर खेलने में असहज महसूस करता था।

मेरी नजर धुँधली पड़ गई थी और मेरा सिर काफी भारी हो गया था। मैं इधर-उधर देखने लगा कि गेंद कहाँ गई!। इसी समय मैंने देखा कि मेरी शर्ट पर खून की बूँदें टपककर फैल गई हैं। जावेद मियाँदाद ने मेरे अंदर और घबराहट भरने की कोशिश की, जो इस तरह की कुछ-कुछ बातें कह रहे थे—अरे, तुझे तो अभी हॉस्पिटल जाना पड़ेगा; तेरा नाक टूट गया है। मेरी असहजता को बढ़ाने के लिए स्टैंड में एक बैनर भी लगा था, जिस पर लिखा था—'बच्चे, घर जा के दूध पी के आ।'

हमारी टीम के डॉक्टर ने मेरी नाक पर थोड़ी बर्फ लगा दी और पूछा कि "क्या मैं वापस जाना चाहूँगा?" मैंने कहा, "नहीं।" वापस जाने से यही साबित होता कि मैं डर गया। और वास्तव में ऐसा नहीं था। यह पहली बार नहीं था कि मुझे गेंद लगी थी, हालाँकि इस बार का असर पहले लगने वाली चोटों के मुकाबले ज्यादा गंभीर था। मैंने कहा, "मैं खेलूँगा।" यह मेरे आत्मसम्मान के लिए ज्यादा जरूरी था, और वहाँ टिककर विपक्षी टीम को मैंने यही महसूस करा भी दिया था।

जल्दी ही मुझे वकार की एक फुल बॉल मेरे पैरों पर मिली और मैंने उसे बाउंड्री की तरफ फ्लिक कर दिया। मैंने इस क्रम को जारी रखा और ऑफ साइड पर एक ड्राइव लगाई और खुद को लेकर अच्छा महसूस करने लगा। चाय के ब्रेक के बाद मैं गेंदों को अच्छी तरह परखने लगा। टीम के लिए विशेष रूप से अहम यह था कि मैं उस दिन पूरा खेला और हम एक और मैच ड्रॉ कराने के मुहाने पर पहुँच चुके थे।

होटल पहुँचने के थोड़ी ही देर बाद, हालाँकि मैं दर्द निवारक दवाएँ लेकर सोने चला गया। अगली सुबह मैं आखिरी दिन की चुनौती के लिए तैयार था और अपने टेस्ट क्रिकेट कॅरियर का दूसरा अर्धशतक भी वहाँ मैंने पूरा कर लिया। हमने पाकिस्तान को उसकी अपनी ही जमीन पर जीत के लिए तरसा दिया और इसके चलते हमारी टीम के अंदर आत्मविश्वास एक नए मुकाम पर जा पहुँचा।

वह चर्चित ओवर

टेस्ट के बाद हमने पाँच मैचों की एकदिवसीय शृंखला भी खेली, जिसमें एक

भी मैच पूरे पचास ओवर नहीं खेला जा सका, क्योंकि या तो बारिश से खलल पड़ता या पाकिस्तानी टीम की हालत बिगड़ने पर भीड़ परेशानी पैदा कर देती। पहला मैच पेशावर में 16 दिसंबर, 1989 को खेला गया, जो कि 20–20 ओवर का प्रदर्शनी मैच बन गया, शायद यह पहला 20–ट्वेंटी मैच बन गया था। बड़ी संख्या में मैच देखने पहुँचे दर्शकों को निराश न लौटना पड़े, इसलिए यह मैच कराया गया।

भारत और पाकिस्तान के बीच एक प्रदर्शनी मैच भी क्रिकेट मैच की सीरीज की तरह ही देखा जाता है। पेशावर में पाकिस्तान ने अपनी पारी में 157 रन बनाए, जब मैं बैटिंग करने के लिए उतरा, तब तक तीन विकेट गिर चुके थे और अपेक्षित रन गति 11 रन प्रति ओवर पर पहुँच चुकी थी। मुझे लगता था कि अब भी मौका है और हम जीत सकते हैं, बशर्ते हम अपने शॉट खेलते जाएँ।

मैंने मुश्ताक अहमद पर शॉट लगाया, जो कि पाकिस्तान के उभरते लेग–स्पिनर थे। उन पर मैंने कुछ छक्के और एक चौका लगाया। मैं उनका पहला ही ओवर खेल रहा था। दूसरा छक्का काफी लंबा था और ड्रेसिंग रूम की खिड़की का काँच गेंद लगने से टूट गया था। उस दौर में काफी अनुभवी गेंदबाज अब्दुल कादिर मेरे पास आए और बोले, "बच्चे को क्यों मार रहे हो, दम है तो मुझे मार के दिखाओ!" मैंने कहा, "वे काफी अच्छे गेंदबाज हैं और मुझे लग रहा था कि वह मुझे लंबे शॉट खेलने का मौका नहीं देंगे।"

केवल दो ओवर बचे थे, हमें जीतने के लिए 40 रन बनाने थे और कादिर आखिर से पहले वाला ओवर कर रहे थे। और जैसाकि हुआ, ज्यादातर गेंदें मेरी जद में आती चली गईं और मैं उन्हें पीटता चला गया और उनके ओवर में मैंने 28 रन बटोर लिये, जिसमें चार छक्के थे और एक चौका था। आखिरी ओवर वसीम अकरम का था, उस ओवर में हमें जीतने के लिए 14 रन चाहिए थे। दुर्भाग्य से हम तीन रन पीछे रह गए। मैच के तुरंत बाद अब्दुल कादिर मेरे पास आए और खिलाड़ी वाली मुसकान के साथ उन्होंने कहा, "बहुत आला है बैटिंग!"

पेशावर की उस पारी में 18 गेंदों पर बनाए 53 रन ने मेरे कॅरियर पर काफी गहरा असर छोड़ा। मेरे लिए सियालकोट में मेरा प्रयास अधिक प्रभावशाली था, क्योंकि इसकी बदौलत हमने टेस्ट मैच के साथ सीरीज भी बचाई। लेकिन घर पर लोगों के लिए पेशावर की मेरी पारी ज्यादा चर्चा का विषय थी। इस पारी ने मुझे तत्काल पहचान दिला दी और मेरा नाम घर–घर में गूँजने लगा। पहली बार मुझसे ऑटोग्राफ माँगे जाने लगे, जिसके चलते मुझे अनोखी भावना महसूस हुई। पाकिस्तान

जाने से पहले मैं दोस्तों के साथ कहीं भी और कभी भी निकल जाता था और भेल खाना तथा तमाम सामान्य गतिविधियाँ आराम से कर लेता था। उसके बाद, जब भी मैं अपने दोस्तों के साथ बाहर जाता, तो लोग हमें घेर लेते और पूछने लगते कि क्या आप ही सचिन तेंदुलकर हैं। मैं अभी ठीक-ठीक तय नहीं कर पाया था कि अंतरराष्ट्रीय स्तर पर मैं स्थापित हो चुका हूँ, लेकिन निश्चित रूप से मुझे पाँव टिकाने की जगह मिल गई थी।

मैं जब घर पहुँचा, मैं बता सकता हूँ कि मेरे माता-पिता मेरी उपलब्धियों के चलते गर्व से फूले नहीं समा रहे थे, लेकिन मेरे घर में तड़क-भड़क वाला उत्सव का माहौल नहीं था। मेरे पिता अत्यधिक प्रसन्न और संतुष्ट थे, इसके बावजूद वे अपनी भावनाओं को बेवजह प्रदर्शित नहीं करते थे। मैंने जब अच्छा किया, मेरी माँ ने हमेशा दीया जलाया और ईश्वर को मिठाई अर्पित की, और यह निरंतर चलता रहा। कभी-कभी तो ऐसा हुआ कि लोग मेरे मैदान से बाहर के व्यवहार की ज्यादा तारीफ करते और मैदान के अंदर के प्रदर्शन पर कम चर्चा करते। लोग कहते थे कि मैं जमीन से जुड़ा रहने की कोशिश करता हूँ। अगर यह सच है, तो इसका सारा श्रेय मेरे परिवार को जाता है।

पाकिस्तान से लौटने के बाद क्रिकेटर के तौर पर मैं खुद को ज्यादा-से-ज्यादा सकारात्मक महसूस करने लगा और भारत के अगले दौरे पर मेरी निगाहें टिक गईं, जो कि 1990 के शुरुआत में न्यूजीलैंड से शुरू होनेवाला था। मैं आश्वस्त था कि इस दौरे के लिए मैं चुना ही जाऊँगा और दौरे के लिए घोषित टीम में अपना नाम देखकर मैंने राहत भी महसूस की।

अक्तूबर 2015 में भारतीय वायुसेना ने सचिन को मानद ग्रुप कैप्टन की रैंक से सम्मानित किया।

□

9

पहाड़ और एक द्वीप

भारतीय क्रिकेटरों के लिए न्यूजीलैंड का दौरा हमेशा से कठिनाई से भरा रहा है। यहाँ तेज हवाएँ चलती हैं और गलन बेशुमार रहता है। इसके अलावा यहाँ के ज्यादातर क्रिकेट मैदानों की बाउंड्री छोटी होती हैं, जिसके चलते भारत के हालात में ढले खिलाड़ियों को यहाँ सामंजस्य बना पाना कठिन होता है, क्योंकि वहाँ ज्यादा चौड़े मैदान होते हैं। 1990 में कठिनाई दोगुनी थी, क्योंकि उनके पास रिचर्ड हैडली थे, जो कि दुनिया के बेहतरीन स्विंग गेंदबाज थे और उस समय वे अपने चरम पर थे।

मैं 17 साल का था और महाद्वीप से बाहर पहले दौरे पर था, और काफी उत्साहित भी था।

मजेदार किस्सा

न्यूजीलैंड में पहले कुछ दिन आसान नहीं थे। स्थानीय बोलचाल का लहजा हमें अजीबोगरीब सा लग रहा था। इसे लेकर दौरे की शुरुआत में ही हमारे साथी खिलाड़ी मनोज प्रभाकर के साथ एक बार मजेदार वाकया हो गया। उनको अपना गैजेट चार्ज करने के लिए अडॉप्टर की जरूरत थी और कुछ विचारकर उन्होंने न्यूजीलैंडवासियों के लहजे में इसकी माँग कर दी। वहाँ के लोग बार-बार—'डाप्टर' कह रहे थे और मनोज अधीर होते जा रहे थे। कुछ ही देर में दरवाजे पर आवाज होती है और जब वह दरवाजा खोलते हैं तो सामने एक डॉक्टर खड़ा पाते हैं। वहाँ के स्टाफ ने 'डाप्टर' की बजाय 'डॉक्टर' सुन लिया और वहाँ के एक रेजीडेंट डॉक्टर को प्रभाकर के कमरे पर भेज दिया।

गोल्डन डक और लगभग 100

दौरे का पहला मैच वहाँ की स्थानीय टीम न्यू प्लाइमाउथ से था और मैदान चारों तरफ से पहाड़ों से घिरा हुआ था। हमारे मैनेजर और सार्वकालिक सर्वश्रेष्ठ बाएँ हाथ के स्पिनर बिशन सिंह बेदी कठोर परिश्रम करानेवाले उस्ताद थे। हमारी फिटनेस ड्रिल में पहाड़ों पर लंबी दूरी की दौड़ भी शामिल रहती थी।

पाकिस्तान की तरह मैं क्राइस्ट चर्च के पहले टेस्ट मैच में अच्छी शुरुआत नहीं कर सका और 2 फरवरी के दिन डैनी मॉरिसन की गेंद पर गोल्डन डक के रूप में चलता कर दिया गया। न्यूजीलैंड के तमाम खिलाड़ियों को मैं अपने बारे में एक 'स्कूल बॉय' कहते हुए सुन रहा था और ढेर सारे उपहास वाले शब्द मुझ पर उछाले जा रहे थे, जिसमें यह सुझाव भी दिया जा रहा था कि मैं अंतरराष्ट्रीय स्तर पर प्रतिस्पर्धा करने के लायक नहीं हुआ हूँ।

दूसरी पारी में मैं विकेट पर एक घंटे के करीब टिका रहा, इस दौरान मैंने 44 गेंदें खेलीं और 24 रन बनाए। इससे मुझे आत्मविश्वास मिला कि विपरीत हालात में मैं टिक सकता हूँ, और बड़ी बात यह कि मैंने रिचर्ड हेडली की गेंदों को भी सफलतापूर्वक खेला, जिसे मैं अपनी उपलब्धि मानता हूँ।

न्यूजीलैंड ने पहला टेस्ट दस विकेट से जीत लिया और दूसरा टेस्ट मैच नेपियर में 9 फरवरी को शुरू हुआ। पहला दिन बारिश से पूरी तरह धुल गया और दूसरे दिन हमने बैटिंग शुरू की। मैं तीसरे दिन तक 80 रन बनाकर आउट नहीं हुआ और जब चौथे दिन मैं बैटिंग करने उतरा तो एक संभावित शतक मेरे मन में चल रहा था। मैंने अच्छी शुरुआत की, लेकिन 88 के स्कोर पर न्यूजीलैंड के कप्तान जॉन राइट ने मेरा कैच लपक लिया।

मेरा दिल टूट गया

मैं जब सीमारेखा के करीब पहुँचा तो मेरी आँखों से आँसू बहकर मेरे गालों पर जा पहुँचे। मैं सीधे ड्रेसिंग रूम के बाथरूम में पहुँच गया और कुछ देर तक अच्छी तरह रोया। एक ऐसा लम्हा, जबकि मेरा पहला टेस्ट शतक पूरा हो सकता था, उसे मैं चूक गया था और यह मेरे लिए असहनीय था।

बाद में चलकर मुझे पता चला कि अगर मैं यह शतक बना लेता तो क्रिकेट के इतिहास में सबसे कम उम्र में टेस्ट शतक लगाने का गौरव मुझे मिल सकता था। यह एक चूका हुआ अवसर था और बाद में चलकर जब 2005 में

जॉन राइट भारतीय टीम के कोच बने तो मुझे याद है कि उन्होंने उस कैच पर अफसोस जताते हुए कहा था कि 'काश, उस कैच को उन्होंने न पकड़ा होता!'

एक ट्राई-सीरीज और एक गीत

हमने तीन टेस्ट मैचों की वह श्रृंखला 0-1 से गँवाई और इसके बाद तीन मैचों की एकदिवसीय श्रृंखला 'रॉथमंस कप' खेली, जिसमें ऑस्ट्रेलिया तीसरी टीम थी। एक मार्च को डुनेडिन में न्यूजीलैंड के खिलाफ पहले एक दिवसीय मैच में मैं डक पर आउट हो गया और हम वह मैच 108 रन से हार गए।

हमारा अगला मैच 6 मार्च, 1990 को था और टूर्नामेंट के फाइनल की दौड़ में बने रहने के लिए इसे जीतना जरूरी था। मैंने पहली बार न्यूजीलैंड के गेंदबाजों पर हमला बोलते हुए 39 गेंद पर 36 रन बनाए और इस दौरान मैंने कुछ चौके भी लगाए। हमने वह मैच रोमांचक तरीके से एक रन से जीत लिया और मैंने महसूस किया कि पहली बार आधिकारिक एकदिवसीय मैच में मेरी पारी टीम के काम आई।

मैं इस जीत का उत्सव नहीं मना पाया, क्योंकि मैच के दौरान मेरी दाईं क्वाड्रिसेप्स चोटिल हो गई और मुझे मैदान से बाहर जाना पड़ा। शाम तक मैं चल भी नहीं पा रहा था और कुछ दिन तक बैसाखी के सहारे ही काम कर सका। मेरे कॅरियर की यह पहली गंभीर चोट थी और मेरा टूर्नामेंट का सफर यहीं रुक गया।

एक अच्छी बात यह हुई कि जब हम न्यूजीलैंड में थे, तो सार्वकालिक महान् गायिका आशा भोंसले भी वहाँ वेलिंगटन में अपना कार्यक्रम प्रस्तुत करने के लिए पहुँची हुई थीं। जीवन में पहली बार मैंने उनको जीवंत प्रदर्शन करते हुए देखा और मुझे उस अनुभव से प्यार हो गया। आज भी आशा भोंसले और लता मंगेशकर, जो कि भारत की एक और शानदार गायिका हैं, मेरी दो पसंदीदा गायिकाएँ हैं।

भारत लौटने पर मेरे पिता ने मुझसे कहा कि मुझे ईश्वर-प्रदत्त क्रिकेटिंग काबिलीयत को और निखारने की जरूरत है। अब वह समय आ गया था, जब मुझे अपने कौशल पर महारत हासिल करने के लिए ज्यादा कड़ी मेहनत करने की जरूरत थी, ताकि मैं तेज स्विंग करती गेंदों का सामना ज्यादा अच्छे ढंग से कर सकूँ और इसके लिए मैं नेट्स पर ज्यादा-से-ज्यादा समय देने के लिए दृढ़संकल्पित हो गया था।

कारें और गोल्डन कट्स

जुलाई-अगस्त 1990 में भारतीय क्रिकेट टीम ने इंग्लैंड का दौरा किया, जो कि उस साल का हमारे लिए सबसे जरूरी काम था। बेंगलुरु के ट्रेनिंग कैंप में बिशन सिंह बेदी ने हमें हर दिन मीलों दौड़ाया। हमें कुब्बन पार्क में एक लाइन में जॉगिंग करनी होती थी और आखिरी व्यक्ति को सामने पूरी ताकत से दौड़ना होता था। उस थकाऊ दिनचर्या पर जोक मारते हुए मनोज प्रभाकर ने कहा था, "अब तो वह इतना तेज दौड़ने लगे हैं कि बैट्समैन को बॉलिंग करने के बाद वह बल्लेबाज तक गेंद से पहले ही पहुँच सकते हैं।"

मैं पहले भी दो बार इंग्लैंड जा चुका था, 1987-88 और 1988-89 में। कैलाश गट्टानी (पूर्व तेज गेंदबाज, जिन्होंने घरेलू क्रिकेट में फर्स्ट-क्लास मैच खेले थे) के नेतृत्व में स्टार क्रिकेट क्लब की तरफ से मैं इंग्लैंड गया था। अन्य बातों के अलावा उस दौरे पर खाने को लेकर अनुभव अब तक याद है। हम एक स्कूल और कॉलेज की डॉर्मेटरी में ठहरे थे और उनके डाइनिंग हॉल में नाश्ता करते थे। जीवन में पहली बार मुझे नाश्ते में ठंडी मीट खाने को दी गई थी। मीट को ठंडे रूप में भी खाया जा सकता है, यह मेरे लिए हैरतअंगेज था!

मैं तो वहाँ अलग-अलग तरह की कारें देखकर हैरान था। कारों को लेकर मेरे अंदर काफी दिलचस्पी रहती थी, हालाँकि उस दौर में हमारे पास एक भी कार नहीं थी। कैलाश गट्टानी ने एक लग्जरी सेडान किराए पर ली थी और मैं इन आकर्षक मशीनों की इंजीनियरिंग के बारे में ज्यादा-से-ज्यादा जानकारियाँ जुटा लेना चाहता था। क्रिकेट का मक्का कहे जानेवाले लॉर्ड्स पर पहुँचना मेरे लिए एक और सपने के सच हो जाने जैसा था। यहाँ पहुँचने के बाद मैं भारतीय क्रिकेट टीम की तरफ से ऐसी जगहों पर खेलने की महत्त्वाकांक्षा पालने लगा था।

दौरे की शुरुआत में मैं अच्छे फॉर्म में था, लेकिन 18 जुलाई को लीड्स में हुए पहले एक दिवसीय मैच में मैं कुछ खास नहीं कर पाया और केवल 19 रन बना सका। खुशी की बात यह रही कि हमने यह मैच जीत लिया था, जो कि संजय मांजरेकर और अजहरुद्दीन की बल्लेबाजी की बदौलत संभव हो सका था। दूसरे मैच में मैं नंबर छह पर बैटिंग करने उतरा और हमें जीतने के लिए 20 ओवरों में 145 रन बनाने थे। इंग्लैंड ने 281 रन बनाए थे, जो कि उस दौर में काफी बड़ा लक्ष्य माना जाता था। मैंने 26 बॉल पर तेज 31 रन बनाए और 249 के स्कोर पर आउट हुआ। लेकिन हमने मैच जीत लिया और इसी के साथ सीरीज भी 2-0

से जीत ली। यह एक शानदार शुरुआत थी। इसके चलते हम टेस्ट सीरीज में पूरे आत्मविश्वास से भरकर उतर रहे थे।

लॉर्ड्स पर कैच

लॉर्ड्स पर पहला टेस्ट 26–31 जुलाई, 1990 को हुआ और उसे ग्राहम गूच की शानदार बल्लेबाजी के लिए हमेशा याद रखा जाएगा। 33 रन के स्कोर पर उनका कैच गिरा और उसके बाद उन्होंने पीछे मुड़कर नहीं देखा और 333 रन बनाने के बाद उन्होंने अगली पारी में भी शतक जड़ा। भारत की तरफ से उल्लेखनीय बात अजहर का शतक और इंग्लैंड के ऑफ-स्पिनर एडी हेमिंग्स की चार गेंदों पर कपिल देव के लगातार चार छक्के थे। मेरा संक्षिप्त योगदान दूसरी पारी में ऑफ-स्पिनर नरेंद्र हीरवानी की गेंद पर इंग्लैंड के टिकाऊ बल्लेबाज एलन लैंब का कैच रहा। यह कैच मेरे कॅरियर के सर्वाधिक यादगार लम्हों में से एक रहा। लैंब का शॉट हवा में काफी ऊपर चला गया था, ऐसा लग रहा था कि यह गेंदबाज के पीछे कम-से-कम 25 यार्ड तक गया होगा।

सचिन के सुपर टिप्स

चाहे यह एक कैच हो या आपका लक्ष्य, उस तक पहुँचने के लिए पहल करें और अपने लक्ष्य पर निगाहें गड़ाते हुए आगे बढ़ें।

मैंने लॉन्ग-ऑफ पर अपनी पोजीशन से दौड़ना शुरू किया, जो कि सटीक लॉन्ग-ऑफ से काफी यार्ड दूर था। काफी कोशिश के बावजूद मुझे लग रहा था कि इसे पकड़ने की संभावना काफी कम है। आखिरी कुछ कदम दौड़ने के बाद मुझे लगा कि मैं इसे थोड़ी और कोशिश करके पकड़ सकता हूँ। मैंने 25 यार्ड से ज्यादा की दौड़ लगाई। मैं आगे की ओर डाइव भी लगा सकता था, लेकिन मैं जानता था कि मैं संतुलन कायम नहीं रख पाऊँगा। दूसरा उपाय यही था कि मैं दौड़ता रहूँ और अगर एक हाथ भी लगा पाऊँ तो काफी होगा, जो कि मेरी ही जद में आ रही थी। मैंने दूसरा ही विकल्प चुना और मेरी हैरानी का ठिकाना न रहा, जब वह गेंद मेरे घुटनों तक की ऊँचाई पर मेरी दाईं हथेली से टकराई और चिपक गई।

इस तरह के कैचों को लपकने का केवल यही तरीका है कि ऐसे मौकों पर तेजी से खुद को सामने लाना चाहिए और बिना डरे दौड़ लगाते हुए तेजी से फैसले लेने चाहिए, वहीं गेंद पर से भी नजर नहीं हटनी चाहिए।

कैच पूरा करते ही मैंने जोशीले अंदाज में पूरी ताकत से गेंद हवा में उछाल

दी। दर्शकों ने मेरे इस एथलीटिक प्रयास को बखूबी सराहा और मुझे पूरी तरह याद है कि उन लोगों ने मेरा कितना जोशीला उत्साहवर्धन किया था।

जल्दी ही एक बार फिर मैं वैसा ही उत्साहवर्धन सुनने जा रहा था।

सचिन विश्व के पहले खिलाड़ी हैं, जिन्होंने 10000 रन बनाने के साथ ही 100 कैच लपके और 100 विकेट अपने नाम किए।

10

मेरा पहला टेस्ट शतक

अब वह समय आ गया था, जब हमें अपने खेल को और चुस्त बनाने की जरूरत थी। हम लॉर्ड्स टेस्ट 247 रन के बड़े अंतर से हार चुके थे और ओल्ड ट्रैफर्ड पर होनेवाले दूसरे टेस्ट में और बेहतर खेल दिखाकर सीरीज को जीवंत बनाए रख सकते थे।

पहली पारी में इंग्लैंड ने एक बार फिर रनों का पहाड़ खड़ा करते हुए 500 रन बना डाले, और इसके जवाब में अजहर ने एक और शतक ठोंका और ऊपर के क्रम के लगभग सभी बल्लेबाजों ने अच्छा खेल दिखाया। निचला मध्यक्रम हालाँकि धराशायी हो गया और मैं एक-एक कर बल्लेबाजों को आते और जाते देखता रहा और आखिरी बल्लेबाज के रूप में 68 रन बनाकर पवेलियन लौटा। अंततः हम 432 रन पर ऑलआउट हो गए और इंग्लैंड को पहली पारी में 87 रन की बढ़त हासिल हो गई। आखिरी दिन दूसरी पारी इंग्लैंड ने 320-4 पर घोषित कर दी। उनके सभी गेंदबाज अपनी लय में थे और इसका नतीजा यह था कि हम 186-6 के स्कोर के साथ संघर्ष कर रहे थे। जब मनोज प्रभाकर क्रीज पर आए, तब मैच बचाने के लिए हम बुरी तरह से एक साझेदारी की तलाश कर रहे थे। शुरू में ही मेरा कैच गिरना मेरी किस्मत बन गया और मैंने तय किया कि कोई भी शॉट अब उठाकर नहीं मारूँगा। हालाँकि हर बार जब कभी मौका मिलता तो मैं छोड़ भी नहीं रहा था। आक्रमण और सतर्कता का संतुलन बहुत जरूरी था और इस तरह मैंने 50 रन पूरे कर लिये, लेकिन मैच अब भी बचाए जाने से काफी दूर था।

जब मैच बचाने की बात हो तो सबसे अहम बात यह होती है कि छोटे-छोटे लक्ष्य रखे जाएँ। यहाँ तक कि अगले पाँच ओवर या अगला एक घंटा, या एक पूरा सेशन कैसे गुजारा जाए, यह भी लक्ष्य में शामिल हो सकता है।

जब मैं 90 रन पार कर गया तो यह स्वाभाविक था कि शतक बनाने की बात

दिमाग में घूमने लगती है और इसने मुझे भी प्रभावित करना शुरू कर दिया था। आखिरकार यह मेरा पहला अंतरराष्ट्रीय शतक भी होनेवाला था। मैंने खुद को याद दिलाया कि न्यूजीलैंड में क्या हुआ था और उस गलती को न दोहराने को लेकर बेहद सतर्क था। मैं शतक के करीब था, जब एंगुस फ्रेजर की एक बाउंसर ने मेरे बल्ले के ऊपरी हिस्से को छू लिया और गेंद किसी भी नजदीकी फील्डर के हाथ में जा सकती थी। लेकिन ऐसा नहीं हुआ।

मैंने धैर्यपूर्वक 98 रन बना लिये और एक मौका मिला तो भागकर तीन रन लेकर अपना पहला शतक पूरा किया। मेरे प्रदर्शन को दर्शकों की सराहना मिली और उन्होंने खड़े होकर मेरी हौसलाअफजाई की, लेकिन मैं नहीं जानता था कि उनके इस सम्मान का शुक्रिया कैसे अदा करूँ! स्टेडियम की तरफ बैट उठाकर दर्शकों का अभिवादन करने में मुझे बहुत झिझक होती थी।

जश्न और सम्मान में खड़े होना

जश्न एक ऐसी चीज थी, जो मेरे साथ स्वाभाविक रूप से जुड़ी हुई नहीं थी। समय बीतने के साथ ही मैं मध्य में अपनी मौजूदगी को लेकर आत्मविश्वास से भर पाया। अंतरराष्ट्रीय क्रिकेट में कुछ शतक लगाने के बाद ही मैं अपने खास अंदाज में ड्रेसिंग रूम की तरफ बल्ला उठाकर अभिवादन और दर्शकों का शुक्रिया अदा करना शुरू कर पाया।

ओल्ड ट्रैफर्ड पर शतक पूरा करने के बाद भी मैंने अपनी पारी जारी रखी और जब अंततः खेल खत्म होने की घोषणा हुई, तब तक मनोज प्रभाकर और मैंने मिलकर बिना किसी नुकसान के 160 रन और जोड़ दिए थे। मुझे याद है, जब मैं पवेलियन की तरफ लौट रहा था तो दर्शक खड़े होकर हमारे लिए तालियाँ बजा रहे थे।

सचिन के सुपर टिप्स

छोटे लक्ष्य निर्धारित करें…और आप पाएँगे कि आप एक बड़े लक्ष्य के बेहद करीब हैं।

एक अच्छा दिन बीतने के बाद जब मैं आराम करने के मूड में था, तभी मुझे बताया गया कि मुझे मीडिया का भी सामना करना है। मेरी टीम के साथियों ने मेरी टाँग खिंचाई शुरू कर दी, जो कह रहे थे कि अब मुझे पता चलेगा कि सबसे कठिन सेशन क्या होता है! पीछे मुड़कर देखता हूँ तो लगता है कि मैंने इन पलों का बखूबी आनंद उठाया। ज्यादातर सवाल

खुशनुमा थे और जानकार क्रिकेट लेखकों से अपने लिए प्रशंसा मिलना काफी राहत भरा था।

मुझे 'प्लेयर ऑफ द मैच' घोषित किया गया—मेरा पहला पुरस्कार—और एक बार फिर इस समारोह में जाने में मुझे झेंप हो रही थी। मुझे शैंपेन की बोतल उपहार में दी गई, लेकिन मैं कानूनी रूप से शराब पीने की उम्र में नहीं पहुँचा था। मैं उस बोतल को लेकर वापस अपने घर मुंबई आ गया और अंततः अपनी बेटी सारा के पहले जन्मदिन पर 1998 में उसे खोला। होटल लौटने पर मुझे घर से फोन आया और मैंने लगभग 30-40 लोगों से बात की, जिसमें मेरे पड़ोस के सभी दोस्त स्वतः मेरे घर पर जश्न मनाने उमड़ पड़े थे। मेरे माता-पिता काफी खुश थे, और मेरे भाई का प्रयास और सहयोग नतीजे देने लगा था।

ओवल पर तीसरा टेस्ट मैच अगस्त में ड्रॉ पर खत्म हुआ, और हम वह सीरीज 0-1 से हार गए, लेकिन मैं एक बेहतर टेस्ट क्रिकेटर के तौर पर भारत लौट रहा था और अगली बड़ी चुनौती के लिए तैयार था।

सचिन काफी भारी बल्ला प्रयोग करते थे, जिसका वजन 2.12 से 2.14 पौंड होता था।

11

Oz और एक विश्व कप

जल्दी ही अगली बड़ी चुनौती हमारे सामने आ खड़ी हुई, जब नवंबर 1991 से फरवरी 1992 के बीच हमने ऑस्ट्रेलिया का दौरा शुरू किया। इसकी शुरुआत नवंबर 1991 में पर्थ में कुछ एक दिवसीय अभ्यास मैचों से हुई। पहला अभ्यास मैच लाइलैक हिल (Lilac Hill) और दूसरा 'वाका' (वेस्टर्न ऑस्ट्रेलियन क्रिकेट एसोसिएशन मैदान) पर हुआ, जहाँ की पिच के बारे में विख्यात है कि यह दुनिया की सबसे तेज पिचों में से एक है। वाका पर हमारी टीम महज 64 रन पर ढेर हो गई और यह स्पष्ट हो गया कि जितनी जल्दी हो सके, हमें ऑस्ट्रेलियाई माहौल में ढल जाने की कोशिश करनी चाहिए।

परीक्षा की घड़ियाँ हैं यहाँ

29 नवंबर, 1991 को ब्रिसबेन में शुरू हुए पहले टेस्ट मैच में ऑस्ट्रेलिया ने हमें बड़ी बुरी तरह हराया, जिसके लिए क्रेग मैक्डरमट और मर्व ह्यूज ने शानदार गेंदबाजी की थी। अपनी टीम के ज्यादातर साथियों की ही तरह मैं भी उस मैच में कुछ खास नहीं कर पाया था और हम जानते थे कि मेलबर्न में हमें वापसी करनी ही होगी। एम.सी.जी. (मेलबर्न क्रिकेट ग्राउंड) पर दूसरी पारी में भी हमारी बैटिंग ध्वस्त हो गई और मैं 107 गेंदों पर 40 रन बनाकर पिच पर टिकने की जी-तोड़ कोशिश कर रहा था, लेकिन मैं एक बड़ा शॉट खेलने की गलती कर बैठा और लपक लिया गया। मैं इतना व्यथित था कि दोपहर का खाना मेरे गले से नीचे नहीं उतर सका और पूरे दिन मैं खुद को कोसता रहा।

0-2 से पिछड़कर हम अगला टेस्ट खेलने के लिए सिडनी पहुँचे, जहाँ 2 जनवरी, 1992 को यह मैच शुरू हुआ। सीरीज में वापसी का यह आखिरी मौका था। हमारे गेंदबाजों ने काफी उम्दा प्रदर्शन किया और पहली पारी में ऑस्ट्रेलियाई

टीम को 313 रन पर ढेर कर दिया। अब हमें अच्छी शुरुआत की दरकार थी, ताकि हमारे गेंदबाजों को एक बार फिर ऑस्ट्रेलियाई टीम को समेटने का मौका मिल सके। बैटिंग से पहले की रात मैं ठीक से सो नहीं सका। मैं और सौरव गाँगुली एक साथ ही एक कमरे में ठहरे थे। सौरव मेरे बहुत अच्छे मित्र भी हैं, लेकिन वे उस मैच में नहीं खेल रहे थे। मुझे सौरव का हैरान चेहरा याद है, जब आधी रात के दौरान उनकी आँख खुली और उन्होंने मुझे अपने शॉट्स की शैडो-प्रैक्टिस करते हुए पाया।

हैरानी की बात नहीं, अगले दिन मैं थका हुआ महसूस कर रहा था। भारतीय टीम बल्लेबाजी कर रही थी और मुझे छठे क्रम पर बैटिंग के लिए जाना था। इसलिए मैंने सोचा कि एस.सी.जी. (सिडनी क्रिकेट ग्राउंड) के डाइनिंग हॉल में कुछ देर झपकी ले लेता हूँ। जाते-जाते मैंने सौरव से कहा कि समय रहते वह मुझे जगा दें। जब मैं बैटिंग करने उतरा, तब हमारा स्कोर भी काफी अच्छा, 201-4 चल रहा था। दूसरे छोर से रवि शास्त्री काफी अच्छी बल्लेबाजी कर रहे थे।

अर्धशतक पूरा करने के बाद मैंने और भी शॉट आजमाने शुरू कर दिए और जल्दी ही अपने दूसरे टेस्ट शतक के करीब जा पहुँचा। मुझे याद है कि शतक पूरा करने के लिए मैंने जो रन लिया, वह पूरे कॅरियर में मेरे द्वारा सबसे तेज दौड़ा गया रन था। भारत के बाहर सिडनी मेरा सबसे पसंदीदा मैदान बन गया। ऑस्ट्रेलिया में पहला शतक बनने के कारण एस.सी.जी. की मेरे मन में छवि हमेशा खास रहेगी। मैं ऑस्ट्रेलिया में होनेवाले मैचों को टी.वी. पर देखकर बड़ा हुआ था और अब मैं उन्हीं जगहों पर खेल रहा था, यह अनुभव मुझे अभिभूत कर देता है।

एस.सी.जी. टेस्ट को एक और खास बात के लिए याद किया जाएगा। इस मैच से सुनहरे बालोंवाले एक थुल-थुल ऑस्ट्रेलियाई लेग स्पिनर ने भी अपने कॅरियर की शुरुआत की थी। हालाँकि शेन वॉर्न ने इस मैच में एक ही विकेट लिया, लेकिन उस समय कोई यह कल्पना भी नहीं कर सकता था कि वह अपने कॅरियर में 708 विकेट लेनेवाले पहले ऑस्ट्रेलियाई लेग-स्पिनर बन जाएँगे। उनकी प्रतिभा पहले दिन से ही नजर आने लगी थी, जब जनवरी 1992 में उन्होंने अपने कॅरियर की शुरुआत की थी।

25 जनवरी, 1992 को सीरीज के चौथे टेस्ट की शुरुआत हुई एडीलेड में और पहली बार मैं जीवित किंवदंती बन चुके सर डॉनल्ड ब्रैडमैन के घरेलू मैदान पर बैटिंग करने जा रहा था। वे इस खेल को खेलनेवाले दुनिया के महानतम बल्लेबाज थे। लेकिन मैं एडीलेड ओवल पर ज्यादा कुछ नहीं कर पाया, और कुछ अच्छी क्रिकेट खेलने के बावजूद हम वह टेस्ट गँवा बैठे।

0–3 से पिछड़कर हम आखिरी टेस्ट मैच खेलने के लिए पर्थ पहुँचे और यहाँ मैंने सीरीज का दूसरा सैकड़ा जड़ा। मैं अपनी सर्वश्रेष्ठ पारियों में इसे शुमार करता हूँ। अपने कॅरियर की शुरुआत से लेकर अब तक के दौरान ऐसा पहली बार होने जा रहा था, जबकि मैं चौथे क्रम पर बल्लेबाजी करने के लिए उतर रहा था और इस पारी में मैंने 114 रन बनाए और 16 चौके लगाए।

वाका के एक वाकये ने साबित किया कि ऑस्ट्रेलिया में इस खेल में कितनी प्रतिस्पर्धा है। मैंने एक गेंद सुरक्षात्मक तरीके से खेली और वहाँ रन की कोई गुंजायश नहीं थी। खेल भावना के तहत मैं गेंद उठाकर उसे ऑस्ट्रेलियाई कप्तान एलन बॉर्डर की ओर उछालने जा रहा था, जो पास ही गली पोजीशन पर खड़े थे। एबी ने जब मुझे नीचे झुककर गेंद उठाते देखा तो वहीं से जोर से मुझे आवाज दी, "गेंद छूने की हिम्मत भी मत करना।" मेरे लिए यह एक सबक था कि अंतरराष्ट्रीय क्रिकेट किस तरह खेला जाता है और यह बात मुझे कॅरियर के आखिरी दिन तक याद रही।

हीरो से मुलाकात

ऑस्ट्रेलिया दौरे पर मैंने एक ऐसे बल्लेबाज से मुलाकात की, जो मेरे बचपन से ही मेरा हीरो रहा था। मैं एडीलेड के होटल की लॉबी में संजय मांजरेकर के साथ था, जब बाहर एक कैब रुकी। कैप लगाए एक शख्स उसमें से बाहर निकला। जैसे-जैसे वह नजदीक आते गए, मैं बोल पड़ा, "अविश्वसनीय—ये तो विवयन रिचर्ड्स हैं!"

जब वे हमारे बगल से गुजर गए और अपने कमरे में चले गए, तो मैं संजय की तरफ मुड़ा और बोला कि मुझे अपने हीरो से मिलना है। इसके बाद हम रिसेप्शन डेस्क की ओर गए और उनका कमरा नंबर पूछा। मैंने संजय से कहा कि उनको फोन करें—संजय 1989 में वेस्ट इंडीज में हुई श्रृंखला में उनके खिलाफ खेल चुके थे—और ज्यादा देर नहीं हुई थी कि हम लोग उनके कमरे में जा पहुँचे थे। मैंने केवल तीन मिनट ही वहाँ गुजारे, केवल उनको 'हैलो' कहने के लिए, लेकिन वे पल मेरे लिए जबरदस्त उत्साह से भरे हुए थे।

सचिन के सुपर टिप्स

अपने हीरो जरूर चुनें। अगर आप उनकी अंशमात्र उपलब्धि भी हासिल करना चाहते हैं, तो यह चीज आपको हमेशा आगे बढ़ाती रहेगी, चाहे लक्ष्य की दिशा में आपका सफर अच्छा हो या आप कभी निराशा में हों!

1992 विश्व कप

टेस्ट सीरीज खत्म होने के बाद भी हम ऑस्ट्रेलिया में ही रुके रहे, क्योंकि विश्व कप—मेरा पहला—अगले कुछ ही हफ्तों में शुरू होनेवाला था। इस विश्व कप में भारत ने ज्यादातर मैचों में जोरदार टक्कर दी, लेकिन सेमीफाइनल में जगह नहीं बना सका। हम इंग्लैंड और ऑस्ट्रेलिया से नौ और एक रन क्रमशः के बेहद नजदीकी अंतर से हार गए और श्रीलंका के साथ हमारा दूसरा मैच तो बारिश की वजह से धुल गया।

उस टूर्नामेंट की सबसे बड़ी उपलब्धि उस विश्व कप की विजेता टीम पाकिस्तान के खिलाफ सिडनी में 4 मार्च, 1992 को हुआ मैच था। उस मैच में वसीम अकरम के खतरनाक स्पैल के खिलाफ खेलते हुए मैं और विनोद कांबली ने बेहद अहम साझेदारी की और उसके बाद मैंने कपिल देव के साथ पारी को आगे बढ़ाया, जिन्होंने 26 गेंद पर तेज 35 रन बनाए। पारी खत्म होने पर मैं 54 रन बनाकर नाबाद रहा। हमारा कुल स्कोर 216 रन था, जो कि किसी भी तरह मैच बचाने योग्य नहीं था, लेकिन हमारे गेंदबाजों और ऊर्जा से लबरेज फील्डरों ने एक-दूसरे का जबरदस्त उत्साहवर्धन किया और पाकिस्तानी बल्लेबाजों के लिए हालात कठिन बनाते चले गए।

मैंने भी अपने कोटे की 10 ओवर पूरी गेंदबाजी की, केवल 37 रन दिए और ओपनर खिलाड़ी आमेर सोहेल का कीमती विकेट भी लिया। इस मैच में पाकिस्तान पर हमारी जीत सबसे ज्यादा सुखद पहलू रही और लगातार साथियों का उत्साहवर्धन करते रहने का नतीजा यह हुआ कि मेरा गला बैठ गया और आवाज ही निकलनी बंद हो गई। यह पहला मौका था, जब 1975 से शुरू हुए विश्व कप में भारत और पाकिस्तान की टीमें आपस में मैच खेल रही थीं और यहीं से विश्व कप मुकाबलों में पाकिस्तान के ऊपर हमारी लगातार जीत की शुरुआत हुई। 1992 की वह जीत मेरे लिए विशेष रूप से सुखद थी, क्योंकि मैं 'प्लेयर ऑफ द मैच' चुना गया था।

जब मैं इस बार भारत लौटा तो बिल्कुल बदले हुए क्रिकेटर के रूप में लौटा।

सचिन ऐसे पहले क्रिकेटर हैं, जिसने अंतरराष्ट्रीय स्तर के सभी फॉर्मेट में शतकों का शतक लगाया है।

□

12

सर्वश्रेष्ठ साझेदारी

मैं खुद को हमेशा अंतरराष्ट्रीय क्रिकेटर के तौर पर स्थापित करने में जुटा रहता था, लेकिन अगस्त 1990 में मेरा निजी जीवन व्यापक रूप से बदल गया, जब मेरी मुलाकात भविष्य में होनेवाली मेरी पत्नी अंजलि से हुई। इंग्लैंड दौरे से लौटकर मैंने मुंबई में कदम रखा ही था कि एयरपोर्ट पर अपने बैग एकत्र करने के लिए इंतजार कर रहा था, तब पहली बार मैंने उनको एयरपोर्ट की गैलरी में देखा था, वह नीचे कुछ देख रही थीं। उस समय मुझे तनिक भी आभास नहीं था कि मैंने अपनी जीवनसंगिनी को देख लिया है। वह अपनी दोस्त डॉक्टर अपर्णा संथानम, जो कि मुंबई की काफी जानी-पहचानी डर्मेटोलॉजिस्ट हैं, के साथ वहाँ खड़ी थीं।

मैंने तो अंजलि को मुंबई एयरपोर्ट पर पहली बार देखा था, लेकिन बाद में मुझे पता चला कि उन्होंने मुझे कुछ हफ्तों पहले ही देख लिया था, जब मैंने ओल्ड ट्रैफर्ड पर अपना पहला शतक लगाया था। उस समय वह इंग्लैंड में अपने परिवार के साथ ही थीं। उनके पिता आनंद मेहता पूर्व नेशनल ब्रिज चैंपियन रह चुके थे और क्रिकेट के जबरदस्त शौकीन थे। उन्होंने टी.वी. पर मैच देखने के लिए अंजलि को भारतीय पारी की झलक देखने के लिए बुलाया था। हालाँकि अंजलि की क्रिकेट में विशेष दिलचस्पी नहीं थी। उसके बाद जल्दी ही वह भारत वापस लौट आई थीं और एयरपोर्ट पर अपनी माँ ऐनाबेल को ले आने के लिए पहुँची हुई थीं। वह अंग्रेज थीं, लेकिन उन्होंने समाजसेवी के तौर पर भारत में तीन दशक तक लगातार काम किया था। वही संयोग था, जब हमने पहली बार एक-दूसरे को देखा था।

उस दिन एयरपोर्ट पर मुझे देखने के बाद—और यह भी स्पष्ट कर दूँ कि यह उनका ही कहना है—उन्होंने अपनी दोस्त से मुफी मुफज्जल लकड़ावाला (जो ख्यातिप्राप्त सर्जन थे और क्लब क्रिकेट खेलते थे) से पूछा था कि क्या वे मेरा फोन नंबर उपलब्ध करा सकते हैं? एयरपोर्ट से घर लौटने के बाद उन्होंने मजाक-मजाक

में घरवालों को बता भी दिया था कि उन्होंने उस शख्स को देख लिया है, जिससे उनको शादी करनी है। मुफी ने उनको मेरा नंबर दिलाया, लेकिन यह महज एक संयोग ही था कि जब उन्होंने फोन किया तो वह फोन मैंने ही उठाया था। उस दौर में मोबाइल फोन नहीं होते थे और मैं लैंडलाइन पर फोन उठाने के लिए शायद ही कभी घर पर रहता था।

बाद में हम क्रिकेट क्लब ऑफ इंडिया में मिले, लेकिन तब हमने केवल अपने नंबर ही एक-दूसरे को दिए थे और बाद में हम ज्यादातर फोन पर ही बात करते थे।

एक प्लेट में चॉकलेट

अंततः हमारी मुलाकात कुछ इस आइडिया के साथ हुई कि अंजलि एक पत्रकार बनकर मेरे इंटरव्यू के बहाने घर पर आएँ। यह पत्रकारिता से उनका पहला और आखिरी साबका था। उनके पहले घर आगमन पर मैं अंजलि को कुछ खिलाना चाहता था, लेकिन मैं यह देखकर निराश था कि इंग्लैंड से मैं जो चॉकलेट लेकर आया था, उनमें से केवल दो ही बची थीं। हालात को सँभालने के क्रम में मैंने सावधानी से उन चॉकलेट्स को टुकड़ों में तोड़कर प्लेट पर सजाकर उनके सामने रखी थीं।

इस मुलाकात के बाद मैं सहज रूप से उनकी मौजूदगी में खुशी महसूस करने लगा। पहले दिन की मुलाकात से ही मैं उनके सान्निध्य में सुकून महसूस करता, मुझे कुछ भी बनावटी नहीं करना पड़ता था और मैं सामान्य तरीके से ही उनसे पेश आता था। ज्यादातर समय वही मुझसे बात करती थीं और मेरे लिए यह काफी बेहतर होता था। किसी भी तरह उस समय मैं अंग्रेजी बोलने में दक्ष नहीं था, जो कि हमारे बीच बातचीत की भाषा थी, लेकिन अंजलि ने कभी भी मुझे इस बात को लेकर अति-सतर्क महसूस नहीं करने दिया।

पहली मुलाकात के बाद हम ज्यादातर फोन पर ही बात करते थे और हमें बमुश्किल मिलने का मौका मिल पाता था। दूसरी बार हमारी मुलाकात तब हुई, जब हम उनकी मारुति 800 में घूमने के लिए गए। वह मरीन ड्राइव पर नारियल पानी पीना चाहती थीं और हमारे जीवन में यही एकमात्र क्षण था, जब हम मुंबई में एयर इंडिया बिल्डिंग के सामने खुली हवा में बैंच पर एक-दूसरे के साथ बैठकर नारियल पानी का आनंद ले रहे थे।

मेरी बेताबी का आलम यह था कि यह जानते हुए भी कि बहुत संभव है कि लोग मुझे पहचान लेंगे और मुझसे बात करने के लिए मुझे घेर लेंगे, फिर भी मैं

उनके साथ वहाँ बैठने को राजी हो गया था। इंग्लैंड में मेरे शतक ने मेरी घर-घर में पहचान बना दी थी और लोगों ने मुझसे ऑटोग्राफ माँगने भी शुरू कर दिए थे। मैंने इस बात का जिक्र अंजलि से नहीं किया, ताकि उनको यह न लगे कि मैं शेखी बघार रहा हूँ। उनको भी पता नहीं था कि भारत में एक क्रिकेटर का जीवन किस तरह से सार्वजनिक रहता है। यह सच है कि निजता जैसी कोई चीज नहीं रह जाती, जिसका मतलब यह होता है कि चर्चित युगल सामान्य दिनचर्या नहीं बिता सकते, वे न तो साथ फिल्म देखने जा सकते हैं, न शाम को सड़क किनारे खड़े होकर खा-पी सकते हैं, न बीच पर टहल सकते हैं और तमाम ऐसे कामों से उनको परहेज करना पड़ता है। यह एक ऐसा सामंजस्य था, जिसे अंजलि और मुझे अपने जीवन में साथ-साथ बहुत जल्दी अपनाना पड़ा।

एक बार हमने इन चीजों को पीछे छोड़ने की कोशिश की थी, जब हम कुछ लोग—अंजलि, उनके पिता आनंद और हमारे कुछ दोस्त—साथ में दक्षिण मुंबई के वर्ली में 1993 में फिल्म 'रोजा' देखने गए थे। अति सतर्कता बरतते हुए हमने कुछ इस तरह तैयारी की कि मैंने एक विग पहन लिया, एक नकली मूँछ लगा ली और चश्मे से खुद की पहचान बदलने की कोशिश की। फिल्म के इंटरवल तक तो सब ठीक रहा, लेकिन अचानक मेरा चश्मा टूट गया, हड़बड़ी में मूँछ भी निकल गई और जल्दी ही लोगों ने मुझे पहचान लिया। फिर तो वहाँ ऐसा मजमा जमने लगा कि हमें वह फिल्म आधे में ही छोड़कर सिनेमा हॉल से भागना पड़ा।

इस अनुभव का नतीजा यह रहा कि हम सार्वजनिक जगहों पर शायद ही मिल पाते थे और हमारी दूसरी मुलाकात के बाद अगले छह महीने तक हम नहीं मिल सके। मैं दौरों पर ही अकसर रहता था, जबकि अंजलि अपने मेडिकल कोर्स की आखिरी परीक्षा की तैयारियों में व्यस्त हो गईं। परीक्षा वाले दिन मैंने ऑस्ट्रेलिया से उनको फोन किया, ताकि उनको शुभकामनाएँ दे सकूँ। वे बुरी तरह घबराई हुई थीं कि कहीं फेल न हो जाएँ! मैंने उनको कहा कि अगर वह परीक्षा में फेल हुईं तो इसका मतलब यह होगा कि कोई भी उस परीक्षा में पास नहीं होगा! मैंने उनको यह भी बताया कि जितने दिन उन्होंने पढ़ाई की है, उसकी तुलना में तो मैं पढ़ाई तो पूरे एक महीने में भी नहीं कर सकता था।

और जैसी कि उम्मीद थी, उन्होंने परीक्षा में टॉप किया और इसके बाद वे बाल रोग विषय में एम.डी. करना चाहती थीं। मुझे उनकी इस उपलब्धि पर गर्व था और मैंने उनको आगे पढ़ने के लिए प्रोत्साहित किया, जिसका परिणाम यह हुआ

कि उनको पालघर में एक अस्पताल में पोस्टिंग मिल गई, जो कि मुंबई के बाहरी इलाके में स्थित है। पालघर छोटा कस्बा था और मुझे फोन करने के लिए उनको वहाँ से ट्रेन पकड़कर बोइसर जाना पड़ता था, जो कि 20 मिनट की दूरी पर था।

एम.डी. की पढ़ाई के दौरान उनको क्रिकेट में दिलचस्पी पैदा हुई। हमने गेम के बारे में फोन पर ही बात करनी शुरू की और उन्होंने तो क्रिकेट नियमों पर आधारित पुस्तक भी खरीद ली थी। वह अकसर ऐसे सवाल लेकर मेरे पास आ जाती थीं, जैसे—काऊ कॉर्नर कहाँ होता है, या विकेटकीपर दाएँ या बाएँ हाथ के खिलाड़ी होते हैं? लेकिन उन्होंने खेल की बारीकियों को जल्दी ही सीख लिया और उनकी दिलचस्पी बनाए रखने के लिए मैं बीच-बीच में उनसे सवाल पूछता रहता था। पहला टूर्नामेंट, जो उन्होंने टी.वी. पर देखा था, वह 1992 का विश्व कप था और जब मैं वेस्ट इंडीज के खिलाफ सस्ते में आउट हो गया तो उनको बड़ा दुःख हुआ था। वह इस कदर दुःखी हुई थीं कि मुफी को उन्हें यह कहकर सांत्वना देनी पड़ी थी कि गेंद वाकई बहुत अच्छी फेंकी गई थी और यह मेरी विलक्षण बैटिंग काबिलीयत थी कि मैं इतनी देर तक टिक भी पाया और किसी तरह से गेंद बल्ले का हल्का किनारा लेकर कैच में बदल गई। मुफी ने कुछ इस तरह बताया मानो केवल वही सच था!

दो की ताकत

मोबाइल फोनों और टेक्स्ट मैसेजों की गैर-मौजूदगी में अंजलि और मैं एक-दूसरे को चिट्ठियाँ लिखा करते थे। चूँकि किसी एक शहर में मैं कुछ ही दिन रह पाता था, तो अंजलि को यह पता करना पड़ता था कि अगले दो या तीन हफ्ते के दौरान मैं कहाँ रहूँगा और उसी के अनुरूप वह चिट्ठियाँ वहाँ भेजती थीं। ये चिट्ठियाँ उन्होंने मेरे लिए इनाम के तौर पर सहेजकर रखी हुई हैं और अब जब मैं दोबारा उन्हें देखता हूँ, तो अंजलि की खूबसूरत लिखावट के आगे मुझे अपनी लिखावट विचित्र लगती है। मुझसे स्वाभाविक तरीके से लिखा नहीं जाता है। उनको चिट्ठी लिखने से पहले मुझे काफी लंबे समय तक किसी शब्द को लेकर सोचना पड़ता था और यह ज्यादातर शब्दों को लेकर होता था।

हम दोनों अलग-अलग पृष्ठभूमि से ताल्लुक भी रखते थे। अंजलि आधी गुजराती, आधी अंग्रेज और बहुत थोड़ी दक्षिण मुंबइया लड़की थीं, जो काफी संपन्न परिवार में पली-बढ़ी थीं। उन्होंने सेंट जेवियर्स कॉलेज में पढ़ाई की थी और मेडिसन की पढ़ाई के लिए जे.जे. हॉस्पिटल में दाखिला पाया था। मैं शायद ही कभी अपनी

कॉलोनी से बाहर निकला था और ज्यादातर तो अपने दोस्तों के साथ क्रिकेट में ही उलझा रहता था। मैं किसी लड़की के साथ कभी बाहर नहीं निकला था। मैं भारत के लिए 16 साल की उम्र से ही खेल रहा था और ऐसा कोई मौका मुझे मिलना भी नहीं था।

अंततः 25 मई, 1995 को हम शादी के बंधन में बँध गए। अंजलि ने हमेशा यही चाहा कि मैं अपने सपनों को पूरा करता रहूँ और परिवार के लिए वह अपना कॅरियर भी दाँव पर लगाने को तैयार थीं। हमने जल्दी ही यह महसूस कर लिया कि हम दोनों के लिए ही अपने संबंधित कॅरियर को आगे बढ़ाना संभव नहीं था और हममें से किसी-न-किसी को घर और परिवार का दायित्व सँभालने के लिए आगे आना ही था। मुझे राहत देने के लिए अंजलि ने घर की जिम्मेदारी खुद उठा ली और हमारे जीवन की शुरुआत में ही उनके इस बलिदान के लिए मैं हमेशा उनका आभारी रहूँगा।

ऐसे भी तमाम अवसर रहे हैं, जबकि मैं लंबे समय तक घर से दूर रहा और अपने बच्चों—सारा और अर्जुन—को महीनों तक न देख पाया, न मिल पाया। मैं केवल और केवल इसी बलबूते उन दिनों को गुजार पाया, क्योंकि मैं हमेशा जानता था कि बच्चों की हर कमी पूरी करने के लिए अंजलि उनके साथ हैं। वह एक ऐसी शख्स हैं, जो मेरी मदद के लिए हमेशा तैयार रही हैं और हमेशा मेरे सर्वश्रेष्ठ हित में ही कुछ कहा है। वह हमेशा मेरी भावनात्मक मजबूती साबित हुई हैं और किसी भी दौरे में जब कभी मेरा खुद पर से भरोसा डिगा, तो मैंने उनकी तरफ ही उम्मीद और विश्वास से देखा, और हर बार मुझे नई रोशनी ही मिली। अंततः मुझे उनके डॉक्टर होने का भी फायदा मिला, जिन्होंने मेरे कॅरियर में चोटों के दौरान मेरा विशेष खयाल रखा और उनकी निगरानी की बदौलत ही मैं अपने कॅरियर को नई ऊँचाई तथा मुकाम पर ले जा सका।

वजन बढ़ना, वजन घटना

शादी के बाद के शुरुआती दिनों की एक खामी होती है कि इस दौरान वजन काफी तेजी से बढ़ जाता है। मुझे इतने बेहतरीन व्यंजन खाने को मिलते थे, जिनसे सामान्य तौर पर मैं अपने खेल-कूद के सीजन में दूर रहता था।

1995 में हमारा कुछ खास क्रिकेटीय दौरा नहीं था और यह एक और वजह थी कि मैं जरा ढीला पड़ गया था। इस तरह अगले 20 रोज तक मुझे खुद को परहेज पर रखना पड़ा और बिना चीनी की चाय, उबला चना, संतरे और मीठे नीबू-पानी

पर ही गुजारा करना पड़ा। मैं सुबह एक घंटे दौड़ता, उसके बाद जिम में वजन उठाने की कसरत करता था और शाम को दो घंटे टेबल टेनिस खेलता था। टेनिस सेशन के दौरान मैं कोशिश करता था कि गेंद जहाँ भी जाए, मैं ही उसे वहाँ से लेकर आऊँ। इसका नतीजा यह रहा कि 20 दिन के बाद मेरा वजन 10 किलो तक घट सका।

खुद को चुस्त-तंदुरुस्त पाकर मुझे प्रसन्नता हुई और मैं आगे के टूर्नामेंटों में सर्वश्रेष्ठ करने के लिए तैयार था।

टेस्ट क्रिकेट के इतिहास में सचिन ने सबसे ज्यादा रन बनाए हैं। उन्होंने शानदार 15921 रन बनाए हैं और 51 टेस्ट शतक उनके नाम दर्ज हैं—ये दोनों ही आँकड़े रिकॉर्ड में सबसे ऊँचे स्थान पर बने हुए हैं।

□

13

अपनी जमीन की तलाश

मार्च 1992 में ऑस्ट्रेलिया दौरे और विश्व कप के व्यस्ततम कार्यक्रम के बाद लौटने पर मैं बुरी तरह थक गया था और कुछ हफ्ते आराम करना चाहता था। हमारा अगला अंतरराष्ट्रीय कार्यक्रम दक्षिण अफ्रीका का दौरा था, जो कि साल के अंत में होना था और इसके लिए हमारे पास कई महीने बचे हुए थे। मैंने कुछ दिन घर पर ही बिताए, खुद को दूसरी चीजों में शामिल किया और दोस्तों के साथ टेनिस-बॉल, क्रिकेट खेला।

क्रॉस-कंट्री कारॉथन

एक दिन मैं अपने दोस्तों के साथ सीढ़ियों के पास ही खेल रहा था कि हमारे अपार्टमेंट की बालकनी से मेरे भाई अजित ने मुझे बताया कि यॉर्कशर काउंटी क्रिकेट क्लब से फोन आया है और वे चाहते हैं कि मैं उनके क्लब की तरफ से खेलूँ। इस प्रस्ताव ने मुझे उत्साहित कर दिया। अब तो मुझे ही खाना पकाना था, कपड़े भी खुद धोने थे, खुद ही कार चलानी थी और घर के तमाम काम करने थे, जैसा कि मैंने पहले कभी नहीं किया था। कुछ दिनों बाद ही मैं यॉर्कशर के 128 साल के इतिहास में उनकी तरफ से खेलनेवाला पहला विदेश में पैदा हुआ खिलाड़ी बन गया।

अपने 19वें जन्मदिन के तुरंत बाद मैं अप्रैल 1992 में इंग्लैंड रवाना हुआ। यह घर से दूर मेरा पहला लंबा दौरा था और सीखने के लिहाज से यह अनुभव मेरे लिए जबरदस्त रहा। शुरुआती समस्या बस इतनी थी कि मुझे सड़कों का ज्यादा अनुभव नहीं था और अकसर मुझे टीम के साथी रिचर्ड बाल्के का अनुसरण करना पड़ता था, जो मैदान तक मुझे लेकर जाते थे। अकसर मैं एग्जिट पर चूक जाता था और इस प्रक्रिया में रिचर्ड गुम हो जाते थे और अभ्यास के लिए पहुँचने में मुझे देर हो जाती थी।

एक अन्य समस्या अंग्रेजी भूगोल को लेकर मेरी पूरी अज्ञानता भी थी, जिसकी

वजह से यॉर्कशर में रहने के दौरान मुझसे ढेर सारी महागलतियाँ हुईं। इनमें से एक गलती तो यह थी कि मैंने देश के दो छोर पर होनेवाले मैचों के लिए हामी भर दी थी, जो कि एक के बाद एक लगातार दो दिन होने थे। पहला मैच भारत-पाकिस्तान के बीच उत्सव मैच था, जो कि लंदन में होना था और दूसरा मैच शेष विश्व एकादश बनाम इंग्लैंड था, जो कि न्यूकैसल में अगले दिन ही होना था। मेरी समस्या तब और बढ़ गई, जब पाकिस्तान से मैच शाम को 6 बजे शुरू हुआ और आधी रात को खत्म हुआ। मैं रातभर सफर कर यॉर्कशर से लंदन पहुँचा, ताकि दोपहर से इस मैच में हिस्सा ले सकूँ। मैच खत्म होने तक मैं बुरी तरह थक चुका था।

जब मैंने कहा कि मुझे न्यूकैसल जाना है, जहाँ मुझे अगले दिन मैच खेलना है तो वहाँ मौजूद खिलाड़ी हैरानी और विचित्र से चेहरे बनाकर मुझे देखने लगे। मैंने गलत आकलन कर लिया था कि मैं इंग्लैंड के एक हिस्से से दूसरे हिस्से में महज दो से तीन घंटे का सफर करके पहुँच सकता हूँ। जब मुझे बताया गया कि न्यूकैसल पहुँचने में मुझे छह से सात घंटे लग जाएँगे तो मैं सन्न रह गया।

उस दौरान जतिन परांजपे मेरे साथ थे और हम एक साथ लॉन्ग ड्राइव पर निकल गए। बीच में एक मोड़ पर हम चूक गए और अगले 35 मिनट तक गलत रास्ते पर ही बढ़ते रहे। कुछ घंटे सफर करने के बाद मेरी आँखें झपकने लगीं। मैंने जतिन से कार चलाने के लिए कहा, ताकि कुछ ऊर्जा हासिल करने के लिए मैं कुछ देर झपकी ले सकूँ। एक कॉफी ब्रेक ने इसमें मेरी मदद की और सौभाग्य से हम 8.15 बजे सुबह अपने होटल पहुँच गए, जहाँ टीम की बस मैदान के लिए छूटने ही वाली थी।

मैंने टीम मैनेजर से निवेदन किया कि मुझे 25 मिनट के लिए सोने दिया जाए। जब मैं उठा तो मैं भूत जैसा दिख रहा था। अब भी मुझे विश्वास ही नहीं होता कि भारी मन से मैं मैदान में पहुँचा और शतक बनाकर लौटा।

लंच के बाद हालाँकि मैं बमुश्किल ही जागा रह सका और अपने जीवन में दूसरी बार मैंने ओवरों के बीच में 10 सेकंड की झपकी ली। दरअसल मैदान पर मैं सो ही रहा था और मुझे नहीं पता कि बाकी के खेल के दौरान मैंने कैसे वहाँ फील्डिंग की।

मैच के बाद जतिन और मैंने उसी शाम यॉर्कशर वापस लौटने का फैसला किया, ताकि मैं अगली सुबह अपनी टीम से जुड़ सकूँ। सड़क निर्माण का काम भी उस दौरान चल रहा था और एक पुलिस कार लगातार हमारा पीछा कर रही

थी, लेकिन वे लोग तय गति सीमा से काफी तेजी से आ रहे थे और हमें रुकने का इशारा भी कर रहे थे। इस बीच एक पुलिसवाले ने कार पर बने सफेद गुलाब और यॉर्कशर सी.सी.सी. का स्टिकर देख लिया। यॉर्कशर की तरफ से खेलनेवाला पहला विदेशी होने की विशिष्ट पहचान मेरे काम आई और उन लोगों ने मुझे चेतावनी देकर जाने दिया।

यॉकशर का प्रिय होना

यॉकशर में हम अकसर एक के बाद एक मैच खेलते थे और इससे मुझे अपनी तकनीक सुधारने में तो मदद मिली ही, इंग्लैंड के दौरे पर जब भारतीय टीम जाती तो मुझे वहाँ की पिचों और माहौल का पूर्व अनुभव भी मदद करता था। सामाजिक दृष्टि से भी वह एक अच्छा सीखने लायक अनुभव था।

टीम ने एक अच्छा वक्त गुजारा और विशेष रूप से मेरे लिए 'संडे क्लब बॉण्डिंग सेशन' के कुछ अत्यंत बेहतरीन अनुभव मेरे साथ जुड़ गए। इनमें से एक कुछ यों रहा कि तय हुआ था कि हर कोई तौलिया और टाई पहनकर होटल के सभाकक्ष में पहुँचेगा, शर्ट नहीं पहनेगा। ऐसा करना सनक भरा रहा, लेकिन शाम वाकई मजेदार गुजरी।

मुझे हर चीज खुद ही करनी पड़ती थी—अपना खाना खुद व्यवस्थित करने से लेकर कपड़े धोने तक। पहली बार जब मैं वॉशिंग मशीन चला रहा था तो मुझे पता नहीं था कि कितना डिटरजेंट डालना उचित होता है और पैकेट में भरा आधे से ज्यादा डिटरजेंट मैंने मशीन चलाने से पहले ही डाल दिया। इसके बाद मैं बाहर चला गया। जब मैं लौटा तो देखा कि मेरे कमरे के बाहरी दरवाजे से झाग निकल रहा था, जो चारों तरफ फैल गया था। वह पहली और आखिरी बार था, जब मैंने खुद कपड़े धोए थे। हर बार मेरी मदद को सॉली एडम्स का परिवार मेरे ऊपर कृपा बरसा देता था। सॉली भाई और उनकी पत्नी से मेरी मुलाकात 1990 में दिलीप वेंगसरकर के सान्निध्य में हुई थी। उनके घर पर परोसे जा रहे लजीज खाने, विशेष रूप से बिरयानी, तंदूरी चिकन, रायता और आम की लस्सी विदेश में बिल्कुल घर जैसा आभास करा रही थीं और सभी भारतीय खिलाड़ी बेसब्री से खाने का इंतजार कर रहे थे।

जब मेरे कुछ दोस्त—जतिन परांजपे, मुफी और विनोद कांबली—यॉकर्शर में मेरे साथ ठहरने के लिए आए, तो हमने ज्यादातर सस्ते फास्ट फूड पर ही गुजारा किया। उस चौकड़ी में अकेला मैं ही कमानेवाला था, तो मैं ही बिल भरता था।

हम अकसर के.एफ.सी., बर्गर किंग और इसी तरह की जगहों पर खाते थे, लेकिन पिज्जा हट में जितना चाहे खाएँ वाले हिसाब से सजा बफे हमारा पसंदीदा था। वहाँ हम जितना चाहें पिज्जा खा सकते थे, लेकिन सलाद की कटोरी केवल एक ही बार भरी जा सकती थी। और यहाँ पर हमें सॉली भाई के भाई यूनुस और उनकी पत्नी रुखसाना की सलाह काम आई। उन्होंने हमें सिखाया कि लेटिस यानी सलाद के पत्तों को कटोरे के चारों तरफ दीवार की तरह लगा दें, इससे कटोरे का आकार बड़ा हो जाए, जो कि पहले महज 3 या 4 इंच ही होता है। सलाद पत्तों से कटोरे का आकार पाँच से छह इंच तक हो जाएगा। गहराई बढ़ने से हम जितना चाहें सलाद उसमें भर सकेंगे।

दक्षिण अफ्रीका का दौरा

मैं अगस्त के बीच में भारत लौटा, उसी समय दिलीप ट्रॉफी टूर्नामेंट शुरू होनेवाला था, जो भारत का दूसरा सबसे अहम टूर्नामेंट है। रणजीत सिंहजी के भतीजे दिलीप सिंहजी के नाम पर इसका नाम रखा गया है। दिलीप सिंहजी ने इंग्लैंड के लिए 1930 के शुरुआती दशकों में क्रिकेट खेला था। इसके तुरंत बाद हम अक्तूबर 1992 को दक्षिण अफ्रीका के चुनौतीपूर्ण दौरे पर 3 महीने के लिए निकल पड़े।

यह एक ऐतिहासिक दौरा था, क्योंकि 1991 में क्रिकेट में वापसी करते हुए दक्षिण अफ्रीकी टीम पहली बार अपने घर में अंतरराष्ट्रीय टेस्ट सीरीज खेल रही थी। देश में नस्लभेद के कारण इस टीम को 1970 में अंतरराष्ट्रीय क्रिकेट खेलने से रोक दिया गया था। दक्षिण अफ्रीका के हालात तेज गेंदबाजों के अनुरूप होने के चलते एलन डॉनल्ड जैसे दिग्गजों से पार पाना वाकई गंभीर चुनौती थी।

जब हम डरबन में उतरे तो हमें खुली छत वाली कारों से होटल ले जाया गया, जिसमें हर कार में केवल दो क्रिकेटर बैठे थे और सड़क के दोनों किनारों पर लोगों का हुजूम हमें देखने के लिए उमड़ पड़ा था। मेरे साथ कार में प्रवीण आमरे थे, जो मध्यक्रम के बल्लेबाज थे और रमाकांत आचरेकर के शिष्यों में एक थे। रास्ते भर हम किशोर कुमार के गाने सुनते हुए होटल पहुँचे थे। स्वागत का क्या शानदार अनुभव था ये!

हमने उस दौरे पर अपना पहला मैच कारोबारी और धर्मार्थ काम करनेवाले निकी ओप्पनहेमर (Nicky Oppenheimer) की एकादश के खिलाफ उनके निजी मैदान रैंसफॉण्टेन (Randjesfontein) में खेला। खेल शुरू होने से पहले

काफी जोरदार बारिश हो गई और मैं यह देखकर अचंभित रह गया कि पिच की नमी सुखाने के लिए उन लोगों ने उस पर पेट्रोल छिड़ककर आग लगा दी थी। मामला यहीं खत्म नहीं हुआ। इसके बाद मैदान को सुखाने के लिए कुछ हेलीकॉप्टरों ने पूरे मैदान में जमीन से कुछ फीट ऊपर लगभग 45 मिनट तक उड़ान भरी। अंततः हम खेल पाए। मैंने शतक बनाया और हमने आसानी से मैच जीत लिया। अगले मैच में हमने कंबाइंड बॉल एकादश के खिलाफ 500 रन बनाए, जबकि इससे पहले उनको 230 रन पर समेट दिया था। अब तक यह दौरा ऐसा लग रहा था, मानो हम पार्क में टहल रहे हों।

हालात तब बदलने शुरू हुए, जब हमने दक्षिण अफ्रीका बोर्ड अध्यक्ष एकादश के खिलाफ सेंचुरियन पार्क में 6 नवंबर, 1992 को मैच खेला। विकेट जीवंत नजर आ रहा था और हमारे बल्लेबाजों के सामने हर तरह की समस्याएँ शुरू हो चुकी थीं।

दूर तक फिसलना

मैच के दौरान हल्की बूँदाबाँदी के चलते आउटफील्ड काफी फिसलन भरा हो गया था। 19 साल की उम्र में मैं ऊर्जा से लबरेज था और मैंने सोचा कि बारिश में फिसलने का अभ्यास करना अच्छा रहेगा। अगर मैं सामान्य तौर पर तीन से चार यार्ड तक फिसलकर फील्डिंग कर लेता हूँ तो बारिश के चलते मैं कुछ अतिरिक्त यार्ड तक ज्यादा फिसलकर गेंद पकड़ सकूँगा। ऐसा करने में मेरा टखना मुड़ गया और मुझे मैदान से बाहर ले जाना पड़ा।

कुछ दिनों बाद मैं चल तो पा रहा था, लेकिन दौड़ने में मुझे परेशानी हो रही थी। टीम प्रबंधन मुझे खेलने को लेकर गंभीर था, क्योंकि मैं अच्छी लय में था, इसलिए मुझे स्लिप की पोजीशन में खड़ा किया गया, जहाँ मुझे ज्यादा दौड़-धूप नहीं करनी पड़ती थी।

डरबन में पहला टेस्ट मैच 13 नवंबर, 1992 को शुरू हुआ और अनिर्णीत समाप्त हुआ। प्रवीण आमरे ने अपने कॅरियर की शुरुआत करते हुए शानदार शतक बनाया। वहीं बड़े दुःख के साथ मुझे अपने बारे में लिखना पड़ रहा है कि इतिहास के पन्नों में मैं तीसरे अंपायर द्वारा आउट दिया जानेवाला पहला खिलाड़ी बना। क्रिकेट के इतिहास में पहली बार अंपायर को टी.वी. रिप्ले देखकर फैसले देने की प्रक्रिया शुरू की गई थी।

मैंने पॉइंट की तरफ गेंद खेली, जहाँ जॉण्टी रोड्स फील्डिंग कर रहे थे। एक

झटके में वह वहाँ पहुँचे और गजब की फुरती से उन्होंने गेंद विकेटकीपर की तरफ फेंकी। टखने की चोट से अब भी परेशान मैं वापस लौटने में जरा ज्यादा समय ले बैठा और क्रीज से दो या तीन इंच दूर रह गया तो रन आउट घोषित कर दिया गया। जॉण्टी रोड्स की फील्डिंग काबिलीयत से यह मेरा पहला सामना था। जिन खिलाड़ियों के खिलाफ मैंने खेला है, जॉण्टी रोड्स उनमें निर्विवाद रूप से सर्वश्रेष्ठ फील्डर थे।

एक शतक का पीछा

डरबन में अनिर्णीत खत्म हुए मैच के बाद हमने जोहांसबर्ग में 26 नवंबर से शुरू हुए दूसरे टेस्ट में भी अपना अच्छा प्रदर्शन जारी रखा। मैं दूसरे दिन 75 रन बनाकर नाबाद लौटा और एलन डॉनल्ड से मेरा यादगार मुकाबला हुआ। इस मुकाबले ने साबित किया कि मेरे लिए टेस्ट क्रिकेट के क्या मायने हैं और क्यों टेस्ट क्रिकेट को हर फॉर्मेट में सबसे ऊपर स्थान दिया जाता है। यहाँ एक तेज गेंदबाज था, जो गेंद को 150 किलोमीटर प्रति घंटे की रफ्तार से फेंक रहा था। किसी भी बल्लेबाज के लिए इससे बड़ी चुनौती नहीं हो सकती कि तेज गेंदबाज को उसके लायक माहौल में खेला जाए, जिसकी गेंदबाजी के बारे में आपको जरा सा भी न पता हो। लंच के बाद अंतत: 270 गेंद खेलकर मैंने अपना शतक पूरा किया और इस दौरान मैंने साढ़े छह घंटे पिच पर बिताए। कुंबले ने दक्षिण अफ्रीका की दूसरी पारी में 6 विकेट निकाले, जिसकी बदौलत हमने यह मैच ड्रॉ करा लिया।

दक्षिण अफ्रीका की तरफ से दूसरे शानदार गेंदबाज थे—क्रेग मैथ्यूज। उनकी अंदर आती गेंदों को खेलना बहुत मुश्किल होता था, हमारी टीम के ज्यादातर खिलाड़ियों को जाँघों पर लगभग एक जगह पर उनकी गेंदें लगी थीं और काले निशान पड़ गए थे। हम आपस में इस बात को लेकर एक-दूसरे का मजाक बनाते थे—'अरे, इसको भी मेडल मिला है, देख!'

दुर्भाग्य से पोर्ट एलिजाबेथ में हुआ तीसरा टेस्ट मैच हम हार गए और इसके लिए एलन डॉनल्ड की तेज तथा मायावी गेंदबाजी जिम्मेदार थी। इस मैच में उन्होंने 12 विकेट झटके थे। मुझे खराब अंपायरिंग का शिकार होना पड़ा था और मैं विकेट के पीछे कैच करार दे दिया गया, जबकि गेंद मेरी जाँघ से रगड़कर विकेटकीपर के पास गई थी। मैच के बाद अंपायर मुझसे मिले और गलत फैसला देने के लिए खेद भी जताया था। क्रिकेट में अंपायरिंग सबसे कठिन काम है और कभी-कभी कुछ गलतियाँ करना महज स्वाभाविक है।

हम कैपटाउन में होनेवाले चौथे और आखिरी टेस्ट मैच में शृंखला बराबरी पर खत्म करने के लिए कृतसंकल्प थे। यह मैच 2 जनवरी, 1993 को शुरू हुआ। जवागल श्रीनाथ ने 6 विकेट लिये और साढ़े चार घंटे तक 208 गेंद खेलने के बाद मेरे बनाए 73 रन की बदौलत हम यह मैच ड्रॉ कराने में सफल रहे।

हम दक्षिण अफ्रीका से क्रिकेट की दोनों ही विधाओं में हार गए थे, लेकिन दुनिया के सर्वश्रेष्ठ गेंदबाजों के सामने खेलना मेरे लिए वाकई आनंददायक रहा। घर से दूर के हालात में हर टीम को सामंजस्य बैठाने में परेशानियाँ होती हैं और हम इंग्लैंड के सामने कुछ चुनौतियाँ रखने के बारे में सोच रहे थे। वे फरवरी-मार्च 1993 में भारत के दौरे पर आनेवाले थे।

उल्लेखनीय है कि यह मेरे लिए अपनी सरजमीं पर पहली टेस्ट शृंखला होने जा रही थी।

घर से बाहर सर्वाधिक टेस्ट रन—8705 रन—बनाने का रिकॉर्ड भी सचिन के ही नाम है।

□

14

अपने मैदान पर वापस

घरेलू दर्शकों के सामने और घरेलू परिस्थितियों में खेलने से बढ़िया कुछ नहीं होता। 29 जनवरी, 1993 को कोलकाता के ईडन गार्डंस क्रिकेट मैदान पर इंग्लैंड के खिलाफ पहला टेस्ट मैच शुरू हुआ तो वहाँ मौजूद 70 हजार दर्शक अपने आप में बहुत बड़ी प्रेरणा थे।

क्रिकेट का स्वर्ग

हमारे कप्तान मोहम्मद अजहरुद्दीन, जिनको ईडन गार्डंस में खेलना हमेशा भाता था, ने शानदार 182 रन बनाए, जबकि मैं अर्धशतक बना सका। मैच जीतने के लिए मैंने चौका लगाया था, यह मुझे याद है। 11 फरवरी को चेन्नै में शुरू हुए दूसरे टेस्ट मैच में मैं घरेलू मैदान पर पहला शतक लगा सका। उस मैच में मैंने 165 रन बनाए और मैं आसानी से दोहरा शतक पूरा कर सकता था, लेकिन मैंने एक निराशाजनक शॉट खेलकर अपनी मेहनत पर पानी फेर लिया। नवजोत सिद्धू के शतक और कुंबले के 6 विकेट की बदौलत हमने इंग्लैंड को फॉलो-ऑन पर मजबूर कर दिया और अंततः हमने मैच जीत लिया।

इसके बाद घरवापसी जैसा महसूस हुआ—मेरा पहला टेस्ट मैच वानखेड़े स्टेडियम पर, जहाँ मैं क्रिकेट खेलते हुए बड़ा हुआ था। पहली पारी में इंग्लैंड ने 347 रन बनाए, जो कि उस श्रृंखला में उनका सबसे बड़ा स्कोर था, हमने जवाब में 591 रन बनाए, जिसमें मेरा योगदान 78 रन का था। आखिरकार हमने इंग्लैंड को एक और मात दी।

एक दिवसीय मैचों की श्रृंखला काफी काँटे की रही थी और 5 मार्च, 1993 को ग्वालियर में आखिरी मैच हो रहा था। श्रृंखला बराबर करने के लिए इस मैच को जीतना जरूरी था। मैंने समय की नजाकत को भाँपते हुए 30 गेंद पर तेज 34

रन बनाए और जब टीम को बेहद जरूरत थी, तब अजहर के साथ जरूरी साझेदारी की। उस मैच में उन्होंने 95 रन बनाए और टीम को जीत दिलाई।

इंग्लैंड के साथ श्रृंखला से भारतीय क्रिकेट का सुनहरा दौर शुरू हुआ था। घर पर जिंबाब्वे से एकमात्र टेस्ट हमने आसानी से जीता था। एकदिवसीय मैचों में हमने काफी करीबी टक्कर देनी शुरू कर दी थी और जीतने भी लगे थे। इसके बाद हम अगले बड़े टूर्नामेंट—हीरो कप, खेलने पहुँचे, जहाँ दक्षिण अफ्रीका, श्रीलंका, वेस्ट इंडीज और जिंबाब्वे जैसी दिग्गज टीमें भी हिस्सा ले रही थीं।

मेरा ऐतिहासिक आर्म ओवर

हीरो कप का एक मैच मैं कभी नहीं भूल सकता, जो कि दक्षिण अफ्रीका के खिलाफ सेमीफाइनल था। यह मैच 24 नवंबर, 1993 को हुआ था। हमने पहले बल्लेबाजी की थी और निर्धारित 50 ओवर में बहुत नाजुक 195 रन का लक्ष्य खड़ा किया था। हमारे गेंदबाजों, जिनका नेतृत्व अनिल कुंबले कर रहे थे, ने बहुत शानदार काम किया था और आखिरी ओवर में दक्षिण अफ्रीका को जीतने के लिए 6 रनों की जरूरत थी। अब हमें तय करना था कि सबसे महत्त्वपूर्ण आखिरी ओवर कौन करेगा।

मैंने यह जिम्मेदारी उठाने के लिए प्रस्ताव दिया। मैंने उस दिन बॉलिंग नहीं की थी, इसलिए मैंने सोचा कि यह एक चौंकाने वाले कदम के रूप में सामने आ सकता है। साथ ही, पिच भी धीमे गेंदबाजों की मदद कर रही थी। 49 ओवर तक फील्डिंग करने और शाम की हल्की ठंड के चलते मेरा शरीर अकड़ा हुआ था और मेरे हाथ भी जम से रहे थे। एक भी वाइड गेंद का मतलब था कि हमारे लिए मैच वहीं खत्म हो जाता।

पहली गेंद पर ब्रायन मैकमिलन, उस दौर में दुनिया के सर्वश्रेष्ठ ऑल-राउंडर, ने एक रन ले लिया। लेकिन इस क्रम में सटीक थ्रो के चलते फेनी डी विलियर्स रन आउट हो गए। इसका नतीजा यह हुआ कि नए बल्लेबाज एलन डॉनल्ड, जो कि कुछ खास बैटिंग नहीं करते थे, मेरे सामने थे।

मेरे लिए यही अवसर था

डॉनल्ड मेरे ओवर की पाँचवीं गेंद तक सिंगल नहीं ले पाए थे। दक्षिण अफ्रीका को एक चौके की जरूरत थी। हमें केवल उसे ही रोकना था और उसी पल हम फाइनल में पहुँच जाते।

सचिन के सुपर टिप्स

अत्यधिक तनाव के पलों में खुद को शांत रखें, खुद को उभारने के बारे में ही विचार करें और अपना दिमाग केवल समाधानों को खोजने में ही केंद्रित रखें।

दबाव के हालात में काम करते वक्त यह बेहद जरूरी हो जाता है कि आप सुस्थिर बने रहें, अपनी प्रकृति के अनुसार चलें और सोच स्पष्ट रखें। पूर्व में ऐसे मौके रहे हैं, जबकि लंबा शॉट खेलने के चक्कर में बल्ले का अंदरूनी किनारा लेकर गेंद ऊपर उठ जाती है, कीपर के पीछे से चार रन के लिए चली जाती है। मैंने अपने कीपर विजय यादव से कहा कि वे उस जगह चले जाएँ, जहाँ वे तेज गेंदबाज के लिए पोजीशन लेते हैं।

यह विश्वास करना कठिन है, लेकिन मैकमिलन ने यही प्रयास किया और गेंद ने उनके बल्ले का अंदरूनी किनारा ले लिया। यादव ने 20 यार्ड के दायरे में आसानी से गेंद पकड़ ली और दक्षिण अफ्रीका को महज सिंगल ही मिल सका।

सर्वाधिक नाटकीय तरीके से मैच खत्म करते हुए हमने जीत हासिल कर ली और फाइनल में जा पहुँचे। मैंने उस ओवर में केवल 3 रन दिए और हम दो रन से जीत गए। लगभग एक लाख दर्शकों से खचाखच भरे ईडन गार्डंस में उस दिन का जश्न देखने लायक था। लोगों को जैसे जश्न मनाने की सनक सवार हो गई, स्टैंड्स में चारों तरफ कागजों की मशालें बनाकर लोग जला रहे थे और अपनी खुशी का इजहार कर रहे थे। घंटों तक वहाँ अविश्वसनीय माहौल बना रहा।

भारतीय जीत में एक अन्य अनपेक्षित योगदान करने के लिए एक नेवला मैदान पर चला आया था, जो कि मैच के दूसरे हिस्से में कभी भी मैदान पर चला आता था। यह देखने में आया कि जब भी वह नेवला मैदान पर आ जाता, तब-तब दक्षिण अफ्रीकियों की एकाग्रता भंग हो जाती और उनका एक विकेट गिर जाता।

धड़कन रोक देने वाले इस सेमीफाइनल के बाद फाइनल अपेक्षाकृत आसान था, जिसमें अनिल कुंबले ने वेस्ट इंडीज की बैटिंग लाइन को ही ध्वस्त कर दिया और हमने कप जीत लिया। हमने एक बार फिर दर्शकों से खचाखच भरे ईडन गार्डंस पर 'हीरो कप' उठाया। इस जीत को और मीठा बनाया ब्रायन लारा के विकेट ने, जिसे मैंने हासिल किया था।

अपनी जमीन पर क्रिकेट का पहला साल मेरे लिए खुशगवार गुजरा। हालाँकि

अब भी कुछ ऐसी चीजें थीं, जिन्हें करने के लिए मैं उतावला हो रहा था। इसमें एक तो पहला एकदिवसीय शतक बनाना और दूसरा कि एकदिवसीय मैचों में भारत की तरफ से बैटिंग की ओपनिंग करना शामिल था।

नए ओपनर से मिलें

27 मार्च, 1994 को न्यूजीलैंड के साथ चार मैचों की एकदिवसीय श्रृंखला का दूसरा मैच ऑकलैंड में होनेवाला था। हमारी टीम के लिए ओपनिंग की पहली पसंद नवजोत सिंह सिद्धू जब सुबह सोकर उठे तो उनकी गरदन अकड़ी हुई थी और वे खेल पाने की स्थिति में नहीं थे। यह देखकर मैं खुद अजहर और हमारे टीम मैनेजर अजित वाडेकर, जो कि पूर्व भारतीय कप्तान थे और अपने दौर के अग्रणी बल्लेबाज थे, के पास गया और उनसे विनती की कि बैटिंग क्रम में ऊपर आने का मुझे मौका दें।

मुझे क्यों पारी की शुरुआत करनी चाहिए? क्योंकि मेरे अंदर यह क्षमता थी कि मैं आदेश पाते ही गेंदबाजों पर हमला कर सकता था और उन पर शॉट खेल सकता था, और एकदिवसीय मैचों में अहम यह था कि पहले पंद्रह ओवरों में फील्डिंग के नियमों का ज्यादा-से-ज्यादा फायदा उठाया जाए। इसके अलावा वहाँ कोई रिजर्व ओपनर जैसा भी कुछ नहीं था, उनको मेरे साथ प्रयोग करना ही था।

पहले खेलते हुए न्यूजीलैंड महज 142 रन ही बना सका, लेकिन हमें अच्छी शुरुआत करनी ही थी। जब मैं बैटिंग करने के लिए उतरा, तो मैं अलग तरह से सोच रहा था। मैंने खुद को बताना जारी रखा कि भारत के लिए बैटिंग की शुरुआत करना मेरे लिए बड़ा मौका है। यह उन दिनों में से एक था, जब हर चीज अपनी जगह सटीक बैठ रही थी। मैंने 48 गेंदों पर 82 रन बनाए, जिसमें 15 चौके और दो छक्के शामिल थे। इसके बाद मुझे वाडेकर सर से दोबारा कभी ओपनिंग के लिए अनुनय-विनय करने की जरूरत नहीं पड़ी और पूरी श्रृंखला में मैंने बैटिंग की शुरुआत जारी रखी। इसका नतीजा यह हुआ कि यह श्रृंखला 2-2 से बराबरी पर छूटी।

पहला एकदिनी शतक

पहला लक्ष्य पूरा होने के बाद मैं अपने दूसरे लक्ष्य को पूरा करने के लिए बेताब था और वह भी जितनी जल्दी हो सके। 70 एकदिवसीय मैच खेलने के बाद अब समय आ गया था कि मैं पहला शतक लगाऊँ। यह मौका अंततः श्रीलंका

में ऑस्ट्रेलिया के खिलाफ खेलते हुए मुझे मिला। यह सिंगर वर्ल्ड सीरीज थी, जो सितंबर 1994 में खेली गई थी और इस शृंखला में मुझे किसी भी चीज से बढ़कर सुकून मिला था।

मेरे दिमाग में शतक ही घूम रहा था। एक बार जब आप लक्ष्य पा लेते हैं, तो आप जानते हैं कि आप वह लक्ष्य दोबारा भी हासिल कर सकते हैं और उसके बाद कोई संशय नहीं रह जाता—पहली बार लक्ष्य हासिल करना हमेशा से ज्यादा मेहनत वाला काम होता है।

ब्रायन लारा के खिलाफ खेलना

पाँच सालों में मैं भारतीय टीम में पूरी तरह स्थापित हो चुका था और लोगों ने मेरी तुलना अंतरराष्ट्रीय फलक पर मौजूद अन्य खिलाड़ियों से भी करनी शुरू कर दी थी। आनेवाले समय में वेस्ट इंडीज के खिलाफ घरेलू शृंखला होनेवाली थी। यह 1994 के आखिर में तय थी, यह असंभव था कि प्रशंसक और मीडिया ब्रायन लारा के सामने मुझे न खड़ा करते।

इसमें कोई संशय नहीं कि ब्रायन लारा इस खेल के चमकदार नगीने और सर्वश्रेष्ठ खिलाड़ी थे। ब्रायन से मेरी पहली मुलाकात नवंबर 1990 में टोरंटो में वेस्ट इंडीज बनाम विश्व एकादश के एक प्रदर्शनी मैच में हुई थी। हम बिना लाग-लपेट एक-दूसरे से जुड़ गए और उनसे बात करना तथा क्रिकेट की बारीकियों पर उनके विचार सुनना मेरे लिए बड़ा दिलचस्प रहा था। इसमें और जोड़ूँ तो उनकी बेजोड़ चमक-दमक, उनके हाथों और फुटवर्क का कमाल का हुनर उनको हमारे दौर का चैंपियन बल्लेबाज बनाता था। ब्रायन एक तरह की गेंदों पर अलग-अलग तरह के शॉट खेलने की महारत रखते थे और गेंद खेलने के आखिरी क्षणों तक खुद में बदलाव लाने की काबिलीयत उनको सबसे अलग कर देती थी।

नवंबर-दिसंबर 1994 में वेस्ट इंडीज टीम भारत दौरे पर आई, तो मुंबई में हुए पहले मैच की दूसरी पारी में 85 रन बनाकर मैं संतुष्ट हुआ, क्योंकि हमारी टीम उस समय 11-3 के स्कोर के साथ संघर्ष कर रही थी। हमने वह मैच 96 रन से जीत लिया। हमारे लिए सुखद यह रहा कि हमने दोनों पारियों में ब्रायन को सस्ते में आउट कर दिया था।

नागपुर के वी.सी.ए. (विदर्भ क्रिकेट एसोसिएशन) स्टेडियम में हुए दूसरे टेस्ट मैच में मैंने पहली पारी में 179 रन बनाए। मैं इस पारी को अपने पागलपन से

भरे जश्न को लेकर याद रखता हूँ। शतक पूरा करने के बाद मैं उन्मादी हो उठा था, जैसाकि शायद ही कभी मेरे साथ मेरे कॅरियर में हुआ हो! मैंने अपनी मुट्ठियाँ कस लीं और खुशी से चीख उठा था।

जब हालात गड़बड़ाने लगे

दुर्भाग्य से 1994 के अक्तूबर और नवंबर में टेस्ट मैचों से पहले पाँच मैचों की एकदिवसीय शृंखला में वेस्ट इंडीज के खिलाफ पहले दो मैचों में मैं कुछ खास नहीं कर पाया। तीन देशों की शृंखला के पहले मैच में मैं केवल आठ रन बना सका था। तीसरी टीम न्यूजीलैंड की थी। तीन मैचों में मैं बुरी तरह फ्लॉप रहा।

महज तीन विफलताओं के बाद ही हैरतअंगेज तरीके से बड़ी संख्या में लोगों को मेरी बैटिंग में कमियाँ नजर आने लगीं। हर कोई मुझे बताने की कोशिश करता कि मेरे खेल में कहाँ गलती हो रही है, जो कि मुझे जरा विचित्र लगता था; क्योंकि हर खिलाड़ी को अपने कॅरियर में इस तरह के उतार-चढ़ाव से गुजरना ही पड़ता है।

मैं जानता था कि एक अच्छे स्कोर से चीजें दोबारा अपनी जगह व्यवस्थित हो जाएँगी। बिल्कुल यही हुआ भी। जब ट्राई-सीरीज के फाइनल में ईडन गार्डंस पर मैंने 66 रन बनाए, जिसके बाद दो देशों की शृंखला में मैंने तीन लगातार अर्धशतक लगाए, और 11 नवंबर को खेले गए फाइनल में मैंने शतक भी लगाया। मुझे 'प्लेयर ऑफ द सीरीज' चुना गया।

ट्राई-सीरीज और पाँच मैचों की एकदिनी शृंखला जीतने के बाद विश्व कप से पहले हमने प्रशंसकों की खुशी में चार चाँद लगा दिए। यह विश्व कप 1996 में भारत, पाकिस्तान और श्रीलंका में संयुक्त रूप से आयोजित हुआ था। आनेवाले समय में यह भव्य आयोजन होना तय था।

सचिन ने छह बार एक कलेंडर साल में 1000 टेस्ट रन बनाने का कीर्तिमान बना रखा है। उन्होंने 2010 (1562 रन), 2008 (1063 रन), 2002 (1392 रन), 2001 (1003 रन), 1999 (1088 रन) और 1997 (1000 रन) में ये कारनामे किए।

15

कप के लिए तैयारी

विश्व कप के लिए हमारी तैयारी बेंगलुरु में जनवरी 1996 में एक ट्रेनिंग कैंप से शुरू हुई। हमें रोज सुबह होटल से चिन्नास्वामी स्टेडियम तक दौड़कर जाना था और हमारे पीछे टीम बस और सुरक्षा में कारें होती थीं। हममें से कोई भी सड़क पर दौड़ने का अभ्यस्त नहीं था और इसका नतीजा यह हुआ कि पहले ही दिन मेरी पिंडली में खिंचाव आ गया, जबकि दूसरे साथियों को भी कुछ-न-कुछ समस्या हो गई, जिनकी कमर और जाँघों में दिक्कत आने लगी। टीम के कुछ साथियों ने सुझाया कि हम सड़क पर दौड़ी जानेवाली दूरी क्यों न स्टेडियम में ही पूरी कर लें, इस तरह शीघ्रातिशीघ्र सड़क की दौड़ छोड़नी पड़ी।

हमारा अभ्यास का दौर सुबह 7 बजे से दोपहर 2 बजे तक चलता था और मैं यह सुनिश्चित करता था कि मैं भरपूर मात्रा में नाश्ता करूँ, ताकि मेरी ऊर्जा का स्तर बरकरार रहे। हर सुबह मैं चार फ्राइड अंडों (सनी साइड अप) से तैयार दो सैंडविच बनाता था और केचअप तथा ताबास्को सॉस (लाल मिर्च की तीखी चटनी) के साथ खाता था—यह मुझे बेहद पसंद था। शाम को हम पूल या जिम में समय बिताते थे। हम सभी टूर्नामेंट का बेसब्री से इंतजार कर रहे थे। किसी भी टीम ने तब तक अपनी सरजमीं पर यह कप नहीं जीता था और हमारे पास इतिहास बनाने का मौका था।

कप के लिए दौड़

हमारा पहला मैच केन्या से ओड़िशा के कटक में हुआ और हमने इसे आसानी से जीत लिया। मैंने शतक लगाया और 'मैन ऑफ द मैच' चुना गया। तीन दिन बाद वेस्ट इंडीज के साथ मध्य प्रदेश के ग्वालियर में होनेवाले अगले मैच से पहले मुझे बुखार हो गया, लेकिन मैं खेला और अपनी टीम को जीत दिलाने के लिए 70 रन भी बनाए। अगला मैच मुंबई में ऑस्ट्रेलिया के खिलाफ था, टूर्नामेंट की प्रमुख टीम

बनने के लिए हम बेताब थे। हालाँकि हम रनों का पीछा करते हुए लड़खड़ा गए और जब मैंने ऑस्ट्रेलियाई टीम पर हमला करने की कोशिश की तो 90 के स्कोर पर मैं स्टंप आउट हो गया। लगातार विकेट गिरने के कारण हमने जल्दी ही अपना नियंत्रण मैच पर से गँवा दिया।

9 मार्च को पाकिस्तान के खिलाफ मैच था, जो कि निर्विवाद रूप से विश्व कप के बड़े मैचों में शुमार था। पूरा देश देख रहा था और स्टेडियम तो मैच शुरू होने से घंटों पहले ही खचाखच भर चुका था और उन्मादी भीड़ के शोर से लबरेज था। हमने पहले बैटिंग की और पहले विकेट के तौर पर मैं 31 रन बनाकर आउट हुआ था, लेकिन ओपनर नवजोत सिद्धू और अजय जडेजा ने हमें सम्मानजनक स्कोर 287 तक जा पहुँचाया। पाकिस्तान ने अच्छी शुरुआत की और पहले 10 ओवरों में 80 रन बनाए, लेकिन वेंकटेश प्रसाद के लगातार विकेट लेते जाने और अजय जडेजा तथा मेरी कसी हुई 10 ओवरों की गेंदबाजी के चलते हमने वह मैच 39 रन से जीत लिया, जिसका नतीजा यह रहा कि पूरे देश में जश्न चरमोत्कर्ष पर पहुँच गया। लोग सड़कों के किनारे जमा हो गए और रास्ते भर हमारी टीम-बस पर फूल बरसाते रहे। देश को इस कदर खुश और गर्व से भरा देखना वाकई शानदार था।

13 मार्च को हम कड़ी सुरक्षा के बीच श्रीलंका से मैच खेलने के लिए ईडन गार्डंस पहुँचे। हमने जल्दी-जल्दी विकेट लिये, लेकिन जब हमारी बैटिंग की बारी आई तो विकेट अजीबोगरीब तरीके से व्यवहार करने लगा और श्रीलंकाई टीम के 251 रन बहुत ज्यादा लगने लगे। शुरुआत करते हुए मैंने 65 रन बनाए और स्टंप आउट हुआ। इसके बाद हमने जल्दी-जल्दी विकेट गँवा दिए।

भारतीय जीत के लिए व्याकुल भीड़ ने मैदान पर सामान फेंकना शुरू कर दिया। विश्व कप का हमारा सपना चूर हो गया और ड्रेसिंग रूम में मरघट-सा सन्नाटा पसर गया। इसमें कोई शक नहीं था कि हमने अपने प्रशंसकों को नीचा दिखाया, लेकिन हमें भी उतनी ही चोट पहुँची थी, जितनी कि किसी अन्य सामान्य व्यक्ति को।

निजी तौर पर मेरे लिए यह एक अच्छा टूर्नामेंट था और मैंने इस टूर्नामेंट में सबसे ज्यादा 523 रन बनाए थे, जिसमें दो शतक और तीन अर्धशतक शामिल थे, लेकिन दिलासा देने के लिए यह बेहद मामूली था।

गिरावट और अवलोकन

विश्व कप का सपना टूटने के बाद हमें सँभलने के लिए बहुत कम समय मिला

और हमें इंग्लैंड के कठिन दौरे पर जाना पड़ा। मैंने इस श्रृंखला में भी कुछ शतक जड़े, लेकिन हम 1-0 से हार गए। एक अच्छी बात इस दौरे पर यह हुई कि दो शानदार प्रतिभाशाली खिलाड़ी—राहुल द्रविड़ और सौरव गाँगुली—इस सफर में जुड़ गए।

भारत लौटने के बाद जल्दी ही 23 साल की उम्र में मुझे भारतीय टीम का कप्तान बना दिया गया, मैंने अजहर की जगह ली, जो 1990 से कप्तानी करते आ रहे थे। टीम को नए सिरे से शुरुआत करनी थी और जीत की राह पर जितनी जल्दी हो सके, वापस लौटना था।

सचिन ने टेस्ट क्रिकेट में सबसे ज्यादा 20 बार 150 से ज्यादा रन बनाए हैं।

□

16

कप्तानी संस्करण 1.0

भारत के लिए कप्तानी निर्विवाद रूप से एक बहुत बड़ा सम्मान है और मैं खुद को इसके लिए तैयार महसूस कर रहा था। मैंने मुंबई की कप्तानी कर रखी थी और 1995-96 में टीम ने रणजी ट्रॉफी भी जीती थी। कुल मिलाकर 38 मैचों में से 16 में मैंने मुंबई की कप्तानी की थी और एक बल्लेबाज के तौर पर भी मैंने इन मैचों में काफी अच्छा प्रदर्शन कर रखा था। मेरा स्कोरिंग औसत 99.53 का था। मैंने दिलीप ट्रॉफी में वेस्ट जोन टीम की भी कप्तानी की थी।

इसके बावजूद भारत की कप्तानी करना खास तरीके से चुनौतीपूर्ण रहता है। पहला, कप्तान को अथक मीडिया मशीन से सामंजस्य बैठाना होता है। भारतीय कप्तान का हर कदम खबरों की हेडलाइन बना रहता है। ज्यादा अहम, शायद यह सीखना होता है कि चयन समिति से कैसे सामंजस्य बैठाया जाए! क्षेत्रीय प्रतिनिधित्व का नतीजा कभी-कभी यह होता है कि चयनकर्ता अपने जोन के खिलाड़ियों को आगे बढ़ाने का दबाव डालते हैं, और ऐसे मौके भी रहे, जब मुझे अपनी पसंद की टीम नहीं दी गई। मेरे लिए प्राथमिकता हमेशा भारतीय टीम थी।

संतोषजनक शुरुआत

कप्तान के रूप में मेरा पहला मैच ऑस्ट्रेलिया के खिलाफ अक्तूबर 1996 में नई दिल्ली के कोटला मैदान में था। ऑस्ट्रेलिया की टीम महज एक टेस्ट मैच खेलने के लिए आई थी, जो कि 'बॉर्डर-गावस्कर ट्रॉफी' के उद्घाटन के तौर पर खेला जा रहा था। इसे दुनिया के दो दिग्गज खिलाड़ियों के नाम पर रखा गया था। हमें मैच जीतने की जरूरत थी, ताकि घर में जीत के अब तक बने शानदार सिलसिले को आगे बढ़ाया जाए और हमने वैसा ही किया। हमारे स्थानापन्न ओपनर विकेटकीपर नयन मोंगिया की शानदार 152 रन की पारी की बदौलत हमने जीत दर्ज की।

कप्तान के रूप में यह कतई खराब शुरुआत नहीं थी

अगला टूर्नामेंट टाइटन कप था, जिसमें भारत, ऑस्ट्रेलिया और दक्षिण अफ्रीका की टीमों ने हिस्सा लिया। ऑस्ट्रेलिया और दक्षिण अफ्रीका दुनिया की दो बेहतरीन टीमों को हराना और टूर्नामेंट जीतना कोई छोटी-मोटी उपलब्धि नहीं थी।

दक्षिण अफ्रीका के खिलाफ अगली टेस्ट शृंखला काफी आक्रामक रूप से प्रतिस्पर्धी थी। शृंखला के पहले मैच में अहमदाबाद में हम दूसरी पारी में बिखर गए। मैंने एक रणनीति पर काम किया—बजाय स्पिनरों को लगाने के, जो कि स्वाभाविक रूप से लगाए जाते, मैंने जवागल श्रीनाथ को आजमाने पर जोर दिया, ताकि उनकी अतिरिक्त तेजी के साथ वह रिवर्स स्विंग भी कराने में माहिर थे। हमने दक्षिण अफ्रीकी टीम को 39 ओवर में मात्र 105 रन पर ढेर कर दिया और एक शानदार जीत दर्ज की।

एक और चीज जो मैंने उस टेस्ट में आजमाई, वह यह कि पहली बार राहुल द्रविड़ को बैटिंग क्रम में नंबर तीन और सौरव गांगुली, जो अजीमोशान बाउंड्री-हीटर और हमलावर थे, को नंबर पाँच पर आजमाया। इससे पहले द्रविड़ ओपनिंग करते थे। यह संयोजन काफी कारगर रहा और भारतीय टीम के बैटिंग क्रम में यह सिलसिला अगले एक दशक तक बरकरार रहा। हमने वह शृंखला 2-1 से जीत ली।

दिसंबर 1996 में जब हम दक्षिण अफ्रीका के दौरे पर निकले, तब हमारी टीम आत्मविश्वास से लबालब थी।

वापसी शृंखला

हम 19 दिसंबर, 1996 को दक्षिण अफ्रीका पहुँचे और डरबन में टेस्ट मैच से पहले हमने एक अभ्यास मैच खेला। वहाँ हालात भारत से इस कदर अलग होते हैं कि खिलाड़ियों को वहाँ के माहौल में ढलने के लिए वक्त चाहिए होता है। वे गेंदें, जो भारतीय हालात में बल्ले के निचले हिस्से में टकराती हैं, दक्षिण अफ्रीका में बल्ले के हैंडिल की ऊँचाई छूने लगती हैं। डरबन टेस्ट हमने बुरी तरह गँवाया और दूसरी पारी में महज 34 ओवर में 66 रन पर ही टीम ढेर हो गई। मैंने इससे पहले कभी ऐसा अनुभव नहीं झेला था।

इसमें इजाफा तब और हो गया, जब बॉलिंग करते समय मैं खुद भी चोटिल हो गया और कुछ दिनों के लिए बाहर हो गया। मुझे चौंकाते हुए दर्द इस कदर गंभीर हो गया कि लंच ब्रेक के दौरान अस्पताल जाकर मुझे कॉर्टिजोन के तीन इंजेक्शन लेने पड़े। इसके बाद जब मैं वापस टीम से जुड़ा, तब भी दौड़ने और यहाँ तक कि

झुकने में भी मुझे बेतहाशा दर्द हो रहा था।

हमने केपटाउन में दूसरा टेस्ट मैच भी गँवा दिया, लेकिन हमने लड़ने का कुछ माद्दा वहाँ जरूर दिखाया—पहली पारी में अजहर और मैंने शतक जमाए। जोहांसबर्ग में तीसरे टेस्ट में हमने शुरुआत काफी अच्छी की और राहुल द्रविड़ ने शानदार शतक ठोका। हमें महज दो विकेट लेने थे और हम मशक्कत के बाद नजर आनेवाली जीत दर्ज करने ही वाले थे कि बारिश शुरू हो गई और जीतने का शानदार मौका हमारे हाथ से निकल गया। टेस्ट शृंखला 2-0 से दक्षिण अफ्रीका के हक में चली गई।

मैं इस कदर दुःखी था कि मैंने खुद को बाथरूम में बंद कर लिया और खूब रोया।

कैरेबियन कैलिप्सो में उलटा दाँव

भारत ने 1971 के बाद से कैरेबियाई सरजमीं पर कोई शृंखला नहीं जीती थी और मैं इसके मद्देनजर मार्च-अप्रैल 1997 के दौरे पर एक अवसर देख रहा था तथा दक्षिण अफ्रीका में मिली निराशा से कुछ मरहम भी लग सकता था। हालाँकि हमने पाँच टेस्ट मैचों की शृंखला यहाँ भी गँवाई और एक दिवसीय शृंखला भी हार गए। हारने से मुझे घृणा थी और टीम का कप्तान होने के कारण दयनीय प्रदर्शन के लिए खुद को ही जिम्मेदार मान रहा था। मैं नहीं समझ पा रहा था कि चीजों को कैसे दुरुस्त करूँ, क्योंकि मैंने अपनी तरफ से बढ़िया-से-बढ़िया प्रयास करके देख लिया था।

अगस्त 1997 में श्रीलंका में दो टेस्ट मैचों की शृंखला अनिर्णीत खत्म कराने से काफी राहत मिली और इसके बाद टोरंटो में सितंबर में हमने पाकिस्तान को 'सहारा कप' में 4-1 से हराया।

जब हम वापस दिल्ली लौटे तो एयरपोर्ट पर रात के डेढ़ बजे लगभग 5 हजार प्रशंसक हमारा स्वागत करने के लिए इंतजार कर रहे थे। यह शानदार घर वापसी थी। हालाँकि अगले कुछ ही हफ्तों में हम पाकिस्तान में तीन मैचों की एकदिवसीय शृंखला 1-2 से हारकर लौटे और इस बार दिल्ली लौटने पर प्रशंसक दूर-दूर तक नजर नहीं आ रहे थे।

नवंबर-दिसंबर 1997 में श्रीलंका के खिलाफ तीन टेस्ट मैचों की शृंखला के पहले दो मैचों में बतौर बल्लेबाज मेरा प्रदर्शन कुछ खास नहीं रहा था और दोनों टेस्ट ड्रॉ रहे थे। मेरे खराब फॉर्म को लेकर काफी कुछ लिखा जा रहा था। मुझ पर दोहरा दबाव था कि कप्तान और बल्लेबाज के तौर पर मुझे बेहतर करना था, लेकिन अगले

> **सचिन के सुपर टिप्स**
> अपनी आलोचना से आप खुद को और भी ज्यादा दृढ़ संकल्पित बनाएँ, ताकि आपको भटकाने वाले गलत साबित हो जाएँ। जो आप कर रहे हैं, उसे करते रहें और उसे उचित तरीके से करने का प्रयास करें।

मैच में मेरे बनाए 148 रन भी हमें वह जीत नहीं दिला पाए, जिसकी मुझे सबसे ज्यादा जरूरत थी।

दिसंबर 1997 में शारजाह में चार देशों के टूर्नामेंट में भी मेरे खराब फॉर्म ने पीछा नहीं छोड़ा। हमने इंग्लैंड, पाकिस्तान और वेस्ट इंडीज के खिलाफ बेहद खराब खेल दिखाया। हम सभी मैच हार गए और फाइनल में जगह नहीं बना सके। 14 दिसंबर को पाकिस्तान के खिलाफ एक मैच में मैंने रनगति तेज करने की उम्मीद से रॉबिन सिंह को तीसरे नंबर पर भेजा, जो कि एक ऑलराउंडर थे, लेकिन वह केवल तीन गेंद खेलकर ही आउट हो गए और मेरे इस फैसले को हमारी हार के लिए जिम्मेदार बताया जाने लगा।

एक महीने बाद हालाँकि अजहर बतौर कप्तान वापस आए और ढाका में सिल्वर जुबली इंडिपेंडेंस कप के फाइनल में पाकिस्तान के खिलाफ उन्होंने भी वही कदम दोहराया और इस बार रॉबिन ने 82 रन ठोंक दिए और रनों का पीछा करना आसान हो गया। वही प्रयोग अब मास्टर स्ट्रोक की तरह सराहा जाने लगा।

इसके बाद श्रीलंका के खिलाफ घर में तीन मैचों की एकदिवसीय श्रृंखला के बाद मुझे बेरुखी से कप्तान के पद से हटा दिया गया। मुझे बहुत बेइज्जती महसूस हुई, लेकिन इससे मुझे आनेवाले सालों में एक बेहतर क्रिकेटर बनने के मेरे संकल्प को मजबूती मिली।

आखिरकार, कोई कुछ भी कर ले, लेकिन मुझसे मेरी क्रिकेट नहीं छीन सकता है। अब मुझे केवल अपनी बैटिंग पर ही ध्यान केंद्रित करना था और टीम को मैच जिताने थे। इसके बाद मैंने वही किया।

17 साल 112 दिन की उम्र में सचिन टेस्ट शतक बनानेवाले दूसरे सबसे युवा खिलाड़ी बन गए, जब उन्होंने 1990 में अपना पहला शतक लगाया था।

17

वॉर्न और वॉ

मार्च 1998 में ऑस्ट्रेलिया के खिलाफ घरेलू मैदानों पर तीन टेस्ट मैचों की शृंखला मेरे कॅरियर की पहली पूर्णकालिक शृंखला थी। इसे शेनवॉर्न बनाम मैं के तौर पर प्रचारित किया जा रहा था। ऐसा अकसर होता रहा है कि दो लोगों के बीच की लड़ाई दिखाकर चमक बिखेरने और लोगों में दिलचस्पी को चरम पर पहुँचाने का प्रयास किया जाता रहता है—ब्रायन लारा बनाम ग्लेन मैकग्रा, रिकी पोंटिंग बनाम कर्टनी वॉल्श या 1994 में तेंदुलकर बनाम लारा! मैंने हमेशा कहा है कि यह शृंखला दो टीमों के बीच थी, न कि दो व्यक्तियों के बीच। लेकिन लाखों दिलों की तरह ही मेरा दिल भी जानता था कि वॉर्न के खिलाफ यह बेहद अहम मुकाबला होने जा रहा था।

शेन ने बहुत खूबसूरत गेंदबाजी कर रखी थी और दक्षिण अफ्रीका के खिलाफ शृंखला में उन्होंने तीन टेस्ट मैचों में 20 विकेट निकाले थे। उस शृंखला में वॉर्न की गेंदबाजी को लेकर मैंने बहुत सावधानी से अध्ययन किया था। उनकी सबसे बड़ी ताकत गेंद को घुमाने की उनकी काबिलीयत थी, जिसके चलते गेंद बल्लेबाज की नजर से दूर चली जाती थी और जब वह स्पिन लेती थी तो उससे निपट पाना मुश्किल होता था। इस वजह से मैंने उनको खेलने के लिए अपने स्टांस में थोड़ा बदलाव किया। इस थ्योरी पर काम करते हुए मुझे अभ्यास करने की भी जरूरत थी। शृंखला से एक महीने पहले मैंने मुंबई में उपलब्ध बेहतरीन स्पिन गेंदबाजों को मुझे गेंद फेंकने के लिए कहा। जब तक ऑस्ट्रेलियाई टीम फरवरी 1998 में भारत पहुँची, तब तक मैं वॉर्न का मुकाबला करने के लिए तैयार हो चुका था।

पहले से तैयारी

ऑस्ट्रेलियाई टीम ने पहला मैच 24 फरवरी को मुंबई के खिलाफ खेला। मैं ही कप्तानी कर रहा था और अपने सभी बल्लेबाजों से मैंने कहा था कि वे वॉर्न पर

हमला बोल दें। अगर हमारे विकेट गिरते भी, तब भी मुझे परवाह नहीं थी, लेकिन हम किसी भी कीमत पर वॉर्न को अपने मन की करने नहीं देना चाहते थे।

मुंबई के ओपनर अमित पगनिस और मैंने वॉर्न पर शुरू से ही हमला बोल दिया। पगनिस ने जहाँ उनके दो ओवरों में चार चौके लगाए, वहीं मैंने उनके पहले ही ओवर में छक्का जड़ दिया और पूरी पारी के दौरान हमारा हमला जारी रहा। उनके 16 ओवर के स्पैल में उन्होंने 111 रन दिए और वह 192 गेंद पर मेरे बनाए दोहरे शतक से कहीं ज्यादा मायने रखता था—हालाँकि मैं विशेष रूप से इसलिए भी खुश था, क्योंकि फर्स्ट क्लास क्रिकेट में यह मेरा पहला दोहरा शतक था। हमने ऑस्ट्रेलियाई टीम को 10 विकेट से मात दी, लेकिन मैं अच्छी तरह जानता था कि ऑस्ट्रेलियाई टीम के तरकश में बहुत से तीर होते हैं।

चेन्नई में काफी क्रिकेट खेली होने के चलते मुझे पता था कि अगले मैच में शारीरिक तैयारी कुछ अलग ढंग से करने की जरूरत होगी। आपको गरमी और आर्द्रता, दोनों से निपटने के लिए पहले से ही खुद को तैयार करना होता है और मैंने यह काम मैच शुरू होने के 36 घंटे पहले ही शुरू कर दिया था। मैंने सामान्य से कहीं ज्यादा पानी पीना शुरू कर दिया।

1980 के दशक के उत्तरार्ध और 1990 के दशक में खिलाड़ियों के आहार और उनके प्रशिक्षण कार्यक्रम को लेकर बहुत ज्यादा रिसर्च नहीं की जाती थी। अब खिलाड़ियों के पास खास डायटीशियन होते हैं और दुष्कर बैटिंग कार्यक्रम के उपरांत वे शरीर की पानी की कमी को दूर करने के लिए बर्फ से नहाते हैं और खास शेक पीकर ऊर्जा वापस हासिल कर लेते हैं।

नंबर चार पर बैटिंग करते समय मैं केवल चार रन ही बना पाया था और वॉर्न की गेंद पर आउट हो गया। गेंद मेरे बल्ले का बाहरी किनारा लेकर स्लिप में खड़े फील्डर के हाथों में चली गई। मैं बहुत निराश हुआ और दूसरी पारी में इस गलती को सुधारने को लेकर दृढ़ हो गया।

जब मैं बैटिंग करने के लिए उतरा, तब हम 115–2 थे और ऑस्ट्रेलिया की 71 रन की लीड घटाने के बाद वास्तविक स्कोर 44–2 था। राहुल द्रविड़ और मैंने 100 रन से ज्यादा जोड़े। मैंने लगातार अंतराल पर चौके और छक्के लगाए। बाद में अजहर ने मुझे अच्छा सहयोग दिया और हमने साथ मिलकर एक बार फिर 100 रन जोड़े।

हमने जब पारी घोषित की, तब मैं 155 रन बनाकर खेल रहा था। पहली पारी की लीड गायब हो चुकी थी और हम मैच जीतने की स्थिति में पहुँच गए थे। हमने मैच जीत भी लिया। मुझे और भी ज्यादा खुशी मिली, जब मैं 'मैन ऑफ द मैच' चुना

गया। पहली पारी में वॉर्न के हाथों सस्ते में आउट होने की भरपाई मैंने कर दी थी। इसके अलावा हमने एक इकाई के रूप में अच्छा प्रदर्शन किया था।

कोलकाता के ईडन गार्डंस में हुए दूसरे टेस्ट में सभी पाँच बल्लेबाज महज 75 के स्कोर पर आउट हो चुके थे, जबकि अजहर ने सैकड़ा जमाया था। मैंने 79 रन बनाए थे और एक बार फिर वॉर्न को निशाने पर लिया, जिनको 40 ओवर बॉलिंग करने के बावजूद विकेट नहीं मिला था, जबकि उन्होंने 147 रन दे दिए थे। हम तीन टेस्ट मैचों की श्रृंखला में दुनिया की सर्वश्रेष्ठ टीम से 2-0 से आगे हो गए थे और हमें अपनी उपलब्धि पर गर्व हो रहा था।

बेंगलुरु में हुए श्रृंखला के आखिरी मैच में, जिसमें हम हार गए थे, हमारी टीम में एक किशोर का आगमन हुआ—ऑफ स्पिनर हरभजन सिंह, जो आगे चलकर भारतीय गेंदबाजी के प्रमुख अंग बने। मैंने पहली पारी में बड़ा शतक लगाया, लेकिन हमारी टीम महज 169 पर ढेर हो गई। श्रृंखला को जीत के साथ खत्म न कर पाने का मलाल हम सभी को रहा। मेरे लिए मेरे कॅरियर के दौरान खेली गई श्रृंखलाओं में यह सबसे कठिन साबित हुई, और निजी तौर पर सबसे सफल भी। मैंने इस दौरान कुल 450 रन बनाए और मेरा औसत 111 रन का रहा। हफ्तों का कठिन अभ्यास काम आया और अंत में मुझे बहुत संतोषजनक अहसास हुआ।

स्टीव वॉ का आकलन

टेस्ट श्रृंखला के बाद तीन देशों की एकदिवसीय त्रिकोणीय श्रृंखला अप्रैल 1998 में शुरू हुई। इसमें तीसरी टीम जिंबाब्वे की थी। हमारा पहला मैच ऑस्ट्रेलिया से कोच्चि में 1 अप्रैल को था और हमने 300 से ज्यादा का स्कोर खड़ा किया। लेकिन ऑस्ट्रेलियाई टीम ने महज 12 ओवरों में ही 100 का आँकड़ा पार कर लिया, तब मुझे गेंद थमाई गई।

यह कुछ अचंभित करनेवाली बात होती है, लेकिन कुछ-न-कुछ वजहों से एक बल्लेबाज एक खास तरह के गेंदबाज को देखना पसंद नहीं करता है। मेरे मामले में मैं कभी भी हैंसी क्रोनिए की गेंदों को खेल पाने में सहज नहीं हो पाया था, जिन्होंने तमाम अवसरों पर मुझे सबसे ज्यादा अनपेक्षित तरीकों से आउट कर रखा था। इसलिए आपको हमेशा मुख्यधारा का गेंदबाज होने की जरूरत नहीं होती, लेकिन तब भी आप किसी बल्लेबाज के लिए समस्या खड़ी कर सकते हैं—और कुछ ऐसा ही हुआ मेरे और स्टीव वॉ के बीच। अपने पूरे कॅरियर के दौरान मैंने महसूस किया कि स्टीव मेरी लेग-स्पिन के सामने सहज नहीं हो पाते हैं। कोच्चि में मैंने उनको सटीक लेग-स्पिन

डाली और वह मेरे ही हाथ में शॉट खेल बैठे।

इस विकेट पर मैं झूम उठा और उस मैच के लिए यह बहुत बड़ा पल साबित हुआ। यह वो शुरुआत थी, जो हमारे लिए बहुत जरूरी थी, ताकि ऑस्ट्रेलियाई टीम पर दबाव बनाया जा सके।

मेरे पूरे कॅरियर के दौरान अपने साथ मैंने एक विचित्र बात यह पाई कि जब भी मैं लेग-स्पिन डालने का कठिन अभ्यास करता था तो गेंद सटीक तरीके से पिच पर पड़ती ही नहीं थी। अगर मैंने महीनों तक इसका अभ्यास नहीं किया होता था, तब भी मैच के दौरान अत्यंत जरूरत के समय गेंद बिल्कुल सटीक जगह पर पड़ जाती थी। इसलिए मैंने इसे अपनी प्राकृतिक क्षमता के आसरे ही छोड़ दिया। कोच्चि में सबकुछ बहुत खूबसूरती से हुआ। मैंने 5-32 का सर्वश्रेष्ठ स्पैल निकाला और हमने 41 रन से मैच जीत लिया।

7 अप्रैल को कानपुर में खेले गए अगले एकदिनी मैच में हमने ऑस्ट्रेलिया के खिलाफ अपना अच्छा फॉर्म बरकरार रखा, जहाँ मैंने कुल सात छक्के लगाए और आराम से मैच जीत लिया, साथ ही फाइनल में जगह भी पक्की कर ली। दुर्भाग्य से हम फाइनल में ऑस्ट्रेलिया से हार गए। इस तरह से दौरे का एक अनपेक्षित अंत हो गया।

शारजाह में अंधड़

इस श्रृंखला के बाद अप्रैल 1998 में हम त्रिकोणीय श्रृंखला 'कोका-कोला कप' खेलने के लिए शारजाह पहुँच गए, जहाँ ऑस्ट्रेलिया और न्यूजीलैंड की टीमें भी पहुँची हुई थीं। मुझे यह टूर्नामेंट अच्छी तरह याद है, क्योंकि मैंने इस दौरान कुछ सर्वश्रेष्ठ क्रिकेट भी खेली थी। यहाँ की तीखी गरमी में खिलाड़ी की शारीरिक और मानसिक क्षमता की बड़ी कठिन परीक्षा होती है।

22 और 24 अप्रैल, 1998 को उन दो मैचों के बारे में हर किसी को याद होगा, जो कि ऑस्ट्रेलिया के खिलाफ थे। इन मैचों को जीतना हमारे लिए बेहद जरूरी था और वह भी काफी अंतर से, क्योंकि तभी हम फाइनल में जगह बना सकते थे। ऑस्ट्रेलिया ने अपने पूल के सभी तीन मैच जीतकर पहले ही फाइनल में जगह बना ली थी।

इनमें से पहले मैच को चर्चित रूप से मेरी 'अंधड़ (santstorm)' वाली पारी भी कहा जाता है, जिसमें रेगिस्तानी आँधी और देर से खेल शुरू होने के बावजूद मैं अपनी टीम को जीत दिलाने में मदद करने को लेकर अटल था। दुर्भाग्य से मैं 143 रन बनाकर विचित्र अंपायरिंग फैसले का शिकार हो गया। हम जीत नहीं सके, लेकिन इसके बावजूद हमने फाइनल में जगह बना ली थी।

आखिरी पूल मैच के बाद जब हम होटल लौटे तो मैं बुरी तरह थक चुका था और फिर भी रात 2 बजे के बाद ही सो सका था। सुबह मेरा शरीर बुरी तरह अकड़ गया था और बाथरूम तक चलकर जा पाना संभव नहीं हो रहा था। यह अकड़न शरीर में पानी की कमी की वजह से भी थी।

मेरे कॅरियर में तमाम ऐसे अवसर आते रहे, जब सुबह उठने में मुझे काफी परेशानी हुई। कभी-कभी तो मुझे खुद को जबरन उठाना पड़ता था और इससे भी ज्यादा बदतर हालात में तो फीजियो और मसाजर मुझे सामान्य बनाने में मेरी मदद करते थे। हालाँकि अगर मैंने शतक बनाया होता था या मैच जिताऊ पारी खेली होती थी, तो मुझे यह अकड़न जरा भी परेशान नहीं करती थी। इसलिए शारजाह में भी दर्द की शिकायत करने की कोई वजह नहीं थी—यह बहुत छोटी सी कीमत थी।

फाइनल में ऑस्ट्रेलिया ने पहले बैटिंग करते हुए 272 रन बनाए। लोग अपेक्षा कर रहे थे कि मैं एक बार फिर ऑस्ट्रेलियाई टीम पर पहली ही गेंद से हमला बोल दूँगा, लेकिन ऑस्ट्रेलियाई गेंदबाजों ने काफी सधी हुई लाइन पर बॉलिंग की और मुझे आउट होने से बचने के लिए कड़ी मेहनत करनी पड़ी।

दबाव लगातार बढ़ता जा रहा था और यह वह समय था, जब कुछ अतिरिक्त करने की जरूरत थी। मैंने दो छक्के जड़ दिए। अपेक्षित रनगति एक बार फिर हमारे काबू में आ गई।

आखिरकार जब मैं आउट हुआ, तब तक मैंने 134 रन बना लिये थे, नतीजा अब केवल औपचारिकता भर रह गया था। छह ओवरों में 24 रन चाहिए थे। पसीने से तरबतर जब मैं पवेलियन वापस लौटा तो मैंने देखा कि मेरे बिजनेस मैनेजर और मित्र मार्क मैसकरनहास साइटस्क्रीन के बगल में मेरा इंतजार कर रहे थे। उन्होंने मुसकराते हुए मुझे गोद में उठा लिया।

मैच के बाद का प्रेजेंटेशन समारोह वाकई खास रहा। स्टीव वॉ ने कहा कि उन लोगों ने मुझसे हार मानी, यह वाकई अद्‌भुत था कि कोई ऑस्ट्रेलियाई कप्तान आपके लिए एक दिन ऐसा कहे, और उस दिन मेरा 25वाँ जन्मदिन भी था। इससे बेहतर जन्मदिन का तोहफा शायद और नहीं हो सकता था।

सचिन ने 20 साल की उम्र से पहले ही पाँच टेस्ट शतक जड़ दिए थे। यह विश्व रिकॉर्ड अब भी तोड़ा नहीं जा सका है।

THE SANDSTORM INNINGS
शारजाह में ऑस्ट्रेलिया और न्यूजीलैंड से होनेवाले 'कोका-कोला कप' मैच से पहले हवाई जहाज में।
सर, क्या आप कुछ सूप लेना पसंद करेंगे?
हरविंदर और हरभजन एक साथ बैठे थे।
वह सूप में चीनी डाल रहा है!
OOOHHH!

सूप कैसा है?
अच्छा है!
वाकई? और चीनी चाहिए?
कोका-कोला कप शारजाह क्रिकेट एसोसिएशन स्टेडियम
...पहले दो मैचों में ऑस्ट्रेलिया ने 284 रन बनाए...
यहाँ बहुत गरमी है—यह वाकई दम-खम का असली इम्तिहान है।
मैं अपने पैरों के जरिए गरमी महसूस कर सकता हूँ।

भारत
138/4
29 ओवरों में 138 पर चार विकेट गिर चुके हैं और...
धूल भरी आँधी उठने लगी।

मैं तो शायद इसमें उड़ जाऊँगा!
मुझे लगता है कि एडम गिलक्रिस्ट से सटीक सुरक्षा मिल सकती है!
मुझे गिलक्रिस्ट के पीछे लेट जाना चाहिए...

लेकिन लक्ष्य
महज आठ रन ही घटाया गया?
इसका तो कोई मतलब ही
नहीं है...
अब तो काम और कठिन हो गया।
138 रन मात्र 17 ओवरों में!
मैच को 45 मिनट के लिए रोकना पड़ा था
और इसे दोनों की तरफ से चार ओवर कम
करके 46 ओवर का कर दिया गया।
भारत को 100 रन चाहिए
फाइनल में जगह बनाने
के लिए
नहीं, हमें मैच
जीतना चाहिए, न कि केवल
जगह पक्की करना ही काफी है!
AND... IT'S A SIX!
AND ANOTHER!

बाद में ढेर सारे चौके और छक्के...
भारत ने 200 रन पार कर लिये और मैं 143 पर था, जब...
OUT!
एल.बी.डब्ल्यू. ? लेकिन गेंद तो कंधे की ऊँचाई पर थी!
लेकिन ठीक है, यही क्रिकेट है! कम-से-कम हमने फाइनल में तो जगह बना ली...
TEN
हमने मैच गँवा दिया, लेकिन आगे आनेवाले फाइनल में हमारे पास अब भी जीतने का मौका है।
और अंत में केवल इसी बात का महत्त्व रहता है। अगले दिन की जीत के लिए जीते रहो!

18

प्रशंसक और खुद एक प्रशंसक बनना

मुंबई लौटने पर हमारा स्वागत करने के लिए महासागर की तरह लोग उमड़ पड़े थे और प्रशंसकों को इस कदर प्यार बरसाते हुए देखना वाकई अभिभूत कर देता है। जो लोग मेरा ऑटोग्राफ माँगते थे, वे मुझे खास होने का अहसास कराते थे और मैंने तय कर लिया था कि जहाँ भी संभव होगा, मैं उन्हें इस तरीके से उनका प्यार जरूर लौटाऊँगा। लोग जो घंटों इंतजार करते हैं, वे ही हैं, जो इस खेल को महान् बनाते हैं और भारत में इसके महत्त्व को और ऊपर उठानेवाले ये ही लोग होते हैं और हम वाकई खुशकिस्मत हैं कि देश में खेल के लिए जुनूनी प्रशंसकों की एक अच्छी खासी संख्या मौजूद है।

डॉन से मुलाकात

अगस्त 1998 में शेन वॉर्न और मुझे सर डॉन ब्रैडमैन की तरफ से एडीलेड में उनके घर पर आयोजित 90वें जन्मदिन पर आमंत्रित किया गया। उस महान् हस्ती से मिलने को लेकर हम दोनों ही काफी विचलित महसूस कर रहे थे, और मुझे याद है कि शेन से इस बारे में मैंने काफी चर्चा की थी कि उनसे मिलने पर पहले कौन उनसे बात करना शुरू करेगा! मैंने कहा कि शेन को शुरुआत करनी चाहिए, क्योंकि वह उनके अपने ऑस्ट्रेलियाई साथी हैं; वहीं शेन ने कहा कि मुझे शुरुआत करनी चाहिए, क्योंकि मैं उनकी तरह का बल्लेबाज हूँ। अंत में सर डॉन, जिन्होंने प्यार से मुझे 'बॉन्जर' (अव्वल दर्जे का!) कहकर पुकारा था, हमारे पहुँचने के बाद सारी गतिविधि अपने नियंत्रण में ले ली और शीघ्रातिशीघ्र हमें घर जैसा अहसास कराया।

मुझे याद है कि बातचीत के दौरान मैंने उनसे पूछा था कि वर्तमान क्रिकेट परिदृश्य से वह कैसे सामंजस्य बिठाते? उन्होंने कहा था कि अगर वह आज के दौर में खेल रहे होते तो इतने रन नहीं बना पाते, क्योंकि आजकल ज्यादा रक्षात्मक

फील्डिंग लगाई जाती है, जैसाकि उनके खेलने के दौर में देखने को नहीं मिलती थी। उन दिनों फील्डिंग में ज्यादा बदलाव नहीं किया जाता था, यहाँ तक कि अगर बल्लेबाज ने ढेर सारे रन बटोर लिये होते, तब भी नहीं, और 1930 के दशक के उस दौर में डीप प्वॉइंट जैसी फील्डिंग पोजीशन भी प्रचलन में नहीं थी। उन्होंने यह भी कहा कि मौजूदा दौर के खेल में फील्डिंग का स्तर भी काफी बेहतर हो गया है।

अंततः हमने उनसे पूछा कि अगर वह आज के दौर में खेल रहे होते तो अपना टेस्ट औसत क्या पाते? इस पर उन्होंने कहा, 'लगभग 70'। हम हल्का सा चौंके और उनसे पूछा कि क्या वह अपने विख्यात कॅरियर औसत 99.94 को देखते हुए जरूरत से ज्यादा नीचे का औसत लक्ष्य निर्धारित नहीं कर रहे हैं? तो उन्होंने कहा, "90 साल के बूढ़े के लिए 70 का औसत कहीं से भी बुरा नहीं है!"

कुल मिलाकर 1998 का वह साल मेरे कॅरियर में सबसे खास था।

सचिन ने 25 साल की उम्र से पहले ही 16 टेस्ट शतक जड़ डाले थे।

□

19

तेजी से भागता समय

एक तरफ तो मैं अपने कॅरियर की सर्वश्रेष्ठ क्रिकेट खेल रहा था, तो वहीं दूसरी तरफ घर पर मेरे जीवन में बुनियादी बदलाव आ रहा था। ऐसा इसलिए, क्योंकि 12 अक्तूबर, 1997 के दिन मुझे दुनिया का सबसे हसीन तोहफा मिला, जब अंजलि ने हमारे पहले बच्चे को जन्म दिया।

अस्पताल में मेरी मौजूदगी वहाँ के प्रशासन के लिए परेशानी पैदा कर सकती थी, इसलिए जब अच्छी खबर तैयार हो गई, तब डॉक्टरों ने मुझे फोन किया, मैं कुछ ही मिनटों में अस्पताल जा पहुँचा और मेरे हाथ में वीडियो कैमरा भी था। मैंने वह पल रिकॉर्ड किया, जब डॉक्टरों ने मेरी गोद में मेरी बेटी को डाला। बेटी का नाम 'सारा' मेरे भाई अजित ने सुझाया और अंजलि व मुझे भी यह नाम पसंद आया।

जिसने भी सारा को देखा, बस यही कहा कि वह हू-ब-हू मेरी ही नकल है और अपनी गोद में उसे सुलाना मुझे काफी अच्छा लगता था। कुछ पलों के लिए उसे झुलाना पड़ता था और वह नींद के आगोश में चली जाती थी। मैं उन दिनों दाढ़ी रखता था और एक बार जब वह कुछ महीनों की हो गई तो मैं उसे अपनी गोद में ले लेता और अपनी दाढ़ी को ब्रश बनाकर उसके बालों को सहलाता। बाप-बेटी का समय बिताने का यह सबसे पसंदीदा तरीका बन गया था।

एक व्यस्त क्रिकेट कलेंडर को देखते हुए मुझे अपनी नन्ही बेटी से दूर होने में परेशानी महसूस हो रही थी। हर बार जब भी मैं दौरे से वापस आता था तो उसमें कुछ-न-कुछ बदलाव जरूर पाता था, और मैं अच्छी तरह जानता था कि मैं वाकई कुछ खास चीजों की कमी महसूस कर रहा हूँ।

नन्ही सारा को मैंने पहली बार अंतरराष्ट्रीय सफर कराया दिसंबर 1998 में न्यूजीलैंड का। यहाँ उसने बोलना सीखा। इस दौरे पर उसने अपनी पहली नर्सरी

कविता सुनाई और उसके बोले हर शब्द से मुझे जो खुशी मिली, वह शब्दों में बयाँ नहीं की जा सकती।

एक कष्टदायी शृंखला

एक तरफ मैं पिता की जिम्मेदारियों के साथ सामंजस्य बैठाने की कोशिश कर रहा था तो वहीं मैं पहली बार अति गंभीर चोट का शिकार हो गया। मेरी पीठ में कुछ समस्या हो गई थी और मुझे इससे पूरी तरह उबरने में आठ महीने लग गए। यह समस्या चेन्नई में पाकिस्तान के खिलाफ पहले टेस्ट मैच के दौरान जनवरी के अंत में 1999 में शुरू हुई थी। वे लोग 13 साल के अंतराल के बाद भारत दौरे पर आए थे, पूरे देश का ध्यान उनके साथ दो टेस्ट मैचों की शृंखला पर केंद्रित था और उसके बाद भारत, पाकिस्तान और श्रीलंका के बीच होनेवाली 'एशिया टेस्ट चैंपियनशिप' होनी थी।

जैसाकि होता है, चेन्नई टेस्ट मैच को भी बढ़ा-चढ़ाकर पेश किया गया और तीन दिन की मजबूत पकड़ के बाद भारत को दूसरी पारी में 271 रन का लक्ष्य मिला। इन रनों का पीछा करना काफी कठिन हो गया था, क्योंकि तीसरे दिन की शाम को भारत का स्कोर 6-2 हो गया था। खेल खत्म होने से एक घंटा पहले मुझे उतरना पड़ा, खेलने और साथ में चट्टान की तरह अडिग राहुल द्रविड़ क्रीज में मौजूद थे। लेकिन अगली सुबह राहुल, अजहर और सौरव जल्दी-जल्दी आउट हो गए और हमारा स्कोर 82-5 हो गया, जबकि नयन मोंगिया बैटिंग के लिए आए। मैं तो हर गेंद खेलने से पहले प्रार्थना ही कर रहा था। मेरे चारों तरफ हालात धुँधले नजर आ रहे थे।

चाय के ब्रेक से 45 मिनट पहले मुझे पीठ में बेतहाशा दर्द महसूस हुआ। अब तक नयन मोंगिया और मैंने साथ मिलकर एक अच्छी साझेदारी खड़ी कर दी थी और मैच भारत के पक्ष में हल्का सा मुड़ता हुआ नजर आने लगा था। मुझे खिंचाव से परेशानी होने लगी। हर गेंद खेलना एक बड़ी बात लगने लगी। चाय का ब्रेक किसी दुआ के असर सा सुकून लेकर आया। मैं ड्रेसिंग रूम में एक तौलिए पर लेट गया और मेरे ऊपर बर्फ फैला दी गई, ताकि मेरे शरीर का तापमान नीचे आ जाए। चाय के बाद मेरे पास गेंदबाजों पर हमला करने के सिवा विकल्प नहीं था, क्योंकि मैं जानता था कि पीठ का दर्द मुझे नहीं छोड़ने वाला। मैंने जल्दी-जल्दी कुछ चौके मारे। जल्दी ही लक्ष्य महज 17 रन दूर रह गया था।

उस समय तक मेरी दुर्गति हो चुकी थी कि मैं खड़ा हो पाने में भी असहाय

महसूस करने लगा था। असहनीय दर्द के बीच मैंने सकलैन मुश्ताक की 'दूसरा'—ऑफ स्पिनर की वह गेंद, जो पिच पर पड़ने के बाद सामान्य से अलग व्यवहार करती है, इस तरह की गेंदबाजी के सकलैन पहले उस्ताद थे—को मैंने मिड ऑफ की तरफ बाउंड्री के लिए मारा। यह गेंद मेरी अपेक्षा से ज्यादा उछल गई थी और मैं 136 रन पर कैच आउट हो गया।

मैं बुरी तरह टूट गया। यहाँ तक कि दर्शकों ने खड़े होकर मेरी हौसलाअफजाई की, लेकिन मैच खत्म न कर पाने का दर्द इससे कम नहीं हुआ। जब हम 12 रन से वह मैच हार गए तो मेरे सामने मेरी दुनिया बिखरती हुई सी लगने लगी और ड्रेसिंग रूम में मैं अपने आँसू नहीं रोक पाया।

मेरे जीवन में यह एकमात्र ऐसा समय था, जबकि मैं इस कदर दर्द में डूबा हुआ था कि 'मैन ऑफ द मैच' का अवॉर्ड लेने भी नहीं जा सका।

भिड़ंत

देखा जाए तो मुझे दिल्ली और कोलकाता टेस्ट मैच नहीं खेलने चाहिए थे, लेकिन पाकिस्तान के खिलाफ खेलने की मेरी दिली तमन्ना मुझे खींच लाई। दिल्ली टेस्ट में अनिल कुंबले ने अकेले ही जीत दिला दी और श्रृंखला को बराबरी पर ला दिया और इसी के साथ उन्होंने विश्व रिकॉर्ड बनाने वाली गेंदबाजी भी कर डाली। दूसरी पारी में उनका आँकड़ा 10–74 का था। टेस्ट क्रिकेट के इतिहास में यह कारनामा करनेवाले दूसरे गेंदबाज बन गए थे। उनसे पहले यह कारनामा इंग्लैंड के जिम लैकर ने 1956 में किया था, जब उन्होंने एक पारी में सभी 10 विकेट चटकाए थे। नए तौर पर शुरू किए गए एशिया टेस्ट चैंपियनशिप में भारत और पाकिस्तान के बीच उद्घाटन मैच हुआ कोलकाता के ईडन गार्डंस पर, जो 16 फरवरी, 1999 को शुरू हुआ। मुझे याद है कि दूसरी पारी में मैं जिस तरीके से रन आउट हुआ था। मैं जॉगिंग करते हुए एक रन लेने के लिए जा रहा था और जब फील्डर ने स्टंप पर निशाना लगाते हुए गेंद फेंकी तो वह विकेट पर जा लगी; मिड ऑफ पर फील्डिंग कर रहे शोएब बैकअप के तौर पर वह गेंद पकड़ने के लिए आए और स्टंप से कुछ यार्ड दूर खड़े हो गए और मेरे दौड़ने की राह में आ गए। मेरी नजर गेंद पर थी और बल्ला क्रीज में रखने से कुछ पहले मैं उनसे जा टकराया। इसका नतीजा यह हुआ कि बल्ला हवा में रह गया और गेंद विकेट पर जा लगी।

मैं यह देखकर चौंक गया कि पाकिस्तानी खिलाड़ियों ने इस पर रन आउट की

अपील की। दर्शकों को इसमें अन्याय महसूस हुआ और वे उग्र हो उठे तथा मैदान पर तमाम चीजें उठाकर फेंकने लगे। इस वजह से मैच 20 मिनट के लिए रोकना पड़ा और अंततः मुझे कहा गया कि मैं जाकर लोगों को शांत करूँ। मुझे भी नागवार लगा, लेकिन ईडन गार्डंस पर तनाव बढ़ने से रोकने के लिए मैंने मैदान पर जाकर लोगों से शांत रहने की अपील की।

हालाँकि आक्रोश भड़कने की आशंका बनी हुई थी और अगले दिन दर्शक एक बार फिर उग्र हो गए और एक अप्रत्याशित उपाय के तहत, 65000 लोगों को स्टेडियम खाली करना पड़ा और मैदान के अंदर दर्शकों के बगैर यह मैच पूरा कराया गया। भारत यह टेस्ट मैच 46 रन से हार गया और इससे हम सबका अनुभव और कड़वा हो गया।

सचिन क्रिकेट इतिहास में तीसरे बल्लेबाज हैं, जिन्होंने टेस्ट खेलनेवाले सभी 10 देशों के खिलाफ शतक ठोके हैं।

20

पिता को खोना

पीठ की चोट के साथ लगातार खेलने से मेरी समस्या बढ़ती जा रही थी। नतीजा यह हुआ कि मुझे मई और जून 1999 में इंग्लैंड में हो रहे विश्व कप में शारीरिक परेशानी के साथ खेलना पड़ा। इंग्लैंड के अस्थिर मौसम से भी मुझे मदद नहीं मिली और मुझे सलाह दी गई कि मैं होटल के कमरे में जमीन पर घुटनों के नीचे तकिया लगाकर सोऊँ। यह भी सुनिश्चित करना था कि मेरी पीठ को सोने के लिए बिल्कुल सपाट जगह मिले। उस समय मैंने होटल के कमरों में बिस्तर और कबर्ड के बीच की पतली सी जगह में सोना सीख लिया था, जिससे यह तय रहता था कि वहाँ करवट लेने की जगह नहीं होती थी।

अजित, अंजलि और सारा विश्व कप शुरू होने से पहले ही इंग्लैंड पहुँच गए थे और इससे मुझे काफी राहत मिली थी। हम लोग साथ खाने के लिए बाहर जाते थे और इन्हीं खाने-पीने के क्रम में एक बार डिनर पर हम लोग एक चीनी रेस्तराँ पहुँचे और मैंने एक क्रिसपी एरोमैटिक डक का ऑर्डर दिया। इस डिश को पतले पैनकेक और कटे खीरे के साथ परोसा गया और मुझे इसका स्वाद काफी पसंद आया। हालाँकि अजित ने तो साफ कह दिया था कि वह मुझे विश्व कप से पहले डक नहीं खाने देंगे। उन्होंने कहा कि उन्होंने एक लेख पढ़ा है, जिसमें तीन अंग्रेज खिलाड़ियों के बारे में लिखा है कि एक बार उन्होंने जरूरी मैच से पहले डिनर में डक खाया था। इसका नतीजा यह हुआ कि हर मैच में वे 'डक' यानी शून्य पर आउट होते रहे।

टूर्नामेंट शुरू होने से पहले ही अंजलि ने लंदन वापस जाने का फैसला किया, ताकि मैं क्रिकेट पर ध्यान केंद्रित कर सकूँ। वह हमारे दूसरे बच्चे की माँ बनने वाली थी और महज डेढ़ साल की सारा को भी देखना था, ऐसे में यह निश्चित रूप से उनके लिए खुद से तमाम चीजें व्यवस्थित करना काफी कठिन रहा होगा।

इन सबके बीच में ही मुझे अपने पिता के निधन की खबर भी मिली। आधी रात

के बाद जब मैंने दरवाजा खोला तो सामने अंजलि को अजय जडेजा और रॉबिन सिंह के साथ पाया, तो मुझे लगा कि कुछ गंभीर समस्या हो गई है। उस वक्त उन्होंने जो मुझे बताया, मैं विश्वास ही नहीं कर पा रहा था। इस अनपेक्षित क्रूर झटके ने मुझे कुछ देर के लिए बिल्कुल सुन्न कर दिया। मेरे पिता हमेशा मेरे लिए मौजूद रहते थे। मेरे दिमाग ने काम करना बंद कर दिया और मैं केवल रो ही सकता था।

मेरी पहली सोच यही थी कि मैं तुरंत भारत जाकर अपनी माँ के साथ रहूँ और पिता को आखिरी बार देख लूँ। उस पूरे सफर के दौरान मैं केवल अपने पिता के बारे में ही सोचता रहा। मैं विश्वास नहीं कर पा रहा था कि वे अब इस दुनिया में नहीं रहे और यही मानता रहा कि उनके पास पहुँचते ही वे एक बार फिर अपनी आँखें खोल देंगे। कुछ महीने पहले ही उनकी एंजियोप्लास्टी हुई थी और वे हमारे साथ ही ठहरे थे। जिस वक्त मैं विश्व कप के लिए निकल रहा था, तब वे सामान्य गतिविधियों की तरफ लौट रहे थे और यहाँ तक कि वे तीन मंजिल की चढ़ाई भी चढ़ लेते थे। यह सोचकर कि मैं उनको दोबारा नहीं देख पाऊँगा, तकलीफ मेरे बरदाश्त से बाहर हो रही थी।

जब मैं घर पहुँचा तो मेरी माँ ने शायद ही एक भी शब्द कहा हो और वह बुरी तरह सदमे में थीं।

अपनी सबसे बड़ी प्रेरणा को खोकर मैं कई रातों तक सो नहीं सका। चौकीदारों, डाकियों और जिन तमाम लोगों की उन्होंने अपने जीवन में मदद की थी, वे सभी उनकी अंत्येष्टि में पहुँचे थे। मैंने अपनी शक्ल बने एक सोने के सिक्के को भी उनकी जेब में अंत्येष्टि से पहले डाल दिया, ताकि मैं हमेशा उनके साथ रह सकूँ।

पिता के बगैर मेरा जीवन हमेशा के लिए बदल गया।

एक बहुत कठिन टूर्नामेंट

भारत में चार दिन बिताने के बाद मैं इंग्लैंड वापस लौटा और केन्या से होनेवाले मैच से पहले टीम से जुड़ गया। जैसाकि मुझे लगा, यही मेरे पिता की मुझसे अपेक्षा थी। मानसिक रूप से, हालाँकि मैं टूर्नामेंट के दौरान सर्वश्रेष्ठ स्तर पर नहीं रह सका। अभ्यास सत्र के दौरान मैं गहरे रंग का चश्मा लगाता था, क्योंकि मेरी भावनाएँ कभी भी छलक जाती थीं और मैं अपने आँसू नहीं रोक पाता था। हालाँकि मैंने मैच में शतक भी लगाया—जो कि मेरे खुशनुमा शतकों में से एक रहा, इस एक शतक को मैंने अपने पिता को समर्पित किया—मेरा मन खेल में नहीं लग पा रहा था।

पूरे विश्व कप के दौरान मेरी कमर का दर्द मुझे परेशान कर रहा था, जिसके चलते यह टूर्नामेंट मेरे लिए सबसे दुष्कर टूर्नामेंट बन गया। भारत के लिए भी यह सर्वश्रेष्ठ विश्व कप नहीं रहा और हम सुपर सिक्स स्तर पर ही बाहर हो गए। हमारे लिए कुछ अच्छे यादगार मैच ग्रुप स्तर पर श्रीलंका और इंग्लैंड के खिलाफ रहे।

सचिन ने सबसे ज्यादा, 200 बार टेस्ट में मौजूदगी दरशाई है, जो कि एक रिकॉर्ड है।

□

21

कप्तान संस्करण 2.0

अगस्त 1999 में मेरी अनिच्छा के बावजूद मुझे दोबारा भारतीय टीम का कप्तान नियुक्त कर दिया गया। लेकिन मैंने कभी चुनौतियों के आगे झुकना नहीं सीखा था। इस बार भी मैं अपना सर्वश्रेष्ठ देने के लिए तैयार था। पहली बार की ही तरह मेरी कप्तानी में टीम की शुरुआत खराब नहीं रही, क्योंकि हमने अक्तूबर में न्यूजीलैंड को तीन टेस्ट की सीरीज में हराया। लेकिन ऑस्ट्रेलिया में 3-0 से टेस्ट सीरीज हारने के बाद हमने पाकिस्तान और ऑस्ट्रेलिया के साथ हुई त्रिकोणीय सीरीज में मात खाई, यहाँ तक कि हम फाइनल में भी नहीं पहुँच सके। मैं बुरी तरह निराश हो गया था।

पूर्व में मैं क्रिकेट में मिली निराशाओं को पीछे छोड़ देता था और भूल जाता था। इस बार ऐसा नहीं हुआ। यहाँ तक कि मैं जब बच्चों के साथ भी होता, तो मेरा ध्यान उस सीरीज की तरफ चला जाता था। कप्तान के तौर पर मैं अपनी टीम के साथियों की हरकतों के लिए भी जिम्मेदार था, लेकिन मैं उन चीजों को नियंत्रित नहीं कर सका, जो उन्होंने किया। कभी-कभी, मैं सावधानी से कोई योजना बनाता और उस पर चर्चा करता, लेकिन वे चीजें अमल में नहीं लाई जाती थीं।

यहाँ तक कि ऑस्ट्रेलियाई सीरीज शुरू होने से पहले ही मैंने चयनकर्ताओं से कहा था कि वे सौरव गांगुली को मेरे विकल्प के तौर पर नियुक्त कर दें। यह भी तय हो गया था कि टेस्ट सीरीज खत्म होने के बाद सौरव मेरी जगह ले लेंगे।

इसके बाद मैंने भारत की कप्तानी कभी नहीं की। समय-समय पर मुझे इसके प्रस्ताव दिए जाते रहे, लेकिन मैंने कभी लालच नहीं किया। आखिरी बार 2008 में मुझे इस काम का प्रस्ताव मिला, मैंने एम.एस. धोनी का नाम आगे बढ़ाया। पहले भी मैंने ट्वेंटी-20 विश्व कप और टेस्ट टीम के लिए उनको कप्तान नियुक्त करने का प्रस्ताव दिया था।

कप्तानी छोड़ने के बाद मैंने जिन लोगों का नाम आगे बढ़ाया या उनके

तहत खेला, उनमें थे—सौरव गांगुली, राहुल द्रविड़, अनिल कुंबले और एम.एस. धोनी—इनके साथ मेरे ताल्लुकात बेहतर रहे, और जब भी मैंने उचित समझा, उनसे अपनी राय भी साझा की तथा उन पर छोड़ दिया कि वे जो उचित समझें, फैसले लें। मेरे लिए यह अहम था कि उनको भी पता होना चाहिए कि टीम के हित में मैं क्या सर्वश्रेष्ठ राय या विचार रखता हूँ।

जितने भी कप्तानों के साथ मैंने खेला, सभी की अपनी अलग क्षमता होती थी। सौरव एक शानदार रणनीतिकार थे और उनको खेल की बहुत अच्छी समझ थी। वह एक आक्रामक कप्तान थे और कठिन हालात में भी प्रयोग करने से नहीं झिझकते थे। अनिल कुंबले भी आक्रामक थे और बहुत शानदार वक्ता भी। राहुल ज्यादातर पारंपरिक थे और मानसिक रूप से बहुत मजबूत थे, लेकिन वह बहुत ज्यादा प्रयोगों से बचते थे। इन सबके उलट, धोनी अपनी सूझ-बूझ पर ज्यादा भरोसा करते थे और कुछ अलग करने में डरते नहीं थे। इन लोगों के नेतृत्व में भारत ने कुछ बड़ी शृंखलाएँ और टूर्नामेंट जीते तथा इन सभी के साथ खेलने में मुझे बहुत आनंद आया।

अब वह समय था, जबकि कप्तानी से आगे देखने की जरूरत थी और टीम की जरूरतों के मुताबिक सर्वश्रेष्ठ खेल दिखाने की आवश्यकता थी। मुझे खुशी है कि फरवरी 2000 में कप्तानी छोड़ने के बाद आगे के 13 साल मेरे लिए सुखद साबित हुए।

सर डॉनल्ड ब्रैडमैन की सार्वकालिक टेस्ट एकादश में सचिन वर्तमान दौर के एकमात्र ऐसे खिलाड़ी थे, जिनको जगह मिली थी।

□

22

तेंदुलकर बनना कठिन

अंजलि और मुझे एक और बच्चे के रूप में 24 सितंबर, 1999 को ईश्वर का आशीर्वाद मिला और मैंने उसका नाम 'अर्जुन' तय कर लिया। एक बार फिर मैंने उसके जन्म के दिन का वीडियो बनाया और पहली बार उसे अपनी गोद में लाए जाते हुए मैंने फिल्म शूट की।

क्रिकेटरों के परिवारों को लेकर यह आम धारणा है कि उनके लिए हमेशा समय मेहरबान और आसान होता है। इसके उलट, मेरी गैर-मौजूदगी में अंजलि को ही ज्यादातर समय माँ और पिता दोनों की भूमिका अदा करनी पड़ी, और दो नन्हे-मुन्नों को पालना व सँभालना किसी भी तरह आसान नहीं था। बच्चों की तरफ से देखा जाए, तो वे भी कठिन दौर से गुजरे। उनको वह सब करने की छूट नहीं थी, जिसमें आम घरों के बच्चे सबसे ज्यादा खुशी पाते हैं। वहीं लंबे समय तक जब बाप घर से बाहर रहता हो, तो उनको पिता के प्यार-दुलार और देखभाल की कमी तो खलती ही है।

एक वाकया बताता हूँ, जब अर्जुन 9 महीने का था, तो मैं एडिडास की फैक्टरी देखने के लिए जर्मनी जा रहा था और मैंने अंजलि से भी साथ चलने को कहा। मैं केवल पाँच दिन के लिए वहाँ जा रहा था और अंजलि ने नौ महीने से घर के बाहर कदम नहीं रखा था—यानी अर्जुन के पैदा होने के बाद से। हमने सारा और अर्जुन को अंजलि के माता-पिता के पास भारत में ही छोड़ दिया। तीसरी रात में ही आफत आ खड़ी हुई। अंजलि को घर से फोन आया कि उनकी माँ को मस्तिष्क आघात (ब्रेन हेमरेज, ईश्वर का शुक्र है कि वे इससे उबर सकीं) हुआ है और वे अस्पताल में बेहोश पड़ी हैं, जबकि अर्जुन घर में बीमार हो गया है।

उस समय जर्मनी में रात का समय था और जल्दी-से-जल्दी भी अगर हम भारत के लिए निकलते तो सुबह ही निकल सकते थे। जब हम अंततः घर पहुँचे तो

अर्जुन की हालत देखकर हम दोनों की आँखों में आँसू आ गए। तब से अंजलि ने कभी भी बच्चों को घर पर अकेला छोड़कर मेरे साथ विदेश जाना स्वीकार नहीं किया।

एक और वाकया भी जल्दी ही पेश आया, जब मार्च 2007 में कैरेबियन देश में हुए विश्व कप में हम नॉक आउट कर दिए गए थे। हमने टूर्नामेंट में बहुत ही खराब खेल दिखाया और देश के लिए भी यह काफी निम्नस्तरीय प्रदर्शन था। मेरे परिवार को पता था कि पहले ही दौर में बाहर होने का दंश संभवत: बच्चों पर भी पड़ सकता है।

सतर्कता के मद्देनजर अंजलि ने सात साल के अर्जुन को समझाने की कोशिश की कि अगर स्कूल में तुम्हारे पिता को लेकर कोई उलटी-सीधी टिप्पणी करे तो उसे दरकिनार करना और कहना कि हाँ, यह वाकई निराशाजनक है और हम निश्चित रूप से आगे सुधार करेंगे। जब उसके एक दोस्त ने कहा कि भारत इसलिए हार गया, क्योंकि उसके पिता जीरो पर आउट हो गए थे, यह सुनते ही हमारा सिखाया-पढ़ाया सब बेकार हो गया, अर्जुन ने उस लड़के को पीट दिया और बोला कि वह अपने पिता के बारे में कुछ भी खराब नहीं सुन सकता।

बच्चों को बड़ा होता देखना एक शानदार अहसास कराता है और जब भी मैं उनसे दूर रहता था तो मुझे काफी बुरा लगता था। अर्जुन के लिए विशेष तौर पर यह कठिन होता था। अपने शुरुआती छह सालों में तो अर्जुन मुझसे बात ही नहीं करता था, जब मैं दौरे पर होता था। उसकी आवाज सुनने की व्याकुलता में मैं अंजलि से कहता था कि कम-से-कम उसे 'हैलो' बोलने के लिए तो कहो, लेकिन वह हमेशा नकार देता। जब मैं लौटता तो वह मुझसे कम-से-कम तीन दिन तक चिपका रहता और खोए हुए समय की भरपाई अपने अंदाज में करने की कोशिश करता।

वहीं सारा मेरे दौरे पर जाने के दौरान इस तरह से तो प्रतिक्रिया नहीं दिखाती थी, जैसा अर्जुन करता था, लेकिन मेरे लौटने के मौके पर मुझसे जुड़ने में उसे कुछ कठिनाई महसूस होती थी। सारा कुछ ही महीनों की रही होगी, जब मुझे श्रीलंका के दौरे पर जाना पड़ा था। कोलंबो में बेतहाशा गरमी थी और जब दौरा पूरा कर मैं घर लौटा तो धूप की वजह से काफी साँवला हो गया था। इसका नतीजा यह हुआ कि पहले कुछ मिनट तो उसने मेरे पास आने से ही मना कर दिया था।

सदी बदलने के दौरान जब मेरे बच्चे छोटे थे, तब तकनीक भी वैसी उन्नत नहीं थी, जैसी कि आज है और तब स्काइप और फेसटाइम जैसा कोई विकल्प भी नहीं था। उस समय अगर आज की तरह तकनीक उपलब्ध होती तो मैं बच्चों में

होनेवाले परिवर्तनों से उतना ज्यादा अनजान नहीं रहता।

सारा को साइंस पढ़ने में दिलचस्पी है, तो फुटबॉल से शुरुआत करनेवाले अर्जुन का झुकाव अब क्रिकेट की तरफ होने लगा है और वह क्रिकेट खेलना चाहता है। वे खुद ही तय करके जो भी करना चाहते हैं, उसमें मुझे बहुत खुशी मिलती है। बीते कुछ सालों में सारा ने ज्यादा जिम्मेदाराना व्यवहार दिखाना शुरू कर दिया है। 2012 की गरमियों में वह समर स्कूल की तरफ से ऑक्सफोर्ड भी गई थी और वह एक डॉक्टर बनने के ख्वाब को हकीकत में बदलने की जी-तोड़ कोशिश कर रही है। मुझे लगता है कि माता-पिता के लिए सबसे अच्छी चीज ये है कि वे बच्चों को सपने पालने दें और उनके पीछे जाने की छूट दे दें।

दूसरी तरफ अर्जुन क्रिकेट को लेकर काफी लगनशील है। ध्यान दीजिए कि सात साल का होने तक मैंने शायद ही उससे इस खेल के बारे में कोई बात की हो। मैंने अपनी पेशेवर दुनिया को बिल्कुल अलग रखा है। यहाँ तक कि अंजलि ने भी अपने जीवन में कुछ ही मर्तबा स्टेडियम में आकर मैच देखे हैं। मेलबर्न में 2004 में वह स्टेडियम में थी और मैं पहली ही गेंद पर शून्य पर आउट हो गया था। तब से उन्होंने दोबारा स्टेडियम में जाकर मैच देखने से तौबा कर ली और केवल मेरे 199वें टेस्ट मैच के लिए वह नवंबर 2013 में ईडन गार्डंस में पहुँची थीं। इसके बावजूद घर पर टी.वी. पर मैच देखने के लिए वह अपनी पसंद की जगह पर ही बैठती थीं और मैच के दौरान न तो किसी से बात करती थीं और न ही फोन उठाती थीं। मेरे साथ रहने का उनका यह अपना खास अंदाज था।

हालाँकि अर्जुन मेरे साथ दौरों पर अकसर जाने लगा था और मेरे साथ इंग्लैंड, ऑस्ट्रेलिया और दक्षिण अफ्रीका भी गया। अर्जुन का रुझान गंभीर रूप से क्रिकेट की तरफ तब हुआ, जब सितंबर 2007 में दक्षिण अफ्रीका में हुआ पहला ट्वेंटी-20 विश्व कप भारत ने जीत लिया था।

सचिन के सुपर टिप्स

वही करिए, जिसमें आपको मजा आए, क्योंकि वो अकेली ऐसी चीज होगी, जो आपको खुश रखेगी। उसके बाद आप हमेशा वह काम अच्छे से करना चाहेंगे, जिसमें आपको खुशी मिलती हो।

बहुत लोग पूछते हैं कि क्या मैं यह महसूस करता हूँ कि अर्जुन पर एक क्रिकेटर बनने का अतिरिक्त दबाव पड़ रहा है? मैं वाकई ऐसा नहीं मानता। मैं इस बात से खुश हूँ कि वह कुछ ऐसा करने की कोशिश कर रहा है,

जिसमें उसको मजा आए। साथ ही खेल–कूद में हिस्सा लेना कहीं से भी गलत नहीं है। मेरा तो मानना है कि आप क्रिकेट, तभी खेलने के इच्छुक होंगे, जब आप में इसके लिए दीवानगी होगी। और अर्जुन में पिछले कुछ सालों के दौरान यह चीज देखने में आई है। निश्चित रूप से, जब भी वह खेलेगा, तब हर बार उसके ऊपर दबाव रहेगा, लेकिन उसने वही चुना है, जो उसे करना है और दबाव से उबरने के सर्वश्रेष्ठ तरीके भी वह खुद तलाश लेगा और उनसे निपट भी लेगा।

1998 में भारत के ऑस्ट्रेलिया दौरे पर पूर्व ऑस्ट्रेलियाई क्रिकेटर मैथ्यू हेडन ने सचिन के बारे में कहा था—"मैंने भगवान् को देखा है। वह भारत के लिए नंबर चार पर बैटिंग करता है।"

□

23

एक भूकंप और झकझोर उठे हम

साल 2000 'मैच फिक्सिंग स्कैंडल' से दहल उठा था और इसके चलते प्रशंसकों का विश्वास इस खेल से डगमगा गया था। हमने उम्मीद जताई थी कि घर में ऑस्ट्रेलियाई टीम के खिलाफ फरवरी-मार्च 2001 में होनेवाली टेस्ट सीरीज प्रशंसकों को असली चीज, यानी गुणवत्तापरक टेस्ट क्रिकेट में वापस लेकर आएगी।

उस दौर में स्टीव वॉ की ऑस्ट्रेलियाई टीम घर में और बाहर भी बहुत क्रूर विपक्षी टीम बन चुकी थी। भारत में कदम रखने से पहले उन्होंने लगातार 15 टेस्ट मैच जीत रखे थे। ग्लेन मैकग्रा, जेसन गिलेस्पी, डैमियन फ्लेमिंग, माइकल कास्प्रोविच और शेन वॉर्न के रूप में उनके पास अव्वल दर्जे की गेंदबाजी लाइन थी। बैटिंग भी निस्संदेह जानदार थी, जिसमें मैथ्यू हेडन, माइकल स्लेटर, जस्टिन लैंगर, जुड़वाँ वॉ भाई, रिकी पोंटिंग और एडम गिलक्रिस्ट बेहतरीन फॉर्म में थे।

इस श्रृंखला के कुछ महीने पहले ही मेरा परिवार 'साहित्य सहवास' से हमारे नए स्वर्ग, मुंबई के बांद्रा पश्चिम में स्थित एक अपार्टमेंट में आ गया था। 26 जनवरी, 2001 की सुबह मैंने अंजलि को 'भूकंप-भूकंप' चिल्लाते हुए सुना। वह बिल्डिंग एक सिरे से दूसरे सिरे पर झूल रही थी और मेरे मन में यही विचार आया कि बिल्डर ने निश्चित रूप से इसके निर्माण में कुछ गड़बड़ की है। हालाँकि कुछ ही पलों में आसपास की इमारतों से भी 'भागो, भागो' की आवाजें सुनाई देने लगीं। क्योंकि हम सभी दसवीं और ग्यारहवीं मंजिल पर थे, हम दो बच्चों को लेकर तेजी से नीचे नहीं भाग सकते थे, अत: हमने केवल इतना किया कि हम ड्रॉइंग रूम के बीच में एक साथ खड़े हो गए और एक परिवार के तौर पर एक-दूसरे से चिपक गए और इस विपदा के रुकने की प्रार्थना करने लगे।

भूकंप ने पश्चिम भारत को एक मिनट तक हिलाकर रख दिया और अपने

पीछे भारी नुकसान छोड़ गया। भूकंप के अगले कुछ दिनों तक मैं रात में ईश्वर से यही प्रार्थना करके सोता था कि इस तरह की विपदा हम पर कभी दोबारा न आए।

ऑस्ट्रेलिया…गेम ऑन

मैं इस बात से आश्वस्त था कि अगर हम ऑस्ट्रेलिया पर दबाव बना सके तो उनको हरा देंगे, लेकिन मुंबई के पहले टेस्ट में हम हार गए। ऑस्ट्रेलिया ने अब 16 टेस्ट मैच एक साथ जीत लिये थे और विश्व रिकॉर्ड बनाने से वे महज एक टेस्ट जीत दूर थे।

कोलकाता के ईडन गार्डंस में अगला टेस्ट मैच मेरे कॅरियर के सर्वश्रेष्ठ टेस्ट मैचों में से एक था। हालाँकि हमारे लिए शुरुआत अच्छी नहीं हुई थी। ऑस्ट्रेलिया ने पहली पारी में 445 रन बनाए थे, जिसके जवाब में दूसरे दिन के अंत में हम 128–8 के साथ संघर्ष कर रहे थे। मैंने पहली पारी में केवल 10 रन बनाए थे और दोयम दर्जे की बल्लेबाजी प्रदर्शन के कारण हमारी हर तरफ भर्त्सना की जा रही थी। यह और भी ज्यादा पीड़ा दे रहा था, क्योंकि पहली पारी में हरभजन ने पोंटिंग, गिलक्रिस्ट और वॉर्न को एक साथ समेटकर टेस्ट क्रिकेट के इतिहास में पहली बार भारत के लिए हैट–ट्रिक बना ली थी।

हम सब इस योजना पर राजी हुए कि दूसरी पारी में वी.वी.एस. लक्ष्मण को तीसरे क्रम पर और राहुल द्रविड़ को छठे क्रम पर भेजा जाए। तब कोई नहीं जानता था, यह बदलाव इतिहास की पुस्तकों में सुनहरे अक्षरों में लिखा जाएगा।

लक्ष्मण और राहुल ने चैंपियनों की तरह बैटिंग की। भीषण गरमी और उमस से होनेवाली गंभीर शारीरिक थकान से जूझते हुए उन दोनों ने 281 और 180 रन क्रमशः बनाए। भारत ने दूसरी पारी में 335 रन बनाए और चौथे दिन एक भी विकेट नहीं गिरा। दुनिया की सर्वश्रेष्ठ टीम के खिलाफ ऐसा जज्बा दिखाना वाकई चमत्कार जैसा था।

हरभजन ने भी अपनी गेंदबाजी कौशल का बेहतरीन नमूना पेश किया, लेकिन हम चायकाल तक ऑस्ट्रेलिया के केवल तीन विकेट ही गिरा सके थे। मैच लगातार ड्रॉ की तरफ जा रहा था।

कुछ अलग करने के क्रम में सौरव ने मुझे बॉलिंग करने को कहा। उन दिनों गेंद बिल्कुल सटीक जगह पर पड़ रही थी और मैंने भी पाँच ओवर के स्पैल में तीन विकेट हासिल करने में कामयाबी पाई। इसमें मैथ्यू हेडन और खतरनाक एडम गिलक्रिस्ट के विकेट शामिल थे। हालाँकि सबसे ज्यादा सुकून मुझे शेन वॉर्न का

विकेट हासिल करने में मिला। मैंने सार्वकालिक महान् स्पिनर को उसी के अंदाज में आउट कर दिया था।

बाकी का काम भज्जी ने कर दिया था। जब हमने आखिरी विकेट उखाड़ा तो स्टेडियम में मौजूद एक लाख दर्शक खुशी के मारे पागल हो गए और इतिहास में यह केवल तीसरी बार ही था कि किसी टीम ने फॉलो-ऑन खाने के बाद जीत दर्ज की हो! शृंखला 1-1 से बराबर हो गई थी। ऑस्ट्रेलिया का विजय-रथ थम चुका था।

भरोसा कायम रखा

चेन्नई में तीसरे टेस्ट में मैथ्यू हेडन ने ऑस्ट्रेलिया का नेतृत्व किया और शानदार दोहरा शतक लगाया, लेकिन दूसरे दिन पूरी टीम 391 रन बनाकर आउट हो गई। कोलकाता में अपनी बैटिंग विफलता को मिटाने के लिए मैं निश्चय करके उतरा और किसी भी समय बॉल पर से नजरें नहीं हटाईं और कोशिश की कि हर गेंद को जितनी देर से खेल सकूँ, उतना खेलूँ। इस काम ने मुझे निचोड़ दिया और दिन की समाप्ति तक मैं बुरी तरह मानसिक रूप से थक गया था। हालाँकि मैंने शतक बनाया और राहुल के साथ शानदार साझेदारी भी की।

गिलेस्पी, जो कि दिनभर की गेंदबाजी करके थक चुके थे, अचानक न जाने कहाँ से प्रेरणा पा गए! एक निष्ठावान ऑस्ट्रेलियाई प्रशंसक, जो कि साइटस्क्रीन के ऊपर ही बैठा हुआ था, अपने साथ विशाल खिलौना कंगारू ले आया और गिलेस्पी का उत्साह बढ़ाते हुए उनकी हर गेंद पर जोर-जोर से उनकी हौसलाअफजाई करता। जब भी गिलेस्पी वापस अपने रन-अप पर जाते तो वह चीखकर कहता, 'कम ऑन, ऑशी'। कुछ ही मिनटों में गिलेस्पी ने आग उगलना शुरू कर दिया। आपको रिचार्ज करने के लिए केवल एक ही प्रशंसक काफी होता है।

हमें 155 रन चाहिए थे जीतने के लिए और तभी वी.वी.एस. लक्ष्मण को मार्क वॉ ने लपक लिया।

चेंजिंग रूम के बाहर पूरी टीम घबराई हुई बैठी थी। एक-दूसरे को लोग कह रहे थे कि बैठने की पोजीशन मत बदलो। हर भारतीय रन पर भीड़ पूरे जोश से उत्साह बढ़ा रही थी। इससे बढ़कर और कुछ नहीं हो सकता था। हरभजन सिंह और समीर दिघे, हमारे विकेटकीपर और मेरे करीबी मित्र ने अविश्वसनीय दबाव को झेला और हमें जीत के बेहद करीब पहुँचा दिया। टीम ने एक बार फिर कर दिखाया, और यह शृंखला निर्विवाद रूप से मेरे कॅरियर की सबसे शानदार शृंखला बन गई। इसके

अलावा एकदिवसीय मैचों में हम 2-3 से हार गए, साथ ही मैं एकदिनी मैचों में 10,000 रन के पड़ाव पर जा पहुँचा।

सभी विपदाओं पर क्रिकेट ने एक बार फिर जीत हासिल की।

एकदिनी मैचों के इतिहास में सचिन ने सबसे ज्यादा 18,426 रन बनाए हैं।

24

मेरे बैटिंग मंत्र

2002 के शुरुआती दौर में इंग्लैंड के दौरे पर संभव हो पाया कि रोज बाउल स्टेडियम में मैंने अपनी पहली मास्टरक्लास पारी खेली। युवाओं के समूह से बैटिंग की बुनियादी बातों, जैसे कि बल्ले को कैसे पकड़ना चाहिए, के बारे में बात करके मुझे काफी मजा आया।

लोग अकसर बल्ले पर मेरी पकड़ को लेकर बोलते रहते थे, क्योंकि मैं बल्ले के हैंडल को काफी नीचे पकड़ता था। यह मेरी बचपन की आदत थी और जब मैं 11 साल की उम्र में अपने से 10 साल बड़े भाई अजित के साथ क्रिकेट खेलता था, उस समय मेरे पास अपना कोई बैट नहीं था, तो मुझे अजित के फुल-साइज बैट से ही खेलना पड़ता था और मेरे पास केवल यही विकल्प था कि मैं बल्ले को हैंडल के निचले छोर से ही पकड़कर खेलूँ! कुछ कोचों ने मुझे बल्ले की ग्रिप बदलने की भी सलाह दी, और मैंने उस पर प्रयोग भी किया, लेकिन मैं सहज नहीं हो पाया। मुझे आदत पड़ गई थी कि हैंडल के निचले सिरे पर मैं अपने हाथ के अंदरूनी हिस्से से काफी अच्छे से ताकत लगा लेता था, जबकि हैंडल को ऊपर से पकड़ने पर वह फोर्स नहीं आ पाता था और इस कारण मैं सहज तरीके से बैटिंग नहीं कर पाता था।

ऐसा नहीं कि मेरी तकनीक में कोई बदलाव नहीं आया बल्कि ऐसा हुआ। मेरे पूरे कॅरियर के दौरान मैंने हमेशा सुधार करने का क्रम जारी रखा। उदाहरण के लिए, समय के साथ मेरा बैकलिफ्ट बदलता गया। मैं काफी वजनी बल्ले का इस्तेमाल करता था और कभी-कभी मुझे हल्के बल्ले से खेलने के लिए भी प्रोत्साहित किया गया। मैंने प्रयास किया भी, लेकिन असहज महसूस किया, क्योंकि मैं गेंद की लाइन में जब बल्ला लाता था तो वह वजन के आधार पर सहज रूप से आगे बढ़ता था। ताकत पैदा करने के लिए मुझे वजन की जरूरत पड़ती थी। मेरे लिए बल्ले का महत्त्व अपने हाथों को विस्तार देने मात्र से जुड़ा था, और अगर आप उस स्तर तक

न पहुँच पाएँ, जहाँ आपके हाथों के विस्तार की सटीक जरूरत हो, तो फिर कुछ बदलने की क्या जरूरत है ?

बैटिंग करते समय मेरे लिए सबसे ज्यादा यह बात मायने रखती थी कि मुझे सहज महसूस होना चाहिए। मैंने हमेशा यह महसूस किया कि मेरा दिमाग तब सबसे बेहतर स्थिति में होता था, जब गेंदबाज पिच के आखिर तक पहुँच जाता था और बॉलिंग डालने ही वाला होता था। अपनी जगह से मुझे मतलब नहीं होता था। दरअसल बल्लेबाज और गेंदबाज दोनों के लिए, मेरा हमेशा से यह मानना रहा है कि क्रिकेट तभी सर्वश्रेष्ठ ढंग से खेली जा सकती है, जबकि आपका दिमाग हमेशा सामने के छोर पर लगा हो और अगर इसका उलटा होता है और आपका दिमाग आपके ही छोर पर स्थिर हो जाए, तब समस्या पैदा होने लगती है।

उदाहरण के लिए, अगर गेंदबाज नो बॉल फेंकने से बचने के बारे में ही सोचने लगे तो वह जैसी बॉलिंग करना चाहता है, वैसी कर नहीं पाएगा। इसकी बजाय, अगर उसका दिमाग बल्लेबाज के छोर पर केंद्रित हो और वह इस बात पर ज्यादा एकाग्रता दरशाए कि उसे कहाँ बॉल डालनी है, किस तरह उसे स्विंग कराना है तो वह अपने काम को सर्वश्रेष्ठ तरीके से अंजाम दे पाएगा। बल्लेबाज के तौर पर अगर मैं जानबूझकर अपने फुटवर्क या अपनी बैकलिफ्ट या रिस्टवर्क को लेकर चिंता न करूँ तो मुझे पता रहेगा कि मैं सही तरीके से खेल रहा हूँ। एक समय में दोनों छोरों को लेकर सोचने का समय नहीं होता वहाँ।

2003 में, विजडन क्रिकेट्र्स अलामानेक ने सचिन को 'सार्वकालिक महानतम एकदिवसीय खिलाड़ी' के तौर पर चुना था।

□

25

अँगूठा और समस्याएँ

जुलाई 2001 में ऑस्ट्रेलिया सीरीज के दो महीने बाद हमने वेस्ट इंडीज और जिंबाब्वे के खिलाफ हरारे में त्रिकोणीय शृंखला में हिस्सा लिया था। मैंने छुट्टी के दौरान काफी कठोर मेहनत की थी और अच्छी तरह तैयार था। मैं सुबह दौड़ता था और शाम को जिम जाता था, ताकि अपने कमर से ऊपर के हिस्से को मजबूत बना सकूँ और इसके साथ ही डाइट पर भी काफी लगाम लगा रखी थी।

मैंने टूर्नामेंट की शुरुआत दहकते हुए फॉर्म के साथ की और चार पूल गेम्स में दो अर्धशतक और एक शतक लगाया तथा केवल एक बार ही आउट हुआ। लेकिन जब मैं फाइनल की तरफ मुखातिब था और तैयारी में जुटा हुआ था, तभी मुझे मेरे कॅरियर में दूसरी बार गंभीर चोट के दौर से गुजरना पड़ा।

यह वेस्ट इंडीज के खिलाफ हमारे आखिरी ग्रुप मैच के दौरान हुआ। राहुल और मैं बैटिंग कर रहे थे और हम जीत की ओर बढ़ रहे थे। जैसे ही मैं दो रन लेने के लिए भागा, मुझे अपने पैर के एक अँगूठे के चटकने सा महसूस हुआ। यहाँ तक कि मैं दूसरा रन पूरा कर पाने में भी असमर्थ सा हो गया। हालाँकि जीत के लिए कुछ ही रनों की जरूरत थी, इसलिए मैंने वहाँ रुकने के लिए ठानी और इस प्रक्रिया में 122 रन बनाए।

मैं फाइनल में भी खेलना चाहता था, भले ही चोटिल होने के चलते मेरे ऊपर कुछ नकारात्मक असर होता, इसलिए मैंने अपने फिजियोथैरेपिस्ट एंड्रयू लीपस से कहा कि मैच के लिए वह मेरे अँगूठे को पट्टियों से लपेट दें। आखिरकार मैं शून्य पर आउट हो गया और हम मैच गँवा बैठे।

बाद में पता चला कि मैं अपनी सीजेमॉइड बोन (sesamoid bone) को काफी नुकसान पहुँचा चुका था, जो कि मेरे अँगूठे को पहले मेटाटार्सल (metatarsal—पंजे को जुड़ा रखनेवाला तत्त्व) को जोड़कर रखती थी। जोहांसबर्ग

की रोजबैंक क्लीनिक की सलाह पर मैं 15 मिनट से 1 घंटा पैदल चलता था। मुंबई वापस लौटने पर मैं जॉगिंग से रनिंग की ओर लौटने लगा, और ऐसे जूते पहनने लगा, जिनमें मेरे अँगूठे के ठीक नीचे स्पाइक नहीं होती थी।

आराम के बाद मेरा पहला दौरा दक्षिण अफ्रीका का था, जो अक्तूबर-नवंबर 2001 में शुरू हुआ। मेरे अँगूठे का दर्द फिर उभर गया, लेकिन दक्षिण अफ्रीका और केन्या के साथ होनेवाली त्रिकोणीय शृंखला के पहले मैच में मैंने इस पर ध्यान नहीं दिया। टेस्ट की पहली पारी में मेरे 155 रन और वीरेंद्र सहवाग के आक्रामक शतक के बावजूद हम वह मैच हार गए।

दूसरे टेस्ट के लिए हम पोर्ट एलिजाबेथ पहुँचे। सारा और अर्जुन भी मेरे साथ थे और हम साथ ही खाना खाते थे और केवल यही तरीका था कि मैं परिवार के साथ अच्छा समय गुजार सकूँ। दिनभर की कठिन मेहनत के बाद मैं इन खानों की तरफ देखता था। हम लगातार तीन दिन तक उसी रेस्तराँ में खाने के लिए जाते रहे और उसकी खासियत यह थी कि उसमें काफी बड़ा प्ले एरिया था। मुझे उस रेस्तराँ का प्ले एरिया वाला विचार काफी अच्छा लगा और जब मैंने 2004 में अपना रेस्तराँ—'तेंदुलकर्स'—खोला तो उसमें इस हिस्से को शामिल करने का विशेष ध्यान रखा।

सचिन ने एकदिवसीय मैचों में 49 शतक लगाए, जो कि किसी भी खिलाड़ी की तरफ से सबसे ज्यादा हैं। उन्होंने 79वीं एकदिवसीय पारी में अपना पहला शतक लगाया था।

□

26

एक शानदार गरमी

दक्षिण अफ्रीका से लौटने के तुरंत बाद मेरे सामने नासिर हुसैन की टीम थी, जो दिसंबर 2001 में भारत के दौरे पर थी। नासिर इन दिनों सम्मानित कमेंटेटर की भूमिका में हैं, लेकिन उन दिनों उन्होंने काफी मेहनतकश खेल दिखाया था और मेरे खिलाफ अत्यधिक सुरक्षात्मक रणनीति के साथ आए थे, शायद मुझे अत्यधिक निराश करने के लिए।

शायद इसका नतीजा मेरे कुछ मामलों में स्टंप आउट के रूप में सामने आया भी, लेकिन पहली बार मेरे टेस्ट कॅरियर में, बेंगलुरु के तीसरे टेस्ट में मैंने सभी तीन टेस्ट मैचों में सबसे ज्यादा रन बटोरे और 'प्लेयर ऑफ द सीरीज' चुना गया। हमने वह श्रृंखला 1-0 से जीती, जो निश्चित रूप से हमारा आत्मविश्वास बढ़ानेवाली साबित हुई, क्योंकि आनेवाली गरमियों के दौरान हमें इंग्लैंड के दौरे पर जाना था।

इंग्लैंड ने लॉर्ड्स पर पहला टेस्ट जीत लिया। दस दिन बाद ट्रेंट ब्रिज के अगले टेस्ट में इंग्लैंड ने बड़ा स्कोर खड़ा किया। उस कठिन हालात में राहुल ने शतक जमाया, जबकि मैं और सौरव 90 के स्कोर के बाद आउट हुए। मैंने 93, जबकि सौरव ने 97 रन बनाए थे। हमने मैच ड्रॉ कराने में सफलता पाई, जिसके लिए बड़ा श्रेय हमारे नाटे विकेटकीपर पार्थिव पटेल को जाता है, जो उस समय किशोरावस्था में थे।

फिश 'एन' चिप्स और एक सर्टिफिकेट

दूसरे और तीसरे टेस्ट मैचों के बीच काफी लंबा अंतराल था, जिसने हमें थोड़ी राहत मिली और नए सिरे से ध्यान लगाने का मौका दिया। मेरे एक मित्र ने सलाह दी कि हमें एक चर्चित रेस्तराँ 'हैरी रामस्डेन', वेस्ट यॉर्कशर में जरूर जाना चाहिए। वहाँ के मेन्यू में एक डिश थी, जिसे 'हैरीज चैलेंस' नाम दिया गया

था, जिसमें ग्राहक को एक विशालकाय मछली, चाहे वह कॉड हो या हैडॉक, को खाना था और इसके साथ चिप्स, ब्रेड और मक्खन, इसके साथ दो अन्य प्रकार के व्यंजन भी थे। अगर ग्राहक इसे खाने में सफल रहा तो मुख्य शेफ खुद एक सर्टिफिकेट पर साइन करके उस ग्राहक महिला या पुरुष को सम्मानित करेंगे। मैं हमेशा से खब्बू प्रकृति का रहा हूँ, इसलिए मैंने यह चुनौती स्वीकारी। मैं केवल एक चीज, चिप्स नहीं खा पाया था; क्योंकि इसमें काफी मात्रा में फैट था। मेरे प्रदर्शन से प्रभावित होकर मुख्य शेफ ने उसी समय 'हैरीज चैलेंज' सर्टिफिकेट पर साइन करके मुझे सम्मानित किया।

मेरा सौवाँ टेस्ट मैच

हेडिंग्ले में तीसरे टेस्ट मैच में हमने अंग्रेजों की धरती पर पहली बार अपने इतिहास का सबसे बड़ा स्कोर (628-8) खड़ा किया और यह मैच हमने एक पारी और 46 रन से जीत लिया। द ओवल पर अगले टेस्ट मैच में हमने 5-9 सितंबर, 2002 के दौरान एक और उम्दा प्रदर्शन किया। राहुल ने 217 रन बनाकर बैटिंग आक्रमण का नेतृत्व किया। मेरे लिए इस मैच का विशेष महत्त्व था, क्योंकि यह मेरा 100वाँ टेस्ट मैच था। मैच की सुबह मैं घबराया हुआ था और उत्साहित भी था और सरे काउंटी क्रिकेट क्लब के चीफ एक्जिक्यूटिव पॉल शेल्डन ने मुझे यादगार तोहफा भी प्रदान किया। जब मेरी बैटिंग करने की बारी आई तो मेरे लिए एक विशेष घोषणा भी मैदान पर की गई। मैंने अर्धशतक लगाया और इस दौरान कुछ अच्छे शॉट भी लगाए, लेकिन एक गेंद को गलत पढ़ने की वजह से अप्रत्याशित ढंग से आउट हो गया। मेरे साथ ऐसा नहीं होता था कि मैं किसी बॉलर की स्विंग को न पढ़ पाऊँ, क्योंकि मैं बॉलर के गेंद पकड़ने के तरीके से आराम से समझ लेता था कि वह किस तरह की बॉलिंग करने जा रहा है।

उदाहरण के लिए ऑस्ट्रेलिया के तेज गेंदबाज बेन हिल्फेनहॉस जब भी गेंद को उसकी सिलाई के आर-पार पकड़े हुए बॉलिंग करने आते तो यह निश्चित होता था कि वह बाउंसर ही करेंगे। इसी तरह मैंने गौर किया था कि पाकिस्तान के तेज गेंदबाज शोएब अख्तर अपनी बॉलिंग को तेजी प्रदान करने के लिए बॉलिंग आर्म को दो बार घुमाते थे। श्रीलंका के महानतम स्पिनर मुथैया मुरलीधरन जब भी 'दूसरा' बॉलिंग करने जाते तो अपने अँगूठे को बॉल पर सबसे ऊपर रखते थे।

सौरव की टी-शर्ट सीरीज

हेडिंग्ले की जीत से पहले, हमने यादगार नैटवेस्ट त्रिकोणीय श्रृंखला भी जीती थी और अपने इंग्लिश दौरे को जबरदस्त बना दिया था। इंग्लैंड, श्रीलंका और भारत की टीमें इस श्रृंखला में खेल रही थीं और लॉर्ड्स पर फाइनल में हमारा मुकाबला इंग्लैंड से था। इससे पहले हमने राउंड रॉबिन फॉर्मेट में एक-दूसरे से तीन बार मैच खेले थे। 13 जुलाई, 2002 को फाइनल मैच हुआ था, जो कि मेरे कॅरियर का सबसे जबरदस्त अंतरराष्ट्रीय एकदिवसीय मैच साबित हुआ।

नैटवेस्ट सीरीज के दौरान मैं शानदार फॉर्म में था और पूल गेम्स में दो शतक भी मैंने लगाए थे। हमने बड़े-बड़े स्कोर भी पीछा करके हासिल कर दिखाए थे और हमें इंग्लैंड के बनाए 325 रन भी ज्यादा नहीं लग रहे थे। लेकिन हमने जल्दी-जल्दी विकेट गँवा दिए और थोड़े ही समय में हमारा स्कोर 146-5 हो गया। अब तक ड्रेसिंग रूम में माहौल भारी और निराशाजनक होने लगा था—जब तक युवराज सिंह—प्रतिभाशाली बाएँ हाथ के बल्लेबाज और मोहम्मद कैफ, दाएँ हाथ के मध्य क्रम के बल्लेबाज और शानदार फील्डर ने भरपाई प्रक्रिया नहीं शुरू कर दी थी।

मैं इसकी कोई वजह नहीं बता सकता, लेकिन मैं आश्वस्त था कि हमारे लिए अभी सबकुछ खत्म नहीं हुआ है, कुछ-न-कुछ नाटकीय घटनाक्रम अवश्य होनेवाला है। मैं ड्रेसिंग रूम में एक मेज पर बीच में बैठा हुआ था और एक के बाद एक एनर्जी बार खाए जा रहा था। क्रिकेटर अव्वल दर्जे के अंधविश्वासी होते हैं और किसी को भी अपनी जगह बदलने की इजाजत नहीं थी। अगर कोई पेशाब करने के लिए भी जाना चाहता था तो वह ओवर खत्म होने के बाद ही जा सकता था और वापस आने पर अपनी ही जगह पर उसे बैठना होता था, वह अपनी जगह नहीं बदल सकता था।

यहाँ तक कि जब युवराज 69 रन बनाकर आउट हुए तो भी हमारे खेल की तीव्रता में कमी नहीं आई थी। अंततः जब जहीर और कैफ ने मैच के आखिरी ओवर में जिताऊ रन लिया, तो ड्रेसिंग रूम में खुशी की किलकारियाँ और एक-दूसरे को गले लगाने की प्रक्रिया थमने का नाम नहीं ले रही थी। और सौरव ने जो प्रतिक्रिया दिखाई, उसके बारे में तो कोई कल्पना भी नहीं की जा सकती थी। उन्होंने अपनी टी-शर्ट उतारी और उसे लहराते हुए अर्धनग्न अवस्था में वे लॉर्ड्स की बालकनी में जा खड़े हुए। उनकी वह छवि अब ऐतिहासिक बन चुकी है।

वहाँ हर तरफ भारतीय समर्थकों में अपार खुशी और उत्साह कायम था, लोग तिरंगा झंडा लहरा रहे थे और सड़कों पर संगीत बजाकर झूम रहे थे। यहाँ तक कि

जब हमने विजेता ट्रॉफी उठाई, उस दौरान लोगों के जश्न के चलते ट्रैफिक भी थम गया था। यह दिन शायद ही कोई भूल सकेगा।

युवाओं ने जिस तरह अपने कंधे पर जीत का दारोमदार उठाना शुरू कर दिया था, उससे यह साफ हो गया था कि 2003 विश्व कप के लिए जानेवाली भारतीय टीम काफी ठोस होने जा रही थी। जहीर खान, आशीष नेहरा, जवागल श्रीनाथ, अनिल कुंबले और हरभजन सिंह के रूप में हमारे पास प्रतिभावानों से भी बढ़कर बॉलिंग लाइन–अप तैयार थी और सहवाग, सौरव, राहुल, युवराज, कैफ और मैं, किसी भी दिन, किसी भी विपक्षी टीम की धज्जियाँ उड़ाने का माद्दा रखते थे। अब यह ज्यादा जरूरी था कि विश्व कप तक यह गतिशीलता बरकरार रहे, जिस टाइटल ने लंबे समय से हमसे दूरी बना रखी थी।

सचिन दुनिया के पहले बल्लेबाज हैं, जिन्होंने 400 एकदिवसीय मैच खेले हैं।

□

27

विश्व कप 2003

वर्ष 2003 में दक्षिण अफ्रीका और जिंबाब्वे में होनेवाले विश्व कप के लिए भारत की असली तैयारियाँ दिसंबर 2002 में न्यूजीलैंड दौरे से शुरू हुईं। हम कीवी दल से खेल के दोनों फॉर्मेट में हार गए थे और यह बहुत ज्यादा हतोत्साहित करनेवाला दौरा था। विश्व कप से पहले टीम को अपने ऊपर ज्यादा ध्यान देने के लिए यह दौरा काफी अहम था, क्योंकि विश्व कप शुरू होने में महज एक महीना ही रह गया था।

पहले दो टेस्ट मैचों में मुझे चोटिल उँगली के साथ ही खेलना पड़ा, जिसे मैं अभ्यास के दौरान घायल कर बैठा था। बैटिंग तो मेरे लिए समस्या नहीं थी, लेकिन फील्डिंग के दौरान भयानक दर्द होता था।

फिटनेस पर नजर

मैंने यह तय किया कि विश्व कप से पहले मैं ज्यादा-से-ज्यादा समय जिम में कसरत करते हुए बिताऊँगा, ताकि मैं फिटनेस के मामले में आगे रहूँ। सहवाग मेरे ट्रेनिंग पार्टनर थे; हम शरीर के अलग-अलग हिस्सों की कसरत साथ ही करते थे और एक-दूसरे के प्रयासों का आकलन करते हुए रेटिंग भी देते थे। टेस्ट श्रृंखला समाप्त होने के बाद हमने सात मैचों की एक दिवसीय श्रृंखला भी खेली, जिसे हमने 2-5 से गँवाया। पहले के चार मैचों में मैं शामिल नहीं हुआ, क्योंकि मेरी एड़ी में चोट लग गई थी। कुछ निराशाजनक हफ्तों के बाद मैंने वेलिंगटन में हुए पाँचवें मैच में वापसी की, लेकिन प्रमुख रूप से शून्य पर आउट हो गया। अगले दो मैचों में मैंने महज एक रन बनाया।

इसमें कोई शक नहीं कि जब मेरी टीम ने दक्षिण अफ्रीका और जिंबाब्वे में होनेवाले विश्व कप के लिए फरवरी 2003 में दौरा शुरू किया, तब मैं फिटनेस को

लेकर अपने सर्वश्रेष्ठ स्तर पर नहीं था। मैं तीन चोटों से उबर रहा था—उँगली, एड़ी और पिंडलियों के खिंचाव से। टूर्नामेंट से पहले तंदुरुस्त होने के लिए मैं खुद को फिटनेस की तरफ धकेल रहा था।

मुझे सबसे ज्यादा एड़ी को लेकर चिंता हो रही थी। हर अभ्यास सत्र और मैच से पहले मुझे इसे पट्टियों से लपेटना पड़ता था, जो काफी बड़ा काम था। यह इतना भारी लगता था कि एक दिन अभ्यास के बाद मैं लापरवाही से उस पट्टी को हटा रहा था। तो मैंने देखा कि मेरी एड़ी से चमड़े का मोटा हिस्सा उसके साथ निकल आया! यह सुनने में काफी दर्दनाक लगता है, लेकिन इस घटना ने मुझे अपनी चोटों के प्रति ज्यादा सावधान रहने की सीख दी, भले ही वे चाहे जितना निराशा में मुझे डुबो दें।

नीदरलैंड्स के खिलाफ पूल का पहला मैच काफी जरूरी था, भले ही वह सर्वश्रेष्ठ विपक्षी टीम नहीं थी। हमने भी अपना सर्वश्रेष्ठ खेल नहीं दिखाया, लेकिन जीत सुनिश्चित कर ली। ऑस्ट्रेलिया से अगला मैच हम नौ विकेट से हार गए।

दक्षिण अफ्रीका में हमारा प्रदर्शन अपेक्षा के अनुरूप नहीं जा रहा था और हमने सुना कि भारत में हमारे प्रशंसकों ने नाराज होकर यू.पी. में मोहम्मद कैफ के घर पर कुछ आपत्तिजनक चीजें फेंक दी थीं। मीडिया के माध्यम से मुझे प्रशंसकों से शांत रहने की एक औपचारिक अपील करनी पड़ी थी। मैंने कहा था कि हम सभी अपनी तरफ से जो भी श्रेष्ठतम हो सकता है, वह करने की कोशिश कर रहे हैं और हमें अभी अपने काम पर ज्यादा ध्यान देना है।

पूल के अगले मैच में हमने जिंबाब्वे को हरारे में 83 रन से हराया। मैंने 91 गेंद में 81 रन बनाए। नामीबिया को हराया और इंग्लैंड के खिलाफ 'करो या मरो' वाले मैच के लिए तैयार हो गए। यह मैच दोनों ही टीमों के लिए काफी अहम था।

हमने टॉस जीता और पहले बैटिंग करने का फैसला किया। हमारी योजना थी कि हमें शुरुआत में ही जल्दी विकेट नहीं गिरने देना है, भले ही हम तेजी से रन न बटोर पाएँ। मैंने एक छक्का और कुछ चौकों से सपनों सरीखी शुरुआत की, जिसपर एंड्रयू फ्लिंटॉफ ने विराम लगा दिया। उन्होंने अपने कोटे के 10 ओवरों में महज 15 रन दिए और दो विकेट लिये, जिसमें एक मेरा और दूसरा सहवाग का था। युवराज और राहुल ने शानदार बैटिंग की और पारी समाप्त होने पर हमने 250 रन बना लिये।

आशीष नेहरा ने बॉलिंग की कमान सँभाली और ऐसा लगा कि डरबन की वह रात उन्हीं के नाम लिखी थी। उन्होंने 140 और 145 किलोमीटर प्रति घंटा की रफ्तार से गेंदबाजी की। राहुल ने विकेट कीपिंग का जिम्मा सँभाला और सहवाग ने कुछ शानदार कैच लपके; इस तरह भारत ने वह मैच 82 रन से जीत लिया।

युद्ध क्षेत्र सेंचुरियन

हमारा अगला मैच पाकिस्तान से था, जो कि हमेशा से सबसे ज्यादा तनाव और दबाव वाला होता है। मैंने जितने भी मैच खेले थे, उनमें पाकिस्तान के खिलाफ होनेवाला मैच हमेशा तनाव वाला होता है और मेरे लिए वह सबसे बढ़िया रहता है। इस मैच को लेकर देश में एक अलग तरह का माहौल होता है, किसी भी तरह की गलती अक्षम्य होती है; यही नहीं, हमारे प्रशंसकों के लिए यह मायने नहीं रखता कि बाकी के मैचों में आप क्या करते हैं, और यही यहाँ भी हुआ। सेंचुरियन में अगर हमने पाकिस्तान को हरा दिया तो लोगों को बाकी के मैचों के परिणामों से ज्यादा फर्क नहीं पड़ने वाला था।

मैंने अकेले ही अपनी बैटिंग से पाकिस्तान को खेल से बाहर करने की तैयारी कर ली थी, लेकिन 70 रन बनाने के बाद मैं खिंचाव से जूझने लगा। दुर्भाग्य से मैं 98 रन बनाकर शोएब अख्तर की गेंद पर आउट भी हो गया। मैं जब वापस लौट रहा था तो लोगों ने स्टेडियम में खड़े होकर मुझे सम्मान दिया था।

अहम बात यह थी कि हमें जीतने के लिए अब भी 96 रनों की जरूरत थी और मेरी पारी का ज्यादा मतलब नहीं होता, अगर हमने जल्दी-जल्दी विकेट गँवा दिए थे। वहाँ घबराने की भी जरूरत नहीं थी, क्योंकि राहुल और युवराज, दोनों ने उस मैच में अर्धशतक जमा रखे थे और भारत ने यह चर्चित प्रतिस्पर्धा जीत ली थी। इस तरह विश्व कप में पाकिस्तान के खिलाफ हमारा न हारने का क्रम बरकरार रहा।

'मैन ऑफ द मैच' के अवॉर्ड के तौर पर घड़ी लेने जाते समय मुझे जो गर्व की अनुभूति हो रही थी, उसे मैं शब्दों में बयाँ नहीं कर सकता। घर पर मौजूद हमारे प्रशंसकों को हमने खुशी मनाने का पल दे दिया था।

अंततः आधी रात के आसपास हमारी टीम चायनीज फूड खाने के लिए सड़क किनारे लगे स्टाल पर पहुँच गई। मेरे मित्र सुनील हर्षे और संजय नारंग भी भारतीय टीम की खुशी में शरीक होने के लिए साथ ही आए। नूडल्स डिनर पर मैंने सोचा कि संजय को मैं अपनी 'मैन ऑफ द मैच' के तौर पर मिली घड़ी दे देता हूँ, ताकि वह उसे मुंबई लेते जाएँ।

जब हम होटल लौट रहे थे, तो घबराए हुए संजय ने कहा कि उस चाइनीज फूड स्टाल पर ही उनसे वह घड़ी वाला बैग छूट गया है। पहले मैंने सोचा कि वह मजाक कर रहे हैं, लेकिन वह दौड़ते हुए वापस गए और हमने तब राहत की साँस ली, जब उन्होंने बताया कि वहाँ मौजूद एक बुजुर्ग महिला ने मुसकराते हुए वह बैग उनको लौटाया।

रणभूमि
सेंचुरियन
1 मार्च, 2003 : दक्षिण अफ्रीका के सेंचुरियन पार्क पर विश्व कप मैच
मैंने यहाँ बिल्कुल चार साल पहले लोगों को भारत-पाकिस्तान मैच के बारे में बातें करते हुए सुना था। यह मैच इस कदर महत्त्वपूर्ण था कि मैच से पहले की तीन रातों को मुझे नींद नहीं आ सकी थी।
यह गेम दोनों ही टीमों के लिए बड़ा होने जा रहा है। अगर कोई मैच जीतने के लिए बना है, तो वह यही मैच है।

राष्ट्रगान सुनना और उसके शब्दों को गुनगुनाना हमेशा मेरे अंदर थरथराहट पैदा करता है।
ढेर सारे प्रशंसकों के लिए तो यही असली फाइनल है। टूर्नामेंट में आगे क्या होता है, इससे उन्हें कम फर्क पड़ता है, बशर्ते सेंचुरियन में हम पाकिस्तान को हरा दें।
यही कारण है कि मैं क्रिकेट खेलता हूँ। दुनिया के सबसे बड़े मंच पर, भारत के धुर-विरोधी के खिलाफ मैं अपनी टीम के लिए खेलने के लिए बीच मैदान में उतरता हूँ।

पाकिस्तान ने पहले खेलते हुए एक बहुत अच्छा स्कोर 273/7 खड़ा किया। अंपायर पहुँच गए हैं बीच मैदान में।
PAKISTAN
PAKIST
SACHIN
SACHIN
SACHIN
SACHIN
SACHIN
CHIN
SACHIN
मैंने अपना बैट उठाया और रनों का पीछा करने के लिए निकल पड़ा।

मैंने स्ट्राइक ली और सहवाग और मैंने मिलकर 5 ओवर में ही 50 रन बना डाले।
वसीम अकरम पर एक चौका!
शोएब पर छक्का, फिर एक चौका!
और एक बार
तभी हालात बदले…
सहवाग और सौरव लगातार गेंदों पर आउट हो गए!
पाकिस्तान ने की वापसी!
मोहम्मद कैफ दूसरे छोर पर थे, मैंने अपना 50 पूरा कर लिया।

मेरे हर चौके पर खुशी से उन्मादी हुए दर्शक खड़े होकर मेरा अभिवादन करते थे।
इस पारी को निश्चित रूप से मेरी सर्वश्रेष्ठ पारी माना जाना चाहिए, क्योंकि यह विकट दबाव में खेली गई पारी थी।
WE LOVE SACHIN
SACHIN INDIA
खेल के सबसे बड़े मंच पर, देश के सबसे बड़े विपक्षी देश के खिलाफ खेलना और करोड़ों प्रशंसकों का इसे बेहद दिलचस्पी से टकटकी लगाए देखना···इससे ज्यादा मुझे और क्या चाहिए?

70 रन बनाने के बाद मेरे पैरों में खिंचाव शुरू हो गया और मुझे मैदान पर ही इलाज कराना पड़ा।
मेरी एकाग्रता प्रभावित हो गई थी और नतीजतन मैं शोएब अख्तर की गेंद पर 98 रन बनाकर आउट हो गया। लोगों ने खड़े होकर मेरा शुक्रिया अदा किया और हौसलाअफजाई की।
IT'S A CATCH!
अब भी जीतने के लिए 96 रनों की जरूरत है। अगर हम हार गए तो मेरी पारी का कोई मतलब नहीं रह जाएगा।
'मैन ऑफ द मैच' अवॉर्ड सचिन तेंदुलकर को...!
लेकिन राहुल द्रविड़ और युवराज सिंह, दोनों ने अर्धशतक जमाए। भारत ने पाँच ओवर पहले ही मैच जीत लिया।
यह अवॉर्ड मेरे सभी जुनूनी प्रशंसकों के लिए, जो घर पर मैच देखकर हमारा उत्साह बढ़ा रहे हैं।
SACHIN ROC
देश के लिए यही असली फाइनल रहा। पूरा देश इसकी खुशी मनाने के लिए जश्न में डूब गया।
हम भी अपने लोगों की खुशी को सातवें आसमान तक पहुँचाकर खुश थे।

> **सचिन के सुपर टिप्स**
> यह समझने की जरूरत होती है कि लोग आपसे अपेक्षा क्यों करते हैं! क्योंकि वे जानते हैं–पता नहीं कैसे, लेकिन अकसर उनको आपसे कहीं ज्यादा यह मालूम होता है कि आप वे सब कर पाने में सक्षम हैं।

हमारे अगले तीन मैच केन्या, श्रीलंका और न्यूजीलैंड से थे और हमने वे सभी मैच आराम से जीत लिये। श्रीलंका से मैच से पहले मैं पेट की खराबी और डिहाइड्रेशन से परेशान हो गया। हालत इतनी खराब थी कि मुझे अपने अंडरवियर में टिशू पेपर लगाकर बैटिंग करनी पड़ी थी। मैंने किसी तरह 97 रन बनाए थे।

भारत अब सेमीफाइनल में पहुँच गया था और हमें केन्या से मैच खेलना था, जिन्होंने कुछ टॉप रैंकिंग वाली टीमों को हराकर सेमीफाइनल में जगह बनाई थी। हालाँकि हमने वह मैच भी बड़े आराम से जीत लिया था।

हम अब विश्व कप के फाइनल में पहुँच गए थे और इस क्रम में हमने लगातार आठ मैच जीते थे। हम आश्वस्त थे कि हमारे पास एक ऐसी टीम है, जो ऑस्ट्रेलिया को लगातार विश्व कप जीतने से रोक सकती है।

इतने करीब, फिर भी दूर

घर पर एक अलग ही तरह के उत्साह से लबरेज माहौल बना हुआ था और बड़ी संख्या में लोग दक्षिण अफ्रीका भी पहुँच गए थे हमारी टीम का उत्साह बढ़ाने के लिए।

रिकी पोंटिंग ने सर्वश्रेष्ठ एकदिनी पारी खेलते हुए 140 रन बनाए। ऑस्ट्रेलिया ने 50 ओवरों में पहाड़ जैसा 359 का स्कोर खड़ा कर लिया था। फाइनल में 300 से आगे एक भी रन दोहरा महत्त्व रखता है। हमने तय किया कि हमें हर ओवर में कम-से-कम एक चौका लगाना ही है और बाकी के बचे 160 रन 250 गेंदों में बनाने होंगे। यह सकारात्मक बने रहने का एक प्रयास था।

मैंने ही एक बार फिर हमला करने का फैसला किया, लेकिन बड़ा शॉट खेलने में आउट हो गया। रनों का पीछा करने का दबाव कुछ इस तरह होता है कि आक्रमण ही एकमात्र विकल्प होता है। अंततः हम 234 रन पर ऑल आउट हो गए।

प्रेजेंटेशन के दौरान यह देखना काफी कठिन था कि ऑस्ट्रेलियाई जश्न मना रहे थे और हम हार के दर्द में डूबे हुए थे। इस दौरान सबसे ज्यादा 673 रन बनाने

के चलते 'मैन ऑफ द टूर्नामेंट' के लिए जब मेरा नाम पुकारा गया तो हार के सदमे में वह सम्मान और गौरव की भावना दब सी गई।

मेरी निराशा इस कदर थी कि 'मैन ऑफ द टूर्नामेंट' के तौर पर मिले बैट को केवल मैंने ले लिया और उसे किटबैग में भरकर किसी अन्य सामान की तरह लादकर लौट गया। मुंबई में जाकर मुझे पता चला कि वह तो शानदार नक्काशी किया हुआ खास सोने का बल्ला है!

इंग्लैंड और पाकिस्तान को हराना, जहाँ इस टूर्नामेंट के चरम बिंदु रहे, वहीं विश्व कप ट्रॉफी से एक बार फिर दूरी मुझे काफी खल रही थी।

सचिन ने 2003 के विश्व कप में 673 रन बनाए थे, जो कि किसी एक विश्व कप में किसी एक खिलाड़ी के बनाए सबसे ज्यादा रन हैं। उन्होंने इस क्रम में अपना ही रिकॉर्ड तोड़ा, जो उन्होंने 1996 विश्व कप में बनाया था और टूर्नामेंट में 593 रन बनाए थे।

□

28

जीतते जाना

विश्व कप का सफर पूरा होने के बाद मुझे अपने बाएँ हाथ की रिंग फिंगर के ऑपरेशन की सलाह दी गई, क्योंकि उसमें कैल्सिफिकेशन (टिशू में कैल्सियम जमा होने से उस हिस्से का कड़ा होते जाना—आम बोलचाल में हड्डी बढ़ना) हो गया था। अप्रैल 2003 में मैं सर्जरी के लिए अमेरिका के बाल्टीमोर पहुँचा।

मैं अव्वल दर्जे का रोगी नहीं रहा था। मैं इस बात से चिंतित था कि डॉक्टर मेरी हथेली को काटकर खोल देंगे, जिसका असर मेरी ग्रिप पर पड़ेगा। मैंने उनसे विनती की कि जरूरत हो तो वे मेरे हाथ के पिछले हिस्से को खोलें। मैं इस कदर घबराया हुआ था कि सर्जरी के दौरान ही उठ बैठा, जबकि मुझे एनेस्थीसिया दिया हुआ था—और मैंने उनसे मेरा सर्जरी वाला हाथ दिखाने को बोला। मैं यह देखकर हैरान रह गया कि मेरी हथेली को तो छुआ भी नहीं था डॉक्टरों ने। उन्होंने मुझे शांत हो जाने के लिए कहा। संतुष्ट होकर मैं दोबारा नींद के आगोश में चला गया।

सर्जरी और दर्द से निजात पाने में मुझे 4 महीने तक मैदान से दूर रहना पड़ा, हालाँकि इस दौरान टीम ने एकमात्र दौरा बांग्लादेश का किया था, जिसमें मैं शामिल नहीं हो पाया था। साल के अंत में हमें ऑस्ट्रेलिया में टेस्ट सीरीज खेलनी थी। उसके बाद 2004 की शुरुआत में पाकिस्तान के दौरे पर जाना था।

चुनौतियाँ अपार

दुर्भाग्य ने मेरा पीछा नहीं छोड़ा और गाबा (ब्रिस्बेन क्रिकेट ग्राउंड, जिसे यह निकनेम वहाँ के उपनगर वूलूँगाबा—Woolloongabba के नाम पर पड़ा) में सीरीज की इससे बदतर शुरुआत नहीं हो सकती थी। 4 दिसंबर, 2003 को मैं महज तीन गेंद ही खेल पाया और पगबाधा आउट दे दिया गया।

एडीलेड में दूसरे टेस्ट में राहुल द्रविड़ ने दोहरा शतक जमाया और वी.वी. एस. लक्ष्मण के शतक के बलबूते हम ऑस्ट्रेलिया के पहली पारी के स्कोर 556 रन के करीब पहुँच सके। मैं केवल छह गेंद तक ही टिक पाया। ऑस्ट्रेलिया की दूसरी पारी पर मुंबई के मेरे साथी अजित अगरकर हावी रहे, जिन्होंने मात्र 41 रन देकर 6 विकेट लिये। हमने उस पारी में शानदार फील्डिंग की और कुछ हैरतअंगेज कैच पकड़े। मैंने भी दो अहम विकेट स्टीव वॉ और डैमियन मार्टिन के उखाड़े। राहुल एक बार फिर स्टार खिलाड़ी साबित हुए और मैंने किसी तरह अहम 37 रन बनाए। हमने ऑस्ट्रेलिया में वह कर दिखाया, जो पहले कभी नहीं हुआ था और ऑस्ट्रेलिया को हराकर 1-0 की बढ़त ले ली।

हमारे अगले मैच—मेलबर्न में बॉक्सिंग डे टेस्ट—की पूर्वसंध्या पर मैं, अंजलि, सारा और अर्जुन को एम.सी.जी. के बीच में ले गया। इससे उन्हें यह महसूस करने में आसानी हुई कि चारों तरफ बैठे हुए 80 हजार लोगों के सामने खेलने के दौरान हम लोग किस तनाव और दबाव के हालात से गुजरते हैं। अर्जुन का यह पहला स्टेडियम भ्रमण था।

टॉस जीतकर हमने पहले बैटिंग का फैसला किया और वीरेंद्र सहवाग ने इसे और भी शानदार बनाते हुए आक्रामक 195 रन बनाए, हालाँकि हम लोग 366 रन पर ऑलआउट हो गए। मैं केवल एक ही गेंद खेल सका और आउट हो गया। मुझे तब और भी बुरा लगा, जब मुझे पता चला कि अंजलि भी मेरा मैच देखने स्टेडियम में आई थी। कुछ खिलाड़ियों की पत्नियों ने उनको स्टेडियम आने के लिए तैयार कर लिया था। मैंने सुना कि जैसे ही मैं आउट हुआ, वह घोर निराशा में डूब गई और तुरंत वापस होटल लौट गई। यह श्रृंखला 1-1 से बराबरी पर छूटी।

आखिरी टेस्ट में चीजों में थोड़ा बदलाव किया गया। सौरव मुझसे पहले बैटिंग के लिए जाने पर सहमत हुए और मैं पाँचवें नंबर पर बैटिंग करने उतरा। सबकुछ ठीक जा रहा था, लेकिन मैं 44 रन बनाकर आउट हो गया।

सिडनी में चौथे और आखिरी टेस्ट मैच से पहले यानी जनवरी 2004 में मेरे भाई अजित ने मुझे बताया कि गेंदबाज अपनी काबिलीयत से मेरा विकेट नहीं पा रहे हैं, बल्कि मैं खुद उनको मेरा अपना विकेट लेने का मौका दे दे रहा हूँ। और वहाँ मैंने तय किया कि अब से कोई भी गेंदबाज मेरा विकेट नहीं ले पाएगा।

मैंने जिस तरीके से खेला, वह मेरे लिए सबसे दुरुह टेस्ट पारियों में से एक

था। मैं बेहद सतर्कता से अपने शॉट चुन रहा था और इस बात पर अडिग था कि मुझे आउट नहीं होना है। 10 ओवर क्रीज पर टिकने के बाद, यहाँ तक कि ऑस्ट्रेलियाई गेंदबाजों के मुझ पर कुछ छींटाकशी करने के बावजूद, मैं पूरी तरह एकाग्रचित्त रहा। इस तरह से मैं पूरी तरह निचुड़ गया, लेकिन हमारी पहली पारी में मैं 241 रन बनाकर नाबाद रहा और हमारी टीम का स्कोर 700 पार कर गया।

इस टेस्ट के दौरान कुछ वजहों से मैं अंधविश्वासी हो गया था। अंजलि, उनके माता-पिता, सारा और अर्जुन इस मैच से पहले वाले दिन मेरे साथ ही थे और हमने वहाँ स्थित एक मलेशियाई रेस्टोरेंट में गए, जहाँ हमने डिनर के लिए नूडल्स, चिकन और कुछ और पक्वान्न भी मँगाए।

इसके बाद मेरा परिवार अगली सुबह भारत के लिए निकल गया, लेकिन मेरे लिए वह दिन अच्छा गुजरा और मैंने बिना आउट हुए 73 रन बनाए। उस शाम मैंने दोबारा उसी मलेशियाई रेस्टोरेंट में जाने का फैसला किया। इस बार अजित अगरकर और अन्य खिलाड़ी भी साथ थे। न केवल हम उसी टेबल पर बैठे, बल्कि हमने बिल्कुल वही पक्वान्न मँगाए, जो इससे पूर्व मैंने ऑर्डर किए थे। अगला दिन और भी बेहतर गुजरा और मैं 220 रन बनाने के बावजूद आउट नहीं हुआ। उस दिन भी डिनर के लिए मैं उसी रेस्टोरेंट में गया, उसी टेबल पर बैठा और वही खाना मँगाया। मैच का तीसरा दिन भी हमारे ही पक्ष में गया, जिसके बाद आखिरी बार हम सब एक बार फिर उसी रेस्टोरेंट में गए। रेस्टोरेंट का मैनेजर निश्चित रूप से खुश हुआ होगा कि हम बार-बार खाने के लिए इसलिए आ रहे हैं, क्योंकि खाना बेहतरीन है या उसने यह सोचा होगा कि हम पागल हो गए!

वह श्रृंखला अंततः 1-1 से बराबरी पर छूटी। श्रृंखला जीतने से वंचित रहने के बावजूद हमारे पास खुश होने की वजह थी और हम उत्साह से लबरेज पाकिस्तान दौरे का इंतजार कर रहे थे, जो कि शुरू ही होनेवाला था।

पाकिस्तान में एक बार फिर भारत

पाकिस्तान के खिलाफ खेलना किसी भी भारतीय के लिए बहुत बड़ा अवसर होता है, और 1989 में श्रृंखला और 16 साल की उम्र में मेरे पदार्पण के बाद यह पहला मौका था, जब हम सीरीज खेलने जा रहे थे।

मार्च 2004 में जैसे ही हमने पाकिस्तान की सरजमीं पर कदम रखे, मुझे भारत-पाकिस्तान सीरीज का पूरा महत्त्व समझ में आ गया। सुरक्षा व्यवस्था

जबरदस्त थी—टीम की बस के साथ सुरक्षा दस्ता आगे-आगे चलता था, जबकि बस के पीछे बाइकों पर सुरक्षाकर्मी रहते थे और हेलीकॉप्टर से भी निगरानी रखी जा रही थी। होटल छोड़ने का कोई मतलब नहीं था और खिलाड़ियों को ज्यादातर समय एक-दूसरे के कमरों में घूम-फिरकर बिताना पड़ता था। या तो ताश खेलें या फिल्में देखें। टीम के अंदर भावना जबरदस्त थी।

कराची में पहला एकदिवसीय मैच 13 मार्च, 2004 को खेला गया और हमारे लिए श्रृंखला की शुरुआत इससे बढ़िया नहीं हो सकती थी, क्योंकि हमने वह मैच आखिरी गेंद पर जीत लिया था। हालाँकि अगले दो मैच हम हार गए, लेकिन हमने शानदार वापसी करते हुए आखिरी के दो मैच लगातार जीत लिये और श्रृंखला भी 3-2 से जीत ली। फाइनल मैच तो रोमांच के चरम पर था, जिसमें हमने पाकिस्तान को 40 रन से हराया और मैंने पाकिस्तान के कप्तान इंजमाम-उल-हक का शानदार कैच लपककर उनको चलता कर दिया।

मुल्तान के पहले टेस्ट में वीरेंद्र सहवाग ने पाकिस्तानी गेंदबाजों के हौसले पस्त कर दिए और उनकी गेंदों को मैदान के हर कोने पर पहुँचाया। मैं जब तक उनके साथ बैटिंग करने पहुँचा, तब तक वे शतक पूरा कर चुके थे। मैंने उनको सलाह दी कि वे जरा खुद पर नियंत्रण रखें, क्योंकि मुझे लग रहा है कि यहाँ कुछ बड़ा होने जा रहा है। जैसे ही उन्होंने अपना दोहरा शतक पूरा किया, एक बार फिर उन्होंने गेंदबाजों पर हमला बोल दिया और दूसरे दिन सुबह ही तिहरा शतक पूरा कर बैठे।

इस समय तक मैंने भी शतक लगा लिया था। मैंने भी तेजी से रन बनाना शुरू किया, ताकि जल्दी-से-जल्दी मैं भी दोहरे शतक तक पहुँच जाऊँ और पाकिस्तान को कम-से-कम 50 ओवर खेलने पड़ें। यही हमारी योजना भी थी। लेकिन तभी चाय के ब्रेक से आधे घंटे पहले रमेश पवार, जो एक स्थानापन्न के तौर पर खेल रहे थे, मैदान पर आए और मुझे रनगति तेज करने को बोले। कुछ देर बाद, जब मैं 194 पर था, वे दोबारा आए और बोले कि राहुल द्रविड़, जो कि सौरव की जगह कप्तानी कर रहे थे, क्योंकि सौरव चोटिल होने के कारण मैच से बाहर थे, ने पारी घोषित करने का फैसला किया है। इससे ज्यादा मैं कुछ नहीं कह सकता कि उनके फैसले से मैं अवाक् था! राहुल ने मुझे 194 रन पर अलग-थलग छोड़कर पारी घोषित कर दी।

निराश और व्यथित होकर मैं ड्रेसिंग रूम की तरफ चल पड़ा और मैं यह

> **सचिन के सुपर टिप्स**
>
> हर हालात में हमेशा शांत, ईमानदार और शालीन बने रहें। सनसनी से केवल आपका ध्यान भटकेगा और कुछ हासिल नहीं होगा।

महसूस कर सकता था कि इस निर्णय पर पूरी टीम भौंचक थी। मैंने तय किया कि मैं इस बारे में कुछ भी नहीं बोलूँगा और होटल जाने के दौरान खुद को संगीत में डुबो लिया। इसके बाद मैं अपने अंदर के आक्रोश को दूर करने के लिए जिम में कसरत करने चला गया। अगली सुबह राहुल मेरे पास आए और उन्होंने मुझे बताया कि इस फैसले से मैं पाकिस्तानियों के सामने एक उदाहरण रखना चाहता था कि देखो, हमारे लिए जीत से बड़ी कोई चीज मायने नहीं रखती है! मुझे उनकी बात पल्ले नहीं पड़ी। क्या मैं टीम के लिए बैटिंग नहीं कर रहा था?

इस घटना के बावजूद राहुल और मैंने मिलकर कुछ अच्छी साझेदारियाँ कीं और क्रिकेट की वजह से हमारी मित्रता पर कोई असर नहीं पड़ा।

एक यादगार जीत

अंत में हमें आखिरी दिन महज 30 मिनट लगे और मुल्तान में 2004 में पहला टेस्ट हमने जीत लिया। इससे पहले मैंने बॉलिंग से भी अपनी भूमिका के साथ न्याय किया और पाकिस्तान के विकेटकीपर मोइन खान को चलता किया। यह दिन की आखिरी बॉलिंग साबित हुई।

मैंने उनको गुगली डालने का फैसला किया। बॉल ने बिल्कुल उसी तरह से टर्न लिया, जैसा कि मैंने उम्मीद की थी और वह उनके पैरों के बीच से होती हुई उनका लेग स्टंप उखाड़ गई। यह एक अहम विकेट था और इसके गिरते ही मैच का रुख हमारे पक्ष में मुड़ गया था। लाहौर में हुए दूसरे टेस्ट मैच में हम खेल के हर हिस्से में पिछड़ गए। हालाँकि युवी ने हमारे लिए शानदार शतक जमाया था, लेकिन हमारे ज्यादातर लोग कैच प्रैक्टिस कराने में जुटे रहे।

तीसरा और आखिरी टेस्ट निर्णायक था, जो कि रावलपिंडी में 13 अप्रैल को शुरू हुआ। हमने पाकिस्तान को पहली पारी में 224 पर समेट दिया। राहुल ने शानदार दोहरा शतक लगाकर बेहतरीन नेतृत्व किया और हमने पाकिस्तान के सामने 600 रन खड़े कर दिए। इस बार पाकिस्तान हमसे खेल के हर विभाग में पिछड़ गया और चार कैच टपकाने के बावजूद हमने उनको जल्दी ही 245 पर

समेट दिया। यह एक शानदार शृंखला विजय थी और पचास सालों के इतिहास में पहली बार पाकिस्तान की धरती पर हमने कोई शृंखला जीती थी। इस शानदार जीत के साथ हमारा पाकिस्तान दौरा पूरा हो गया।

सचिन दुनिया के पहले ऐसे खिलाड़ी बने, जिन्होंने किसी एकदिनी मैच में 200 रन बनाए। 2010 में उन्होंने ग्वालियर में दक्षिण अफ्रीका के खिलाफ यह कारनामा कर दिखाया। वीरेंद्र सहवाग और रोहित शर्मा ही ऐसे भारतीय खिलाड़ी हैं, जिन्होंने सचिन के बाद एकदिवसीय मैचों में दोहरा शतक जमाने का कारनामा किया है।

□

29

दर्द, फायदा और अन्य उपहार

मैंने किसी भी जगह पर एम्सटर्डम को तरजीह दी शुरुआत करने की। अगस्त 2004 के आखिरी में 'वीडियोकॉन' कप त्रिकोणीय टूर्नामेंट शुरू होने जा रहा था, जिसमें ऑस्ट्रेलिया और पाकिस्तान की भी टीमें थीं। अजित अगरकर मुझे बॉलिंग कर रहे थे और मैं एक हाथ से उनकी गेंदों को खेल रहा था। मुझे अचानक महसूस हुआ कि मैंने अपनी कोहनी के साथ कुछ बुरा कर दिया है।

जाँच में पता चला कि मुझे टेनिस एल्बो हो गया है। इसे ठीक करने के लिए एम्सटर्डम में एक विशेषज्ञ मेरी कलाई को इधर-उधर घुमाकर कोशिश कर रहे थे, लेकिन तमाम दर्द भरे सत्र उनके पास गुजारने के बावजूद मुझे राहत नहीं मिली। इसके बाद मैंने शॉकवेव थेरैपी ली, जिसमें हेयरड्रायर जैसी दिखने वाली मशीन को कोहनी के नीचे रखा जाता है। एक समय तो मुझे ऐसा लगा कि मेरी कोहनी दबाव में आकर फट न जाए।

मुझे इसके तीन सत्र लेने थे, लेकिन मैंने डॉक्टर से कहा कि अगर इससे जल्दी ठीक हो सके तो मैं चौथे सत्र में भी आना चाहूँगा। मैंने उनको बताया कि अगर ऑस्ट्रेलिया के साथ होनेवाली टेस्ट सीरीज मैं नहीं खेलता हूँ तो ऐसा लगेगा कि मैं अपनी ही शादी के रिसेप्शन से गायब हूँ!

रिकॉर्ड के करीब पहुँचना

मेरे तमाम प्रयासों के बावजूद मैं इस हालत में नहीं था कि इंग्लैंड में हुई चैंपियंस ट्रॉफी या ऑस्ट्रेलिया के खिलाफ पहले दो टेस्ट मैचों में शामिल हो सकूँ। यह इस कदर निराशाजनक था कि बेंगलुरु में पहले टेस्ट मैच में बाहर बैठकर माइकल क्लार्क और एडम गिलक्रिस्ट को शतक बनाते और ऑस्ट्रेलिया को 217 रन से जीतते देखना पड़ रहा था। चेन्नई में दूसरे टेस्ट मैच से पहले मैंने स्टेरॉयड का

इंजेक्शन लिया, लेकिन उससे भी काम नहीं हुआ। चेन्नई टेस्ट ड्रॉ पर समाप्त हुआ और अंततः दो हफ्ते के पूरे आराम के बाद दर्द कुछ कम हुआ और मैं नागपुर में 26 अक्तूबर, 2004 से शुरू होनेवाले तीसरे टेस्ट खेलने के लिए तैयार हो गया। मेरे लिए वापसी अच्छी नहीं रही और ऑस्ट्रेलिया ने वह मैच 342 रन से जीत लिया, जबकि मैं केवल 10 रन ही बना सका।

वानखेड़े स्टेडियम में आखिरी टेस्ट मैच में बेहद अहम मौके पर राहुल और मैं क्रीज में थे और मुझे कोहनी में दर्द फिर से उभरता हुआ महसूस हुआ। मैं इस बात को लेकर चिंतित हुआ कि शायद मैंने वापसी में कुछ ज्यादा ही जल्दी कर दी और अब मेरी वजह से टीम को नीचा देखना पड़ेगा। मैंने तत्काल दर्दनिवारक गोलियाँ मँगाईं और दो को यों ही चबा गया, ताकि जल्दी राहत मिल सके। दर्द से दाँत किटकिटाते हुए मैंने बड़ी मेहनत से 55 रन बनाए। लक्ष्मण के शानदार 69, हरभजन के पाँच विकेट और मुरली कार्तिक के तीन विकेट हासिल करने की बदौलत हमने ऑस्ट्रेलिया को महज 93 रन पर आउट कर दिया और मैच 13 रन से जीत लिया। इस जीत के लिए इतना दर्द स्वीकार्य था।

दिसंबर में बांग्लादेश के साथ होनेवाले दो टेस्ट मैचों की श्रृंखला से पहले हालाँकि मैं पूरी तरह फिट नहीं था, लेकिन मैं काफी अच्छे फॉर्म में था और अपना सर्वोच्च टेस्ट स्कोर—248 नाबाद—ढाका में बनाया। साथ ही यह मेरा 34वाँ टेस्ट शतक भी था, जिसके जरिए मैं सुनील गावस्कर के विश्व रिकॉर्ड के बराबर पहुँच गया था। संयोग से वे भी बांग्लादेश में ही थे और उन्होंने शैंपेन की 34 बोतलें मेरे पास भिजवाईं और मेरे लिए एक यादगार दिन बना दिया।

कोहनी की सर्जरी

मार्च 2005 में मुझे महसूस हुआ कि कोहनी की सर्जरी के बिना राहत नहीं मिलने वाली है। 25 मई, 2005 को यह प्रक्रिया शुरू हुई और मुझे कहा गया कि अगले चार से पाँच महीने तक मैं क्रिकेट बैट नहीं उठा सकूँगा। मुझे अब यह चिंता सताने लगी कि शायद इसी के साथ मेरा कॅरियर भी खत्म हो गया। एक मौके पर तो मैं मोजे में बॉल रखकर उसे छत से लटकाकर छद्म अभ्यास कर रहा था, तो उसमें भी मुझे भयानक दर्द हो रहा था। आखिरी के दो महीने तो अत्यंत दर्द भरे थे। मैं रातों को बमुश्किल सो पाता था और अपने दोस्त फैजल मोमीन के साथ आधी रात को ही लंबे सफर पर निकल जाता था, ताकि मुझे थोड़ी राहत मिल सके।

इससे उबरने के बाद मैंने अपना पहला मैच अक्तूबर 2005 में घरेलू प्रतियोगिता में खेला, जो कि मोहाली में सीमित ओवरों की 'चैलेंजर ट्रॉफी टूर्नामेंट' था। पहले दिन के अभ्यास के दौरान मुझे अपने दाएँ हाथ के कंधे में कुछ दर्द महसूस हुआ, जब मैंने गेंद फेंकी। यहाँ मैं अपने बाएँ हाथ की कोहनी की सर्जरी से उबर रहा था और अब मेरा दायाँ कंधा चोटिल हो रहा था! इसके साथ ही मुझे अपने दाईं कोहनी में भी परेशानी महसूस होने लगी।

मैं वडोदरा में ही था, जब मुझे पता चला कि मेरे सर्जन डॉ. एंड्रयू वॉलेस एक दिन के लिए दिल्ली आए हुए हैं। मेरे अच्छे दोस्त अमित भाटिया, जो कि एक जबरदस्त क्रिकेट फैन हैं, मुझे अपने प्राइवेट जेट से लेकर दिल्ली पहुँचे। डॉ. वॉलेस ने मुझे कुछ स्कैन कराने को कहा। मैं नहीं चाहता था कि मीडिया मुझे लेकर पागल हो जाए, इसलिए जब मैं जाँच के लिए गया तो मैंने बुरका पहन रखा था।

जाँच में पता चला कि मेरी नर्व के बगल में एक सिस्ट हो गया था और मुझे जितनी जल्दी संभव हो, उसे हटवाना था। अंततः अंतरराष्ट्रीय क्रिकेट में मेरी वापसी 25 अक्तूबर, 2005 को ही संभव हो सकी। उस दिन श्रीलंका के साथ श्रृंखला का पहला मैच होनेवाला था।

मेरे लिए यह काफी भावुक पल था कि मैं छह महीने के बाद खेलने जा रहा था। पहली चीज मैंने यही की कि आसमान की तरफ देखा और मैंने ईश्वर का शुक्रिया अदा किया कि मुझे जीवन में एक और मौका मिला। उस मैच में मैंने 93 रन बनाए और मेरी वापसी बिल्कुल वैसी ही हुई थी, जैसी कि मैंने अपेक्षा की थी। हमने वह मैच 152 रन से जीत लिया और आगे चलकर हमने 6-1 से सीरीज जीत ली।

तीन टेस्ट मैचों की श्रृंखला में दिसंबर 2005 में मैंने 35वाँ टेस्ट शतक लगाया और इस तरह मैंने अपना विश्व रिकॉर्ड बनाया। इस शतक ने कुछ पलों के लिए मुझे भावुक कर दिया, लेकिन चेन्नई में मैंने यह सपना देखा था कि मैं अपना 35वाँ टेस्ट शतक दिल्ली में दूसरे टेस्ट मैच में बना रहा हूँ।

मैंने बिल्कुल यह अपेक्षा नहीं की थी कि जैसा मैं सोच रहा हूँ, बिल्कुल वैसा ही होगा, और वाकई जब मैंने ऐसा कर दिखाया, तो मैं खुशी से पागल हो उठा और मैंने इस तरह अपनी खुशी का इजहार किया कि उससे पहले शायद ही कभी मैंने उस अंदाज में अपनी प्रतिक्रिया दी हो! ड्रेसिंग रूम में वापस आने के बाद मेरी आँखों से लगातार आँसू बहकर मेरे गालों पर आ रहे थे, उसी पल मैंने चार लोगों को फोन लगाया—अंजलि, अजित, मेरी माँ और आचरेकर सर। उन लोगों ने मेरे

लिए जो कुछ भी किया था, उसके लिए मैंने उन सभी का शुक्रिया अदा किया।

श्रीलंका सीरीज खेलने के बाद मैंने जनवरी 2006 में पाकिस्तान के खिलाफ तीन टेस्ट खेले और उसके बाद मार्च 2006 में इंग्लैंड के खिलाफ खेला। हालाँकि मैं इनमें कुछ खास नहीं कर पाया। मैंने महसूस किया कि अगर मुझे मई में वेस्ट इंडीज दौरे पर जाना है तो कंधे की सर्जरी को अब टाला नहीं जा सकता है।

पाँच हफ्तों के अंदर लंदन में मेरी दोहरी सर्जरी हुई (मेरे दाएँ बाइसेप्स में डॉक्टरों को टेंडन फटा हुआ मिला था), जिसके बाद मैंने बैट उठाया और टेनिस गेंद के साथ कुछ शॉट खेले। मेरे दोस्त अतुल रानाडे और जगदीश चव्हाण ने मुझे 18 यार्ड से बॉलिंग की, ताकि वेस्ट इंडीज की तेज पिचों के मुताबिक मैं अभ्यास कर सकूँ। जब मेरे फिजियो और डॉक्टरों ने सलाह दी कि मैं एक दिन में 30 से ज्यादा बॉलिंग न खेलूँ, तब मैंने उसे 60 कर दिया।

चार दिन के बाद मैंने अपने दोस्तों से 22 यार्ड की दूरी से बॉलिंग करने को कहा। अचानक मुझे झटका सा महसूस हुआ। मेरा बाइसेप हैम्कॉक की तरह झूलता हुआ सा महसूस हुआ और मैंने सोचा कि यह एक बार फिर चटक गया है। इस घटना ने मुझे इस तरह से हिला दिया कि मैंने तत्काल वेस्ट इंडीज जाने का इरादा छोड़ दिया।

राहुल द्रविड़ की कप्तानी में, जिन्होंने सौरव गाँगुली की जगह ली थी, टीम ने शानदार खेल दिखाया। हमने चार टेस्ट मैचों की सीरीज 1–0 से जीती। कैरिबियाई धरती पर यह 35 सालों में पहला मौका था, जब हमने कोई श्रृंखला जीती थी और मैं वहाँ हो रहे छोटे–से–छोटे घटनाक्रम का हिस्सा न बन पाने पर घोर निराशा में डूबा हुआ था।

मैं अगस्त में श्रीलंका में तीन एक दिवसीय मैचों की श्रृंखला खेलने के लिए टीम में शामिल हुआ, लेकिन पूरी श्रृंखला बारिश की भेंट चढ़ गई। अगला टूर्नामेंट मलेशिया में सितंबर 2006 में हुआ, जो ऑस्ट्रेलिया और वेस्ट इंडीज के खिलाफ था। पहले मैच में मैंने 141 नाबाद रन बनाए और चोटों के दौरान की अपनी सारी निराशा को मैंने धो डाला।

मैंने अपनी टीम के साथियों से वादा किया था कि मैं उनके लिए टूर्नामेंट में एक रन–आउट जरूर करूँगा। विपक्षी टीम के खिलाड़ी यह अच्छी तरह जानते थे कि मैं चोटों से उबर रहा हूँ और वे मेरे इर्द–गिर्द रन लेने का जोखिम जरूर उठाएँगे, क्योंकि वे यह मानकर चलेंगे कि मैं तेज थ्रो नहीं करना चाहूँगा। बिल्कुल

ऐसा ही हुआ, जब ऑस्ट्रेलिया के डैमियन मार्टिन ने यह दुस्साहस किया और मैंने उनको रन-आउट कर दिया।

मैंने वापसी कर ली थी।

सचिन विश्व के पहले ऐसे खिलाड़ी थे, जिन्होंने एकदिवसीय मैचों के इतिहास में 10,000, 11,000, 12,000, 13,000, 14,000, 15,000, 16,000, 17,000 और 18,000 रन बनाए।

□

30

एंडुलकर

अब मेरा प्रमुख लक्ष्य रह गया था कैरिबियाई धरती पर 2007 का विश्व कप जीतना! चार साल पहले फाइनल में हम आखिरी चुनौती को पार कर पाने में विफल हो गए थे। घर पर हमसे उम्मीदें भी बहुत ज्यादा थीं।

मार्च के शुरुआत में हमने नीदरलैंड्स के साथ शुरुआत करते हुए 300 रन का विशाल स्कोर खड़ा किया और 182 रन की शानदार जीत दर्ज की और अगले मैच में वेस्ट इंडीज को हमारे गेंदबाजों ने महज 85 रन पर ढेर कर दिया, जिसके जवाब में हमने नौ विकेट से जीत दर्ज की। हालाँकि हमारे ग्रुप के अगले मैच को लेकर हम आश्वस्त नहीं थे, जो कि बांग्लादेश से होने जा रहा था और इसका कारण यह था कि बांग्लादेश पूर्व में बड़े-से-बड़े महारथियों को भी पटखनी देने का कारनामा कर चुका था। वे चौंकाने वाले दल के रूप में जाने जाते हैं।

हमने जल्दी ही दो विकेट गँवा दिए और जब मैं नंबर चार पर बैटिंग करने उतरा, जैसाकि टीम प्रबंधन ने मुझसे आग्रह किया था, यह रणनीति उलटा काम कर गई और मैं बोल्ड आउट हो गया। उस दिन हमारे पक्ष में काफी कुछ खराब ही रहा। सौरव ने 66 रन बनाए, लेकिन कप्तान राहुल मात्र 14 रन ही बना सके और धोनी शून्य पर आउट हुए। बांग्लादेश आसानी से लक्ष्य तक पहुँच गया और पाँच विकेट से जीत दर्ज कर ली।

हम जानते थे कि हमें होड़ में बने रहने के लिए अगले दो मैच काफी अंतर से जीतने होंगे और रनगति भी ऊपर रखनी होगी। बरमूडा के खिलाफ हमारे दूसरे मैच में हमने 257 रन से जीत दर्ज की और अपनी रनगति भी हमने काफी ऊँची कर ली, क्योंकि हमने 413 रन का लक्ष्य उनको दिया था। अब हमें अगले दौर में बढ़ने के लिए श्रीलंका को हराना था।

जब हम श्रीलंका से हार गए तो ड्रेसिंग रूम में सन्नाटा छा गया और कुछ

खिलाड़ियों की आँखें भर आईं। यह निश्चित रूप में मेरे कॅरियर का सबसे निम्नतम स्तर था, जो मैंने देखा था।

एक कठिन घर वापसी

जब हम भारत वापस लौटे, तो मुझे यह सुनकर बहुत दु:ख पहुँचा कि लोग हमारी निष्ठा और समर्पण पर शक करने लगे थे। हम निश्चित रूप से अपने प्रशंसकों की अपेक्षाएँ पूरी नहीं कर सके थे, लेकिन इसका यह मतलब नहीं कि हम पर देशद्रोही होने का आरोप लगा दिया जाए। अखबारों की सुर्खियों में जब मैं 'एंडुलकर' लिखा देखता, तो मेरा दु:ख और गहरा हो जाता था। एक हफ्ते के बाद मैंने दौड़ना शुरू किया। मैं चाहता था कि विश्व कप की निराशा पसीना बनकर मेरे सिर से निकल जाए।

इन सबके भी ऊपर हमारे कोच ग्रेग चैपल चीजों को और बदतर बना रहे थे। जॉन राइट और गैरी कर्सटन के विपरीत, जिन्होंने ग्रेग से पहले और बाद में भी भारतीय टीम को प्रशिक्षित किया। चैपल अपने विचार खिलाड़ियों पर थोपने की कोशिश करते और वह भी बिना यह सोचे कि खिलाड़ी कैसा महसूस करेंगे! हर बार जब भी भारत जीतता तो ग्रेग को देखा जाता कि वह टीम को नेतृत्व प्रदान कर रहे हैं, लेकिन जब भी भारतीय टीम हारती तो वह खिलाड़ियों को धकेलकर आगे भेज देते। यही नहीं, उन्होंने खिलाड़ियों के बीच भी वैमनस्यता पैदा करने की कोशिश की।

2007 विश्व कप के बाद भारत में जो विरोध हो रहा था, उसमें आरामकुरसियों पर बैठकर हजारों मील दूर विशेषज्ञ बनकर बैठे लोगों ने आग में घी डालने का काम किया, जो भारतीय क्रिकेट टीम को लेकर तरह-तरह के विचार देते जा रहे थे और सुझा रहे थे कि मुझे खुद को आईने में अच्छी तरह देखने की जरूरत है और अपने बारे में आकलन करने की जरूरत है कि क्या मुझे संन्यास नहीं ले लेना चाहिए।

एक स्वागतयोग्य फोन कॉल

कुल मिलाकर विश्व कप के बाद मैं अपनी क्रिकेट का आनंद नहीं उठा पा रहा था और संन्यास के बारे में विचार करने लगा था—लेकिन तभी न जाने कैसे मुझे विव रिचड्‌र्स के प्रोत्साहन से भरे शब्द सुनने को मिले। वेस्ट इंडीज से उन्होंने भारत में मुझे फोन किया और हमने लगभग 45 मिनट तक बातें कीं। उन्होंने आश्वस्त किया कि मेरे अंदर बहुत क्रिकेट बची हुई है और मैं खेलना बंद करने के बारे में बिल्कुल

भी न सोचूँ। जब मैं होश सँभाल रहा था, तब भी विव मेरे हीरो थे और हमेशा यों ही रहेंगे। साल-दर-साल हमने एक-दूसरे को अच्छी तरह से जाना और जब भी हम मिले, उन्होंने मुझे हमेशा अपने छोटे भाई की तरह से व्यवहार किया और मैंने भी उनको बड़े भाई सा सम्मान दिया। उन्होंने जब मुझे फोन करने के बारे में सोचा, मेरे लिए यही बहुत बड़ी बात थी। अंततः जब मैं फॉर्म में वापस लौटा और 2008 की शुरुआत में सिडनी में मैंने शतक से अपना काम शुरू किया तो यह बहुत संतोषजनक था और मैंने उनको फोन करके उनके बेहद खास सहयोग के लिए शुक्रिया कहा।

सचिन के नाम दो खास विश्व रिकॉर्ड दर्ज हैं—एक कलेंडर साल में सबसे ज्यादा एकदिवसीय मैचों में रन बनाने का—उन्होंने 1998 में 1894 रन बनाए, और एक कलेंडर साल में सबसे ज्यादा शतक लगाने का—उन्होंने 1998 में नौ शतक लगाए।

□

31

अच्छा, बुरा और बेहद खराब

विश्व कप के बाद भारतीय क्रिकेट को पटरी पर लाने की प्रक्रिया शुरू हुई मई 2007 में, जब टीम ने बांग्लादेश में दो टेस्ट मैचों की सीरीज में हिस्सा लिया, जिसे हमने 1-0 से जीता। रवि शास्त्री, जो कि अब हमारे अंतरिम कोच थे, ने हमारी निराशा को पीछे छोड़ने में काफी अहम भूमिका निभाई। उनके पास बेहद दक्ष क्रिकेटीय दिमाग है और हमें अंततः एक ऐसा कोच मिल गया था, जिस पर हम भरोसा कर सकते थे।

जून में हमने आयरलैंड का दौरा किया, जहाँ हमने दक्षिण अफ्रीका के खिलाफ सीमित ओवरों की सीरीज खेली। मैं तो विशेष रूप से आयरलैंड जाने का इच्छुक था, क्योंकि मेरा पसंदीदा रॉक बैंड, U2, वहीं से ताल्लुक रखता है। मैंने वहाँ घूमने का काफी लुत्फ उठाया और तीन मैचों में दो बार 90 से ज्यादा रन बनाए। हमने वह सीरीज 2-1 से जीती।

बेलफास्ट में मैं युवराज के साथ डिनर पर गया था और वहाँ कि एक घटना मुझे अच्छी तरह याद है। मैंने युवराज और जहीर को सुझाव दिया कि एक शाम हम लोगों को जापानी खाने का भी स्वाद लेना चाहिए। रेस्तराँ में उन लोगों ने सुशी के साथ वसाबी और कुछ ब्रेड रोल परोसे और अन्य स्टार्टर भी दे गए। मैंने युवी से पूछा कि क्या उसे वसाबी पसंद है, तो उसने कसम खाकर कहा कि उसे बेहद पसंद है। हमारी हैरानी बढ़ाते हुए उसने गरम वसाबी को ब्रेड रोल पर ऐसे लगाना शुरू किया, मानो वह ब्रेड पर मक्खन लगा रहा हो, और वह उसे खाने ही जा रहा था कि मैंने उसे रोका। हम काफी दिनों तक युवी को इस बात के लिए बुरी तरह से चिढ़ाते रहे।

इंग्लैंड और न्यूजीलैंड में भारत

आयरलैंड दौरे के बाद हम टेस्ट और एकदिवसीय मैचों की सीरीज के लिए इंग्लैंड चले गए। नॉटिंघम में दूसरे टेस्ट में मैंने 91 रन बनाए और अंपायर सिमोन टॉफल ने मुझे गलत एल.बी.डब्ल्यू. आउट दे दिया, बाद में उन्होंने स्वीकार किया कि उनसे गलती हो गई। हमारी पारी विवादों से अछूती नहीं रही, जब जहीर खान ने देखा कि क्रीज पर जेली बीन कैंडीज बिखेरी हुई थीं, जो कि स्पष्ट था कि इंग्लैंड के खिलाड़ियों ने यह मजाक किया था। जहीर, जो कि शायद ही कभी नाराज होते हों, वे इस घटना से बहुत ज्यादा उखड़ गए और उन्होंने टेस्ट क्रिकेट में कुछ शानदार गेंदबाजी प्रदर्शनों में से एक यहाँ भी कर दिखाया और इंग्लैंड के पाँच विकेट उखाड़ दिए। उनके नेतृत्व में हमें ऐतिहासिक 1-0 की जीत हासिल हुई।

हमने इस दौरान बहुत अच्छी क्रिकेट खेली और एम.एस. धोनी की अगुआई में सितंबर में ट्वेंटी-20 का उद्घाटन विश्व कप भी जीता। मैं इस ट्वेंटी-20 टीम का हिस्सा नहीं था, लेकिन इस जीत ने क्रिकेट को लेकर भारतीय जुनून को वापस ला दिया और भारत लौटने पर खिलाड़ियों का हीरो जैसा स्वागत हुआ।

भारत का 2007-08 में ऑस्ट्रेलिया का दौरा मेरे कॅरियर का सबसे बेहतरीन दौरा रहा। टीम के ज्यादातर बल्लेबाज अच्छी फॉर्म में थे और हम उम्मीद कर रहे थे कि संभवत: पहली बार हम यहाँ शृंखला जीत सकते हैं। मैंने हर ऑस्ट्रेलियाई गेंदबाज को लेकर अलग-अलग योजना बना रखी थी। हालाँकि ऑस्ट्रेलिया ने पहला टेस्ट मैच जीत लिया था। हमने ऐसी शुरुआत की उम्मीद नहीं की थी।

हर तरफ लाल चेहरे

ऑस्ट्रेलिया जाते समय हरभजन सिंह और मैंने सिंगापुर एयरपोर्ट पर नई-नई लॉन्च हुई मॉइश्चराइजिंग क्रीम खरीदी थी और कुछ दिन तक उसे इस्तेमाल भी किया था। पहले टेस्ट मैच के दौरान मैंने अपने चेहरे पर जलन का अनुभव किया। हरभजन को ऐसा कोई अनुभव नहीं हुआ था, इसलिए मैंने प्रतिक्रिया में इसे मसाज का परिणाम माना। तीसरे दिन मैंने बिस्तर पर जाने से पहले और ज्यादा क्रीम लगा ली, यह सोचकर कि इससे कुछ मदद मिलेगी। अगली सुबह मुझे ऐसा महसूस होने लगा, मानो किसी ने मेरे चेहरे को बारबेक्यू में झोंक दिया हो! मैं भयंकर दर्द में था। शाम तक मेरा चेहरा पूरी तरह से लाल और सूजा हुआ था, मुझे अपने चेहरे को बड़े चश्मे से छिपाना पड़ा था।

अगले दिन अंजलि भी सिडनी आ रही थी। जब मैं सिडनी एयरपोर्ट पर उनसे और बच्चों से मिला तो वे मेरा चेहरा देखकर डर गए। मैं पास के ही एक अस्पताल पहुँचा और मुझे रात में लगाने के लिए एक लोशन दिया गया।

अस्पताल से हमने एक टैक्सी ली और कुछ ही देर में ड्राइवर ने हिंदी में मुझसे कहा, "आप वो ही हो जो मैं समझ रहा हूँ?" हम एक फास्ट-फूड वाली जगह पर गए और अंजलि ही उतरकर गईं डिनर के लिए कुछ बर्गर ले आने और मैंने कैब में उनका इंतजार करना उचित समझा। ड्राइवर भी उनके साथ ही गया और खाने के लिए खुद ही पैसे देने पर जोर देने लगा। यहाँ तक कि उसने हमसे किराया लेने से भी मना कर दिया। मैं उसके इस व्यवहार से अभिभूत हो गया। मैंने उससे कहा कि मैं रिसेप्शन पर ही मैच का टिकट छोड़ दूँगा। बाद में मैंने इसमें एक और चीज जोड़ दी और अपनी टेस्ट मैच टी-शर्ट, जिस पर पूरी टीम ने ऑटोग्राफ दिया था, उसे गिफ्ट कर दी।

डॉक्टर की सलाह के बावजूद मैं अगले दिन फील्ड में उतरा और जीवन में पहली बार मैंने चेहरे पर सफेद फ्लॉपी हैट पहननी शुरू किया और उसके बाद से ही मैदान पर वह मेरी पहचान बन गई। मैंने अपने चेहरे पर ढेर सारी बर्फ रगड़ी और उस पर जिंक क्रीम लगाई। यह हास्यास्पद लग रहा था, लेकिन कुछ दिनों के बाद मुझे राहत मिलनी शुरू हुई और एक बार फिर मैं इनसानों जैसा नजर आने लगा।

कुछ खराब, कुछ अच्छा

सिडनी टेस्ट के पहले दिन, हमने अच्छी शुरुआत की और जल्दी ही ऑस्ट्रेलियाई खिलाड़ियों को मैदान से बाहर भेजना शुरू कर दिया। केवल 134 रन पर उनके 6 विकेट गिर चुके थे। तभी हमने अंपायरों की गड़बड़ियाँ पकड़ीं, एक बार रिकी पोंटिंग तो दूसरी बार एंड्रयू सायमंड्स के मामले में, जिसकी वजह से खेल बदल गया।

इसका जवाब देने का सबसे अच्छा तरीका मैदान पर जाकर ढेर सारे रन बनाना ही था। मेलबर्न में आउट होने की गलती को यहाँ सुधारकर मैं खुश था, मैंने 154 रन बनाए। लक्ष्मण ने दूसरे छोर से शतक बनाया, जबकि राहुल और सौरव ने अर्धशतक बनाए। लेकिन जब हालात हमारे पक्ष में मुड़ रहे थे, तभी एंड्रयू सायमंड्स ने हरभजन को उकसाने का प्रयास किया, जो कि मेरे साथ बैटिंग कर रहे थे और बहुत अच्छे से खेलते हुए 50 रन बना चुके थे।

उनके और सायमंड्स के बीच कुछ आक्रामक बहस हुई और ऑस्ट्रेलियाई खिलाड़ियों ने दिन का खेल खत्म होने पर औपचारिक शिकायत भी दर्ज करा दी, जिसमें आरोप लगाया कि हरभजन ने सायमंड्स पर नस्लीय टिप्पणी की है। हमने यह मैच ड्रॉ करा लिया होता, अगर अंपायरों ने हमारे खिलाफ और गलत फैसले न दिए होते, जिसका खामियाजा यह हुआ कि राहुल, सौरव और धोनी को गलत आउट दे दिया गया।

मामले की सुनवाई के बाद दोनों ही टीमों के बीच मन-मुटाव पनप गया। भज्जी को तीन मैचों के लिए प्रतिबंधित कर दिया गया। हमने इस प्रतिबंध के खिलाफ अपील करने का फैसला किया और एक मैच खेलने के लिए अगले दिन कैनबरा न जाने का भी फैसला किया।

एकजुटता

तीसरा टेस्ट मैच खेलने के लिए हमने पर्थ जाने का फैसला किया, जो कि मेरी मौजूदगी वाले चुनिंदा सर्वश्रेष्ठ मैचों में एक साबित हुआ। इस विवाद ने एक टीम के तौर पर हमें एकजुट कर दिया। सहवाग ने शानदार 29 रन बनाकर मजबूत नींव रखी, राहुल और मैंने मिलकर 139 रन की अहम साझेदारी की। इस मैच में मुझे ब्रेट ली से काफी तगड़ी चुनौती मिली और 71 रन बनाने में मुझे काफी मशक्कत करनी पड़ी। 330 रन के हमारे कुल स्कोर में द्रविड़ ने 93 रन बनाए। हमने ऑस्ट्रेलिया को 413 का लक्ष्य दिया और इशांत शर्मा की धारदार गेंदबाजी की बदौलत हमने यहाँ शानदार जीत दर्ज की।

हमारी टीम के नए कोच गैरी कर्स्टन भी पर्थ में आए। उन्होंने सुझाव दिया कि क्रिकेट को दिमाग से उतारने के लिए हमें साइकिलिंग करने जाना चाहिए। इसका हम पर काफी अच्छा असर हुआ। नेट प्रैक्टिस ही हमेशा उचित विकल्प नहीं होता। दो दिन के अभ्यास में कोई भी सुनील गावस्कर या कपिल देव जैसा नहीं बन सकता। मानसिक रूप से ऊर्जावान होना भी बहुत जरूरी होता है और क्रिकेट के मैदान से कुछ समय के लिए दूर रहकर कहीं और समय बिताना भी काफी मददगार होता है।

एडिलेड में 24-28 जनवरी, 2008 को चौथा टेस्ट खेला गया। मैंने 153 रन बनाए और हमारी टीम ने 500 का स्कोर खड़ा कर दिया। दूसरी पारी में सहवाग के शानदार 151 रन के बावजूद मैच ड्रॉ हो गया। हम सीरीज बराबरी पर खत्म नहीं कर पाए, लेकिन हमने अपनी अहमियत और सम्मान जीत लिया था।

अंततः भज्जी पर से प्रतिबंध हटा, लेकिन सायमंड्स के खिलाफ अभद्र भाषा के प्रयोग के चलते उनकी मैच फीस का आधा जुरमाने के तौर पर काट लिया गया। हमने एक टीम के तौर पर यह सिद्ध कर दिया कि हम सही थे और आरोपों से हम पर फर्क पड़ने वाला नहीं है।

अपने पूरे कॅरियर के दौरान सचिन 90-100 रन के बीच 27 बार आउट हुए।

32

जोरदार वापसी

वर्ष 2008 में ऑस्ट्रेलिया में होने जा रही त्रिकोणीय एकदिवसीय श्रृंखला, जिसमें श्रीलंका बतौर तीसरी टीम शामिल थी, एक काँटे की टक्कर वाला टूर्नामेंट था। एम.एस. धोनी की कप्तानी में भारतीय टीम 'कॉमनवेल्थ बैंक' (सी.बी.) ट्रॉफी के साथ ही स्वदेश लौटने को दृढ़ थी।

हमारे गेंदबाजों ने एम.सी.जी. के माहौल के अनुरूप गेंदबाजी की और पहले खेलने वाली ऑस्ट्रेलियाई टीम को 159 पर समेट दिया। जब मैं बैटिंग करने पहुँचा तो ली मेरे पास आया और बोला कि वह आज बहुत अच्छा महसूस कर रहा है; वह मुझे असली तेज बॉल फेंकने जा रहा है। मेरे अंदर आग पैदा करने के लिए इतना काफी था। जब वह जाने लगा तो मैंने मन-ही-मन खुद से कहा, चाहे जो भी हो, आज मैं उसे छोड़ूँगा नहीं।

मुझे पाँचवें ओवर में मौका मिला, जब मैंने उसकी गेंद पर चौका मारा, इसके बाद मैंने एक करारा शॉट मारा, जो कि शायद पूरे जीवन में मेरा सबसे ताकतवर शॉट रहा होगा। दरअसल हुआ यों कि इससे पहले कि बॉल फेंकने के बाद ली रुकता, गेंद बाउंड्री लाइन पार कर गई थी। अगली गेंद जो कि ली की पाँचवीं गेंद थी, मैंने फिर चौका मारा। 26वें ओवर में जब मैं आउट हुआ, तब टीम को 64 रन चाहिए थे जीतने के लिए और रोहित शर्मा व धोनी ने यह काम पूरा कर दिया था।

मैच के बाद मुझे जाँघों की मांसपेशियों में खिंचाव महसूस होने लगा। मैंने इसे तब भी महसूस किया, जब हमने पूल का आखिरी मैच 26 फरवरी को श्रीलंका के खिलाफ होबार्ट में खेला था। मैंने इस मैच में 63 रन बनाए और 35 ओवर में ही जीत दर्ज कर ली थी, और इसके चलते हमने ऑस्ट्रेलिया के खिलाफ तीन मैचों के फाइनल में जगह पक्की कर ली थी।

हालाँकि मुझे दौड़ने, मुड़ने और यहाँ तक कि गेंद उठाने के लिए झुकने में भी परेशानी हो रही थी। फाइनल मैच एक दिन ही दूर था और दर्द निवारक दवाएँ ही एकमात्र विकल्प थी।

सी.बी. सीरीज के पहले फाइनल में ऑस्ट्रेलिया ने एस.सी.जी. में पहले बैटिंग करते हुए 239 रन बनाए। रॉबिन उथप्पा और मैंने पहले विकेट की साझेदारी में 50 रन जोड़े, लेकिन इसके बाद वह आउट हो गए। गौतम गंभीर और युवराज ने कुछ देर तक मेरा साथ दिया। रोहित शर्मा ने 66 रन बनाए और जब मैंने शतक पूरा किया, तब धोनी खेलने आए और उस समय जीत के लिए जरूरी 30 रन हमने जोड़कर जीत पक्की कर ली।

मैं रात में एक पल के लिए भी नहीं सो पाया। मेरी जाँघों में दर्द बढ़ गया था और मुझे डर लगने लगा था। अगली सुबह तड़के की फ्लाइट पकड़ने के लिए मैं बमुश्किल चल पा रहा था। धोनी ने मुझे सुझाव दिया कि शायद मुझे नहीं खेलना चाहिए। लेकिन मुझे लग रहा था कि हमें ब्रिसबेन में होनेवाले दूसरे फाइनल में बढ़त ले लेनी चाहिए।

गाबा में दूसरे फाइनल मैच में हमने पहले खेलते हुए लगभग 6 रन प्रति ओवर की दर से 258 रन बनाए। मैंने 91 रन बनाकर काफी राहत महसूस की; लेकिन मैं जानता था कि अगर हम ब्रिसबेन में नहीं जीते तो मैं तीसरे फाइनल में भी नहीं खेल पाऊँगा। दरअसल, ऑस्ट्रेलियाई पारी के चौथे ओवर में ही मुझे मजबूरन बाहर जाना पड़ा, जब धोनी ने कैच लपकने के लिए डाइव मारी और गेंद छिटककर मुझे बिल्कुल उसी जगह पर लगी, जहाँ पिछले मैच में ब्रेट ली की बीमर मुझे लगी थी।

इस दौरान हमारे ओपनिंग बॉलर प्रवीण कुमार ने शानदार गेंदबाजी की और ऑस्ट्रेलिया के तीन अहम विकेट चटका डाले थे। हेडन और सायमंड्स ने मिलकर बड़ी साझेदारी खड़ी की, लेकिन भज्जी ने हेडन को आउट कर दिया और दो गेंद बाद ही सायमंड्स एल.बी.डब्ल्यू. आउट हो गया। जब आखिरी विकेट गिरा, तब ऑस्ट्रेलिया लक्ष्य से 10 रन दूर था।

सीरीज जीतने पर शानदार महसूस हो रहा था और गाबा के चारों तरफ तिरंगा लहराए जाते देखना अपने आप में जबरदस्त था। हमने ऑस्ट्रेलिया को उसकी ही धरती पर मात दे डाली थी।

निराश, लेकिन नॉट आउट

मेरी हालत दिन-ब-दिन खराब होती जा रही थी। मैं तीन मैचों की घरेलू टेस्ट मैचों की सीरीज खेलने के लिए चेन्नई आ गया। यहाँ 26 मार्च से दक्षिण अफ्रीका के खिलाफ मैच शुरू होने जा रहा था और मैच शुरू होने से एक दिन पहले मैंने अपनी ग्रोइन (अंदरूनी जाँघ) में तीन इंजेक्शन लगवाए। अगली सुबह दर्द में काफी राहत थी और मैंने फिटनेस टेस्ट में भी हिस्सा लिया तथा बगैर ज्यादा परेशानी के तरोताजा होने के लिए आपस में औपचारिक फुटबॉल गेम भी खेला।

दक्षिण अफ्रीका ने टॉस जीता और दो दिन तक लंबी बैटिंग करते हुए उन्होंने 540 रन बनाए। गरमी में फील्डिंग करने से मेरा दर्द वापस आ गया और अंततः चौथे दिन जब मैं बैटिंग करने गया तो अकड़न और खिंचाव के कारण बिना रन बनाए आउट हो गया। अंततः वह हाई स्कोरिंग मैच अनिर्णीत खत्म हुआ और इसके बाद मैं इलाज के लिए मुंबई लौट आया। आई.पी.एल. का पहला सीजन भी शुरू होने जा रहा था और मैं कोशिश कर रहा था कि पहले मैच तक मैं ठीक हो जाऊँ। हालाँकि लाख कोशिश के बावजूद मैं आखिरी और सातवाँ मैच ही खेल पाया, और तब भी मैं खुद को 100 फीसदी फिट नहीं बना पाया था।

जाँच में कमी के चलते कुछ गलत अनुमान लगाए जाने लगे थे। जाहिर तौर पर मुंबई के एक डॉक्टर ने मुंबई आई.पी.एल. (मेरी टीम) के प्रबंधन के एक सदस्य को बताया कि दरअसल समस्या मेरे दिमाग में चल रही है—हैरानी की बात यह कि वह मेरी मानसिक मजबूती को नहीं समझ पाए कि मैंने तब खेला था, जब मेरी उँगली और पैर का अँगूठा टूटा हुआ था, और यहाँ तक कि अपने पिता की मृत्यु के कुछ ही दिनों बाद मैंने विश्व कप में हिस्सा लिया था।

अंततः लंदन में मेरी समस्या की असली वजह पकड़ी जा सकी। मैं परिवार के साथ छुट्टी मनाने वहाँ गया था और वहाँ जाँच में पता चला कि मुझे गिलमोर ग्रोइन (Gilmore's Groin) नाम की समस्या हुई है, जिसे 'खिलाड़ियों का हर्निया' भी कहते हैं, इसके लिए मुझे कुछ दवाएँ और कुछ कसरत बताई गई। इसके बाद मैं श्रीलंका जाने के लिए अपने रंग में आ गया। टेस्ट सीरीज के लिए दौरा जुलाई और अगस्त 2008 में हुआ। पूरी श्रृंखला में मैं बिना किसी ज्यादा परेशानी के खेला, हालाँकि हम वह श्रृंखला 2-1 से हार गए।

अगस्त 2008 में मैं म्यूनिख में डॉक्टर मुशावेक (Muschaweck) से इलाज कराने 'म्यूनिख हर्निया सेंटर' पहुँचा। मैंने उनसे कहा कि घाव भरने में

कम समय लगे, इसके लिए वे दो जरूरी ऑपरेशन एक ही साथ कर दें। मैं सोच रहा था कि ऑस्ट्रेलिया के साथ टेस्ट सीरीज से पहले तक मैं स्वस्थ हो जाऊँ। दूसरी बार यह दर्द इस तरह से उभर रहा था कि मैं कुछ भी खा पाने में असमर्थ हो रहा था।

यह एक बहुत जरूरी ऑपरेशन था और इसी की वजह से मैं अपना क्रिकेट कॅरियर लंबा खींच सका। लेकिन इसके साथ ही मुझे लगा कि भारत में इस तरह के खास स्पोर्ट्स-साइंस सेंटरों की कितनी कमी है। मैं तो म्यूनिख जाकर दुनिया के बेहतरीन विशेषज्ञों से इलाज कराने का खर्च वहन कर सकता हूँ, लेकिन तमाम भारतीय एथलीटों के लिए यह हमेशा संभव नहीं है।

मुझे याद है कि 16 अगस्त को मैं क्लीनिक से व्हीलचेयर पर बैठकर निकला था, क्योंकि जब भी मैं खड़ा होने की कोशिश करता तो बेहोशी सी छाने लगती थी। एयरपोर्ट पर चेक-इन काउंटर पर कुछ जरूरी काम के लिए मुझे मजबूरी में उठना पड़ा तो मैं गश खाकर गिर पड़ा। मुंबई में उतरने के बाद, जब भी मैं सड़क पर स्पीड ब्रेकर देखता तो अपना पेट पकड़कर खुद को हल्का सा उठा लेता, ताकि मेरे पेट पर झटका न लगने पाए।

जब मैं घर पहुँचा तो अंजलि ने बच्चों से कहा कि कुछ समय के लिए मैं उनको खुद से लिपटा नहीं पाऊँगा। उस समय अर्जुन को मेरे साथ खेल-खेल में लड़ाई करना पसंद था। महीनों तक पहले ही मैं अपने बच्चों का बचपन नहीं देख पाया था। अब जबकि मुझे अंततः घर पर ही पूरा दिन बिताना है, तब भी मैं उनके साथ खेल नहीं सकता।

स्वस्थ होने के क्रम में मैं तीन हफ्ते तक बाहर नहीं निकला, क्योंकि मैं अपनी हर तरह की ट्रेनिंग से थक जाता था, जो कि सुबह 7 बजे से ही शुरू हो जाती थी। मैंने अपने रिहैब का दूसरा हफ्ता नेशनल क्रिकेट एकेडमी में बिताया, जहाँ मैंने शरीर को मजबूत बनाने वाली कसरत की इसके अलावा कार्डियो, पूल सेशन, रनिंग—सीधे और साइडवेज, थेरा-बैंड से विशेष कसरतें और ढेर सारी अन्य ड्रिल भी कीं। यह क्रम दोपहर 2.30 बजे तक चलता

सचिन के सुपर टिप्स

अपनी ताकत पहचानें और इस्तेमाल करें। जीवन में नए हालात से निपटने के लिए अपने खेल का सहारा लें, क्योंकि आपकी असल काबिलीयत ही आपको बेहतर करने में ज्यादातर समय मदद करेगी।

था, जिसके बाद मैं घर लौटता था, दोपहर का खाना खाता और थकान से चूर होकर सो जाता था।

मेरा लक्ष्य था कि बेंगलुरु में अक्तूबर 2008 से शुरू होनेवाली ऑस्ट्रेलिया संग टेस्ट सीरीज से पहले फिट होना! समय के साथ यह एक कठिन रेस थी। मैं खुद को इतना ज्यादा धकेलता था कि शाम होते-होते मैं बिस्तर पर निढाल होकर गिर जाता था और सुबह काफी जल्दी उठकर फिर से सारी कसरत नए सिरे करने में जुट जाता था।

ब्रायन लारा से तारीफ

9 अक्तूबर, 2008 को बेंगलुरु में ऑस्ट्रेलिया से होनेवाले पहले टेस्ट से पहले मैदान पर वापसी करने से मुझे सुकून मिला, क्योंकि मेरी मेहनत बेकार नहीं गई। पहली पारी में मैंने केवल 13 रन बनाए और दूसरी पारी में 49, लेकिन सबसे ज्यादा जरूरी बात थी कि मैं तीन घंटे तक बैटिंग करने की स्थिति में बना रहा और इस दौरान मैंने बिना किसी परेशानी के 100 गेंदें खेलीं। यह मैच ड्रॉ पर खत्म हुआ और हमने मोहाली की राह पकड़ी। चार टेस्ट मैचों की यह सीरीज इसलिए भी महत्त्वपूर्ण थी, क्योंकि सौरव ने घोषणा कर रखी थी कि वह नागपुर में होनेवाली इस सीरीज के चौथे टेस्ट मैच के बाद संन्यास ले लेंगे। सौरव और मेरे बीच काफी आत्मीय संबंध थे और हमने साथ-साथ काफी अच्छा वक्त भी बिताया था। किशोरावस्था में हमने अंडर-15 कैंप में एक महीने साथ बिताया था और इंग्लैंड दौरे पर जानेवाली कैलाश गट्टानी की टीम का हिस्सा भी बने थे। टेस्ट क्रिकेट में भी हमने एक दशक से ज्यादा समय साथ खेला और सीमित ओवरों के अंतरराष्ट्रीय मैचों में हमने अनगिनत बार साथ ही पारी की शुरुआत की थी। हर बार जब भी मैं सौरव को तनाव में देखता था, तो उनकी मातृभाषा बंगाली में कुछ अचानक और अनायास ही उनसे चुटकी लेता। अकसर मैं उस सटीक तरीके से वे शब्द नहीं बोल पाता था, लेकिन वे हँस पड़ते थे। इसमें जरा भी संदेह नहीं कि आगे चलकर मुझे उनकी कमी महसूस होनी ही थी।

मोहाली में 17 अक्तूबर से शुरू हो रहे दूसरे टेस्ट में स्लिप में कैच आउट होने से पहले मैंने तेज 88 रन बनाए और टीम ने 469 रन का स्कोर खड़ा किया। इस क्रम में मैंने ब्रायन लारा के अधिकतम रनों की बराबरी की और 12000 टेस्ट रनों की उपलब्धि पर पहुँच गया। मेरी उपलब्धि पर मैदान में खुशी से पटाखे

फोड़े गए और मुझ पर प्यार बरसाते लोगों को देखकर मैं भावुक हो उठा।

लोगों की खुशी और भी बढ़ गई, जब सौरव ने पहली पारी में शानदार शतक लगाया। मैं उनके लिए इससे ज्यादा खुश कभी नहीं हो सकता था और अपने आखिरी टेस्ट शतक बनाने के बाद उन्होंने जिस तरह मुट्ठियाँ भींचकर अपने जोश का मुजायरा किया, वह जबरदस्त था। इसके बाद उन्होंने अभिवादन में पैवेलियन की तरफ अपने दोनों हाथ उठाकर शुक्रिया कहा। मोहाली का मैच मेरे लिए भी यादगार बन गया, क्योंकि मैंने ऑस्ट्रेलिया की दूसरी पारी में सिमोन कैटिश का एक जबरदस्त कैच लपका। दोनों हाथों से कैच लपकने के बावजूद मेरी ग्रोइन पर दबाव पड़ गया था, लेकिन मैं किसी तरह घायल होने से बच गया था। ठीक होने के लिए मैंने जो मेहनत की थी, उसने अपना परिणाम देना शुरू कर दिया था।

हमने ऑस्ट्रेलिया को 320 रनों से हराया और 29 अक्तूबर से शुरू होने जा रहे दिल्ली टेस्ट के लिए आगे बढ़ गए। हमने चार मैचों की प्रतियोगिता में 1-0 की बढ़त ले ली थी। पहली पारी में गौतम गंभीर और लक्ष्मण के दोहरे शतकों की बदौलत यह मैच भी ड्रॉ पर खत्म हुआ। मैंने 68 रन बनाए और मुझे विश्वास होने लगा था कि बड़ा स्कोर मुझसे ज्यादा दूर नहीं है।

अनिल कुंबले ने दिल्ली टेस्ट मैच के बाद संन्यास की घोषणा की और उनकी विदाई का समय हमारे लिए अत्यधिक भावुक पल रहा। अनिल भारत के चुनिंदा मैच जिताऊ खिलाड़ियों में शुमार थे और अंतरराष्ट्रीय क्रिकेट में सार्वकालिक महान् लोगों में उनकी भी गिनती थी। हम लोगों ने साथ-साथ लगभग दो दशक तक क्रिकेट खेली।

6 नवंबर को नागपुर में हमने शानदार शुरुआत की, लेकिन जल्दी-जल्दी दो विकेट गँवा दिए। 80 और 90 के स्कोर पर मेरे कैच गिरा दिए गए और मैंने सौरव से कहा कि ईश्वर चाहता है कि उनके फेयरवेल टेस्ट मैच पर शतक बनाकर मैं इसे यादगार बनाऊँ। सौरव के आखिरी टेस्ट में बनाए 85 रनों की बदौलत हमने 441 रनों का स्कोर खड़ा किया, लेकिन ऑस्ट्रेलिया ने 189-2 से मजबूत शुरुआत की। मैंने धोनी को सुझाव दिया कि हमें 8-1 की रणनीति से फील्ड सेट करनी चाहिए, यानी आठ खिलाड़ी ऑफ साइड में और एक खिलाड़ी ऑन साइड में। ऐसा अमूमन टेस्ट क्रिकेट में देखने को नहीं मिलता था और कभी-कभार ही इस पर काम होता था। इसका नतीजा यह हुआ कि हम रनों का

बहाव रोकने में कामयाब रहे और सीरीज 2–0 से जीत ली।

जीत के बाद उस रात जमकर जश्न हुआ और अनिल, जिनको हमने साथ आने के लिए मना लिया था, और सौरव, दोनों को हमने अपनी भावनाएँ साझा करने का आग्रह किया। अंजलि का उस दिन 40वाँ जन्मदिन भी था, लेकिन हमेशा की तरह मैं जानता था कि वह मेरे हालात को समझेंगी और मेरी अनुपस्थिति को माफ कर देंगी।

सचिन ने एकदिवसीय मैचों में 340 बार भारतीय पारी की शुरुआत की है।

33

आई.पी.एल.

फ्रेंचाइजी आधारित ट्वेंटी-20 प्रतियोगिता इंडियन प्रीमियर लीग (आई.पी.एल.) अप्रैल 2008 में शुरू हुई थी, जिसने विश्व क्रिकेट पर क्रांतिकारी छाप छोड़ी। ऐसा नजर आ रहा था कि इस प्रतियोगिता ने आधुनिक प्रशंसकों की अपेक्षाओं को पूरी तरह साकार कर दिया और दुनिया भर के सर्वश्रेष्ठ खिलाड़ियों का ध्यान अपनी ओर खींचा।

शुरुआती आशंकाएँ

2007 के अंत में जब बी.सी.सी.आई. (भारतीय क्रिकेट कंट्रोल बोर्ड) ने आई.पी.एल. की शुरुआत की, तो इस समय के दौरान होनेवाले टूर्नामेंटों को लेकर आशंकाएँ गहराने लगीं। भारतीय क्रिकेट के ज्यादातर प्रशंसक क्रिकेट क्लब संस्कृति और खिलाड़ियों की नीलामी के सिद्धांत से वाकिफ नहीं थे। कोई भी इस बात को लेकर आश्वस्त नहीं था कि क्रिकेट का स्तर किस तरह का होगा या क्या प्रशंसक भयानक गरमियों की तपिश में इस टूर्नामेंट के समर्थन में मैच देखने आएँगे?

आई.पी.एल. और अंतरराष्ट्रीय क्रिकेट के बीच कुछ मूलभूत अंतर भी हैं। टीम के मालिकों की दखलंदाजी से भी टूर्नामेंट का चरित्र बदल जाता है। उदाहरण के लिए, कुछ मालिकों के अपने अजीबोगरीब अंधविश्वास होते हैं, जो वे टीम पर भी थोपना चाहते हैं। एक टीम के मालिक के पंडित तय करते थे कि खिलाड़ी अपने होटल का कमरा मैच वाले दिन किस समय पर छोड़ेंगे। एक अन्य टीम के मालिक वास्तु (फेंग शुई की ही तरह) में ज्यादा विश्वास रखते थे और उस टीम के खिलाड़ियों का ड्रेसिंग रूम हमेशा एक खास अंदाज में तैयार किया जाता था, जिसमें शीशे किसी विशेष कोण पर लगाए जाते थे। एक बार की बात है—हमारे खिलाफ एक मैच में उक्त टीम के वास्तुकार ने एक कदम आगे बढ़ते हुए हमारे ड्रेसिंग रूम

में भी बदलाव ला दिया और शीशे उसी तरह लगा दिए, जैसा कि उन्होंने अपनी टीम के ड्रेसिंग रूम में कर रखा था। इस पर हमने देर रात में अपने ड्रेसिंग रूम को पुराने स्थिति में लाते हुए शीशों को दोबारा अपनी जगह पर रख दिया और सभी शीशों को तौलियों से ढक दिया, ताकि विपक्षी टीम अस्त-व्यस्त हो जाए।

अंतरराष्ट्रीय क्रिकेट और आई.पी.एल. में एक अन्य अहम अंतर यह है कि एक नवोदित भारतीय युवा क्रिकेटर को एक अंतरराष्ट्रीय सितारे के साथ खेलना होता है, जो सांस्कृतिक रूप से काफी विभिन्नता लिये हुए होता है। इससे सबसे जरूरी टीम भावना का विकास होता है। मुझे भी युवा भारतीय प्रतिभावानों को सिखाने-बताने का मौका मिला है और मुंबई इंडियंस की तरफ से खेलनेवाले अंतरराष्ट्रीय खिलाड़ियों और भारतीय युवाओं के बीच एक पुल की तरह काम करके मुझे भी बड़ा मजा आया।

भारतीय क्रिकेट पर असर

आई.पी.एल. ने भारतीय क्रिकेट पर गहरा असर छोड़ा। सकारात्मक यह रहा कि आई.पी.एल. के चलते अंतरराष्ट्रीय खिलाड़ियों से रिश्ते काफी अच्छे बनने लगे। 2013 में आई.पी.एल. के छठे सीजन में, उदाहरण के लिए मुझे रिकी पोंटिंग के साथ खेलने का मौका मिला। रिकी और मैंने एक-दूसरे के खिलाफ बरसों तक अंतरराष्ट्रीय फलक पर मैच खेले थे, लेकिन मुंबई इंडियंस के साथ खेलने के दौरान ही हमारी बातचीत शुरू हुई। अचानक हम ड्रेसिंग रूम भी साझा करने लगे और बैटिंग की शुरुआत भी करने के लिए साथ-साथ जाने लगे। इस तरह रिकी को जानना-समझना काफी फायदेमंद रहा और खेल को लेकर उनके नजरिए से मुझे भी सीखने को मिला।

आई.पी.एल. मैचों में खिलाड़ियों के बीच रिश्ते में परिवर्तन का गहरा असर दर्शकों के व्यवहार पर भी पड़ता है। उदाहरण के लिए, दक्षिण अफ्रीका में 2009 के आई.पी.एल. में कोलकाता नाइट राइडर्स के खिलाफ एक मैच में जब शेन वॉर्न राजस्थान रॉयल्स की तरफ से खेल रहे थे और कोलकाता टीम के यूसुफ पठान को सुपर ओवर में शानदार प्रदर्शन के लिए दौड़कर उनकी हौसलाअफजाई करने गए, तो स्टेडियम में मौजूद अपार भारतीय दर्शकों ने खुद-ब-खुद वॉर्न के लिए तालियाँ बजाईं।

साथ-ही-साथ आई.पी.एल. का सबसे बड़ा फायदा भारतीय घरेलू क्रिकेटरों को हुआ, जिनको दुनिया के सर्वश्रेष्ठ खिलाड़ियों के साथ खेलने का मौका मिला।

भारत में ऐसे अनगिनत खिलाड़ी हैं, जो वाकई अच्छे हैं; लेकिन दुर्भाग्य से देश का प्रतिनिधित्व करने का अवसर मामूली अंतर से चूक जाते हैं। आई.पी.एल. ने ऐसे खिलाड़ियों को पहचान दी, सम्मान के साथ अच्छी आमदनी भी कराई। फिलहाल अंतरराष्ट्रीय क्रिकेट के बाद आई.पी.एल. सबसे बढ़िया प्लेटफॉर्म है, जहाँ अंतरराष्ट्रीय सितारों की जबरदस्त मौजूदगी इसे और खास बना देती है।

ट्वेंटी-20 में उभरनेवाले सितारों को टूर्नामेंट के बाद तमाम तरह से फायदा मिलता है। डेल स्टेन या मॉर्नी मॉर्कल को नेट्स में कैसे खेलना है, जैक्स कैलिस, एबी डिविलियर्स या केविन पीटरसन से ड्रेसिंग रूम साझा करना, या क्रिस गेल या माइकल हसी के साथ एक टीम में खेलना आदि कुछ ऐसी ख्वाब सरीखी अपेक्षाएँ हैं, जो भारतीय खिलाड़ियों के लिए आई.पी.एल. में ही सच हो पाती हैं। मौजूदा दौर के सर्वश्रेष्ठ खिलाड़ियों के साथ खेलने और सीखने का मौका उनके पास होता है। ये कुछ ऐसे फायदे हैं, जो कमाई के अलावा आई.पी.एल. से उन्हें हासिल होते हैं। स्थापित भारतीय खिलाड़ियों को यह फायदा मिलता है कि उन्हें अपनी मजबूती और कमियों के बारे में दूसरे देशों के खिलाड़ियों से सुनने को मिलता है, क्योंकि उनके खिलाफ हमारे खिलाड़ियों ने कहीं-न-कहीं जरूर खेला होता है और आई.पी.एल. में उनके साथ या उनके खिलाफ खेलने से तमाम नई बातें पता चलती हैं।

आई.पी.एल. ने बहुतेरे भारतीय खिलाड़ियों को पहचान दिलाई और इसका नतीजा यह हुआ कि उनको राष्ट्रीय टीम में जगह मिली, और यही नहीं, बहुत से खिलाड़ियों को वापसी करने में भी मदद की, जो गिनती में आ सके।

आई.पी.एल. की सबसे बड़ी विरासत यह रही कि इसकी बदौलत बी.सी.सी.आई. पूर्व क्रिकेटरों को भी सम्मानित कर पाया, जिन्होंने पूर्व में कभी भारत के लिए खेला था, और पहले बोर्ड के पास इतना पैसा नहीं था कि उनकी आर्थिक रूप में मदद की जा सके। मई 2012 में आई.पी.एल. के पाँचवें सीजन में तय किया कि इस प्रतिस्पर्धा से जो भी आय होगी, उसे हर उस भारतीय खिलाड़ी की मदद की जाएगी, जिसने कभी भी भारत के लिए खेला हो। यहाँ तक कि घरेलू खिलाड़ियों, जिन्होंने एक निश्चित मात्रा में प्रथम श्रेणी मैच खेले हों, उनको भी इस योजना से फायदा मिला।

एक बड़ी आशंका यह रहती है कि आई.पी.एल. खेलनेवाले खिलाड़ी इतने धनी हो जाते हैं कि भारत की तरफ से खेलना शायद उन्हें कम फायदेमंद और कम आकर्षक लगने लगे।

निजी तौर पर मेरे लिए भारत की तरफ से खेलने की तुलना किसी भी अन्य तरीके से नहीं की जा सकती है, लेकिन यह व्यक्ति विशेष पर निर्भर करता है—क्या वह अपने देश के लिए खेलने के लिए जरूरी अतिरिक्त श्रम करने के लिए तैयार है, या वह हर साल केवल कुछ महीनों की शोहरत से संतुष्ट रह सकता है?

मुंबई इंडियंस की तरफ से खेलना

जैसे ही आई.पी.एल. लॉञ्च हुआ, मुकेश अंबानी, जो कि मुंबई इंडियंस टीम के मालिक हैं, ने मुझसे टीम की कप्तानी के लिए कहा और मैंने इसे स्वीकार कर लिया। मैंने अपने टीम के साथियों से बिल्कुल स्पष्ट कर दिया कि मैं उनसे मैदान पर पूर्ण समर्पण की अपेक्षा करता हूँ, और हमने आई.पी.एल. में लगातार 6 सीजन, यानी मेरे रहने तक यह किया।

मैं ऑस्ट्रेलिया में था, जब फरवरी 2008 में नीलामी शुरू हुई और मैंने प्रबंधन को खिलाड़ियों की लिस्ट भेज दी, जो मुझे अपनी टीम में चाहिए थे। मैं हर पोजीशन के लिए कई विकल्प लेकर चलना चाहता था। लेकिन अंत में जिस तरह की टीम मिली, वह मेरी उम्मीद के अनुरूप अपेक्षाकृत संतुलित नहीं थी।

मुंबई इंडियंस जब पहले दो सीजनों में सेमीफाइनल्स में जगह बना पाने में विफल रही, तो हम 2010 में और बेहतर प्रदर्शन के लिए दृढ़प्रतिज्ञ हो गए। श्रीमती नीता अंबानी सीजन की शुरुआत से ही निजी तौर पर दिलचस्पी लेने लगीं और इस बार हमने सीजन की शुरुआत से कई हफ्ते पहले ही अभ्यास शुरू कर दिया। हमने दो दिन का बॉण्डिंग कैंप किया मुंबई के वाटरस्टोंस क्लब में और वहाँ टीम के युवा खिलाड़ियों ने जहीर खान, हरभजन और मुझसे ढेरों सवाल किए, जो कि बतौर भारतीय टीम में हमारे कॅरियर और जीवन पर आधारित थे। हमने क्रिकेट छोड़कर टेबल टेनिस, स्क्वैश और वाटर पोलो खेला।

कैंप ने जबरदस्त प्रभाव छोड़ा और उस सीजन में हम अपने साथ न्याय कर सके और हमारी टीम ने पूरी प्रतिस्पर्धा के दौरान सबको पछाड़ दिया। दुर्भाग्य से सेमीफाइनल में स्लिप में एक कैच पकड़ने के दौरान मैं चोटिल हो गया, मेरे दाएँ हाथ की उँगलियों में काफी गंभीर चोट आई। उसमें 6 टाँके लगे और मैं ठीक से बैट नहीं पकड़ पा रहा था। हालाँकि मैं फाइनल में हिस्सा लेने के लिए पूरी तरह दृढ़ था। यह फाइनल एम.एस. धोनी के नेतृत्व वाली चेन्नई सुपर किंग्स से था।

फाइनल के दिन सुबह मैंने चोट वाले हिस्से को सुन्न करने के लिए कुछ

इंजेक्शन लेने का प्रयास किया। मैंने कुछ खास तरह के बने दस्ताने भी ले लिये। हालाँकि जैसी कि मैंने उम्मीद कर रखी थी, उस तरह से योजना कार्यान्वित नहीं हो पाई। सेमीफाइनल और फाइनल के बीच काफी दिनों का अंतर था, तो मैंने श्रीलंका में एक डॉक्टर से मुलाकात की, जिन्होंने दावा किया कि वह मुझे खेलने लायक बना देंगे। हालाँकि दवा के साइड इफेक्ट के तौर पर मैं पहले तीन दिन तक सो नहीं सका, लेकिन एक बार जब दवा का कोर्स पूरा हो गया तो मैं खूब सोया। मैं फाइनल में तो खेला, लेकिन जैसा कि मुझे चेताया गया था, मैं तीन रातें सो नहीं पाया था और उसके बाद अगले तीन दिन तक सोता ही रहा।

मैच के दौरान दो बार गेंद मेरे चोटिल हाथ में लगी। मेरे टाँके खुल गए और बदलाव के दौरान मेरा हाथ खून से लथपथ हो गया था। मैंने इसे दरकिनार करते हुए खास तरह का दस्ताना पहना, जिसमें मेरी बीच और आखिर की उँगलियों के बीच जगह ही नहीं थी। इन दस्तानों को पहनने से यह हुआ कि कम-से-कम मैं बल्ले पर अपनी पकड़ बना सका और इस तरह से खेलते हुए मैंने 48 रन बनाए। दुर्भाग्य से उस साल भी आई.पी.एल. ट्रॉफी हमारी नहीं हो सकी।

अगले सीजन में भी हमने शानदार खेल दिखाया और एक बार फिर प्ले-ऑफ तक पहुँच गए। इस सीजन में कोच्चि टस्कर्स टीम के खिलाफ खेलते हुए मैंने अपना पहला और ट्वेंटी-20 का एकमात्र शतक बनाया। दरअसल, अप्रैल-मई 2010 में होने जा रही विश्वकप ट्वेंटी-20 टूर्नामेंट में मेरे खेलने को लेकर चर्चाएँ होने लगी थीं, लेकिन मैं अपने निर्णय पर कायम था कि मुझे अंतरराष्ट्रीय ट्वेंटी-20 क्रिकेट नहीं खेलना है।

फाइनल सीजन

मुझे लगता है कि मैंने मुंबई इंडियंस की तरफ से ट्वेंटी20 में खेलकर काफी अच्छा अनुभव हासिल कर लिया था। मैं पहले से जानता था कि आई.पी.एल. को लेकर साल 2013 मेरा आखिरी साल होने जा रहा है। मैं टाइटल जीत के लिए काफी बेचैन था। हमारे पास काफी अच्छी टीम थी और कप्तान के तौर पर रिकी पोंटिंग, कोच जॉन राइट और मेंटर के तौर पर अनिल कुंबले के कारण हमारे पास बहुत मजबूत सपोर्ट यूनिट भी थी।

सीजन की मेरी शुरुआत बेहद निराशाजनक रही, जिसमें मैं रन आउट हो गया, लेकिन टूर्नामेंट के बीच में मैंने काफी अच्छी बल्लेबाजी की। जब मेरा अपना फॉर्म

चरम पर था, तभी मैं चोटिल हो गया और इस तरह मेरा आई.पी.एल. का कॅरियर खत्म हो गया। हम लोग 13 मई, 2013 को सनराइजर्स हैदराबाद के खिलाफ खेल रहे थे और मैच हमारे नियंत्रण में था; हमने 12 ओवरों में 91 रन बना लिये थे, जबकि हमारा केवल एक विकेट ही गिरा था। अपेक्षित रन रेट दस रन से ऊपर चल रहा था और नौ विकेट हाथ में होने से हम हावी थे। मैंने रन गति और तेज करने की कोशिश की और 13वें ओवर की पहली गेंद को छक्के के लिए भेजा। जैसे ही मैंने वह शॉट पूरा किया, मुझे अपने बाएँ हाथ में चटखने की आवाज सुनाई दी और उसके बाद मैं तीव्र दर्द से कराह उठा।

मैं बल्ला पकड़ पाने में भी स्वयं को नाकाम पा रहा था और केवल एक ही विकल्प बचा था कि मैं रिटायर हर्ट हो जाऊँ। गंभीर जाँच हुई, जिसमें पाया गया कि मेरे हाथ के जोड़ पर मौजूद टेंडंस में सूजन थी और वहाँ जोड़ों को रगड़ खाने से बचाने वाला तरल पदार्थ इकट्ठा हो गया था। डॉक्टरों ने कहा कि इसे ठीक होने में कम-से-कम तीन हफ्ते लगेंगे। भले ही मैं खेलने में नाकाम रहा, लेकिन मैंने तय किया कि मैं टीम के साथ सफर करूँगा। मैंने नेट्स पर काफी लंबी बॉलिंग की और खिलाड़ियों को तैयार करने में जो भी योगदान हो सका, मैंने किया। फाइनल से पहले एक बार फिर बाहर बैठना मुझे कचोट रहा था, लेकिन मुंबई इंडियंस ने इस बार यानी 2013 की आई.पी.एल. ट्रॉफी जीत ली तो इसकी खुशी बयाँ कर पाना मुमकिन नहीं है। हमारी टीम ने कोलकाता के खचाखच भरे ईडन गार्डंस में यह कारनामा कर दिखाया था। मेरी टीम के साथियों ने बड़ी विनम्रता से इस जीत को मुझे समर्पित किया।

मैं अपने आई.पी.एल. कॅरियर को बेहद लगाव से पीछे मुड़कर देखता हूँ, जिसे मैंने आखिरी खेली गेंद पर एक छक्का मारकर खत्म किया।

सचिन ने 96 अर्ध शतक लगाए, जो कि एक और रिकॉर्ड है।

□

34

हम हैं नंबर वन

अक्तूबर-नवंबर 2008 में घरेलू शृंखला में ऑस्ट्रेलिया को हराने के बाद हम दिसंबर में इंग्लैंड के खिलाफ होनेवाली घरेलू शृंखला को लेकर आशावादी थे। इंग्लैंड का दौरा सात एक दिवसीय मैचों की सीरीज से शुरू हुआ था। शुरुआती तीन मैचों में मैं नहीं खेल पाया था, क्योंकि मेरी कोहनी में एक और परेशानी शुरू हो गई थी, जिसे 'गोल्फर एल्बो' बोलते हैं। पूरे सीजन के दौरान मैं परेशान रहा, लेकिन इतना भी नहीं कि टेस्ट मैच छोड़ दूँ, और वास्तव में यह सीजन मेरे कॅरियर का बेहतरीन दौर साबित हुआ। मेरा अच्छा फॉर्म अगले सीजन में भी जारी रहा और मुझे इंटरनेशनल क्रिकेट काउंसिल, यानी आई.सी.सी. का 2009-10 का 'सर्वश्रेष्ठ क्रिकेटर' घोषित किया गया।

आतंकी हमला

बेंगलुरु में वापसी वाले मैच में मैं केवल 11 रन बना सका और कटक में 26 नवंबर को हुए पाँचवें मैच में अर्धशतक लगाने से मुझे ज्यादा संतोष हुआ, जिसे हमने आसानी से जीत लिया था और शृंखला में 5-0 की बढ़त हासिल कर ली थी। इस मैच के तुरंत बाद ही हमें मुंबई में गैंगवार जैसा कुछ सुनने को मिला। हमने जब न्यूज चैनल देखे तो मुंबई की दशा देखकर अवाक् रह गए। यह निश्चित रूप से गैंगवार से कहीं ज्यादा था और प्रभावित होनेवाली वे जगहें थीं, जो हमारे दैनिक जीवन का हिस्सा थीं। देश के ऐतिहासिक पहचान वाले ताज महल पैलेस होटल से उठती आग की लपटें देखना अत्यंत भयावह था।

मैं तो इसलिए भी अंदर से हिल गया था, क्योंकि इस हमले के दो दिन पहले ही अंजलि लिओपोल्ड्स रेस्टोरेंट गई थीं, जो कि आतंकियों के प्रमुख निशानों में से एक था। इसके अलावा उन्होंने हमले से पहले वाली रात ओबरॉय में डिनर किया

था। वह भी इस रक्तपात में आसानी से फँस सकती थीं।

आतंकी हमला अगले दिन भी जारी रहा। हमें बताया गया कि इंग्लैंड ने दौरा रद्द कर दिया है और वे लोग दुबई निकल गए हैं। झुँझलाहट और निराशा में मैं मुंबई लौट आया और इस आतंक के अंत की प्रार्थना करता रहा।

आतंकी हमले के एक हफ्ते बाद यह घोषणा की गई कि इंग्लैंड की टीम दो टेस्ट मैचों की सीरीज के लिए भारत आने को तैयार है। आतंकी हमलों पर यह मुँहतोड़ जवाब था कि इस भयानक पीड़ा के बावजूद हम टूटे नहीं हैं और क्रिकेट की ओर वापसी हम सभी के लिए स्वागत योग्य संकेत था।

शांति के लिए क्रिकेट

11 दिसंबर को जब पहले टेस्ट मैच के लिए हम चेन्नई में एकत्र हुए, तब भी हम क्रिकेट पर एकाग्रचित्त होने में परेशानी महसूस कर रहे थे। हमने तब महसूस किया कि हमारे प्रशंसकों के लिए यह ज्यादा मायने रखेगा कि हम चेन्नई में अच्छा प्रदर्शन करें। इंग्लैंड के कप्तान एंड्रयू स्ट्रॉस ऐसे पहले खिलाड़ी बने, जिसने उपमहाद्वीप में एक टेस्ट मैच की दोनों पारियों में शतक बनाया और पॉल कॉलिंगवुड ने भी शतक लगाया, जिसके चलते भारतीय धरती पर हमें सबसे बड़ा स्कोर मिला। सहवाग ने शानदार 83 रन बनाकर मैच का आधार तैयार किया और लक्ष्मण व मैंने अच्छी साझेदारी निभाई। लक्ष्मण के जाने के बाद युवराज ने मेरा साथ दिया। मैं तो मैच की आखिरी गेंद तक खेलने के लिए प्रतिज्ञा करके आया था। मेरे मन में चल रहा था—भारतीयों को क्रिकेट से प्यार है और एक या दो मिनट के लिए ही क्यों न हो, अगर हम चेन्नई में जीत जाएँ तो पिछले दिनों, जो कुछ भी भयावह गुजरा था, उससे लोगों के व्यथित मन को कुछ राहत तो मिल ही जाएगी। मैं सोच रहा था कि अगर ऐसा हुआ तो मैं खुद भी अच्छा महसूस करूँगा।

युवराज ने भारी दबाव में 85 रन बनाए और मैंने नाबाद रहते हुए टीम के लिए शतक लगाया, लेकिन यह खेल की महानता थी, जिसने इसे खास बनाया है। भारतीय क्रिकेट में पहली बार मैदान पर काम करनेवाली महिलाएँ, जो शायद ही कभी सामने आती हों, ने पूरे जोश के साथ इस जीत का जश्न मनाया था। टीम की तरफ से मैंने इस जीत को आतंकी हमलों के पीड़ितों को समर्पित किया था।

मोहाली में हमने शानदार खेल दिखाते हुए मैच ड्रॉ कराया और 1-0 से सीरीज जीत ली।

न्यूजीलैंड एक बार फिर

काली टोपीवालों को न्यूजीलैंड में हराना काफी जटिल काम है, लेकिन हमने शायद वह क्षमता हासिल कर ली थी कि मुश्किल हालात में हम खुद को उबार सकते हैं—अगर एक साथी विफल हो, तो दूसरा हालात को सँभाल लेता है।

पाँच मैचों की एकदिनी सीरीज मार्च 2009 में शुरू हुई, पहला मैच बारिश से प्रभावित हुआ, लेकिन हमने इसे आसानी से जीत लिया, जिसके लिए सहवाग और धोनी ने शानदार काम किया था। दूसरा मैच बारिश में बह गया, जबकि तीसरे मैच में क्राइस्टचर्च में मैंने 163 रन बनाए और पेट की मांसपेशियों में खिंचाव के चलते मुझे जबरन रिटायर हर्ट होकर मैदान छोड़ना पड़ा था। उस समय 45वाँ ओवर चल रहा था। इस तरह के जबरदस्त फॉर्म में मैदान से वापस लौटना निराशाजनक होता है, लेकिन सुखद यह रहा कि हमने मैच शानदार तरीके से जीता।

हैमिल्टन में होनेवाले मैच में मैं नहीं खेल पाया, लेकिन सहवाग के शानदार 125 रनों की बदौलत हमने इसमें भी जीत दर्ज की। हमने यह सीरीज 3-0 से जीत ली। भज्जी, जहीर, युवी और मैंने भज्जी के कमरे पर डिनर किया, जो कि होटल में हैल्थ क्लब के बगल में था। बाहर शानदार जकूजी था और बारिश भी होने लगी थी। वह शानदार नजारा बेहद सुकून देनेवाला था।

अचानक उन लोगों ने मुझे पकड़ा और पानी में धकेल दिया। मैं कहता रह गया कि मेरी घड़ी खराब हो जाएगी, लेकिन उन पर कोई फर्क नहीं पड़ा। इसके बाद वे लोग भी जकूजी में कूद पड़े। अब तक हमारा खाना आ चुका था और कुछ ही मिनटों में हम फ्रेंच फ्राइज, सैंडविच और केचअप उस जकूजी में ही पहुँच गया। इस तरह से जश्न मनाना अपने आप में वाकई अद्‌भुत था।

हैमिल्टन के पहले टेस्ट मैच में मेरे बाएँ हाथ की सबसे छोटी उँगली में फ्रैक्चर हो गया। मैं स्लिप में था और एक कैच लेने के चक्कर में मैंने छलाँग लगाई थी। उँगली को बचाने के लिए मैंने तीन उँगलियों को एक साथ बाँधने की कोशिश की और उस पर फाइबर प्लास्टर भी लगाया, जिसे मैंने गरम पानी में डालकर नरम बना लिया था। मैंने उसे भी ढेर सारी रुई लगाकर लपेट लिया था। हालाँकि नेपियर में दूसरे टेस्ट की दोनों ही पारियों में मैंने अच्छी बैटिंग की। गौतम गंभीर के 137 रन के लिए उनका शुक्रिया कि अंत में हमने यह टेस्ट आसानी से बचा लिया।

वेलिंग्टन में तीसरे टेस्ट में हमारे गेंदबाजों ने यह सुनिश्चित किया कि मैच हमारे ही नियंत्रण में बना रहे। पाँचवें दिन लंच से पहले मुझे बॉलिंग दी गई और मैंने

बेहद अहम विकेट, ब्रेंडन मैक्कुलम और जेम्स फ्रैंकलिन के निकाले। हालाँकि मैच समय से पहले ही खत्म हो गया, क्योंकि बारिश शुरू हो गई थी।

टॉप पर नजर

आई.सी.सी. टेस्ट रैंकिंग में हमारा ऊपर चढ़ना 2007 में इंग्लैंड से शुरू हुआ था। अब न्यूजीलैंड की सफल सीरीज के बाद हमारे पास पहले नंबर पर पहुँचने की संभावनाएँ काफी प्रबल हो गई थीं, शर्त यही थी कि हम नवंबर-दिसंबर 2009 में होनेवाली घरेलू सीरीज में श्रीलंका को हरा दें।

श्रीलंका के साथ यह सीरीज मेरे लिए भी खास मायने रखती थी, क्योंकि नवंबर 2009 में मेरे अंतरराष्ट्रीय क्रिकेट में 20 साल पूरे हो रहे थे। मैंने इस मौके पर मीडिया से लगभग सात घंटे तक बातें करके जश्न मनाया था। इस दौरान मेरे लगभग 50 इंटरव्यू लिये गए, जो कि एक के बाद एक लगातार होते रहे। मैंने इतनी बातें कीं कि लोगों के मन से यह भ्रम दूर हो गया होगा कि मैं मीडिया से बात नहीं करता हूँ।

मुझे अच्छी तरह याद है, जब मैं किशोरावस्था में था तो किस तरह कैमरे का सामना करने में मुझे अटपटा लग रहा था। मैं मेक-अप को लेकर बहुत सतर्क रहता था और सामान्य तरीके से रहने पर जोर देता था। मैं चेहरे पर कुछ भी नहीं लगाता था और बालों के लिए भी कुछ नहीं करता था। बाद में चलकर मुझे यह महसूस हुआ कि कैमरे के साथ काम करते हुए यह सब (मेक-अप वगैरह) एक सामान्य प्रक्रिया होती है। अपने कॅरियर में आगे चलकर मुझे विज्ञापनों के लिए शूटिंग करने में मजा आने लगा और ऐसे भी कुछ वाकये हुए, जिन्हें मैं शायद ही भूल पाऊँ।

एक मौके पर मैं भारतीय सिने जगत् की महान् हस्ती अमिताभ बच्चन के साथ राजस्थान के जोधपुर में एक विज्ञापन की शूटिंग कर रहा था। हम जब काम से ब्रेक ले रहे थे, तभी मैंने देखा कि अर्जुन, जो कि उस समय बिल्कुल नन्हा सा था, ने अपना खाना खत्म किया और अमिताभ बच्चन के चूड़ीदार पाजामे से अपना हाथ पोंछने लगा। अंजलि और मैं यह देखकर अवाक् रह गए, लेकिन उन्होंने हमें शांत करते हुए कहा कि इसमें अटपटा लगने जैसी कोई बात नहीं है, सबकुछ बिल्कुल ठीक है।

एक अन्य विज्ञापन मुझे याद है, जो कि एक अन्य बॉलीवुड हस्ती शाहरुख खान के साथ मैंने शूट किया। शाहरुख और मैं 1999 विश्व कप से पहले लॉर्ड्स पर पेप्सी की शूटिंग कर रहे थे और योजना यह थी कि शाहरुख मेरे जैसा बनेंगे और ड्रेसिंग रूम में रखी फ्रीज में से एक ठंडी पेप्सी निकालेंगे। और ठीक उसी समय

मैं उनके सामने आ जाऊँगा और मेरा बहुरूपिया बनने पर मैं उनको घेर लूँगा। इस विज्ञापन में मैंने यह सुझाया कि मैं उनसे पेप्सी की बोतल ले लूँगा और उनको मेरी जगह बैटिंग करने के लिए जाने को कहूँगा। डायरेक्टर को यह आइडिया काफी पसंद आया और उन्होंने उस दिन स्क्रिप्ट में इसी के अनुसार बदलाव कराया।

श्रीलंका को हलके में न लें

16 नवंबर से अहमदाबाद में शुरू हो रहे पहले टेस्ट मैच से पहले अंजलि ने मेरे लिए कुछ खास तैयारी कर रखी थी, जो कि अंतरराष्ट्रीय क्रिकेट में मेरे 20 साल पूरे होने के उपलक्ष्य में की गई थी। मुझे चौंकाते हुए मेरे कुछ नजदीकी मित्र प्राइवेट जेट से मैच शुरू होने से पहले सुबह ही अहमदाबाद पहुँच गए। मैं एम.एस. धोनी के साथ नाश्ता ले रहा था और मेरी पीठ रेस्टोरेंट के गेट की तरफ थी, तभी मैं धोनी की आँखों की हरकत से ताड़ गया कि मेरे पीछे कुछ चल रहा है। इससे पहले कि मैं मुड़ता, अंजलि और पूरी गैंग मुझ पर टूट पड़ी। मैं इस अंदाज-ए-बयाँ से अभिभूत रह गया।

टेस्ट के बीच में हमने खुद को एक परेशानी में पाया। लेकिन हमारी हार न मानने की भावना ने हमें आगे धकेला और हमने शानदार बैटिंग करते हुए मैच ड्रॉ करा लिया, जिसमें गौतम गंभीर का योगदान उल्लेखनीय रहा, जिन्होंने पारी की शुरुआत करते हुए पुख्ता नींव रखी और शानदार 114 रन बनाए। मैंने भी टेस्ट के आखिरी दिन शतक बनाया। तीसरे एक दिवसीय मैच में कटक में 21 दिसंबर, 2009 को मैं 96 रन बनाकर नाबाद रहा। दिनेश कार्तिक के विजयी रन लेने के चलते मैं शतक से वंचित रह गया।

अंततः नंबर एक

मशक्कत के बाद पहले टेस्ट को ड्रॉ कराने के बाद हम श्रीलंकाई खिलाड़ियों से दूसरे टेस्ट में भिड़ने के लिए कानपुर पहुँचे, जहाँ 24 नवंबर, 2009 को मैच शुरू हुआ। वीरेंद्र सहवाग ने 293 रन बनाए और तीसरे तिहरे शतक से मामूली अंतर से चूक गए। जहीर ने बाकी का काम कर दिया और हमने वह मैच पारी और 24 रन से जीत लिया। यह एक शानदार जीत थी और इसका मतलब था कि हम आधिकारिक रूप से नंबर एक टेस्ट टीम बन गए थे।

मेरे लिए खास तौर पर इस मैच में उपलब्धि यह रही कि मैंने श्रीलंका की

पहली पारी में एंजेलो मैथ्यूज को 99 के व्यक्तिगत स्कोर पर रन आउट कर दिया। इस विकेट के बाद मैंने जश्न मनाते हुए अपने साथियों से मजाक में कहा कि अंतरराष्ट्रीय क्रिकेट में 20 साल खेलने के बावजूद एक बूढ़ा आदमी भी अच्छी फील्डिंग कर सकता है।

हमने एक टीम के तौर पर शानदार क्रिकेट खेला। हर खिलाड़ी ने अपना सर्वस्व समर्पित किया। इसके अलावा कोच गैरी कर्स्टन और सपोर्ट स्टाफ ने अपनी-अपनी भूमिका के साथ 100 फीसदी न्याय किया, जिसकी बदौलत हम चरम पर पहुँच सके। मेरे लिए टेस्ट क्रिकेट सबसे अजीज प्रारूप है और यह शिखर ही निर्विवाद रूप से मेरे कॅरियर का चरम बिंदु था। क्रिकेट जगत् में पदार्पण के मेरे 20वें बरस में यह उपलब्धि एक विलक्षण संयोग के रूप में सामने आई और इसने इस मौके को और भी खास बना दिया।

सचिन ने अपने खेले विश्वकप मैचों में 2560 रन बनाए, जो कि किसी भी बल्लेबाज द्वारा बनाए गए सर्वोच्च रन हैं।

□

35

टॉप पर टिके रहना

वर्ष 2010 में हमने अंतरराष्ट्रीय क्रिकेट में तीन कठिन चुनौतियों का सामना किया। फरवरी-मार्च में हमने दक्षिण अफ्रीका से घरेलू सीरीज खेली, अक्तूबर में ऑस्ट्रेलिया और नवंबर में न्यूजीलैंड से घर में खेले, जिसके बाद दिसंबर में हमने दक्षिण अफ्रीका का दौरा किया।

इससे पहले हम बांग्लादेश गए, जहाँ जनवरी 2010 में हमने दो टेस्ट की सीरीज खेली। बांग्लादेश ने पूर्व में भी हमें चौंकाया था, लेकिन हमने सीरीज जीत ली।

हम 6 फरवरी को दक्षिण अफ्रीका से भिड़ने के लिए नागपुर पहुँचे। इस मौके की खासियत यह थी कि जो भी यह सीरीज जीतता, वह नंबर एक टेस्ट टीम बन सकता था।

पहले डेस्ट में डेल स्टेन ने शानदार बॉलिंग की और दोनों पारियों में मिलाकर 10 विकेट झटके, जबकि हाशिम अमला ने 253 रन बनाए और जैक्स कैलिस ने 173 रन बनाकर अपना शानदार खेल दिखाया। ऐसे खिलाड़ियों से प्रतिस्पर्धा करके मजा आता है। इसलिए इन्हें सार्वकालिक महानतम खिलाड़ियों में शुमार किया जाता है। हालाँकि हम मैच हार गए, लेकिन मैंने दूसरी पारी में शतक लगाकर कुछ मामला सँभालने की कोशिश की।

ईडन गार्डंस पर दूसरे टेस्ट में हमने हैरतअंगेज वापसी की। हम चार—सहवाग, लक्ष्मण, धोनी और मैंने शतक लगाए और दक्षिण अफ्रीका को पटरी से उतार दिया। ईडन गार्डंस के दर्शक हमारे साथ थे और आखिरी विकेट लेते ही खुशी से भरे भज्जी ने आधे मैदान की दौड़ लगाई। हमने अपनी नंबर एक की कुरसी बचा ली थी और मैं इस बात से ज्यादा संतुष्ट था कि इस जीत में मेरे शतक ने भी अपना योगदान किया।

तीन मैचों की एकदिनी सीरीज में मेरी शुरुआत रन आउट से हुई। मैंने चार रन बनाए। यह मैच 21 फरवरी को जयपुर में खेला गया था। आउट होने से मैं

निराश हुआ, लेकिन मैच के आखिरी ओवर में अपना खास योगदान देकर मैंने इसकी भरपाई कर ली। इस ओवर में दक्षिण अफ्रीका को जीतने के लिए 10 रन चाहिए थे। आखिरी ओवर की तीसरी गेंद पर एक निश्चित चौका रोकने के लिए मैंने डाइव मारी और सफल रहा। भारत ने यह मैच एक रन से रोमांचक अंदाज में जीत लिया था।

200 नाबाद

दूसरा मैच ग्वालियर में 24 फरवरी को था। मैं काफी थका महसूस कर रहा था। लेकिन जब मैं मैदान पर पहुँचा तो मेरी सारी समस्याएँ अचानक छूमंतर हो गईं! वह दिन मेरे लिए कुछ ऐसा था, जब सबकुछ हमारे मुताबिक होता चला जाए। मुझे दिनेश कार्तिक, यूसुफ पठान और एम.एस. धोनी के रूप में अच्छे साझेदार मिलते गए। मेरे 175 रन जब पूरे हुए, तब मुझे लगने लगा कि मैं दोहरा शतक बना सकता हूँ।

यह मौका मुझे 50वें ओवर में मिला, जब मैंने गेंद को प्वॉइंट की तरफ स्टीयर करके एक रन लिया, तो एक दिवसीय मैचों के इतिहास में मैं पहला दोहरा शतक लगानेवाला क्रिकेटर बन गया। मुझे इस बात से ज्यादा रोमांच महसूस हुआ कि मैंने यह कारनामा अपने लोगों के बीच कर दिखाया। मैच तो हमने आसानी से 153 रन से जीत लिया। अगली सुबह मैं बहुप्रतीक्षित आराम के लिए अपने घर निकल गया, क्योंकि अंतरराष्ट्रीय क्रिकेट में सर्वश्रेष्ठ सीजन के बाद इसकी सबसे ज्यादा जरूरत थी।

भारत में ऑस्ट्रेलिया

वर्ष 2010-11 का सीजन हमने ऑस्ट्रेलिया के खिलाफ एक दो टेस्ट मैचों की सीरीज के साथ किया और मोहाली में अक्तूबर की शुरुआत में खेले गए पहले मैच में हमने ऑस्ट्रेलिया को हरा दिया। बेंगलुरु में दूसरे और आखिरी टेस्ट में ऑस्ट्रेलिया ने 478 रन का पहाड़ सरीखा स्कोर खड़ा कर लिया। मैंने दो दिन तक बैटिंग की और 191 रन बनाकर नॉट आउट रहा, हालाँकि अंततः मैंने 214 रन बनाए। यह मेरा 49वाँ टेस्ट शतक था और इस साल का छठा टेस्ट शतक था। इस दौरान मैंने एक कलेंडर साल में 1000 टेस्ट रन बनाए और अपने पूरे कॅरियर में मैंने ऐसा छठी बार किया था। मेरा सौभाग्य रहा कि मैं टीम को 2-0 से सीरीज जीत की ओर ले जा सका और इस क्रम में मुझे युवा चेतेश्वर पुजारा का भी साथ

मिला, जिसने अपने टेस्ट कॅरियर की शुरुआत करते हुए शानदार 72 रन बनाए और आउट नहीं हुए।

दक्षिण अफ्रीका में भारत

सेंचुरियन में 16 दिसंबर को टेस्ट सीरीज की खराब शुरुआत करते हुए हम जल्दी ही आउट हो गए। मुझे इस बात से थोड़ी राहत मिल पाई कि मैंने अपना 50वाँ टेस्ट शतक यहाँ पूरा किया, लेकिन दक्षिण अफ्रीका ने मैच आसानी से 10 विकेट से जीत लिया।

डरबन में बॉक्सिंग डे टेस्ट मैच काफी कम स्कोर वाला, लेकिन रोमांच से भरपूर रहा। राहुल ने शानदार 200वाँ कैच पकड़ा, लक्ष्मण ने 96 रन बनाए और जहीर, ईशांत, श्रीसंत और भज्जी ने शानदार बॉलिंग की और हमने खास अंदाज में सीरीज बराबर कर दी। यह इतनी शानदार जीत थी कि इसे मैं अपने कॅरियर की सर्वश्रेष्ठ टेस्ट जीत में शुमार करना चाहूँगा।

आखिरी टेस्ट से पहले केपटाउन में 30 दिसंबर को मैं अंजलि और बच्चों से मिला और इसके अलावा कुछ दोस्तों से भी मुलाकात की। हमने यहाँ के अंगूर के एक बगीचे कॉन्स्टैंशिया उइत्सिग (Constantia Uitsig) में डरबन की जीत का जश्न मनाया। हमारी टीम ने टेबल माउंटेन की तलहटी में एक शानदार होटल में नए साल का जश्न मनाया।

केपटाउन में 2 जनवरी, 2011 को शुरू हुए तीसरे और निर्णायक टेस्ट मैच में मैंने 51वाँ और आखिरी टेस्ट शतक लगाया। यह मेरे कॅरियर का आखिरी टेस्ट शतक था। दुर्भाग्य से हम यह टेस्ट हार गए।

वजनदार मामले

टेस्ट सीरीज के बाद एकदिनी मैचों की सीरीज शुरू हुई, जो दरअसल 2011 विश्व कप से पहले की हमारी तैयारी को लेकर ज्यादा मायने रखती थी। मुझे खुद पर झुँझलाहट हुई कि मैं अपनी पिंडलियाँ चोटिल कर बैठा, जिसकी वजह से मुझे भारत लौटना पड़ा। दक्षिण अफ्रीका छोड़ने से पहले मैंने टीम के हर सदस्य से यह प्रतिज्ञा करवाई कि आगे आनेवाली हमारे जीवन की सबसे बड़ी और मायने रखनेवाली चुनौती के लिए हर कोई कुछ-न-कुछ बलिदान देने को तैयार रहे और अपनी क्षमताओं से बढ़कर प्रदर्शन करे। मेरा सुझाव था कि हम सभी कम-से-कम तीन किलो अपना

200
NOT OUT
SAHARA
INDIA
मार्च 2009 में
न्यूजीलैंड में भारतीय टीम पाँच एकदिनी मैच की सीरीज खेलने पहुँची…
हमने पहला मैच जीत लिया और दूसरा बारिश में बह गया।
क्राइस्टचर्च में हुए तीसरे मैच में मैं 163 रन तक जा पहुँचा था।
मैं 200 रन तक पहुँच सकता हूँ, अगर मैं और बैटिंग करता रहूँ…

लेकिन मैं ऐसा नहीं कर सका। पेट की मांसपेशियों में खिंचाव के चलते मुझे रिटायर हर्ट होना पड़ा।
मैं ही केवल अकेला नहीं था, जो दोहरे शतक के बारे में सोच रहा था।
क्या कर डाला आपने भाई? आपके पास दोहरा शतक जमाने का शानदार मौका था!
मैं तो यहाँ तक कि बॉल पर जोर से मार भी नहीं पा रहा था, तो दोहरा शतक कैसे पूरा कर पाता?
मैं भविष्य में किसी समय ऐसा जरूर करूँगा।
तब वह दूसरा दोहरा शतक कहलाता। आज अगर आपने दोहरा शतक लगाया होता तो यह इतिहास का पहला दोहरा शतक होता!

भारत में दक्षिण अफ्रीका-2010
तीन मैचों की एकदिनी सीरीज में पहला मैच जयपुर में···
21 फरवरी को पहला मैच
THUMP!
OOUUZZAATTT !!!
मैं 4 रन बनाकर आउट हो गया।
डेल स्टेन और वेन पर्नेल ने शानदार जुझारूपन दिखाया।
आखिरी ओवर में दक्षिण अफ्रीका को जीतने के लिए मात्र 10 रन चाहिए थे।
निश्चित चौका रोकने के लिए मैंने डाइव लगाई!
CATCH!
इसका जबरदस्त असर हुआ···हमने 1 रन से मैच जीत लिया।

24 फरवरी को ग्वालियर में दूसरा मैच।
मैं वाकई बहुत थका महसूस कर रहा था।
लेकिन मैदान पर मेरा सारा दर्द और अकड़न गायब होने लगी।
मुझे दिनेश कार्तिक, यूसुफ पठान और अंतत: एम.एस. धोनी से अच्छी साझेदारी मिली।
मेरी थकान बढ़ती जा रही थी और मैं बड़े शॉट नहीं लगा पा रहा था।
175 रन का आँकड़ा पार करने के बाद मुझे लगने लगा कि मैं दोहरा शतक लगा सकता हूँ।
मैंने गैप तलाशना शुरू किया और मशक्कत से दौड़कर रन पूरा करता रहा।

1988 में इसी दिन मैंने और विनोद कांबली ने साथ मिलकर 664 रन बनाए थे, जो कि किसी एक स्कूल मैच में तब विश्व रिकॉर्ड के रूप में दर्ज हुआ था।

यूसुफ पठान और दिनेश कार्तिक ने अच्छी बैटिंग करके मुझ पर से दबाव खत्म कर दिया था।
और अब एम.एस. धोनी भी दूसरे छोर से गेंदों की धुनाई कर रहे थे।

मैं 190 रन बनाने के बाद भी
दौड़कर रन पूरे कर रहा था…
अंतत: 50वें ओवर में और
147वीं बॉल खेलकर…
धरती पर पहला इनसान!
FIRST MAN ON THE PLANET
TO SCORE 200 IN AN ODI
The Indian
God!
TWO-TONNER
TENDULKAR
THE TIMES OF
IMMORT
HISTORY
200
NOT
OUT
ASIAN AGE
Wow!
No jt statement
after Pak talks
सचिन का छक
दीदी
का चौका

का कुल स्कोर 400 रन तक पहुँच गया और हमने 153 रन के अंतर से मैच जीत लिया!
पाजी, आखिरकार आपने एक दिवसीय दोहरा शतक लगा ही डाला!
ोटल में पहुँचने के बाद मैं सो नहीं पाया।
मेरे फोन पर संदेशों की बौछार हो रही थी।
बधाई, शानदार प्रदर्शन…वाकई आप पर गर्व है!
मुझे दो दिन लगे सभी का शुक्रिया अदा करने में!
वालियर में मेरे न सो पाने का और भी कारण था—मेरा कमरा डरावना सा लग रहा था…
मैंने रातभर बाथरूम की बत्तियाँ जलती ही छोड़ दी थीं।

वजन घटाएँ और इस प्रक्रिया के जरिए अपने शरीर को सर्वश्रेष्ठ रूप में ले आएँ।

मैंने भी अपना वादा पूरा किया और इस क्रम में 3.8 किलो वजन घटाया। मेरी टीम के कुछ साथियों ने भी ऐसा किया। मैंने अपनी डाइट पर नजर रखी, अपनी पिंडलियों के लिए मैंने कठोर रिहैबिलिटेशन कार्यक्रम अपनाया और अपने शरीर के ऊपरी हिस्से को मजबूत बनाने के लिए नियमित रूप से जिम में पसीना बहाया। विश्व कप ने हमेशा मुझे आकर्षित किया था और यह मेरे लिए एक अच्छा और आखिरी मौका था कि हम विश्व चैंपियन कहलाएँ!

सचिन को सबसे ज्यादा बार 'मैन ऑफ द मैच अवॉर्ड' के लिए चुना गया—कुल मिलाकर 62 बार!

□

36

विश्व कप 2011

वर्ष 2011 का विश्व कप भारत, श्रीलंका और बांग्लादेश ने संयुक्त रूप से आयोजित किया था। हमारा पहला मैच बांग्लादेश से 19 फरवरी को ढाका में हुआ। 2007 के विश्व कप में कैरिबियाई द्वीप में हारने के कारण हम ये जानते थे कि बांग्लादेश एक खतरनाक एकदिवसीय टीम साबित हो सकती है, और शेर-ए-बांग्ला नेशनल स्टेडियम में मीरपुर में तो उनके समर्थकों का जबरदस्त उत्साह भी उनके साथ रहेगा।

हर बार जब भी हम अभ्यास के लिए जाते थे, तो हमारा अभ्यास देखने के लिए ही लगभग 30 हजार लोग क्रिकेटरों की एक झलक पाने को व्याकुल नजर आते थे। उनमें से ज्यादातर के पास मैच देखने के लिए टिकट नहीं होता था, लेकिन वहाँ रहकर वे खुशियाँ मनाते थे, गाते, नाचते और हर पल का लुत्फ उठाते दिखते थे।

हम जानते थे कि क्रिकेट के सर्वोच्च पुरस्कार को हासिल करने का हमारे पास यह सबसे बेहतरीन मौका है। पूरा देश टीम के समर्थन में था—दरअसल डेढ़ महीने तक देश में केवल यही मुद्दा मायने रखे रहा कि विश्व कप में हम किस तरह प्रदर्शन कर रहे हैं! हालाँकि हमें शांत रहने की जरूरत थी, हमारे कोच गैरी कर्स्टन, मेंटल कंडीशनिंग कोच पैडी अपटन और माइक हॉर्न—जो कि चर्चित एक्सप्लोरर हैं, एक मेंटर (गुरु) की तरह विश्व कप में ज्यादातर समय हमारे साथ रहे और टीम के सपोर्ट स्टाफ ने हमारे दिमाग को हमारे एक सूत्रीय काम से इतर कहीं भटकने ही नहीं दिया।

जब आप बहूद्देशीय प्रतिस्पर्धा में हिस्सा ले रहे होते हैं और आपको अपनी टीम के साथ लाइन में खड़े होकर राष्ट्रगान गाते हैं, तो किसी भी क्रिकेटर के जीवन में यह अनमोल पल होता है। अपने कॅरियर की शुरुआत से ही टीम के साथियों के साथ बीच मैदान में और चारों तरफ से दर्शकों से घिरकर राष्ट्रगान गाने के दौरान

मेरा रोमांच चरम पर पहुँच जाता था। मीरपुर में जब 'जन गण मन' की धुन बजी तो हममें से कोई भी अपनी भावनाएँ रोक नहीं पाया।

ऐतिहासिक मुठभेड़

हमने टॉस जीता और अपने अभियान की शुरुआत करने मैदान पर उतरे। मैं तो मात्र 28 रन बनाकर रन आउट हो गया, लेकिन वीरू (सहवाग) ने 175 रन की उत्कृष्ट पारी खेली, विराट कोहली ने भी शानदार शतक लगाया और हमने बांग्लादेश को आसानी से 87 रन से पटखनी दी। इसी के साथ 2007 में बांग्लादेश से विश्व कप में मिली हार का बदला पूरा हो गया था।

हमारा अगला मैच इंग्लैंड से बेंगलुरु में था और यह तो अपना घर था, जहाँ उत्साह अपने चरम पर पहुँच चुका था। मैंने 120 रन बनाए और गंभीर और युवी के अर्धशतकों की बदौलत हमने 338 रन का पहाड़ इंग्लैंड के सामने खड़ा कर दिया। इंग्लैंड ने भी इसका माकूल जवाब दिया और यह मैच अंत में टाई पर खत्म हुआ—दर्शकों को आखिरी गेंद तक क्रिकेट का रोमांच देखने को मिला। वे सभी दिल थामे मैच देख रहे थे।

इस मैच के बाद से ही हमारे ट्रॉफी जीतने को लेकर चर्चाएँ शुरू होने लगीं। हमने अपने पूल के बाकी दो मैच भी जीत लिये, जो कि आयरलैंड और नीदरलैंड से हुए थे। दक्षिण अफ्रीका से 12 मार्च, 2011 को नागपुर में भिड़ंत हुई, मैंने अपने कॅरियर का 99वाँ शतक इस मैच में लगाया, लेकिन हमारे आखिर तक जूझने के बावजूद दो गेंद बाकी रहते दक्षिण अफ्रीका ने यह मैच हमसे छीन लिया और यह हमारे लिए बहुत ज्यादा दर्दनाक था। हमें अगले मैच में दोबारा पटरी पर आना था और चेन्नई में वेस्ट इंडीज के खिलाफ हमने ऐसा कर दिखाने में सफलता पाई। अब बेहद गंभीर नॉकआउट फेज शुरू होनेवाला था और क्वार्टर-फाइनल में ऑस्ट्रेलिया से भिड़ने को मुकाबले का ड्रॉ निकला। यह मैच अहमदाबाद में होना था।

और कड़ा अभ्यास

वेस्ट इंडीज से हुए मैच से पहले मैंने अपनी बैटिंग प्रैक्टिस में एक मजेदार चीज जोड़ी थी। गैरी कर्स्टन के थ्रो-डाउंस पर मैं बैटिंग प्रैक्टिस कर रहा था और अचानक मुझे न जाने क्या सूझा कि मैंने आँखें बंद कर उनकी गेंदों को खेलने के बारे में सोचा! यह मैंने तब करने का फैसला किया, जब गेंद उनके हाथ से निकलती थी।

मुझे अपना सिर बिल्कुल स्थिर रखना होता था, क्योंकि अगर आपने सिर हिलाया तो आँखें बंद होने से आप आसानी से गेंद की दिशा से भटक सकते हैं। मैं आगे बढ़कर बॉल को हिट करता था और फील्डरों को बताता था कि मैंने गेंद कहाँ मारी है, इससे मुझे यह आभास होता था कि मैंने बल्ले पर गेंद कहाँ मारी है और वह किस तरफ गई है। आँखें बंद करके प्रैक्टिस करने का प्रयोग मैंने केवल आनंद उठाने के लिए किया था, लेकिन इससे मुझे आनेवाली गेंद पर नजर रखने में आसानी हुई, जो कि किसी भी बैट्समैन के लिए बेहद जरूरी है।

शुरू के वर्षों में मैं और भी विचित्र तरीके से अभ्यास करता था। मुंबई में मॉनसून सीजन में—जून, जुलाई अगस्त—बाहर बारिश के दौरान मैदान में जाकर सामान्य तरीके से क्रिकेट खेलना संभव नहीं होता, लेकिन मेरे दोस्त और मैं फिर भी बारिश में ही क्रिकेट खेलते थे, जिसमें हम रबड़ की गेंद का इस्तेमाल करते थे। कभी-कभी मैं बाकायदा हेलमेट पहनकर और अपना पूरा क्रिकेट गियर में तैयार होकर खेलने उतरता था। इस दौरान पिच पर पड़कर रबड़ की गेंद काफी तेजी से आती थी और अपनी प्रतिक्रिया को तेज करने का यह अच्छा तरीका होता था। लड़कों को हर तरह से गेंद करने की छूट थी, चाहे वह तरीके से बॉल करें या उसे झटके से फेंकें, उद्देश्य यह होता था कि वे गेंद से मुझे मारने की कोशिश करें!

उस दौर में हमारे पास इनडोर सुविधाएँ नहीं थीं और मुझे तो किसी-न-किसी तरह अभ्यास करना ही था। कुछ मामलों में मैं उन पलों को काफी याद करता हूँ। युवा खिलाड़ियों को अब ज्यादा-से-ज्यादा सुविधाएँ मिल जाती हैं, जबकि मुझे सड़क पर या गीले मैदानों में अभ्यास करना पड़ता था, जहाँ कीचड़ मेरे चेहरे पर पड़ जाता था और उसके बाद गेंद मुझ तक पहुँचती थी। यह काफी कठिन होता था, लेकिन मजेदार भी रहता था। मैं इसे अब अपने बेटे के साथ करने की सोच रहा हूँ।

चैंपियंस से भिड़ंत

ऑस्ट्रेलिया लगातार चौथी बार विश्वकप जीतने का सपना लेकर आया था और 2003 के विश्व कप फाइनल में दक्षिण अफ्रीका में हमें हराने के बाद इस टूर्नामेंट में पहली बार अहमदाबाद में हमारी भिड़ंत होने जा रही थी। ऑस्ट्रेलिया ने पहले खेलते हुए 260 रन बनाए और वीरू व मैं सरदार पटेल स्टेडियम में कानफोड़ू शोर के बीच मैदान पर बैटिंग करने उतरे। हम जानते थे कि ये 'अभी नहीं तो कभी नहीं' वाला मामला होने जा रहा है। वीरू 15 रन बनाकर आउट हुए तो हमारा स्कोर 44

रन था। गौतम और मैंने 50 रन जोड़े ही थे कि मैं अर्धशतक पूरा करके आउट हो गया। जब हमने गौतम और धोनी को भी गँवा दिया, तब सुरेश रैना और युवराज मैदान पर उतरे और अब जीतने के लिए 74 रन चाहिए थे।

युवराज और रैना ने धीरे-धीरे हालात सँभालना शुरू किया और हमने तीन बार के विश्व चैंपियन को खेल से ही बाहर कर दिया। युवी ने जब आखिरी चौका मारा तो ड्रेसिंग रूम में बैठे हम सब खुशी से पागल हो उठे।

ऐसा लग रहा था, मानो पूरा शहर ही जश्न मना रहा हो—या पूरा देश ही जश्न में सराबोर हो गया हो! बस में बैठकर टीम जब आधी रात को होटल की तरफ निकली तो हजारों लोग सड़कों पर झूमते-नाचते दिखे; वे हमें अपने अपने तरीके से बधाइयाँ दे रहे थे और हमारा उत्साह बढ़ा रहे थे। शहर के हर कोने में तिरंगा झंडा लेकर लोग खुशी से उछलते-कूदते नजर आ रहे थे।

हर दिन यह टूर्नामेंट बड़ा होता जा रहा था और सेमीफाइनल में यह चरम पर पहुँच गया, जब पाकिस्तान से हमारी भिड़ंत तय हो गई।

पड़ोसी सदा के लिए

30 मार्च को मोहाली में हो रहा यह मैच मेरे कॅरियर का सबसे ज्यादा दबाव वाला मैच बन गया। अपनी जमीन पर पाकिस्तान से सेमीफाइनल खेलना—इससे बड़ा मैच नहीं हो सकता कोई। हम इसे उसी तरह बनाए रखना चाहते भी थे।

हमारी शुरुआत नाटकीय रही और यह गेम रोलरकोस्टर की तरह आगे बढ़ने लगा, वीरू ने 45 रन बनाकर मजबूत नींव रखी। मैंने 85 रन बनाए, जबकि मेरे कुछ कैच भी पाकिस्तानियों ने टपकाए, मध्य ओवरों में हमने बेशकीमती विकेट भी गँवाए। जहीर, मुनफ, युवराज और हरभजन ने अपना-अपना काम अच्छे से पूरा किया और हम विश्व कप फाइनल में जा पहुँचे। इसमें मैं यह और जोड़ना चाहूँगा कि मुझे 'प्लेयर ऑफ द मैच' भी चुना गया, जो कि पाकिस्तान के खिलाफ खेलते हुए विश्व कप में मुझे तीसरी बार मिला था।

इस जीत के बाद अपने होटल तक पहुँच पाना जद्दोजहद से भरा था, क्योंकि जीत की खुशी से पागल हो उठे लोग शहर के हर कोने में जश्न मना रहे थे और हमें अपने बीच चाहते थे। यह ऐसी रात थी, जिसे कोई भी भारतीय क्रिकेट प्रशंसक नहीं भूल पाएगा, और हम तो इस खेल का हिस्सा थे, हम तो इसे कभी नहीं भूलना चाहेंगे।

एक देश का सपना

श्रीलंका से फाइनल खेलने के लिए हम मुंबई पहुँचे, तो वहाँ हर तरफ लोग उमड़े हुए थे और मैं 40 किलोमीटर प्रति घंटे की रफ्तार से ज्यादा गाड़ी नहीं चला पा रहा था। ऐसा लग रहा था, मानो हम धीरे-धीरे एक देश की परियों वाली कहानी लिख रहे हों! उस पूरे निर्णायक हफ्ते के दौरान माइक हॉर्न ने अपने अनुभव के बारे में हमसे बात की। जबकि हम सभी के लिए यह महज एक और दिन की ही तरह था, वहीं माइक ने इसे जीवन-मरण का प्रश्न बना रखा था। उन्होंने अपनी कहानियों के जरिए हमें बताया कि अपनी साहसिक यात्राओं के दौरान अत्यधिक दबाव के पलों में उन्होंने कैसे सामंजस्य बैठाया—जैसे कि ध्रुवों पर बिना मोटर वाले वाहनों के सफर पूरा करना या अँधेरे दौर में उत्तरी ध्रुव तक पहुँचना—इससे हमें विश्व कप फाइनल में अपनी चिंताओं से उबरने में काफी मदद मिली।

2 अप्रैल को वानखेड़े स्टेडियम में तिल रखने की जगह नहीं बची थी। मैच शुरू होने के घंटों पहले लोगों ने जहाँ भी जगह मिली, खुद को जमा लिया था। भारत अपनी सरजमीं पर सबसे बड़ा मैच खेलने जा रहा था।

हमने मैच में अच्छी शुरुआत पाई और जहीर की शानदार बॉलिंग व युवराज और रैना की शानदार फील्डिंग की बदौलत हमने श्रीलंका को 274 रन पर रोक लिया था। हमारी शुरुआत अच्छी नहीं रही और सहवाग शून्य पर आउट हो गए; मैं भी 18 रन बनाकर निराशाजनक तरीके से आउट हो गया। हालाँकि मैंने इस दौरान कुछ तेज चौके लगाए। विराट कोहली ने 35 रन बनाकर अच्छी साझेदारी की थी। विराट के आउट होने के बाद गंभीर-धोनी ने 109 रन की अच्छी साझेदारी निभाई और अंतत: हमने विश्व कप जीत लिया।

मैं स्वीकार करना चाहता हूँ कि मैंने इससे पहले लाखों भारतीयों द्वारा इतनी खुशी और इतना गौरवान्वित पल पहले कभी नहीं देखा था। उस रात करोड़ों भारतीयों के दिलों में जो भावनाएँ उठी होंगी, उन्हें कोई भी शब्दों में बयाँ नहीं कर सकता। नवंबर 1989 में अंतरराष्ट्रीय क्रिकेट की दुनिया में कदम रखने के बाद से मैंने ऐसा पल कभी नहीं देखा था और मैंने जिस ख्वाब के हकीकत में बदलने का अरमान पाल रखा था, वह उस रात जाकर पूरा हो सका। एम.एस. धोनी ने जिस पल वानखेड़े में मैच जिताऊ छक्का मारा, उस पल मैं वीरू के साथ ड्रेसिंग रूम में खड़े होकर प्रार्थना कर रहा था। मैं ईश्वर से जीतने में मदद नहीं माँग रहा था, बल्कि मैंने ईश्वर से विनती की कि हमारे लिए, भारतीय क्रिकेट के लिए और

भारतीय क्रिकेट टीम के हक में जो सर्वश्रेष्ठ हो, वह मिले।

धोनी के शॉट ने जब बाउंड्री लाइन पार कर ली तो मैं बाहर निकला और भावुक युवी को गले लगा लिया। यह जीवन के बदल देने वाले पल थे, और हम इसके हर सेकंड को जी लेना चाहते थे।

विराट और यूसुफ पठान ने मुझे अपने कंधों पर बैठा लिया और मुझे तिरंगा झंडा दे दिया, जिसे मैं वानखेड़े में मौजूद दर्शकों के बीच लहराता रहा। उन्होंने मुझे अपने कंधे पर बैठाकर पूरे मैदान में चक्कर लगाया। इस दौरान पूरी टीम जोश में थी। मुझे इससे ज्यादा जीवन में और क्या चाहिए था ? ईमानदारी से कहूँ तो जीवन संपूर्ण हो चुका था। मेरे क्रिकेटीय सफर का यह सबसे बड़ा पल था।

क्रिकेट का सबसे बड़ा इनाम अंततः हमारा था। विजयी ट्रॉफी को गोद में लेकर मैंने भीड़ में उस ओर हाथ उठाकर इशारा किया, जहाँ मैंने सोचा था कि मेरे बच्चे सारा और अर्जुन बैठे हों, ताकि वे दोनों भी नीचे उतर आएँ। परिवार के साथ जश्न मनाना मेरे जीवन में हमेशा खास रहता है।

अंजलि मैदान पर नहीं थीं। वह अपने अंधविश्वास के कारण स्टेडियम नहीं आई थीं और तभी घर से वानखेड़े के लिए निकलीं, जब हम जीत गए। अंजलि ने जैसे ही स्टेडियम की तरफ कार को मोड़ा, जुनूनी लोग उनकी कार पर चढ़ आए और डांस करने लगे। उन्होंने अंजलि को पहचान लिया था और उनको जाने दिया, लेकिन जैसे ही वह मेन गेट पर अंदर आने के लिए उतरीं, लोग एक बार फिर कार पर चढ़ गए और झूमने-नाचने लगे, जिसकी वजह से कार पर तमाम नुकसान के निशान बन गए, हालाँकि हम यह देखकर फिर भी खुश थे और यादगार तोहफे के रूप में कार वापस ले आए।

मेरी टीम के साथियों ने इस विश्व कप जीत को मुझे समर्पित किया, तो मेरे लिए यह मौका और भी महान् बन गया। मैं भावुक हो गया।

एक तरफ मेरी टीम के साथी ट्रॉफी के साथ तसवीरें खिंचवा रहे थे, उस समय मैं ड्रेसिंग रूम में टहल रहा था और मैंने देखा कि एक भी शख्स स्टेडियम से बाहर नहीं निकला था। वे उसी पल के आगोश में खुद को डुबोए रखना चाहते थे। मैंने देखा कि सुधीर गौतम, जो कि भारत में अब एक जाना-पहचाना चेहरा बन चुके हैं, जो अपने शरीर को तिरंगा पेंट से ढक लेते हैं और मेरा उपनाम रंगों से उकेरे होते हैं और उस पर '10' लिखवाए होते हैं, वह पूरी ताकत से शंखनाद कर रहे थे। उनके शंख की ध्वनि और पटाखों की तड़तड़ाहट ने मिलकर पूरे माहौल को सपनों सरीखा बना दिया था।

मैंने हैरान सुधीर गौतम की तरफ हाथ से इशारा कर उन्हें अपनी तरफ आने का इशारा किया, ताकि ड्रेसिंग रूम में आकर वह हम सबके साथ जश्न में शरीक हो सकें। मैंने वह ट्रॉफी उनकी तरफ बढ़ाई, ताकि वह इस पल को जी सकें। विश्व कप में जहाँ भी हम जाते थे, वह हमारा उत्साह बढ़ाने के लिए जरूर पहुँचते थे और ऐसा संभव ही नहीं था कि भारत का मैच हो और स्टेडियम में वह शंख बजाते और तिरंगा झंडा लहराते नजर न आएँ! इस तरह से हम अपने बाकी के समर्थकों को यह भी बताना चाहते थे कि खिलाड़ी के तौर पर हम भी उनका खयाल रखते हैं। मेरी केवल यही इच्छा थी कि वानखेड़े पर मौजूद हर शख्स इस ट्रॉफी के साथ फोटो खिंचवा पाता।

मुझे याद है कि मैं अर्जुन और सारा को यह समझाने की कोशिश कर रहा था कि एक क्रिकेटर के लिए विश्व कप के क्या मायने होते हैं! यह चरम है और इससे ऊपर कुछ भी संभव नहीं है। मैंने अंततः क्रिकेट के एवरेस्ट पर फतह हासिल कर ली थी और मुंबई की सड़कों पर हर शख्स जश्न में डूबा हुआ था। भारतीय क्रिकेटरों के तौर पर हम केवल यही अपेक्षा कर सकते थे।

इस पल का गवाह बनने से बीते हुए कल का मेरा बलिदान, परिवार से लंबी दूरी, बच्चों को बड़े होते न देख पाने का मलाल और इसके अलावा भी तमाम चीजों की भरपाई हो गई थी। इन सबका हिसाब चुकता हो गया था। उनका पिता विश्व कप विजेता टीम का हिस्सा बन चुका था, जिसके लिए उसने अपना पूरा जीवन लगा दिया था।

खुशनुमा घरवापसी

फाइनल के बाद का दिन भाग-दौड़ में ही बीत गया। आई.सी.सी. की कुछ फोटो खिंचवाने की औपचारिकताएँ पूरी करने और भारत की राष्ट्रपति श्रीमती प्रतिभा पाटिल के साथ राजभवन में मुलाकात के बाद मैं अंततः शाम को घर लौट सका। घर पहुँचना वाकई एक बेहद गहरा भावुक अनुभव था, जिसे मेरे दोस्तों और पड़ोसियों ने यादगार बना दिया था। उन लोगों ने ढोल-नगाड़ों से पूरा माहौल ही बदल दिया और पटाखे छोड़े गए। आमतौर पर ऐसे जश्न में मुझे संकोच या झिझक होती है, लेकिन विश्व कप का जश्न तो हमेशा अलहदा होता है।

मेरी माँ ने जब मेरी आरती उतारी और मेरे माथे पर तिलक लगाया तो मुझे ऐसा लगा, मानो एक बेटे ने अपनी जिम्मेदारियों को बखूबी निभाया और वह इस स्वागत का असली हकदार है।

पीछे मुड़कर देखता हूँ, तो यह अब भी जैसे सपना लगता है। मुझे बताया गया कि पाकिस्तान के खिलाफ सेमीफाइनल वाले दिन टेलीविजन पर मैच देखनेवाले दर्शकों की संख्या भारत के खेल इतिहास में सबसे ज्यादा पहुँच गई थी।

निजी उपलब्धि के तौर पर मैंने इस टूर्नामेंट में 482 रन बनाए, जो कि भारत की तरफ से सबसे ज्यादा और टूर्नामेंट के लिहाज से दूसरा सबसे ज्यादा निजी स्कोर था। मैंने इस टूर्नामेंट में दो शतक लगाए और 54 के औसत से रन बटोरे। मैंने यह महसूस किया कि मैंने अंततः यह सिद्ध कर दिया कि क्रिकेट कॅरियर के 22 साल बाद भी सबसे बड़े इम्तिहान के लिए मैं तैयार हूँ, मैंने अपनी क्षमताएँ साबित कर दीं और इस इम्तिहान में सफल भी हुआ। यही नहीं, मैंने यह भी सिद्ध कर दिया कि मैं अब भी किसी भी सर्वश्रेष्ठ टीम की चुनौती का सामना करने के लिए पूरी तरह से तैयार हूँ। मैंने यह भी साबित कर दिया था कि मेरे अंदर भूख और जुनून अब भी जिंदा हैं।

सचिन एकमात्र भारतीय क्रिकेटर हैं, जिन्होंने 6 विश्व कप एकदिवसीय टूर्नामेंट में हिस्सा ले रखा है।

□

37

सौवें शतक के लिए मेहमान

विश्व कप अभियान के बाद भारत का पहला अंतरराष्ट्रीय दौरा जून 2011 में वेस्ट इंडीज से शुरू हुआ। मुझे यह छूट थी कि मैं चाहूँ तो आराम कर सकता हूँ, क्योंकि मैं लगातार आठ महीने से क्रिकेट खेल रहा था। जुलाई 2011 में इंग्लैंड दौरे पर गई टीम में मैं शामिल हुआ। एंड्रयू स्ट्रॉस के नेतृत्व में इंग्लैंड ने हाल में ही ऑस्ट्रेलिया को ऐशेज में हराया था और उनके लोग बहुत बेहतरीन क्रिकेट खेल रहे थे। हम अब भी नंबर एक टेस्ट टीम थे और इस सीरीज में काँटे की टक्कर की उम्मीद थी। मेरे पैर में एक बार फिर परेशानी शुरू हो गई थी, लेकिन मैं सभी चार टेस्ट मैच खेलने में सफल रहा।

इंग्लैंड ने इस सीरीज में उम्दा खेल दिखाया, जबकि हम कुछ विपदाओं की शृंखला के चलते अपेक्षा के अनुरूप प्रदर्शन नहीं कर पाए। हमारे मुख्य खिलाड़ी जहीर की पिंडलियाँ खिंच गईं, युवराज की उँगली में फ्रैक्चर हो गया, भज्जी के पेट की मांसपेशियाँ घायल हो गईं और गौतम गंभीर को सिर में गंभीर चोट लग गई थी, वहीं सहवाग अब भी कंधे का ऑपरेशन के चलते ठीक हो रहे थे। मैं भी पहले टेस्ट में उत्साहित महसूस नहीं कर रहा था, क्योंकि बुखार और पंजे में दर्द की वजह से परेशान था।

हमारे पक्ष में कुछ भी सकारात्मक नहीं था और इसके बावजूद हम द ओवल में चौथा और आखिरी टेस्ट खेलने पहुँचे। इस दौरान तीन टेस्ट मैच हारने के कारण हमारा नंबर एक का ताज भी छिन चुका था।

99 पर अटका

मैंने अपना 98वाँ अंतरराष्ट्रीय शतक 27 फरवरी, 2011 को लगाया था। यह मैच इंग्लैंड के खिलाफ बेंगलुरु में हुआ था। उस समय मीडिया में मेरे शतकों

के शतक को लेकर कोई चर्चा नहीं थी। दो हफ्ते के अंदर मैंने दक्षिण अफ्रीका के खिलाफ नागपुर में शतक ठोककर अपने शतकों की संख्या 99 तक पहुँचा दी, लेकिन अब तक किसी का ध्यान मेरे 100वें शतक की ओर नहीं गया था।

विश्व कप जीतने के बाद ही मीडिया में यह बात उठी, एक नया जुनून हर तरफ छा गया और 100वाँ शतक राष्ट्रीय मुद्दा बन गया—क्योंकि इससे पहले ऐसा पूरे क्रिकेट इतिहास में नहीं हो सका था; यह एक मील का पत्थर साबित हो सकता था, जिस पर प्रशंसक नाज कर सकते थे।

यह जुनून बहुत जल्दी ही पागलपन में बदल गया। हर बार जब भी मैं बैटिंग करने उतरता, मुझसे यही उम्मीद की जाती कि मैं यह मील का पत्थर वाला शतक पूरा कर लूँगा।

द ओवल पर चौथे और आखिरी टेस्ट मैच की दूसरी पारी में मैं 91 रन बनाकर एल.बी.डब्ल्यू. आउट हो गया। रिप्ले में नजर आया कि अंपायर का निर्णय बहुत बढ़िया नहीं था। क्रिकेट में एक बेहद अहम पक्ष किस्मत एक बार फिर मुझसे रूठ गई थी।

टेस्ट सीरीज के बाद पाँच एकदिनी मैचों की सीरीज शुरू हुई और तभी मेरे कंधे की चोट ने मुझे परेशान करना शुरू कर दिया। उसी तरह मेरे अँगूठे ने भी कराहना शुरू कर दिया। अपने पूरे जीवन के दो तगड़े दर्दनिवारक इंजेक्शन लेने के बाद भी मुझे अपने पंजे को राहत देने के लिए पाँच से छह हफ्तों तक मैदान से दूर रहना पड़ा। मैं नवंबर 2011 में दोबारा अभ्यास शुरू करने लायक हो सका। जैसे ही मैंने अभ्यास शुरू किया, 100वें शतक पर चीख-पुकार दोबारा शुरू हो गई।

भारत में वेस्ट इंडीज

दबाव ने वाकई मुझ पर हावी होना शुरू कर दिया था। हर दिन मुझे शतक को लेकर शुभकामना संदेश मिलने लगे। हर तरफ, जहाँ भी मैं जाता—होटल, रेस्टोरेंट, हवाई जहाजों और एयरपोर्ट लाउंज, लोग केवल एक ही बात करते मिलते। एक तरफ तो लोगों के स्नेह से मैं अभिभूत हो जाता, लेकिन वहीं दूसरा पक्ष यह भी था कि मुझे इन सबसे सामंजस्य बैठाने में दिक्कत होने लगी।

वेस्ट इंडीज टीम भारत के दौरे पर थी और पहला टेस्ट दिल्ली में होनेवाला था। मैं जब बैटिंग करने उतरा तो टीम का स्कोर 95-2 था और दुर्भाग्य से मैं

76 रन पर आउट हो गया, जबकि जीतने के लिए 30 रन और चाहिए थे। मैं इस बात से खुश था कि टीम को 1-0 से बढ़त दिलाने में मैंने अहम योगदान किया। लेकिन जहाँ तक प्रशंसकों और आलोचकों का मुद्दा था, मैं ऐतिहासिक मुकाम से 24 रन दूर रह गया था और अगले दिन अखबारों की हेडलाइन थी—'सचिन एक बार फिर फेल।' लोग मेरा स्कोर 100 रन से उलटा गिनना शुरू कर चुके थे।

कोलकाता के ईडन गार्डंस में दूसरे टेस्ट की एकमात्र पारी में तीन भारतीय बल्लेबाजों—लक्ष्मण, राहुल और धोनी—ने शतक लगाए, लेकिन मैं उनमें से एक नहीं था।

आखिरी टेस्ट मुंबई में 22 नवंबर को शुरू हुआ और वेस्ट इंडीज ने 3-0 से सीरीज जीतने की हमारी ख्वाहिश पर विराम लगा दिया। पहली पारी में उन्होंने 590 रन का पहाड़ सरीखा स्कोर खड़ा किया। भारतीय पारी में तीसरे दिन मैं 67 रन बनाकर खेल रहा था और वाकई बेहतर खेल रहा था। अब यह सवाल फिजाओं में तैरने लगा कि क्या मैं अपने घरेलू मैदान पर शतकों का शतक लगा पाऊँगा?

चौथे दिन का खेल शुरू होने से पहले सुबह जब हम मैदान पर जाने लगे तो हमने देखा कि स्टेडियम के सामने ओवी वैनों की लंबी लाइन लगी हुई थी और यह विचलित करनेवाला माहौल था। जल्दी ही मैं शतक से मात्र 7 रन दूर रह गया था।

उसी समय मैंने स्कोरबोर्ड देखा। मेरे पाँव भारी महसूस होने लगे और मुझे ऐसा लगने लगा, मानो मेरे अंदर ताकत बची ही न हो! मैंने अपने पूरे कॅरियर के दौरान खुद को इतना नर्वस कभी नहीं पाया था। तब भी नहीं, जब 1990 में मैंने अपना पहला टेस्ट शतक लगाया था। मैंने गहरी साँस ली। मैंने खुद से कहना शुरू किया कि अपनी एकाग्रता भंग नहीं होने देनी है।

लेकिन फर्क नहीं पड़ा और एक झटके में मैं 95 के निजी स्कोर पर आउट हो गया। इंतजार और लंबा हो गया।

ऑस्ट्रेलिया में भारत

ऑस्ट्रेलिया से टेस्ट सीरीज शुरू होनेवाली थी और वहाँ के माहौल में ढलने के लिए टेस्ट सीरीज शुरू होने से पहले ही मैं 8 दिसंबर को ऑस्ट्रेलिया पहुँच गया। मेलबर्न में बॉक्सिंग डे टेस्ट मैच में 333 रनों का पीछा करते हुए मैं तब खेलने उतरा, जब स्कोर 97-2 था। मैंने 55 गेंदों पर तेज 50 रन बनाए और

73 रन बनाकर आउट हुआ। ऑस्ट्रेलिया ने वह मैच जीत लिया और सीरीज में 1-0 से आगे हो गया।

ऑस्ट्रेलिया में शुरुआती चार पारियों में 73, 32, 41 और 80 रन बनाने के बावजूद मेरे विफल होने की चर्चाएँ फिर शुरू हो गईं और मेरी इस बात पर आलोचना शुरू हो गई कि मैं 100 के करीब पहुँचकर इसलिए आउट हो जा रहा हूँ, क्योंकि मेरे दिमाग में शतकों के शतक की बात ही चलती रहती है। ऐसी टिप्पणियाँ कभी-कभी पचानी बहुत मुश्किल होती थीं, क्योंकि देश के लिए खेलना मेरी पहली प्राथमिकता थी।

सिडनी टेस्ट के बाद पर्थ और एडीलेड में भी हम बेहतर नहीं कर सके। विदेशी धरती पर लगातार आठ टेस्ट मैच हारना मुझे बहुत कष्ट पहुँचा रहा था। मेरे अँगूठे में लगातार समस्या बनी हुई थी और मानसिक रूप से भी मैं निराश हो रहा था। कभी-कभी देश के लिए बेहतर करने की जुनूनी इच्छा को समझ पाना बहुत कठिन हो जाता है, लेकिन यही वह वजह थी, जिसने मेरे खेल जीवन को एक उद्देश्य दिया था।

दोबारा प्रयास

13 मार्च, 2012 को एशिया कप टूर्नामेंट के पहले मैच में मैं 6 रन बनाकर आउट हो गया, लेकिन श्रीलंका पर हमने 50 रन की जीत दर्ज की। और एक बार फिर 'सचिन फिर फेल' की चीख-पुकार शुरू हो गई।

16 मार्च को हमारा अगला मैच बांग्लादेश से था। हमने खुद को 280-90 रनों का लक्ष्य हासिल करने के लायक बनाए रखा और हम उसे हासिल करने की ओर अग्रसर थे। मैंने जैसे ही 80 रन का निजी स्कोर पार किया, एक बार फिर मुझ पर दबाव बढ़ना शुरू हो गया और मैं एक बार फिर शतक के दबाव को महसूस करने लगा।

मुझे इस बढ़ते दबाव से भिड़ना ही था और जब मैं 90 के स्कोर पर था तो मैंने एक चौका मारा, तब जाकर मेरी धड़कनें सामान्य हो पाईं और मैंने राहत महसूस की। उसी ओवर में एक सिंगल लेकर मैं साल भर बाद एक शतक के करीब आ गया।

41वें ओवर में मैंने तीन रन बटोरे और केवल दो रन और बाकी रह गए थे, संभवत: मेरे कॅरियर के सबसे कठिन दो रन यही रहे होंगे। दृढ़ इच्छाशक्ति,

चिंता, राहत—ये सब भावनाएँ एक साथ मुझ पर उमड़ पड़ी थीं। मैं खुद को लगातार एकाग्र रखने को कह रहा था और अपने उस कौशल पर विश्वास करने को कह रहा था, जिसका अभ्यास मैंने अपने पूरे जीवन में कर रखा था।

जब मैं 99 पर पहुँचा तो मैंने खुद को बताया कि यह हालात धैर्य रखने का है, न कि जोश में आ जाने का। जब मैं शतक पूरा करने के लिए रन लेने दौड़ा तो मुझे ऐसा लगा मानो मैं पूरी तरह निचुड़ गया हूँ। मैंने अपना हेलमेट उतारा और तिरंगे झंडे की तरफ बल्ला करके मैंने यह इशारा किया कि मैंने यह काम देश के लिए किया है। इसके बाद मैंने अपने बल्ले की तरफ देखा और ईश्वर से पूछा कि जब मेरे समर्पण में निरंतरता की कहीं कोई कमी नहीं थी तो यह मुकाम हासिल करने में इतना वक्त क्यों लगा? मुझे इस बात से और भी ज्यादा फख्र महसूस हुआ कि शतकों का शतक लगानेवाला शख्स एक भारतीय है!

जब मैंने पाकिस्तान के खिलाफ 1989 में पहला मैच खेला था, तब मुझे जरा भी अहसास नहीं था कि मैं 2012 में भी देश के लिए खेलने उतरूँगा और अकेले ही 100 शतक बना डालूँगा।

मेरे परिवार पर भी दबाव का असर नजर आता था और अब उन लोगों को भी राहत मिल गई थी। यह स्वाभाविक था कि मैं अपने इस शतक को अपने भाई अजित के नाम समर्पित कर दूँ, जिन्होंने मुझे यहाँ तक लाने में अपना पूरा जीवन लगा दिया।

एक लंबी प्रेस कॉन्फ्रेंस के बाद मैंने अंजलि और बच्चों से बात की। वे बहुत खुश और बड़ी राहत में थे।

मुंबई में हमारे घर में मौजूद माँ मुझे शतक पूरा करते देख जबरदस्त रोमांच महसूस कर रही थीं। जब मैंने उनसे बात की तो उनकी आवाज में खनक को मैं महसूस कर रहा था।

मैं जब भारत लौटा, तो मुझे जो स्वागत मिला, उसने मेरी आँखें नम कर दीं और मैं इस बात को यहाँ कहना चाहता हूँ कि जिन लोगों ने भी मेरे लिए प्रार्थना की थी, मैं उनका दिल की गहराइयों से शुक्रिया अदा करता हूँ। मुंबई इंडियंस के मालिक मुकेश और नीता अंबानी ने मेरे सम्मान में एक कार्यक्रम आयोजित किया था, जो कि जबरदस्त था, और महान् गायिका लता मंगेशकर ने मेरे लिए गाना गाया, वह मेरे लिए अविश्वसनीय अनुभव रहा।

ढेर सारे पत्रकारों ने मुझसे पूछा कि 100वाँ शतक पूरा करने के बाद मैं

क्या सोच रहा था, तो मैंने मजाक में कहा कि इससे पहले मैंने 99 शतक बनाए थे, लेकिन ऐसा लग रहा था कि लोग उन सबको भूल चुके हैं। तभी किसी ने पूछा, "जब आपने 1990 में पहला टेस्ट शतक पूरा किया था, तब क्या सोचा था?" इस पर मैंने जवाब दिया, "मैं तब यही सोच रहा था कि अभी 99 शतक और बनाने हैं!"

सचिन देश के पहले सक्रिय क्रिकेटर रहे, जिनको भारतीय संसद् के ऊपरी सदन राज्यसभा के लिए नामित किया गया था।

38

मेरा आखिरी पूर्ण सीजन

शतकों का शतक पूरा होने के बाद मैं घरेलू सीरीज के व्यस्त सीजन पर नजर रखे हुए था। 2012-13 में हमें न्यूजीलैंड, इंग्लैंड और ऑस्ट्रेलिया से सीरीज खेलनी थी।

मैंने अच्छी तैयारी कर रखी थी, ताकि सीजन में खुद को आगे रख सकूँ; लेकिन मेरे अँगूठे की चोट लगातार मुझे परेशान कर रही थी और अब यह इतना ज्यादा बढ़ चुकी थी कि मुझे विश्व के सबसे बड़े योगगुरु बी.के.एस. आय्यंगर के पास जाना पड़ा। मई 2012 में मेरा उनके पास जाना हुआ। मेरे साथ जहीर खान भी गए हुए थे। इस समय आई.पी.एल. का पाँचवाँ संस्करण भी अपनी पूरी रौ में था। जून 2012 में मैं जर्मनी में एडीडास की फैक्टरी का दौरा करने पहुँचा और वहाँ से अपने लिए कुछ खास जूते बनवाए।

अगस्त 2012 में हमने न्यूजीलैंड से दोनों टेस्ट मैच जीत लिये। इस सीरीज की तीन पारियों में मैंने शुरुआत तो अच्छी की, लेकिन जल्दी ही बोल्ड आउट होने के चलते प्रेस में मेरी तकनीक को लेकर सवाल उठने लगे—क्या मेरे रिफ्लेक्स धीमे पड़ने लगे हैं और क्या मैं अब भी वैसा बैट्समैन रह गया हूँ, जो पहले कभी हुआ करता था?

बदलाव का समय

इंग्लैंड के साथ सीरीज में भी मेरा कम स्कोर वाला प्रदर्शन जारी रहा। रवि शास्त्री लगातार मुझसे कह रहे थे कि छोटी-मोटी विफलताओं से निराश होने और खुद पर शक करने की जरूरत नहीं है। इंग्लैंड सीरीज के बाद मैंने अपने कॅरियर को लेकर सावधानी से सोचने के लिए विश्राम ले लिया, और मैं इस निष्कर्ष पर पहुँचा कि मेरे अंदर भूख भी बची है और रन भी।

एकदिनी क्रिकेट अलग तरह का किस्सा होता है और 2012 के अंत में भारत को पाकिस्तान से तीन मैचों की सीरीज खेलनी थी। मार्च और दिसंबर के बीच मैंने एक दिवसीय मैच नहीं खेले थे और मुझे यह स्वीकार करना था कि 2015 में ऑस्ट्रेलिया और न्यूजीलैंड में होनेवाले विश्व कप टूर्नामेंट में हिस्सा नहीं लेना था। मैंने तय किया कि बेहतर होगा कि मुझे अपना पूरा ध्यान ऑस्ट्रेलिया सीरीज पर लगाना था, जो कि फरवरी-मार्च 2013 में होनी थी, और मैं एक दिवसीय मैचों से रिटायर हो गया।

मैंने देहरादून की फ्लाइट पकड़ी और मसूरी जा पहुँचा। यह एक शांत पहाड़ी जगह है, जो कि उत्तराखंड राज्य में पड़ती है और मुझे यहाँ आना बेहद पसंद है। मैं मुंबई से दिल्ली के बीच हवा में ही था, तभी मेरे रिटायरमेंट की खबर चारों तरफ फैल गई। दिल्ली में उतरने के साथ ही मुझे अपने दोस्तों और शुभचिंतकों के संदेश मिलने लगे। चूँकि मुझे उसी विमान से देहरादून तक जाना था, इसलिए मैं कैप्टन के साथ बैठने के लिए कॉकपिट में चला गया; क्योंकि मैं उस समय किसी से भी ज्यादा बात नहीं करना चाहता था।

मैंने अंजलि से भी कहा कि वह इस खबर के बारे में अर्जुन को भी बता दे। अंजलि ने बाद में मुझे बताया कि वह आश्वस्त था कि अभी मेरे अंदर काफी क्रिकेट बची है और रिटायर होने का कोई कारण नहीं है, लेकिन जब अंजलि ने उसे बताया कि मेरा निर्णय आखिरी है, तो वह पीछे मुड़ गया और खिड़की से सिर टिकाकर झुक गया—आँसू की एक धार उसके गाल पर निशान छोड़ गई। उम्र में जरा बड़ी होने के कारण सारा ने कहा कि मुझे खेलते हुए न देख पाने का उसे हमेशा मलाल रहेगा, लेकिन उसे मेरे निर्णय पर पूरा भरोसा था।

मसूरी की छुट्टियाँ बड़े सही मौके पर मिली थीं। मैंने टेबल टेनिस खेला, दूर तक टहलने गया और शामों को आराम किया। जब मुझे अभ्यास की जरूरत महसूस हुई तो मैं जानता था कि मुंबई लौटने का समय हो गया है।

भारत में ऑस्ट्रेलिया

मैं वानखेड़े स्टेडियम में रोज सुबह 7 बजे अभ्यास के लिए पहुँच जाता था और कुछ समय के लिए वहाँ पूरी तरह अकेला होता था। कभी-कभी ट्रेनर राहुल पटवर्धन भी मेरे साथ आ जाते थे। सुबह ओस की बूँदें घास पर बिखरी होती थीं और जब मैं दौड़ता था तो अपने पैरों में उस ओस की वजह से गीलापन महसूस करता था। मेरे

> **सचिन के सुपर टिप्स**
>
> जो भी करें, शौक से करें। पैसे और रुतबे से परे, जब आप कठिन हालात का सामना कर रहे होंगे तो आप जो भी कुछ करेंगे, उसे केवल यही एक चीज ऐसी होगी, जो चमका रही होगी।

कदमों के निशान पीछे साफ नजर आते थे। मैं जब खाली गैलरियों को देखता था तो मुझे लगता था कि मेरी अपनी जगह तो यहीं है। यहाँ से अब कहाँ जाऊँगा!

मैं जॉगिंग करता था और कुछ देर रनिंग करने के बाद कसरत करता था और तब मैदान की देखभाल करनेवाले लोग पहुँचते थे। मुंबई की टीम अमूमन सुबह 8.30 बजे के आसपास पहुँचती थी। उस समय तक मैं ड्रेसिंग रूम में पहुँचकर थोड़ा आराम कर रहा होता था। इसके बाद मैं अपनी टीम के साथियों के साथ अभ्यास करने चला जाता, ताकि नेट अभ्यास करके आगे आनेवाले रणजी ट्रॉफी टूर्नामेंट के लिए खुद को तैयार कर सकूँ। अपने अंतरराष्ट्रीय क्रिकेट खेलने के इतने वर्षों में मैंने कभी किसी तरह के शॉर्टकट पर भरोसा नहीं किया और 2013 की शुरुआत में अपने अंदर बदलाव लाने का सवाल ही नहीं था।

रणजी ट्रॉफी में हमने बड़ौदा और सर्विसेज को हराकर सौराष्ट्र के खिलाफ फाइनल पक्का कर लिया। इस मैच को हमने पारी और 125 रन से जीत लिया। इसके बाद मुंबई को शेष भारत के खिलाफ ईरानी ट्रॉफी में भिड़ना था, जिसमें मैंने शतक लगाया। टेस्ट सीरीज से पहले इससे मेरे अंदर आत्मविश्वास लौट आया।

वापसी वाले गेम

हमने ऑस्ट्रेलिया के खिलाफ चार टेस्ट मैचों की सीरीज 22 फरवरी को चेन्नई के चेपक (एम.ए. चिदंबरम स्टेडियम) से शुरू किया। यह मेरे चुनिंदा पसंदीदा मैदानों में से एक है। ऑस्ट्रेलिया ने पहली पारी में 380 रन बनाए। इसके जवाब में हमने 12 रन पर जल्दी-जल्दी दो विकेट गँवा दिए। इसके बाद मैं खेलने के लिए उतरा। हमें एक लंबी साझेदारी की सख्त जरूरत थी।

चेतेश्वर पुजारा ने मेरा साथ निभाया और मैंने दूसरे दिन का खेल पूरा होने पर बिना आउट हुए 71 रन बना लिये थे और बड़े शतक को लेकर आश्वस्त हो चला था। हालाँकि मैं 81 रन पर बोल्ड आउट हो गया, लेकिन विराट के शतक और धोनी के दोहरे शतक तथा हमारे स्पिनरों, जिसका नेतृत्व अश्विन ने किया, ने जल्दी ही मैच खत्म कर दिया।

हैदराबाद में दूसरा टेस्ट और मोहाली में तीसरा टेस्ट जीतकर हमने ऑस्ट्रेलिया पर 3-0 से जीत दर्ज की।

दिल्ली में भी हम जीत की ओर अग्रसर थे, पुजारा ने बहुत बहादुरी के साथ शानदार प्रदर्शन किया था, क्योंकि टूटी उँगली के साथ खेलते हुए उन्होंने 82 रन बनाए थे। इतिहास में पहली बार ऐसा हुआ था कि हमने ऑस्ट्रेलिया को 4-0 से रौंद डाला था।

अपने बारे में कहूँ तो तीन बार अच्छी शुरुआत के बाद मैं आउट होता रहा और 2012-13 के सीजन में मैं एक भी शतक नहीं लगा सका। अगले सीजन में मैं इसमें बदलाव लाने के लिए व्यग्र हो उठा।

सचिन दुनिया के एकमात्र ऐसे क्रिकेटर हैं, जिनके नाम 11000 टेस्ट रनों के अलावा 40 विकेट भी दर्ज हैं।

39

बोरिया बिस्तर बाँधा

जुलाई 2013 में अपने बाएँ हाथ की सर्जरी के बाद मैंने अपनी फिटनेस वापस हासिल करने के लिए जी-तोड़ मेहनत करनी शुरू की और यह सिलसिला चैंपियंस लीग ट्वेंटी-20 टूर्नामेंट के कुछ हफ्तों पहले शुरू हुआ। जब मैं इंग्लैंड से वापस आया तो मेरे दोस्तों अतुल रानाडे, फैसल मोमीन और मैंने अपनी कार्डियो कसरत के एक हिस्से के तौर पर साइकिलिंग शुरू करने का फैसला किया। खुद को फिट रखने के लिए अतुल हर दूसरे दिन साइकिलिंग किया करते थे और फैसल ने भी इस मुहिम से जुड़ने का फैसला किया। पहले दिन, काफी सवेरे 40 मिनट की साइकिलिंग के बाद अतुल और मैंने बांद्रा में माउंट मैरी चर्च की ओर चढ़ाई वाले रास्ते पर साइकिल से जाने का फैसला किया।

टॉप पर पहुँचते-पहुँचते हम बहुत बुरी तरह हाँफने लगे। मैंने सुझाया कि इसे एक बार और करते हैं, और हमने एक बार फिर चढ़ाई की ओर साइकिल भगानी शुरू की। आधे रास्ते में मैंने अतुल को पछाड़ दिया, लेकिन जब मैं ऊपर पहुँचा, तो मुझे बेचैनी सी महसूस होने लगी। मैंने कुछ पानी पीया और थोड़ी बहुत स्ट्रेचिंग एक्सरसाइज भी की, लेकिन जब तक अतुल मेरे पास तक पहुँचे, मेरी आँखें चौंधियाने लगीं और मुझे चक्कर आने लगा। मैं वहीं बने एक डिवाइडर पर निढाल होकर बैठ गया और संतुलन बनाए रखने के लिए मैंने अपने दोनों हाथों को, जहाँ तक संभव था, फैला लिया। घबराहट में अतुल ने वहाँ आसपास के पेड़ से बड़ा पत्ता तोड़कर मुझे पंखा झलना शुरू कर दिया। मैं जमीन पर लेटना चाहता था, ताकि मेरे दिमाग की तरफ खून का दौड़ा तेज हो सके।

उसी समय मैंने वहाँ एक रिक्शा देखा और अतुल से उसे समझाने के लिए बोला कि कुछ देर के लिए मुझे उसकी पीछे की सीट पर बैठने दे। वह रिक्शा ड्राइवर भी मुझे इस हालत में देखकर सन्न रह गया और कुछ कह ही नहीं पाया। मैं

लगभग पाँच मिनट तक उसके रिक्शे में आँखें बंद किए पड़ा रहा। जब मुझे कुछ बेहतर महसूस होने लगा तो मैंने रिक्शा ड्राइवर का शुक्रिया अदा किया और उसे मदद करने के लिए 100 रुपए भी दिए। हम दोनों पहाड़ी से साइकिल से नीचे उतर आए, जहाँ खड़े-खड़े फैसल यह सोचकर अधीर हो रहे थे, निश्चित ही हम दोनों पहाड़ी पर चाय का लुत्फ उठा रहे होंगे।

मैंने आई.पी.एल. से मई 2013 में संन्यास की घोषणा की और यह मेरी आखिरी चैंपियंस लीग रही। मुझे इस बात से भी संतुष्टि मिल गई थी कि मुंबई इंडियंस ने राजस्थान रॉयल्स को फाइनल में हराकर ट्रॉफी जीत ली थी। इसका अर्थ यह था कि मेरी टीम ने खिलाड़ी के तौर पर मेरे आखिरी सीजन में आई.पी.एल. और चैंपियंस लीग, दोनों जीत ली थीं।

चैंपियंस लीग के दौरान पहली बार अपने कॅरियर में मुझे अहसास हुआ कि जिम जाने का मेरा मन नहीं हो रहा था और मुझे खुद को जबरन जिम की ओर धकेलना पड़ा। मैंने हमेशा अचानक वाले हालात में अभ्यास करने की आदत डाल रखी थी, बीच-बीच में मैं ब्रेक लेता था। लेकिन पहली बार ऐसा लग रहा था कि मैं खुद को प्रेरित नहीं कर पा रहा था। इसके अलावा मुझे चोटों से उबरने में ज्यादा वक्त लगने लगा था और यही नहीं, मैं अकसर मोचों और दर्द से परेशान रहने लगा था।

भारत की अगली टेस्ट सीरीज दक्षिण अफ्रीका में दिसंबर 2013 से तय थी और मैं वहाँ अपना 200वाँ टेस्ट मेच खेलने की उम्मीद कर रहा था। उसके बाद 2014 की शुरुआत में न्यूजीलैंड का दौरा होना था और मैं इन दोनों दौरों पर नजर रखे हुए था। मेरे तमाम दोस्तों ने मेरे 200वें टेस्ट मैच को लेकर चर्चा शुरू कर दी थी और मेरे साथ दक्षिण अफ्रीका जाने का कार्यक्रम बना लिया था, ताकि मुझे इस मील के पत्थर पर पहुँचते हुए साक्षात् देख सकें। लेकिन तभी बी.सी.सी.आई. ने नवंबर 2013 की शुरुआत में ही वेस्ट इंडीज से दो टेस्ट मैचों की सीरीज की घोषणा कर दी और मुझे अपनी योजना पर फिर से विचार करना पड़ा। तभी पहली बार मेरे मन में संन्यास लेने का विचार घूमने लगा और मुझे नहीं पता कि यह विचार कहाँ से पैदा हुआ या मुझे ऐसा क्या लगा, मैं नहीं जानता!

मुझे याद है कि मैंने इस संबंध में अंजलि और अजित से भी चर्चा की थी। मैंने उन्हें बताया कि सीरीज का दूसरा टेस्ट मेरा 200वाँ टेस्ट मैच होगा और मुझे इससे बढ़िया मौका नहीं मिलेगा कि मैं अपनी धरती पर, अपने शहर में अपने लोगों के बीच संन्यास का ऐलान करूँ। यही नहीं, इसके बाद 2014 के अंत में ही जाकर

ऐसा संभव हो सकेगा। एक बार मैंने जब अपना मन बना लिया, फिर मैंने बी.सी. सी.आई. से निवेदन किया कि अगर हो सके तो वे दूसरा टेस्ट मैच मुंबई में रखें, ताकि मैं अपने लोगों के बीच आखिरी बार अंतरराष्ट्रीय मैच खेल सकूँ। मैंने अपना फर्स्ट क्लास कॅरियर मुंबई से 1987 में शुरू किया था और वानखेड़े में आखिरी टेस्ट मैच खेलने का अर्थ यह होगा कि मैंने अपने कॅरियर का सर्किल पूरा कर लिया। किसी खिलाड़ी के निवेदन पर टेस्ट मैच किसी शहर विशेष में रखना अपने आप में विलक्षण होता है और बी.सी.सी.आई. द्वारा मेरा निवेदन स्वीकार किया जाना अपने आप में बहुत बड़ा तोहफा मेरे लिए था। उनका यह फैसला मेरे दिल को छू गया।

इसके बाद मैंने अपने बच्चों को बताया कि मैं संन्यास के बारे में विचार कर रहा हूँ। सारा ने पूछा कि क्या मैं क्रिकेट के किसी भी तरह के फॉर्मेट में अब नहीं खेलूँगा? मैंने महसूस किया कि वह मेरे इस फैसले से भावुक हो रही है। अर्जुन उस समय दक्षिण अफ्रीका में था और मैं जानता था कि उसे इस बारे में बताना आसान नहीं है। मैं अच्छी तरह जानता था कि उसके लिए मेरी क्रिकेट के क्या मायने है! मैंने अर्जुन को फोन किया और जब मैंने उसे अपने फैसले के बारे में बताया तो उसकी तरफ से गहरी खामोशी छा गई, मुझे उससे पूछना पड़ा कि फोन कट तो नहीं गया! उसने कहा कि फोन नहीं कटा, लेकिन वह कुछ बोल नहीं सका।

मैं जानता था कि वह रो रहा है। उसका गला रुँध गया था। अचानक मुझे खालीपन का अहसास होने लगा। अर्जुन ने 10 मिनट बाद फिर फोन किया और दक्षिण अफ्रीका में अपने अनुभव के बारे में बातें कीं, लेकिन दोबारा मेरे संन्यास को लेकर कोई चर्चा नहीं की। उसका यही तरीका था, जिससे वह भावुक करनेवाली खबर से सामंजस्य बैठा लेता था।

मेरा निर्णय दोपहर में सार्वजनिक कर दिया गया और मेरे परिवार के लिए यह अपार भावनाओं से भरा समय था। मैं बेहद शांत महसूस कर रहा था, क्योंकि मैं आश्वस्त था कि मैंने उचित समय पर उचित फैसला किया है। अंजलि ने कहा कि वह जाकर सारा को स्कूल से ले आएगी। स्कूल से लौटते वक्त उसने उन संदेशों को पढ़ा, जो सारा की दोस्तों ने उसके मोबाइल पर भेज रखे थे, जिसमें उसके दोस्तों के संकेत थे कि वे उसके बाबा के बारे में क्या सोचते हैं! सारा जब घर पहुँची तो भागकर मुझसे लिपट गई और बिना एक शब्द कहे मुझे कसकर पकड़े रही। उस पल मैं भी खुद को रोक नहीं पाया और मेरी आँखें भी भर आईं। मैं एक खुश पिता था। मेरे बच्चे मेरी दुनिया थे और मेरे लिए यही बहुत बड़ी बात थी कि मैंने जो कुछ

भी हासिल किया है, उस पर मेरे बच्चों को गर्व था।

अब तक मेरे घर के बाहर लोगों की भीड़ जुटनी शुरू हो गई थी और लोगों की उमड़ती भावनाओं को देखकर मैं अभिभूत होने लगा था। मुझे ढेर सारे संदेश मिले और फोन का अंतहीन सिलसिला चल पड़ा। मैंने जहाँ तक संभव हो सका, हर उस शख्स का शुक्रिया अदा किया, जिसने भी मेरे जीवन में अहम भूमिका निभाई थी।

वेस्ट इंडीज के लिए तैयारी

अगली सुबह मैं मुंबई क्रिकेट एसोसिएशन की तरफ से बांद्रा में बनाई गई जगह में अभ्यास के लिए पहुँचा और मैदान की देख-रेख करनेवाले लोग मेरे पास आ गए। उन लोगों ने क्रिकेट में मेरे योगदान के लिए मेरा शुक्रिया अदा किया, जबकि मैं उन लोगों का शुक्रिया अदा कर रहा था, जिन्होंने मुझे क्रिकेट खेलने लायक माहौल दिया था। मैंने उनको याद दिलाया कि मैंने अभी संन्यास नहीं लिया है और संन्यास के बाद भी मैं यहाँ अभ्यास के लिए आता रहूँगा—इसलिए मैं किसी भी तरह उनको चैन से नहीं रहने दूँगा!

एम.सी.ए. में मेरे अभ्यास के आखिरी दिन मैं वहाँ के सभी ग्राउंड्समैन और हेल्पर्स से निजी तौर पर मिला, मेरे कॅरियर में उनके योगदान के लिए मैंने उनकी दिल खोलकर प्रशंसा की। कुछ ने मुझे गले लगा लिया और कुछ की आँखें भर आई थीं। यह बहुत ही द्रवित कर देने वाला पल था और मैं बमुश्किल ही खुद को रोक पा रहा था। हालाँकि इस हिस्से का सर्वोत्तम पल अभी आना बाकी था। जब मैंने मिलना-जुलना पूरा किया तो मैं उम्मीद कर रहा था कि वे लोग अपने सामान्य कामकाज में दोबारा जुट जाएँगे। लेकिन मेरी हैरानी बढ़ाते हुए उन्होंने यह ऐलान कर दिया कि मैं अपना दैनिक अभ्यास जारी रखूँ, वे बस मुझे देखते रहना चाहते हैं।

ऐसा ही कुछ वानखेड़े के ग्राउंड्समैन के साथ भी देखने को मिला। मैं जानता था कि इन लोगों ने वर्षों तक मुझे खेलते हुए देखा है और मुझे बचपन से बड़ा होते पाया है। मैंने एक बार फिर उनके योगदान के लिए उनकी तारीफ की और इस मौके को यादगार बनाने के लिए हमने तसवीरें भी खिंचवाईं।

सुबह के प्रशिक्षण सत्र के दौरान ही मैंने वानखेड़े में एम.सी.ए. के अधिकारियों से मुलाकात की, जहाँ मैंने उन लोगों से निवेदन किया कि मेरी माँ को व्हीलचेयर पर यहाँ तक लाने के लिए वे रैंप बनवा दें। इसके बाद ही मैं उनको मैदान में आने का न्योता देने गया। इस तरह मेरे संन्यास वाला टेस्ट मैच और भी ज्यादा खास बन गया था।

आखिरी रणजी मैच

संन्यास की घोषणा के बाद जब मैं पहली बार अपनी मुंबई रणजी ट्रॉफी टीम से मिला तो उनमें से बहुतों ने पूछा कि जब मैं कुछ समय और खेल सकता हूँ, तो मैंने संन्यास लेने का फैसला क्यों किया? मेरे ऊपर उनका विश्वास देखकर मुझे अच्छा लगा। मुंबई की तरफ से आखिरी रणजी मैच जो मैंने खेला, वह हरियाणा के खिलाफ लाहली में था, और यह भी एक नया अनुभव था मेरे लिए। दिल्ली के जिस होटल में मुझे ठहरना था, मैं वहाँ पहुँचा तो काफी मद्धिम रोशनी थी और वहाँ मेरा शानदार स्वागत (रेड-कार्पेट वेलकम) किया गया। वहाँ के कर्मचारी एक लाइन में खड़े होकर मेरे ऊपर गुलाब के फूलों की पँखुड़ियाँ बरसा रहे थे। वहाँ से ढाई घंटे के सफर पर स्थित लाहली पहुँचने तक रास्ते भर लोग पोस्टर-बैनर और तमाम अन्य चीजें लेकर हाथों को लहराते अपना प्यार मुझ पर बरसा रहे थे और यह सब मेरे सफर को और भी ज्यादा यादगार बनाता जा रहा था।

बड़ी भारी संख्या में लोग मैच देखने पहुँचे। खेल खत्म होने पर, जिसमें मैंने 5 और 79 रन बनाए, हरियाणा की टीम ने मुझे सम्मान में 'गार्ड ऑफ ऑनर' दिया और मेरे अपने टीम के साथियों ने मुझे अपने कंधे पर बैठाकर मैदान का चक्कर लगाया। मुंबई की टीम ने भी मेरे सम्मान में शानदार आयोजन कर रखा था। उनमें से काफी खिलाड़ी मेरे बारे में बताते हुए भावुक हो गए और कुछ की आँखें भी भर आईं। यह सब काफी द्रवित करनेवाला था।

उस रणजी ट्रॉफी मैच को जीतने का मतलब था कि मैंने क्रिकेट के हर फॉर्मेट में अब तक हुआ हर फाइनल मैच जीत लिया था। यानी अब मेरे लिए क्रिकेट का ऐसा कोई फॉर्मेट नहीं बचा था, जिसका फाइनल मैंने न जीता हो! यह भी अपने आप में एक रिकॉर्ड था और मुझे इस पर विशेष रूप से नाज है। अब मैं कोलकाता में होने जा रही मेरे कॅरियर की आखिरी टेस्ट सीरीज पर निगाहें लगाए हुए था।

अलविदा ईडन गार्डंस

मैं 3 नवंबर, 2013 की शाम को कोलकाता पहुँचा। भारी सुरक्षा के बीच मैं कार की तरफ जा रहा था, तो वहाँ भी मुझे लोगों का अपार स्नेह मिला। वे मुझ पर गुलाब की पँखुड़ियाँ बरसा रहे थे। मुझे इसी बात से खुशी थी कि मेरे कॅरियर का 199वाँ टेस्ट मैच ईडन गार्डंस में खेला जानेवाला था। यह मैदान दुनिया के चुनिंदा शानदार क्रिकेट मैदानों में से एक है, जहाँ का माहौल अपने आप में खास होता है।

4 नवंबर की सुबह जब मैं अभ्यास के लिए मैदान पर पहुँचा, तो वहाँ भी अपने खास स्वागत को देखकर चौंक गया। मोम से बनाई गई मेरी प्रतिमा को बिल्कुल ड्रेसिंग रूम के ठीक बाहर रखा गया था और दीवारों पर मेरे कॅरियर के अलग-अलग मुकामों से जुड़ी तसवीरें लगाई गई थीं।

यह बहुत ही प्रशंसनीय तरीका था, जिसने मुझे हर चीज की याद ताजा करा दी, जिसे अपने कॅरियर के दौरान हासिल करने में कामयाब हुआ था। लेकिन अब भी एक काम मेरे लिए बाकी था, और मैं नहीं चाहता था कि आखिरी दिन संन्यास लेने से पहले मैं मानसिक रूप से रिटायर हो जाऊँ।

199वाँ टेस्ट

6 नवंबर, 2013 को वेस्ट इंडीज ने टॉस जीतकर पहले खेलने का फैसला किया। घर पर प्रार्थना की दिनचर्या से कुछ अलग करते हुए अंजलि मैच देखने के लिए आ गई थीं और यह था असली सरप्राइज और खुशी भी कि वह तथा अर्जुन स्टैंड्स में साक्षात् हाजिर हैं।

कोलकाता के लिए निकलने से पहले मैंने अंजलि से कहा था कि यह उनके लिए आखिरी बार होगा, जब वे किसी टेस्ट सीरीज से पहले मेरे बेहतर प्रदर्शन के लिए दुआ करेंगी, जैसी कि हमारे घर में परंपरा रही थी। अंजलि ने बाद में मुझे बताया कि वह अजित के साथ एयरपोर्ट के लिए निकल चुकी हैं, जो हमेशा उनको एयरपोर्ट छोड़ने के लिए आते थे, वह अपने आँसू नहीं रोक पा रही थीं। उन्होंने जाकर अर्जुन के क्रिकेट कोचों से मुलाकात की, जो कि इंग्लैंड से आए हुए थे, उस दौरान भी आँसू लगातार उनकी आँखों से उनके गालों पर बहते जा रहे थे। वे बेचारे नहीं समझ पा रहे थे कि उन लोगों से मुलाकात में ऐसा क्या था कि वह लगातार रोए जा रही थीं!

हमने पहले दिन ही वेस्ट इंडीज को 234 रन पर समेट दिया और मैं वहाँ अच्छा खेलने की कोशिश कर रहा था, लेकिन अंपायर के एक विचित्र निर्णय का शिकार होकर एल.बी.डब्ल्यू. आउट करार दे दिया गया। हालाँकि मैं इस निर्णय से खुश नहीं था। रोहित शर्मा ने शतक से अपने टेस्ट कॅरियर का शानदार आगाज किया और अश्विन ने भी शतक लगाया तथा पूरे मैच में 9 विकेट निकालकर मोहम्मद शमी ने अपने कॅरियर की शानदार शुरुआत की। इन सबका नतीजा यह रहा कि हमने यह मैच और पारी 51 रन से जीत ली। पुरस्कार वितरण समारोह भी

न भूलनेवाला अवसर बन गया, जब 199वाँ टेस्ट मैच खेलने को लेकर मेरे सम्मान में तिरंगा-गुब्बारे आसमान में छोड़े गए।

याद करने का समय

मुंबई लौटते समय मुझे अचानक यह अहसास हुआ कि मैं अपने कॅरियर का आखिरी टेस्ट मैच खेलने के लिए सफर कर रहा हूँ। कुछ ही समय बचा है, जबकि मेरा आखिरी मौका हो जाएगा लोगों को शुक्रिया कहने का, उन लोगों का शुक्रिया अदा करने का, जो बरसों तक मेरे साथ खड़े रहे हैं। मैं जानता था कि मुझे बहुत सावधान रहना होगा, क्योंकि पिछले मौके पर मैंने ऐसा ही एक भाषण दिया था और मैंने सोचा था कि मैंने हर किसी का शुक्रिया अदा कर दिया है—तभी कमेंटेटर हर्षा भोगले ने मेरे कान में फुसफुसाकर कहा था कि मैंने अंजलि के जिक्र नहीं किया है। मैंने अपना आईपॉड निकाला और उन लोगों के नाम दर्ज करने लगा, जिन्हें शुक्रिया कहना जरूरी था, अपने कॅरियर की शुरुआत से जुड़े लोगों से लेकर अब तक।

हालाँकि अब भी मेरे कॅरियर का सफर पूरा होने में 10 दिन बाकी थे और मैं मैदान पर हर पल का आनंद लेने जा रहा था। मेरे पास अब भी दो पारियाँ बची थीं और मैं अपने प्रशंसकों को एक ऐसा यादगार पल देकर जाना चाहता था, जो वे हमेशा के लिए अपने मन में सहेज सकें। मुंबई में जब विमान उतरने लगा, मैं गुजरे बरसों की यादों में चला गया। यह सब एक सफर ही तो था।

एक दिवसीय मैचों में सबसे ज्यादा 'मैन ऑफ द मैच' अवॉर्ड हासिल करने के अलावा भी सचिन के नाम सबसे ज्यादा एकदिवसीय टूर्नामेंटों में 'प्लेयर ऑफ द सीरीज' अवॉर्ड जीतने का भी रिकॉर्ड दर्ज है। वह अपने कॅरियर में 15 बार यह सम्मान जीत चुके हैं!

□

40

आखिरी टेस्ट

कोलकाता टेस्ट के जल्दी खत्म होने का फायदा मुझे यह मिला कि मैं दो दिन घर पर शांति से बिता सका। मैंने क्रिकेट के नाम पर घर के पीछे अपने बेटे के साथ ही थोड़ा-बहुत खेला, वह भी टेनिस बॉल से। उसके साथ कुछ हलके-फुलके पल बिताना अच्छा लगा।

11 नवंबर को मैं अपनी बाकी की टीम से कांदीवली जिमखाना में मिला, जिसका नाम बदलकर मेरे नाम पर कर दिया गया और इसके लिए मुंबई क्रिकेट संघ ने मुझे सम्मानित करने के लिए एक कार्यक्रम भी आयोजित किया था। यह बहुत बड़ा सम्मान था।

जब हम ताजमहल पैलेस होटल पहुँचे, तो वहाँ भी मुझे चौंकाने वाले पल मौजूद थे। मैं तो विश्वास ही नहीं कर पा रहा था कि इन लोगों ने किसी ऊँचाई तक अपनी सोच और नजरिया पहुँचा रखा था। मेरी तसवीरें होटल की हर लिफ्ट में लगाई गई थीं और 19वें मंजिल पर जहाँ टीम ठहरी हुई थी, वहाँ की हर दीवार पर मैं ही मैं नजर आ रहा था। मेरे अपने कमरे में हर छोटी-से-छोटी चीज भी विशेष थी। साबुन और शैंपू से लेकर तकिए के कवर तक पर मेरा नाम लिखा था और हर दिन ताज का प्रबंधन मुझे मेरी पसंद का कुछ मीठा मेरे पास भेजता था, चाहे वह चॉकलेट हो या केक या जिसकी मैं इच्छा जताऊँ। मैं अपने कमरे में चीजों को खँगालने में ही मसरूफ था, तभी मेरे पास हमारे कोच डंकन फ्लेचर का फोन आया, जिन्होंने बताया कि पूरी टीम मेरा विशेष सम्मान करना चाहती है और इसके लिए उन्होंने खास शर्ट तैयार कराई है, जिस पर लिखा है—सचिन रमेश तेंदुलकर 200वाँ टेस्ट मैच। मैं अभिभूत था, मेरे पास कहने को शब्द नहीं बचे थे।

इसमें कोई शक नहीं था कि यह एक ऐसा टेस्ट मैच था, जिसकी अब तक हुए किसी भी टेस्ट से तुलना नहीं की जा सकती थी।

तिरंगे के साथ खेलना

मैं चाहता था कि अपने बल्ले पर विशेष स्टिकर लगाऊँ और हैंडल ग्रिप भी कुछ अलग तरह का हो। इसकी डिजाइन में तिरंगे को उभारना खास था और मैंने अपने प्रायोजक एडिडास व अपने मैनेजर विनोद नायडू के साथ इसको लेकर काफी गंभीरता से काम किया था। ये स्टिकर खासतौर पर मेरे आखिरी मैच को ध्यान में रखकर तैयार किए गए थे। मैच से एक दिन पहले ही ये स्टिकर और ग्रिप मेरे पास पहुँचा दिए गए और वे जिस तरह से तैयार किए गए थे, उन्हें देखकर एक अलग तरह की खुशी मेरे मन में भर गई थी। तिरंगा झंडा हमेशा से मेरी दुनिया रहा है और इस तरह से मैं अपने देश के प्रति सम्मान प्रदर्शित करना चाहता था। मैंने अपने सभी बल्ले अपने कमरे में रख लिये, जहाँ मैंने कई घंटे की मेहनत के बाद उन सभी के स्टिकर और ग्रिप बदले। मेरी शुरू से आदत रही थी कि मैं अपने बल्लों के साथ घंटों बिताता था और उनकी मरम्मत खुद ही किया करता था। मुझे अपने काम से जुड़े औजारों का इस्तेमाल अच्छी तरह आता था और मेरी टीम के साथी भी मेरी इस काबिलीयत का फायदा कभी-कभी उठा लेते थे। अगर किसी को सैंडपेपर, ग्लू या बैट टेप, बैट कोट, ग्रिप या ग्रिपर आदि कुछ चाहिए होता था, तो वे मेरे पास ही आना पसंद करते थे।

जब मैं मैदान पर जाने से पहले अपने कपड़े और अन्य चीजें समेट रहा था तो मेरे मन में उत्साह और उदासी की मिली-जुली भावनाएँ उमड़ रही थीं और यह सोच मेरे ऊपर हावी हो रही थी कि क्रिकेट में अब मेरे कुछ ही दिन बचे हैं।

आखिरी टेस्ट

14 नवंबर, 2013 को मैं अपने तय समय पर ही उठा, खुद अपनी चाय बनाई और टीम की बस पकड़ने के लिए नीचे उतर आया, जहाँ लगभग एक हजार लोग उसके चारों तरफ मौजूद थे।

सफर के लिहाज से ऐसी सुबह पहले कभी नहीं रही थी। पहले मुंबई क्रिकेट संघ ने मुझे 200 टेस्ट मैच खेलने पर शुभकामनाएँ दीं और उसके बाद भारत सरकार ने मेरे ऊपर एक खास डाक टिकट जारी करके मेरी उपलब्धि पर जश्न मनाया। मुझे बताया गया कि मैं केवल दूसरा जीवित व्यक्ति हूँ, जिसके लिए खास डाक टिकट जारी किया गया है। इससे पहले मदर टेरेसा को यह सम्मान हासिल था। ऐसे सम्मान पर मैं क्या प्रतिक्रिया दूँ, किन शब्दों में कहूँ!

दर्शक मुझे बैटिंग करते हुए देखना चाहते थे और जब यह घोषणा हुई कि भारत ने टॉस जीत लिया है तो उन्होंने पूरे स्टेडियम को अपनी इच्छा भरी आवाज से गुंजायमान कर दिया। हालाँकि उनको निराशा हुई, जब कप्तान एम.एस. धोनी ने पहले फील्डिंग का फैसला लिया। हम ड्रेसिंग रूम जब छोड़ने को हुए तो कैप्टन ने सम्मान में मुझे टीम का नेतृत्व करने का मौका दिया, जिसे मैंने पूरे मैच के दौरान निभाया भी। वे हाव-भाव, लोगों की प्रतिक्रियाएँ ऐसी यादें हैं, जिनके बारे में सोचकर मैं हमेशा खुश रहूँगा।

फील्ड पर उतरने के दौरान टीम ने मुझे यादगार के रूप में खास टोपी दी थी और सबको झुंड के रूप में लाकर मैंने हर किसी से थोड़ी-थोड़ी बातें भी कीं। मैंने खेल के प्रति उनके कर्तव्यों की उन्हें याद दिलाई और हर परिस्थिति में क्रिकेट की भावना को सर्वोपरि रखने की जरूरत बताई। मैं मानता हूँ कि यह हर पीढ़ी के क्रिकेटरों की जिम्मेदारी है कि वे ऐसे अनुकरणीय उदाहरण पेश करके जाएँ, ताकि आनेवाली पीढ़ी उनसे प्रेरित हो और युवाओं को खेल को अपने जीवन का हिस्सा बनाने की प्रेरणा मिले।

स्टेडियम में मौजूद अपार जनसमूह को देखकर मैं बेहद खुश हुआ कि पहली बार मेरी माँ मुझे खेलते हुए देखेंगी। दरअसल, मेरा पूरा परिवार, मेरी पत्नी और बच्चे, भाई, बहन और उनके पति, चाचा और चाची—सभी स्टेडियम में मौजूद थे और मैं दर्शकों के स्नेह व समर्थन की बारिश से ओत-प्रोत महसूस कर रहा था।

हमने शानदार गेंदबाजी करते हुए वेस्ट इंडीज को 182 रन पर ऑल आउट कर दिया और यह सब चाय के ब्रेक से पहले दोपहर 2 बजे तक हो गया। मेरी माँ उम्मीद कर रही थीं कि वे मुझे बैटिंग करते हुए देख पाएँगी। शाम 3 बजे के आसपास 77-2 के स्कोर के समय मैं मैदान पर उतरा। पूरे स्टेडियम में 'सचिन-सचिन' ही गूँज रहा था। पिच पर जाते वक्त वेस्ट इंडीज के खिलाड़ियों और अंपायरों ने मुझे सम्मान में 'गार्ड ऑफ ऑनर' दिया। मैं हर पल को अपने आप में समेट लेना चाहता था। मैंने तेज रन भागकर अपनी शुरुआत की, जिसके बाद मैं खेल का आनंद उठाने लगा। हर चौके के साथ मेरा आत्मविश्वास बढ़ता जाता।

पहले दिन के खेल के आखिरी ओवर के दौरान स्टेडियम की विशाल स्क्रीन पर पहली बार मेरी माँ को दिखाया गया। उनको देखकर दर्शक समूह सम्मान में खड़ा हो गया। मैंने उनका चेहरा देखा तो मैं बहुत भावुक हो गया। अब मुझे दो बेहद कठिन चुनौतियों से जूझना था—अपना विकेट भी बचाना था और अपनी भावनाओं

पर भी काबू रखना था। इसके लिए मैंने दोबारा खेलने के लिए गार्ड लेने में थोड़ा समय लिया। स्टेडियम की स्क्रीन पर मेरी माँ के अलावा एक के बाद एक मेरे परिवार के हर सदस्य को दिखाया गया। इससे दर्शकों की खुशी का ठिकाना न रहा। इन सबकी वजह से एकाग्रता बनाए रख पाना बहुत कठिन होता जा रहा था। अन्य दिनों से अलग इस दिन को मैं अपना सर्वश्रेष्ठ देना चाहता था। खुशी की बात रही कि मैं उस दिन अपना विकेट बचा ले गया और 38 रन बनाकर नॉटआउट रहा। मैदान से बाहर निकलने के क्रम में मैंने अपने परिवार की तरफ बैट उठाकर उनका अभिवादन किया।

अब जब मैं पीछे मुड़कर उन पलों को दोबारा याद करता हूँ तो यह सब सपनों सरीखा लगता है। स्टेडियम की विशाल स्क्रीन पर जब मेरी माँ ने खुद को देखा तो प्रतिक्रियावश संकोच में उनकी जीभ निकल आई थी, क्योंकि वह इस तरह की चर्चाओं में रहने की आदी नहीं थीं। उनकी प्रतिक्रिया इस कदर स्वाभाविक थी कि मैं उनको देखकर बिलख पड़ा था।

तमाम भावुक पलों के बीच मुझे चौंकाते हुए अर्जुन मैदान में आ गया था। टेस्ट मैच के लिए घर छोड़ने से पहले हमारे बीच काफी लंबी बात हुई थी कि उसे मेरा मैच देखने आना चाहिए या अंडर-14 का मैच खेलने के लिए उसे चले जाना चाहिए। फिर यह तय हो गया था कि उसे मैच खेलने के लिए जाना चाहिए। युवराज सिंह अर्जुन को लेकर गए थे, ताकि मेरे 200वें टेस्ट न देख पाने का उसका मलाल कुछ कम हो सके। अर्जुन का दिन बेहतर इसलिए भी साबित हुआ, क्योंकि उसकी टीम को वॉकओवर मिल गया था; क्योंकि दूसरी टीम खेलने ही नहीं पहुँची थी। इस पर उसने तुरंत टैक्सी पकड़ी और वानखेड़े आ पहुँचा। अगली बड़ी चीज मैंने स्क्रीन पर देखी कि वह बॉल ब्वॉय के तौर पर काम कर रहा था।

अगले दिन जब मैं बैटिंग के लिए उतरा, तो मैं हैरतअंगेज रूप से काफी अच्छा महसूस कर रहा था। हर बार जब भी मैं गार्ड लेता तो मैं बैट पर लगे स्टिकर को देखता और गौरवान्वित हो जाता। मैंने हमेशा तिरंगे की शान बढ़ाने के लिए ही क्रिकेट खेला था। अब मैं हर बार खेलने से पहले इसे अपने बल्ले पर देख सकता था। मुझे शानदार अहसास हो रहा था।

टिनो बेस्ट ने तेज गेंदबाजी का शानदार स्पैल किया था, कुछ मौकों पर उन्होंने मेरी अच्छी परीक्षा ली थी। बाद में चलकर मुझे पता चला कि इस दिन उनके बच्चे का जन्मदिन था और उन्होंने बेटे से वादा कर रखा था कि वे तोहफे के रूप में मेरा

विकेट निकालने की कोशिश में लगे थे। मैंने स्ट्रेट ड्राइव से अपना अर्धशतक पूरा किया और सम्मान में अपना बल्ला अपनी माँ की तरफ उठाकर उनका अभिवादन किया। दर्शक पूरे उत्साह से 'सचिन-सचिन' के नारे लगाए जा रहे थे। यहाँ तक कि मैं गेंद नहीं खेल रहा होता तो भी वे पूरे उत्साह में वही बोल रहे होते थे।

74 रन बनाकर जब मैं नरसिंह देवनारायण की गेंद पर कैच आउट हुआ, तब स्कोर 221-3 था। पैवेलियन लौटते समय भी मेरा मन मिश्रित विचारों से भारी हो उठा था। मुझे क्या जरूरत थी वह शॉट खेलने की? मैंने क्यों उस बॉल को कट करने का प्रयास किया, जबकि मैं एक रन के लिए उसे कवर पर भी खेल सकता था या गेंद को विकेट कीपर के हाथ में जाने दे सकता था? पूरे कॅरियर के दौरान मैं आउट होने के बाद खुद से अपने शॉट सलेक्शन पर सवाल करता था और इस पारी में भी कुछ अलग नहीं हुआ था।

उसी समय मेरे मन में यह खयाल आया कि हो सकता है कि दूसरी पारी में खेलने की नौबत ही न आए। यह विचार आते ही मैं एक पल को ठहर गया और मैंने दर्शकों की तरफ बल्ला उठाकर उन सभी के अपार स्नेह और उत्साहवर्धन के लिए शुक्रिया अदा किया।

वेस्ट इंडीज की दूसरी पारी में उनके ऊपर के बल्लेबाज जल्दी-जल्दी आउट होते गए। एक समय तो दर्शक क्रिस गेल को प्रोत्साहित करने में जुट गए थे। दर्शक चाहते थे कि खेल चलता रहे, ताकि मैं एक बार और बैटिंग कर सकूँ! यह मजाकिया और अविश्वसनीय, दोनों ही था। दूसरे दिन का खेल खत्म होने तक यह साफ हो गया था कि हम पारी से जीतने जा रहे हैं और 16 नवंबर, 2013 मेरे खेल का आखिरी दिन हो सकता है। हर विकेट उस आखिरी पल को और नजदीक ला रहा था। 24 वर्षों की यात्रा अब अपने मुकाम पर पहुँचने जा रही थी।

ज्यों ही नौवाँ विकेट गिरा और मैं बॉलर को बधाई देने के लिए दौड़ा, धोनी ने मुझसे रुकने के लिए कहा, क्योंकि टीम ने कुछ खास तैयारी कर रखी थी। मैं अपने आपको भावुक होने से नहीं रोक पाया। सबकुछ इतनी जल्दी-जल्दी खत्म हो रहा था।

अगले कुछ ही ओवरों में अंततः वह आखिरी पल आ ही गया। मोहम्मद शमी ने आखिरी विकेट उखाड़ा और मैं एक बार फिर अपनी पोजीशन से दौड़ते हुए विकेट तक गया और यादगार के तौर पर एक स्टंप को उखाड़ लिया। लेकिन धोनी ने एक बार फिर मुझसे कहा कि मैं जरा अलग रहूँ, क्योंकि उन लोगों ने मेरे लिए कुछ खास योजना बना रखी थी।

मैं पिच के दूसरे छोर पर खड़ा हो गया। तभी रवि शास्त्री मैदान पर टेलीविजन प्रसारण के लिए पहुँचे। मैं अब भी खुद को किसी तरह पकड़े हुए था। तभी टीम ने एक और 'गार्ड ऑफ ऑनर' की प्रक्रिया शुरू कर दी, इस बार यह बिल्कुल अलग अंदाज में था। वे विकेट पर आमने-सामने लाइन बनाकर खड़े हो गए, जबकि मैं उनके बीच में आ गया। जैसे ही मैंने आगे बढ़ना शुरू किया, तो मैंने जिन खिलाड़ियों को पार किया होता वे दौड़कर उस लाइन में सबसे आगे खड़े हो जाते और इस तरह यह 'गार्ड ऑफ ऑनर' का क्रम सीमारेखा तक बरकरार रहा।

यह सम्मान और प्यार अतुलनीय था और मैं हमेशा इस आखिरी विदाई को अपनी यादों में सहेजकर रखूँगा। मैदान से जाते-जाते मैं बुरी तरह से रोने लगा था। मैं दौड़कर सीढ़ियाँ चढ़कर ड्रेसिंग रूम में पहुँचा और वहाँ से सीधे बाथरूम में जा घुसा।

वहाँ मैं खूब खुलकर रोया। मैं लगभग 10 मिनट तक फूट-फूटकर रोता रहा और उसके बाद मैंने अपना चेहरा अच्छी तरह धोया और ड्रेसिंग रूम में लौटा तो अपने सिर के ऊपर तौलिया लपेटे हुए था; वापस आकर अपनी सीट पर पूरी तरह अकेला बैठ गया। मेरी टीम के साथियों ने मुझे अकेले रहने का पूरा अवसर दिया और मुझे डिस्टर्ब करने के लिए ड्रेसिंग रूम में कोई भी नहीं आया था। मैंने अपने किटबैग को देखा और अपने सामानों का भी शुक्रिया अदा किया, जिन्होंने जीवन भर मेरा साथ निभाया था और जिनके बल पर मैंने यह मुकाम हासिल किया था।

मैं धीरे-धीरे सामान्य अवस्था में आ गया था और उसी पल किसी ने आकर मुझे बताया कि ब्रायन लारा और उनकी टीम मेरा इंतजार कर रही है, और ब्रायन ने भी इस पल को खास बनाने के लिए अपनी तरफ से कुछ तैयारी कर रखी थी। यह भी असाधारण ही होता है कि विपक्षी टीम आपके सम्मान में कुछ खास तैयारी करे! मेरा 200वाँ टेस्ट शिवनारायण चंदरपॉल का 150वाँ टेस्ट था और ब्रायन ने हमारी उपलब्धि पर हम दोनों को शुभकामनाएँ दीं। फिर मैंने चंदरपॉल और वेस्ट इंडीज खिलाड़ियों के क्रिकेट के तौर-तरीकों को लेकर एक छोटा वक्तव्य दिया। इसके बाद उन लोगों ने मेरे साथ तसवीर भी खिंचवाई।

दिल की गहराइयों से

प्रेजेंटेशन संपन्न होने के बाद अंततः मुझे माइक्रोफोन पकड़ा दिया गया, लेकिन मैं कुछ बोलता, इससे पहले पूरा स्टेडियम 'सचिन-सचिन' के नारों से गूँज रहा था और वे बिल्कुल भी रुकने को तैयार नहीं थे। जैसा कि मैंने पहले भी कई बार कहा

है कि जब तक मैं जिंदा रहूँगा, मेरे कानों में यह आवाज (सचिन-सचिन) हमेशा गूँजती रहेगी।

मैंने अपनी जेब से एक कागज निकाला, जिस पर उन लोगों के नाम थे, जिनका मुझे शुक्रिया अदा करना था। मेरे लिए वे ही मेरी दुनिया थे। किसी तरह शब्द मेरे अंदर से निकल पा रहे थे। मैं अपने दिल की बात कहने जा रहा था।

उन्होंने जब मेरे टीम के साथियों सौरव, राहुल और लक्ष्मण को बड़ी स्क्रीन पर दिखाया तो मैंने उनके बारे में अपने दिल की बात कही। जब मैं अपनी पत्नी के बारे में बता रहा था तो मैं देख सकता था कि वह रो पड़ी थीं और सारा तथा अर्जुन उनको शांत करने का प्रयास कर रहे थे।

मैंने अपने प्रशंसकों और भारतीय क्रिकेट के समर्थकों का भी शुक्रिया अदा किया, जो हमेशा मेरे साथ खड़े रहे। उनका समर्थन हमेशा से मेरी ताकत का बड़ा स्रोत रहा है।

एक घटना का जिक्र यहाँ उचित होगा, जो यह दरशाएगा कि प्रशंसक मेरे लिए क्या मायने रखते हैं और मैं क्यों हमेशा उन्हें याद रखूँगा! मैं एक बार चेन्नई में था, जब मुझे ढेर सारे विशेष बच्चों से मिलने का मौका मिला। उनके शिक्षक ने एक बच्चे की ओर इशारा किया, जो व्हीलचेयर पर था और बताया कि वह मेरा सबसे बड़ा फैन है और मेरा बल्ला थामना उसकी सबसे बड़ी आकांक्षा है। मैंने उसके कंधे पर अपना हाथ रखा और बोला, “ठीक है, समझो हो गया। चलो क्रिकेट खेलते हैं।” उसी समय मैंने किसी को मेरा बल्ला और कुछ टेनिस बॉल लाने के लिए ड्रेसिंग रूम भेज दिया। उसके लिए मैं कुछ कर पाने में सक्षम था, यह मेरे लिए बहुत बड़ी बात थी।

अंत में मैंने 20 मिनट तक अपनी बात कही, अपने जीवन में पहली बार मैंने एक बार में इतनी लंबी बात की थी। मैं वाकई यह नहीं जानता कि मैं बिना रुके एक बार में कैसे इतना सबकुछ कहता चला गया और मुझे जरा भी परेशानी नहीं हुई, मानो ऊपर से किसी ने अपना आशीर्वाद मुझ पर बना रखा हो।

एक बार जब यह सबकुछ हो गया तो हम जीत की खुशियाँ मनाने मैदान में निकल पड़े और मैंने अपनी टीम के साथियों के कंधे पर बैठकर पूरे मैदान का चक्कर लगाया और हाथ हिला-हिलाकर दर्शकों का शुक्रिया अदा किया, जिन्होंने मेरे कॅरियर के दौरान अपना स्नेह मुझ पर बरसाया था। मैं हमेशा उम्मीद करता था कि सम्मान का यह आखिरी चरण जीत के साथ ही पूरा हो, क्योंकि एक क्रिकेटर के

तौर पर मेरे लिए इसके विशेष मायने हैं। हमने मैच भी जीता और अपने अंदाज में सीरीज पर भी कब्जा किया। इसका यह मतलब निकलता है कि क्रिकेट के जितने भी फॉर्मेट में मैं खेला, उन सभी के फाइनल मैचों में हमें जीत मिली।

उसी समय विराट कोहली ने मुझे याद दिलाया कि मैं एक बार पिच पर जाकर उसके प्रति भी सम्मान प्रदर्शित कर आऊँ और मैं अकेले ही मैदान के बीच में पहुँच गया। यह बहुत ही खास पल था और यह कुछ ऐसा था, जो मैं अपनी क्रिकेट की पारी को विराम देने से पहले करने के बारे में हमेशा से सोचता था। इस 22 यार्ड की पट्टी (पिच) के बिना मैं कुछ भी नहीं था और ताउम्र इसने मेरा खयाल भी रखा था।

एक आखिरी विदा

जब मैं ड्रेसिंग रूम में अकेले बैठा हुआ था, तभी विराट एक बार फिर मेरे पास आया। उसकी आँखें डबडबाई हुई थीं। उसने अपना हाथ मेरी तरफ बढ़ाते हुए कहा कि उसे पिता ने कुछ रक्षा-धागे दिए हैं, कुछ ऐसा, जिसे भारतीय अच्छी किस्मत के लिए अपनी कलाई पर बाँधते हैं, और वह हमेशा सोचता था कि इनको किसे वह दे। इसे पानेवाला बहुत-बहुत खास होना चाहिए। यह कहकर उसने वह रक्षा-धागे मुझे दे दिए और छोटे भाई के तौर पर आशीर्वाद के लिए मेरे पाँव छुए। मैं निःशब्द था। मैंने उसे कसकर पकड़ लिया। मेरा गला भर आया था। इस तरह की भावनाओं को मैं कभी नहीं भूल पाऊँगा।

आखिरकार स्टेडियम छोड़ने का समय आ गया था। मैच खत्म हुए काफी समय हो चुका था और मैंने नाश्ते के बाद से अब तक कुछ नहीं खाया था। जब हम सभी ने बस पकड़ी, तो एक आखिरी बार सौरव गांगुली मुझे शुभकामनाएँ देने के लिए पहुँचे। मैं बस से उतरा और उनसे लिपट गया।

अंजलि ने मुझे कहा कि ड्राइवर के पास जाकर, खड़े होकर लोगों से आखिरी बार विदा लेना चाहिए। वे लोग मैरीन ड्राइव पर सड़क के दोनों ओर मेरा इंतजार कर रहे थे और 'सचिन-सचिन' के नारे लगाते हुए खुशियाँ मना रहे थे। हमें एक-दूसरे को चिकोटी काटनी पड़ी। यह मेरा आखिरी सलाम था और इन लोगों ने, इनमें शामिल हर शख्स ने इसे एक परीकथा के समान बना दिया था। मैं क्रिकेट का मैदान छोड़ रहा था और मेरे मन में कोई मलाल नहीं रह गया था।

एक अनपेक्षित सम्मान

होटल की लॉबी में हमारे सम्मान में खास आयोजन किया गया था और शाम 3 बजे तक अंजलि और मैं अंततः अपने कमरे में पहुँच पाए। मैंने हलीम बाहर निकाला, जिसे होटल की तरफ से हमारे लिए भेजा था और हम उसका लुत्फ उठा रहे थे कि तभी मेरे पास एक फोन आया, जो कि प्रधानमंत्री कार्यालय से था। प्रधानमंत्री मनमोहन सिंह ने मुझे मेरे कॅरियर के लिए शुभकामनाएँ दीं और भारतीय क्रिकेट की 24 साल तक लगातार सेवा के लिए मेरा शुक्रिया अदा किया। उसके बाद उन्होंने बताया कि भारतीय खेल के प्रति मेरे योगदान को देखते हुए सरकार ने मुझे देश के सबसे बड़े नागरिक सम्मान 'भारत रत्न' से सम्मानित करने का फैसला किया है।

मैंने फोन रखा और अंजलि को उस टेबल के पास ले गया, जहाँ मैंने अपने सभी देवी-देवताओं को रखा था। हम दोनों ने अपने हाथ उस टेबल पर रखे और तब मैंने उसे बताया कि अब उसके सामने 'भारत रत्न' खड़ा है। मेरा हर सपना पूरा हो चुका था और मैंने इस आशीर्वाद और प्यार-दुलार के लिए ईश्वर का शुक्रिया अदा किया।

देश के इतिहास में मैं पहला खिलाड़ी था, जिसे 'भारत रत्न' से नवाजा गया। मेरे जीवन का यह निश्चित रूप से सबसे बड़ा सम्मान था और सम्मान का ऐसे दिन मेरे जीवन में आना, जिस दिन मैंने क्रिकेट को हमेशा के लिए अलविदा कह दिया, इसने दिन को और भी खास बना गया। मैं 2012 में ही संसद् के ऊपरी सदन, राज्यसभा के लिए चुन लिया गया था, और अब भारत सरकार की तरफ से सबसे ऊँचे नागरिक सम्मान के लिए चुना जाना, मेरे लिए बहुत मायने रखता है।

यह सम्मान औपचारिक तौर पर मुझे दिल्ली स्थित राष्ट्रपति भवन के अशोक हॉल में 4 फरवरी, 2014 के दिन एक विशेष समारोह आयोजित कर प्रदान किया गया। हम जैसे ही हॉल में पहुँचे, एक सैन्य बैंड बजना शुरू हुआ और जब मेरा नाम पुकारा गया, तो यह मेरे जीवन का सबसे महान् अविश्वसनीय पल बन गया। अपनी पत्नी और बेटी (अर्जुन नहीं आ सका था, क्योंकि मुंबई में उसका मैच था) के सामने 'भारत रत्न' ग्रहण करना और राष्ट्रपति का यह कहना कि पूरे देश को आप पर गर्व है, मुझे अतुलनीय सुकून की अनुभूति दे गया।

मैंने जब 16 साल की उम्र में 1989 में पाकिस्तान के खिलाफ अपना अभियान शुरू किया था, तो मैंने कभी कल्पना भी नहीं की थी, मेरा सफर किस तरह से अपने मुकाम तक पहुँचेगा! मैंने हमेशा कड़ी मेहनत करने की कोशिश की और अपनी टीम के लिए जो सर्वोत्तम हो सका, वह दिया। कई मौकों पर मैं विफल भी हुआ, लेकिन

मैंने कभी हार नहीं मानी। यह मेरा देश है, जिसके लिए मैं खेल रहा था, और मैं बस इतना ही तो चाहता था, जब मैंने शिवाजी पार्क में आचरेकर सर की सख्त निगरानी में खेलना शुरू किया था। मैंने कठोर परिश्रम और अनुशासन से कभी समझौता नहीं किया, हमेशा अपने पैमाने को ऊँचा करने के लिए खुद को धकेलता रहा। देश के लिए जो कुछ भी उपयुक्त था, उसे हासिल करना ही मेरा सपना था और मैं जीवन भर इसके पीछे पड़ा रहा।

□

विदाई भाषण

"मेरे सभी दोस्तो...शांत हो जाएँ, मुझे बोलने दें, मैं और भी ज्यादा भावुक हो जाऊँगा...यह भरोसा कर पाना मेरे लिए बहुत कठिन है कि 24 साल तक 22 यार्ड के बीच बीता मेरे जीवन का ये शानदार सफर अब पूरा होने को है। लेकिन मैं इस मौके पर उन लोगों का शुक्रिया अदा करना चाहता हूँ, जिन्होंने मेरे जीवन में बहुत खास भूमिका अदा की है। साथ ही पहली बार मेरे जीवन में मैं एक लिस्ट लेकर चल रहा हूँ, ताकि उन सभी नामों को मैं याद कर सकूँ और किसी भी सूरत में किसी भी शख्स का नाम छूटने न पाए। मुझे उम्मीद है, आप समझ रहे होंगे...मेरे लिए बात कर पाना जरा कठिन हो रहा है, लेकिन मैं कोशिश करूँगा।

मेरे जीवन में सबसे, सबसे ज्यादा महत्त्वपूर्ण शख्स और जिसे मैं 1999 से सबसे ज्यादा याद कर रहा हूँ, मेरे पिता हैं। बगैर...बगैर उनके मार्गदर्शन के मैं नहीं समझता कि आज मैं आप सबके सामने मौजूद होता। उन्होंने 11 साल की उम्र में ही मुझे आजादी दे दी और बोले, "जाओ, अपने सपनों का पीछा करो, लेकिन ये याद रखना कि शॉर्टकट लेने की मत सोचना। डगर कठिन हो सकती है, लेकिन हार नहीं मानना।" और मैंने केवल उनके निर्देशों का पालन किया। इसके अलावा उन्होंने मुझसे एक अच्छा इनसान बनने को भी कहा, जिस पर मैं आगे बढ़ता रहूँगा, मैंने अब तक अपनी तरफ से भरपूर कोशिश की है। हर बार, हर बार जब भी मैंने कुछ खास किया, जब भी मैंने अपना बल्ला ऊपर उठाकर आकाश की तरफ दिखाया, यह मेरे पिता के लिए था, इसलिए मैं आज भी उनको याद करता हूँ।

मेरी माँ, मैं नहीं जानता कि मेरे जैसे शरारती बच्चे से कैसे उन्होंने पार पाया होगा। मुझे सँभालना आसान नहीं होता था। निश्चित रूप से वे बहुत धैर्यवान रही होंगी। एक माँ के लिए सबसे जरूरी चीज यही होती है कि उसका बच्चा सुरक्षित और स्वस्थ तथा तंदुरुस्त रहे, और मेरी माँ भी इसी की सबसे ज्यादा फिक्र करती थीं और चिंतित

भी रहती थीं। उन्होंने मेरा खयाल रखा···बीते चौबीस बरसों से ही मैं देश के लिए खेल रहा हूँ, लेकिन उससे भी काफी पहले से, जिस दिन से मैंने क्रिकेट खेलना शुरू किया था, वे मेरे लिए दुआ करती थीं, ईश्वर से प्रार्थना करती थीं। उन्होंने केवल और केवल ईश्वर से मेरे लिए प्रार्थना, प्रार्थना और प्रार्थना की है, और मैं सोचता हूँ कि ये उनकी प्रार्थना और दुआओं का ही असर है कि मेरे अंदर इतनी ताकत समा गई कि मैं मैदान पर अपनी क्षमता का प्रदर्शन कर सका, इसलिए आपके सारे बलिदानों के लिए मेरी माँ आपका बहुत-बहुत शुक्रिया!

स्कूल के दिनों में चार साल तक मैं अपने चाचा और चाची के घर रहा, क्योंकि मेरा स्कूल मेरे अपने घर से दूर पड़ता था और उन्होंने मुझे अपने बच्चे की तरह अपने पास रखा। मेरी चाची, जब मैं दिनभर के अभ्यास और खेल के बाद थककर चूर हो जाता था और आधी नींद में होता था तो वे मुझे खाना खिलाती थीं, ताकि मैं अगले दिन फिर से खेलने के लिए तैयार हो सकूँ। मैं इन पलों को कभी भूल नहीं सकता। मैं उनके बेटे की तरह हूँ और मुझे खुशी है कि इसमें रत्ती भर भी बदलाव नहीं आया है।

मेरे सबसे बड़े भाई, नितिन और उनके परिवार ने हमेशा मेरा उत्साह बढ़ाया। मेरे बड़े भाई ज्यादा बात नहीं करते, लेकिन एक चीज उन्होंने हमेशा मुझसे कही, "तुम जो भी करो, मैं जानता हूँ कि उसमें तुम अपना 100 फीसदी समर्पण दोगे, और मुझे तुम पर पूरी आस्था और भरोसा है।" उनका उत्साह बढ़ाना मेरे लिए बहुत मायने रखता है। मेरी बहन सविता और उनका परिवार भी अलग नहीं है। मेरे जीवन का पहला क्रिकेट बैट मुझे मेरी बहन ने ही तोहफे में दिया था, यह एक कश्मीरी विलो बैट था···और यहीं से यह सफर शुरू हुआ था। वह उन लोगों में से एक हैं, जो अब भी व्रत रखती हैं, जब मुझे बैटिंग करनी होती थी, इसलिए आपका बहुत-बहुत शुक्रिया।

अजित, मेरे भाई, अब मैं उनके बारे में क्या बात करूँ! मैं वाकई नहीं जानता, हमने··हमने यह सपना साथ-साथ जिया है। वह एकमात्र शख्स हैं, जिन्होंने मेरी क्रिकेट के लिए अपने कॅरियर का बलिदान दे दिया। उनको ही मेरे अंदर वह चिनगारी नजर आई थी। और यह सब मेरी 11 साल की उम्र से ही शुरू हो गया था, जब वे मुझे लेकर आचरेकर सर, मेरे कोच के पास गए थे और वहाँ मेरा जीवन बदल गया। आपको यह भरोसा करना कठिन होगा, लेकिन पिछली रात भी हमारे बीच जो बातचीत हुई, उसमें मेरे आउट होने के तरीके को लेकर ही हुई और यह जानते हुए भी कि अब मुझे शायद ही बैटिंग करने का मौका मिले। लेकिन हमने अपने दरम्यान इसी तरह की आदत विकसित की थी और मेरे जन्म से ही हमारे बीच इसी तरह का व्यवहार चला आ रहा है, जो अब तक जारी है और आगे भी यों ही बरकरार रहेगा। हो सकता

है कि अगर मैं क्रिकेट न खेलूँ, फिर भी हम तकनीक को लेकर चर्चा करते रहेंगे। बहुत सारी चीजें, बहुत सारी चीजों पर हम सहमत हुए हैं, मेरी तकनीक, और बहुत सी तकनीकी चीजें, जिन पर मैं उनसे सहमत नहीं होता, हम उन पर बहस करते और असहमत भी होते, लेकिन अंत में जब में उन चीजों को पीछे मुड़कर दोबारा देखता हूँ तो लगता है कि अगर यह सब नहीं होता, तो मैं इस मुकाम तक शायद ही पहुँच पाता।

मेरे साथ 1990 में बेहद खूबसूरत घटना घटी, जब मैं अपनी पत्नी अंजलि से मिला। वे खास बरस थे, यह दौर अब तक जारी रहा है और इसी तरह से आगे भी जारी रहेगा। मैं जानता हूँ अंजलि एक डॉक्टर के तौर पर उनके सामने एक शानदार कॅरियर था। जब हमने परिवार के तौर पर आगे बढ़ने का फैसला किया तो अंजलि ने आगे बढ़कर अपने कदम खींचे और बोलीं, “तुम अपना क्रिकेट जारी रखो और परिवार की जिम्मेदारी मुझ पर छोड़ दो।” बगैर, बगैर इसके मैं नहीं समझता कि मैं इतनी आजादी से क्रिकेट खेल पाता और वह भी बिना किसी दबाव के। मेरे लिए हर तरह, हर तरह का बोझ वहन करना, मेरी सभी निराशाओं और हर तरह का उलटा-सीधा जो मैंने कहा—जैसाकि मैं आमतौर पर करता हूँ, इन सबको झेल पाने के लिए तुम्हारा बहुत-बहुत शुक्रिया! मेरे साथ बोझ उठाने और जीवन के उतार-चढ़ाव में हमेशा मेरी तरफ रहने के लिए शुक्रिया। आपके साथ मैंने जीवन की सबसे बेहतरीन साझेदारी की है।

अब, अब मेरे जीवन के दो अनमोल हीरे, सारा और अर्जुन! वे अब बड़े हो चुके हैं। आपको पता है, मेरी बेटी 16 साल तो बेटा 14 साल का हो चुका है। समय पंख लगाकर उड़ चुका है। मैं उनके खास पलों, जैसे कि जन्मदिन, उनके वार्षिक समारोहों, खेल-कूद के दिन, छुट्टियों पर जाना और चाहे जो भी मौका हो, उनके साथ ढेर सारा समय बिताना चाहता था। मैं वे सभी मौके चूक गया हूँ। तुम दोनों की समझदारी के लिए शुक्रिया! तुम दोनों ही…मेरे लिए इतने, इतने ज्यादा खास हो…तुम यह कभी कल्पना भी नहीं कर पाओगे। मैं वादा करता हूँ, मैं तुमसे वादा करता हूँ, चौदह और सोलह साल मैंने तुम्हारे साथ नहीं बिताए, लेकिन अब अगले 16 साल या उससे भी आगे, मेरा सबकुछ तुम्हारा रहेगा।

मेरे, मेरे ससुराल के लोग, आनंद मेहता और एनाबेल, वे दोनों ही इतने, इतने ज्यादा सहयोगी, खयाल रखनेवाले रहे हैं…मैंने तमाम, जीवन में ढेर सारी चीजों पर उनसे चर्चा की और उनसे तमाम मुद्दों पर सलाह ली। आप शायद जानते हों कि मजबूत परिवार का होना कितना जरूरी होता है! वे हमेशा मेरी बेहतरी के बारे में ही सोचते हैं और मार्गदर्शन करते हैं। आप तालियाँ बजाना शुरू करें, इससे पहले मैं

बताना चाहूँगा कि उन्होंने सबसे जरूरी काम जो किया, वह अंजलि की मुझसे शादी करके किया, आपका बहुत–बहुत शुक्रिया!

और अंत में, पिछले 24 साल के खेल जीवन के दौरान मैंने जितने भी नए मित्र बनाए, और उससे पहले बचपन के मेरे मित्रों की एक लंबी शृंखला है, उनका योगदान भी मेरे जीवन में अतुलनीय है।

आपको शायद ही पता हो, जब भी और जहाँ भी मैंने उनको बुलाया तथा मुझे बॉलिंग डालने के लिए बोला, वे अपना सारा काम छोड़कर मेरी मदद करने आए। उन्होंने छुट्टियों के दिन मेरे साथ बिताए और क्रिकेट पर खूब बातें कीं, जब मैं तनाव में होता और कोई समाधान तलाश रहा होता, ताकि और बढ़िया खेल सकूँ—उन सारे पलों में मेरे दोस्त मेरे साथ थे। यहाँ तक कि जब मैं चोटिल हो जाता था, मैं सुबह जल्दी उठ जाता था; क्योंकि मैं सो नहीं पाता था, इन चोटों की वजह से मैं सोचता था कि मेरा कॅरियर खत्म हो गया, तभी मेरे दोस्त रात में तीन बजे मुझे उठाकर लंबी ड्राइव पर ले जाते थे और यह सब इसलिए, ताकि मेरे अंदर विश्वास एक बार फिर मजबूत हो जाए कि 'नहीं, तुम्हारा कॅरियर अभी खत्म नहीं हुआ है'। जीवन उन सभी दोस्तों के बगैर अधूरा ही रहता। मेरे साथ रहने के लिए शुक्रिया!

मेरा क्रिकेट कॅरियर तब शुरू हुआ, जब मैं 11 साल का था। मेरे कॅरियर का टर्निंग पॉइंट वह पल था, जब मेरा भाई मुझे लेकर मेरे कोच आचरेकर सर के पास पहुँचा। उनको यहाँ स्टैंड्स में देखकर मुझे जो खुशी मिल रही है, मैं उसे शब्दों में बयाँ नहीं कर सकता। आम तौर पर वे टेलीविजन के सामने बैठकर ही उन सभी मैचों को देखते रहे हैं, जिनमें मैं खेलता था। मैं जब...मैं जब 11/12 साल का था, वे, वे ऐसे दिन थे, जब मैं उनके स्कूटर पर पीछे बैठ जाता था और एक दिन में कई अभ्यास मैच खेलता था। क्या आप जानते हैं, किसी मैच की पहली पारी में मैं शिवाजी पार्क में खेलता था, तो दूसरे मैच की दूसरे हिस्से की पारी आजाद मैदान में। मैं अभ्यास कर सकूँ, इसलिए सर मुझे लेकर पूरी मुंबई में उन जगहों पर जाते थे, जहाँ मैच हो रहे होते थे।

मुंबई के लिए मेरी क्रिकेट की शुरुआत इसी मैदान से हुई थी, मुंबई क्रिकेट एसोसिएशन, जो कि मुझे बेहद अजीज है। मुझे याद है, न्यूजीलैंड से मैं तड़के 4 बजे उतरा और सुबह आठ बजे मैच खेलने के लिए यहाँ पहुँच गया, केवल इसलिए, क्योंकि मैं मुंबई क्रिकेट का हिस्सा बनना चाहता था। इसके लिए न तो किसी ने मुझसे जबरदस्ती की, न ही मुंबई क्रिकेट एसोसिएशन ने कभी मुझ पर दबाव डाला। आपका बहुत–बहुत शुक्रिया—प्रेसीडेंट यहाँ मौजूद हैं—आपका बहुत–बहुत शुक्रिया,

आपकी टीम को भी बहुत शुक्रिया, इतने वर्षों तक मेरा और मेरी क्रिकेट का खयाल रखने के लिए।

मेरा स्वाभाविक सपना था, देश के लिए खेलने का, और यहाँ से मेरा बी.सी.सी.आई. के साथ नाता जुड़ा। मेरे कॅरियर की शुरुआत से ही बी.सी.सी.आई. का अंदाज बेहद शानदार रहा। मेरी क्षमताओं में भरोसा करना, 16 साल की उम्र में राष्ट्रीय टीम में मुझे शामिल करना, एक बहुत बड़ा कदम था। इसलिए उन सभी चयनकर्ताओं और बी.सी.सी.आई. का बहुत-बहुत शुक्रिया, जिन्होंने मुझ पर अपना भरोसा बनाए रखा और मुझे खुद की इबारत लिखने के लिए जबरदस्त आजादी दी। तब चीजें कुछ और ही होतीं, अगर आप मेरे पीछे न खड़े होते, और मैं वाकई आपके सहयोग की दाद देता हूँ। खासतौर पर जब मैं चोटिल था, आप लोगों ने मेरा साथ दिया और यह सुनिश्चित कराया कि मेरे अच्छे इलाज का खयाल रखा जाए और मैं पूरी तरह चुस्त-तंदुरुस्त होकर वापस भारत के लिए खेल सकूँ।

यह सफर बहुत शानदार रहा। इन 24 सालों में मैंने बहुत, बहुत से वरिष्ठ क्रिकेटरों के साथ खेला, जिन्हें कभी मैं टी.वी. पर देखा करता था—उनकी वजह से मेरे अंदर क्रिकेट खेलने का जुनून पैदा हुआ और अब तक खेलता रहा। उन सभी वरिष्ठ क्रिकेटरों का शुक्रिया! दुर्भाग्य से मैं उनमें से बहुतों के साथ नहीं खेल पाया, लेकिन मेरे मन में उनकी उपलब्धियों और उनके समस्त योगदानों के लिए अपार सम्मान है।

हमने यहाँ मेगा स्क्रीन पर देखा, राहुल, लक्ष्मण, सौरव, अनिल यहाँ नहीं हैं, और मेरी टीम के सारे साथी मेरे सामने हैं। घर से दूर रहने पर आप मेरे परिवार की तरह ही रहे। आपके साथ मैंने कुछ अभूतपूर्व पल गुजारे हैं…अब ड्रेसिंग रूम का हिस्सा न होने से मेरे लिए आनेवाले दिन जरा कठिन होंगे, क्योंकि अब उन खास पलों को मैं आपके साथ नहीं बिता सकूँगा। समस्त कोचों का मार्गदर्शन मिलना मेरे लिए हमेशा खास रहा है। मैं जानता हूँ, जब एम.एस. धोनी ने मुझे पहले दिन सुबह 200वें टेस्ट मैच की कैप पहनाई, मैंने अपनी टीम को एक छोटा सा संदेश दिया। मैं उसे यहाँ दोहराना चाहता हूँ—मैं महसूस करता हूँ कि भारतीय क्रिकेट टीम का हिस्सा बनकर हमें देश की सेवा करने का अवसर मिला है, इसलिए हम सब इतने ज्यादा सौभाग्यशाली और गौरवान्वित हैं। मैं आप सबको अच्छी तरह जानता हूँ, मैं जानता हूँ कि आप उसी भावना और उन्हीं मूल्यों के साथ देशसेवा में आगे भी अपना सर्वस्व प्रदान देते रहेंगे। मेरा भरोसा है, मेरा भरोसा है कि हम खुशकिस्मत हैं कि सर्वशक्तिमान ने हमें इस शानदार खेल की सेवा करने के लिए चुना है। हर पीढ़ी को इस खेल की देखभाल करने का अवसर मिलता है और हमें अपनी सर्वश्रेष्ठ क्षमताओं से इसकी

बेहतरीन सेवा करनी चाहिए। मुझे आप सबमें पूरा विश्वास है कि आप पूरी निष्ठा और पूरी क्षमता से अपना काम करते रहेंगे और हमारे देश के लिए गौरवमयी पल सहेजते रहेंगे। आपको ढेरों शुभकामनाएँ!

मैं आज अपनी जिम्मेदारी तब तक पूरी नहीं कर पाऊँगा और विफल हो जाऊँगा, जब तक मैं उन डॉक्टरों, फीजियो, ट्रेनर्स का शुक्रिया अदा नहीं करता, जिन्होंने इस कठिन शरीर की लगातार इस तरह देखभाल की, जिसकी वजह से मैं मैदान पर पूरे आत्मविश्वास के साथ लौट सका और खेलने लायक बन सका। कॅरियर के दौरान जितनी बड़ी संख्या में मुझे चोटें लगीं, मैं नहीं समझ पाता हूँ कि आपने मुझे फिट रखने के लिए कितनी मशक्कत की होगी, लेकिन आपके खास योगदान के बगैर यह सब कभी नहीं हो सकता था। मेरा आशय है, डॉक्टरों से मैं विचित्र समय पर मिला, तमाम डॉक्टरों को मुंबई से चेन्नई, मुंबई से दिल्ली, यहाँ, जहाँ कहीं भी मैं रहा, उनको बुलाया और उन्होंने केवल मेरा खयाल रखने के लिए अपना काम छोड़ा, अगली ही फ्लाइट पकड़ी और मेरे पास पहुँच गए, मेरा इलाज करने। इसी वजह से मैं खेलने लायक बन सका। इसलिए आप तीनों का ही बेहद शुक्रिया, मुझे बेहतर आकार में बनाए रखने के लिए।

मेरे प्यारे दोस्त, स्वर्गीय मार्क मैसकैरेनहास, मेरे पहले मैनेजर—हम दुर्भाग्य से एक कार हादसे में 2002 में उनको गँवा बैठे, लेकिन वे मेरी क्रिकेट और विशेष रूप से भारतीय क्रिकेट के सच्चे शुभचिंतक थे। वे इस कदर जुनूनी थे। वे समझते थे कि देश का प्रतिनिधित्व करने के क्या मायने होते हैं और इसके लिए उन्होंने मुझे पूरी छूट दी, ताकि मैं आगे बढ़कर खुद को प्रदर्शित कर सकूँ, उन्होंने कभी भी मुझ पर दबाव नहीं डाला कि मुझे ये विज्ञापन या प्रमोशन करना चाहिए, जैसी कि प्रायोजक अकसर माँग करते हैं। उन्होंने इसका खयाल रखा और आज मैं उनकी कमी बहुत ज्यादा महसूस करता हूँ, शुक्रिया मार्क, आपके सभी योगदानों के लिए।

मेरी वर्तमान, मेरी वर्तमान प्रबंधन टीम, डब्ल्यू.एस.जी., उसी तरह काम कर रही है, जैसा मार्क छोड़कर गए हैं, क्योंकि हमने जब आपस में समझौते पर दस्तखत किए थे तो मैंने बिल्कुल स्पष्ट बता दिया था कि मुझे उनसे क्या चाहिए और देश का प्रतिनिधित्व करने के लिए किन खास बातों का ध्यान रखना जरूरी है। उन लोगों ने मेरी इस बात को बखूबी समझा और उसका सम्मान किया। डब्ल्यू.एस.जी. का भी बहुत-बहुत शुक्रिया!

मेरे प्रबंधक, विनोद नायडू, पिछले 14 साल से मेरे साथ काम कर रहे हैं। वे भी मेरे परिवार के अंग की तरह ही हैं और उन्होंने मेरे काम के लिए जितना बलिदान

दिया, अपने परिवार से दूर रहकर मेरे ऊपर अपना कीमती समय खर्च किया, यह सब उनको बहुत खास बनाता है। आपका शुक्रिया विनोद, जो आपने मेरे काम के लिए इतना वक्त निकाला।

मेरे स्कूल के दिनों में, जब मैं बेहतर प्रदर्शन करता था, तो मीडिया मुझे काफी प्रोत्साहित करता था। आज सुबह तक आपने यह क्रम बरकरार रखा। समस्त मीडिया का मेरा सहयोग करने और मेरे प्रदर्शनों को सराहने के लिए आपका बहुत-बहुत शुक्रिया! इसका निश्चित रूप से मुझ पर सकारात्मक प्रभाव पड़ता था। समस्त फोटोग्राफरों का भी शुक्रिया, जिन्होंने शानदार पलों को हमेशा के लिए सहेज लिया। यह सब ताउम्र मेरे साथ रहेगा, इसलिए आपका दिल से शुक्रिया!

मैं समझ रहा हूँ कि मेरी बात जरा ज्यादा लंबी खिंच गई, लेकिन यही आखिरी चीज है, जो मैं कहना चाहता हूँ, मैं चाहता हूँ···मैं उन सभी लोगों का शुक्रिया अदा करना चाहता हूँ, जो देश और दुनिया के तमाम हिस्सों से यहाँ मेरे लिए आए और जिन्होंने हमेशा मुझे सपोर्ट किया, चाहे मैं शून्य पर आउट हुआ या मैंने सौ से ज्यादा रन बनाए, जो भी हुआ। आपका सपोर्ट मेरे लिए हमेशा प्रिय है और मेरे दिल में इसके लिए विशेष मायने हैं।

आपने मेरे लिए चाहे जो किया—मैं जानता हूँ कि मैं उन लोगों से मिला, जिन्होंने मेरे लिए व्रत रखे, मेरे लिए प्रार्थनाएँ कीं और इसी तरह की तमाम चीजें मुझसे जुड़ी हुई हैं—आप जानते हैं, बिना इन सबके मेरे लिए जीवन इतना शानदार नहीं होता। मैं दिल की गहराइयों से आपका शुक्रिया अदा करना चाहता हूँ, और यह भी कहना चाहता हूँ कि समय इतनी तेजी से पंख लगाकर उड़ रहा है, लेकिन आपने जो यादें मेरे अंदर छोड़ी हैं, वे हमेशा-हमेशा के लिए मेरे साथ हो गई हैं, खासकर यह 'सचिन-सचिन' की आवाज! मेरी साँस रुकने तक यह आवाज मेरे कानों में यों ही गूँजती रहेगी।

आप सभी का बहुत-बहुत शुक्रिया! अगर मैं कुछ कहने से रह गया हूँ या गलती से किसी का नाम भूल गया हूँ तो मैं समझता हूँ कि आप मेरी हालत समझ सकते हैं। अलविदा!

वानखेड़े स्टेडियम, मुंबई
16 नवंबर, 2013

□□□